Auf dem Weg zu einer Konferenz in Südafrika tauscht Bengt seinen Sitzplatz im Flugzeug mit einem unbekannten Mann. Dieser triviale Vorgang setzt eine Kette von Ereignissen in Gang, die nach und nach sein ganzes Dasein als Ehemann und Vater in Frage stellen. Bengt ertappt sich dabei, wie er mit dem Fremden sehr offen über sich, seine Frau, die Probleme in der Ehe und über seinen Sohn spricht. Sein Gesprächspartner ist fasziniert von Bengts Familie und nimmt unter einem Vorwand Kontakt zu Bengts Frau auf. Immer mehr schiebt er sich in das Leben der kleinen Familie, fast scheint es, als wollte er Bengts Leben übernehmen. Was will dieser Mann? Ist er ein Bote des Bösen oder ein Retter in der Not?

HÅKAN BRAVINGER, Jahrgang 1968, wurde in Vallentuna, nördlich von Stockholm, geboren. Er ist eine der wichtigsten Persönlichkeiten des literarischen Lebens in Schweden. Nach zwei Gedichtsammlungen war »Ein unversöhnliches Herz« sein erster Roman, der in Schweden für großes Aufsehen und begeisterte Presse sorgte. »Bevor wir fallen« ist der zweite Roman des Autors, der bei btb erscheint.

Håkan Bravinger

Bevor wir fallen

Roman

Aus dem Schwedischen
von Paul Berf

btb

Die schwedische Originalausgabe erschien 2014 unter dem Titel
»Innan vi faller« bei Wahlström & Widstrand, Stockholm.

Dieses Buch ist auch als E-Book erhältlich.

MIX
Papier aus verantwortungsvollen Quellen
FSC® C014496

Verlagsgruppe Random House FSC® N001967

1. Auflage
Genehmigte Taschenbuchausgabe Oktober 2019

Umschlaggestaltung: semper smile, München
nach einem Entwurf und unter Verwendung eines Motivs
von Håkan Liljemärker
Satz: Uhl + Massopust, Aalen
Druck und Bindung: GGP Media GmbH, Pößneck
mb · Herstellung: sc
Printed in Germany
ISBN 978-3-442-71814-6

www.btb-verlag.de
www.facebook.com/btbverlag

Wem glaubst du lieber,
mir oder deinen eigenen Augen?

Groucho Marx

Wer nicht übertreibt, ist uninteressant.

Gustav Mahler

Den Träumen nie Bedeutung beimessen

1

Als die Tür vorsichtig und leise aufgleitet, erwacht sie und weiß sofort Bescheid. Ohne die Augen aufzuschlagen, spürt sie, dass er in der halb geöffneten Tür steht und sie anschaut. Sorgsam ist sie darauf bedacht, so ruhig und flach zu atmen, wie man es sonst nur tut, wenn man besonders fest schläft.

Sie denkt, dass ihr das nichts ausmacht. Es kümmert sie nicht, solange er nicht die wenigen Schritte in den Raum hineingeht und ihr nahekommt, solange er sich nicht auf die Bettkante setzt und ihr über das Haar streicht.

Sie atmet weiter durch die Nase, in die ihr sein unverkennbarer Geruch steigt, obwohl er mindestens zwei Meter entfernt steht. Selbst mit geschlossenen Augen kann sie den Lichtspalt erahnen, der sich durch die Türöffnung schiebt.

Dann geschieht, was nicht geschehen darf. Ein Lid beginnt zu zittern, und sie weiß, dass sie sich bald verraten wird, aber dann hört sie endlich das leise knarrende Geräusch, mit dem behutsam die Tür geschlossen wird. Als sie ihre Ohren noch etwas mehr spitzt, hört sie unmittelbar darauf die schleichenden Schritte, mit denen er sich durch das Haus bewegt. Als würde jemand flüstern.

Ein Fremder, denkt sie.

Jemand, den sie nicht kennt. Jemand, dem sie aus freien Stücken alles gegeben hat und der trotzdem immer mehr haben will.

Sie weiß, dass sie ungerecht ist, aber sie möchte, dass er fährt, aufbricht, sie verlässt. Seine Schritte durch das Haus schieben das Ganze nur unnötig auf. Sie ist wach, wagt aber erst jetzt, da er sich in sicherer Entfernung am anderen Ende des Hauses befindet, die Augen zu öffnen.

Sie weiß, er wird wegfahren, und sie wird bleiben. Nichts wird jemals wieder so sein, wie es war, all das, was sie als das ihre zu sehen gelernt hat. Mit ihren gerade erst geöffneten Augen kann sie nicht einmal die Wände des Zimmers erkennen. Sie verengt sie zu Schlitzen, konzentriert sich. Langsam taucht das Matisse-Poster über der Kommode auf, das sie vor ihrem Einzug im Nationalmuseum gekauft hatte. Es war das erste Gemälde, das sie vor zwanzig Jahren aufhängten, sofern man denn einen Kunstdruck als Gemälde bezeichnen kann. So oder so hätte sie es längst forträumen oder wegwerfen sollen, statt es an seinem Platz hängen zu lassen.

Sie begreift nicht, warum sie das nie getan hat. Ein Bild, das sie niemals interessiert hat, und trotzdem ist es immer das erste, worauf ihr Blick jeden Morgen fällt. Vielleicht hängt es dort, um sie an damals zu erinnern, als sie frisch verliebt waren und gemeinsam dieses Haus entdeckten.

Plötzliche Ruhe.

Sie fragt sich, ob er schon gegangen ist.

Es ist so still, dass sie nichts hört außer ihren eigenen Atemzügen. Kann sie wirklich den Augenblick verpasst haben, in dem er die Haustür öffnete und hinter sich wieder schloss? Im selben Moment ertönt in der Küche ein Klirren, als ihm ein Teller aus der Hand gleitet. Porzellan gegen Porzellan, und als Nächstes dringt ein leises Knirschen an ihr Ohr, als er die Spülmaschine schließt.

Kurz darauf hört sie das vertraute Geräusch des Koffers, der auf seinen Rollen auf dem Weg zum Flur über Teppich und Parkettboden gezogen wird. Sie denkt, dass sie aufstehen und sich von ihm verabschieden könnte. Ein verschlafener und flüchtiger Kuss, ehe er fährt. Mehr ist nicht nötig. Wahrscheinlich wäre es richtig, trotz allem, was sie durchgemacht, trotz allem, was sie beschlossen hatten, bevor sie ins Bett gingen.

Es würde sich einfach so gehören, denkt sie.

Nur ein paar Sekunden von etwas, was an Zärtlichkeit erinnert.

Mein Gott, immerhin reist er ans andere Ende der Welt, wird über eine Woche fort sein, und in dieser ganzen Zeit werden sie keinen Kontakt zueinander haben.

Sie sind länger verheiratet, als sie sich erinnern können. Sie haben ein gemeinsames Kind. Teilen sich ein Haus. Trotzdem kann sie sich nicht zu diesem verschlafenen und flüchtigen Kuss, zu diesem anständigen Abschied durchringen.

Stattdessen horcht sie auf, als er die Haustür hinter sich schließt. Selbst wenn sie hundert Menschen die Tür schließen hören würde, sie würde doch immer Bengts Art erkennen, es zu tun. So ist das, wenn man mit einem anderen Menschen zusammenlebt, Dinge, die man sich einverleibt und zu dem macht, was man das Unbewusste nennt.

Erst, als sie ganz sicher ist, dass Bengt fort ist, richtet sie sich auf, setzt sich auf die Bettkante und seufzt so schwer, als hätte sie minutenlang die Luft angehalten.

Auf einmal ist sie hellwach, und das Haus gehört endlich ihr.

2

Als Mariette die Küchenlampe einschaltet, erkennt sie im selben Moment ihren Irrtum. Er steht noch auf dem Kiesweg. Steht da, hängt am Gartentor herum, an den Zaun gelehnt und raucht eine Zigarette. Dabei raucht er sonst nicht einmal auf Partys. Dabei ist er eigentlich immer spät dran. Nun steht er da und raucht und scheint alle Zeit der Welt zu haben, obwohl er auf dem Weg zu einem Flugzeug ist, das um 06:45 abheben soll. Sie fleht innerlich, dass er sich nicht umdrehen möge, überlegt, sich wie ein ertapptes Kind unter den Küchentisch zu hocken. Stattdessen bleibt sie in einer steifen und unbequemen Körperhaltung halb sitzen, den Rücken vorgebeugt, als hätte sie gerade aufstehen wollen, wäre jedoch auf der Sitzfläche erstarrt.

In diesem Moment biegt ein Taxi in die Straße, und er drückt hastig seine Zigarette aus, als hätte man ihn auf frischer Tat ertappt. Mariette sieht einen sich auflösenden Wirbel aus Atemluft vor seinem Gesicht, ehe er die Hand um den Griff des Koffers schließt und ihn zu dem Wagen rollt.

Jetzt geht er, denkt sie, und dass es sich anfühlen müsste, als wäre es vorbei, seine Art zu gehen, und ihre Art, ihre Gedanken nicht in den Griff zu bekommen. Sie schärft den Blick. Ja, denkt sie. So ist es. Er geht fort, und wenn er das tut, wird aus ihm bloß ein Rücken.

Er wird zu einem Fremden, der ihr Haus verlässt, noch ehe die Sonne aufgeht. Der Taxifahrer schiebt sich schnell um das Auto und öffnet den Kofferraum, um ihm mit dem Gepäck zu helfen. Als er den Koffer über die Kante wuchtet, ist ihm anzusehen, dass er schwerer ist, als er erwartet hatte.

Mariette hört, wie die beiden Männer ein verlegenes Lachen wechseln. Einige Sekunden später rollt der Wagen in der Dunkelheit langsam davon.

Der Kies blitzt auf, und die Scheinwerfer zeichnen kleine Muster auf die hohe Hecke des Nachbarn, die sich über den baufälligen Zaun wälzt.

Jetzt. Jetzt ist er fort.

Ein Rücken, denkt sie. Wie absurd.

Endlich kann sie sich aufrichten und auf dem Stuhl eine bequeme Sitzhaltung einnehmen.

Sie legt einen Filter ein und füllt ihn mit Kaffeepulver, stellt die Maschine an und schaltet das Radio ein. Sekunden später dreht sie die sprechenden Stimmen jedoch wieder ab. Das Geräusch der blubbernden Kaffeemaschine scheint ihr besser in die Dunkelheit zu passen. Sie schaut auf die Uhr, halb fünf, es ist Samstag, aber bis zum Morgen, zum Licht, bis die Woche, die ihr gehört, begonnen werden kann, ist es noch lang.

Ihr ist bewusst, dass es eine Zeit vor und nach dieser Reise geben wird. In gewisser Weise ist das symptomatisch für sie, denkt sie. Er fährt weg, und sie bleibt.

Sie reibt sich mit den Händen über die Wangen, als wollte sie ihr Gesicht an seinen Platz zurückbefördern, und gießt Kaffee in eine Tasse. Sie weiß, dass sie den Morgen abwarten muss, denn sonst würde sie wieder einschlafen und die Nacht sie auf die übliche Art bestrafen.

So ist es, seit sich ereignete, was sie den *Vorfall* nennt. Seit damals, als sie einen Familienausflug nach Djurgården in Stockholm machten und alles in ihrem Leben eine völlig neue Bedeutung bekam.

Wenn sie jetzt die Augen schließt und einschläft, wird die Erinnerung daran, was damals geschah, so kristallklar auftauchen, wie es sich einst ereignete. Das ist der Preis, den man zahlt, wenn man etwas für das gesamte Leben so Entscheidendes erlebt hat.

Der Schlaf ist danach nie mehr, was er einmal war. Wenn sie müde wird und nicht mehr auf der Hut ist, taucht die Erinnerung auf, schiebt sich durch die Ritzen im Schutzwall und dringt in sie ein.

Es ist eine Erinnerung, die sie an diesem Morgen nicht ertragen kann, nicht jetzt, während Erik noch in seinem Zimmer schläft, nicht, wenn sie um halb fünf in der Früh mit einem frisch gekochten Kaffee in der Küche sitzt und herauszufinden versucht, warum ihr seit ewigen Zeiten angetrauter Mann nun zu einem Rücken geworden ist.

Sie wünscht sich, dass man in solchen Situationen von glücklichen Erinnerungen eingeholt würde. Doch so scheint das Gehirn nicht zu funktionieren. Offenbar bevorzugt es alles Traumatische und Aufwühlende. Wenn der Kampf zwischen Erinnerung und Vergessen ausgefochten wird, scheinen die Grausamkeiten stets Sprengladungen und Granaten zu besitzen und das Vergessen ihnen mit der Schleuder eines Fünfjährigen entgegenzutreten.

Je stärker sie die Erinnerung verdrängen möchte, desto

überzeugter ist sie, den Kampf zwischen Wachsein und Erinnerung zu verlieren. Abrupt steht sie auf, geht ins Schlafzimmer und reißt das gerahmte Matisse-Poster von der Wand. Sie bleibt einige Sekunden damit in der Hand stehen, dann schafft sie es mit etwas Mühe, das Bild hinter die Kommode zu quetschen.

Kurz spürt sie Enttäuschung, als ihr eine Verfärbung der Tapete an der Stelle ins Auge fällt, wo das Bild all die Jahre gehangen hat. Sie hätte heulen können, aber stattdessen setzt sie sich auf die Bettkante und starrt den Bildfleck an, der einer Tür oder einem Fenster in der Wand gleicht, zu etwas führend, das einen tatsächlich weiterbringt.

Ein Zimmer im Zimmer, in das sie fliehen könnte, wenn es ihr gelänge, sich selbst davon zu überzeugen, dass es tatsächlich ein Eingang oder Ausgang ist, was sie da sieht. Es gibt in ihrem Leben so viel, was vorbei ist, dass eigentlich auch etwas beginnen müsste.

3

Es ist der erste richtige Sommertag, und eine ganze Stadt scheint über Nacht aufgehört zu haben, über Regen und Kälte zu stöhnen, um sich stattdessen mit Zeitungen Luft zuzufächeln und keuchend im Schatten zu sitzen.

Außerdem haben offenbar alle wie auf Kommando beschlossen, ausgerechnet an diesem Tag nach Djurgården zu fahren. Jeder Bus ist brechend voll, und ein langer Menschenstrom schiebt sich über die Brücke zur Insel, auf dem Weg zum Freilichtmuseum Skansen, zu Gröna Lund, dem Vergnügungspark, und zu dem Zirkus, der passend zur Sommerwärme seine Zelte auf einem Rasen aufgeschlagen hat, der nach dem eiskalten Dauerregen der letzten Wochen noch nicht getrocknet ist.

Kinder, die Hand in Hand mit ihren Eltern gehen. Ballons und Eistüten, Zuckerwatte und Erwartungen. Trotzdem fällt es Mariette jetzt, als sie endlich am Ziel sind, nicht leicht, die Fahrt abzuschütteln. Schon das Frühstück hatte sich zu einer mittleren Katastrophe entwickelt, den Proviant, den sie eigentlich hatte mitnehmen wollen, vergaß sie vor lauter Stress im Kühlschrank. Bengt war ihr keine große Hilfe gewesen, womit sie allerdings auch nicht gerechnet hatte. In solchen Momenten wäre es im Grunde das Beste, er würde sich einfach fernhalten. Erik war quengelig und aufgedreht gewesen, was nicht weiter verwunderlich war, es für Mariette aber nicht leichter machte.

Während der Fahrt konnten sie sich immerhin darauf einigen, dass es der erste richtige Sommertag war und sie Glück mit dem Wetter hatten, schließlich hatten sie den Ausflug in die Stadt bereits vor Wochen geplant und es hätte ebenso gut regnen können. Mariette wies vielleicht ein bisschen zu oft darauf hin, dass dies ein gutes Zeichen war. Erik nickte nicht einmal, starrte nur aus dem Fenster und war voller Ungeduld, endlich anzukommen.

Mariette überlegt, dass sie möglichst positiv denken sollten. Schließlich war das nicht ihr Tag, sondern Eriks. Ihm zuliebe waren sie hierher gefahren, und es würde sicher das Beste sein, wenn Bengt und sie aufhörten, eigene Erwartungen an diesen Tag zu haben, um unter den gegebenen Umständen das Beste aus allem zu machen.

Gedanken dieser Art gehen ihr durch den Kopf, als sie die Eintrittskarten bezahlt und nach Bengts Hand greift.

»Ich möchte ein Foto von uns machen lassen«, sagt sie.

Bengt sieht sie skeptisch an.

»Ein Foto?«

»Ja, da drüben«, antwortet sie und zeigt auf einen kleinen bunten Stand, an dem gerade eine andere Familie fotografiert wird.

Als Bengt weiter zögert, nimmt Mariette Eriks Hand und sagt:

»Komm, Erik, jetzt lassen wir uns fotografieren.«

Als sie zu dem Stand kommen, ist die vorige Familie fertig und niemand vor ihnen an der Reihe, was Mariette als gutes Zeichen deutet. Also stellen sie sich auf und entscheiden sich gegen die Möglichkeit, sich durch eine Sperrholzplatte mit aufgemalten Figuren hindurch fotografieren zu lassen, an der man den Kopf durch ein Loch für das Gesicht steckt.

Mariette möchte ein richtiges Foto von einer richtigen Familie haben.

Als der Blitz aufleuchtet, ist Mariette nicht vorbereitet. Sie hat das Gefühl, geblinzelt zu haben. Der Fotograf beteuert, dass ihre Augen nicht geschlossen seien, und anschließend müssen sie warten, bis ihr Bild entwickelt worden ist. Erik wird die Zeit lang, aber Mariette erklärt, das passe doch eigentlich sehr gut, denn so könnten sie in Ruhe überlegen, was sie als Nächstes tun wollten.

»Während wir hier warten«, fügt sie hinzu und tätschelt flüchtig Eriks Hinterkopf.

»Die Achterbahn«, sagt Erik enthusiastisch.

»Sonst nichts?«, fragt Mariette.

»Vielleicht auch noch die Geisterbahn.«

»Ist es okay, wenn ich mich in das Café da drüben setze?«, erkundigt sich Bengt.

»Jetzt?«, erwidert Mariette. »Wir sind doch gerade erst angekommen.«

»Sicher, aber ich dachte, ich könnte einen Kaffee trinken und Zeitung lesen. Ich habe ohnehin nicht vor, irgendwo mitzufahren. Ich stoße dann einfach später wieder zu euch.«

»Und die Schiffsschaukel«, verkündet Erik aufgeregt.

Mariette würde Bengt am liebsten anfauchen. *Du stößt dann später zu uns*? Sie fragt sich, ob er ernsthaft glaubt, dass das hier etwas ist, worauf sie sich gefreut hat. Kann er wirklich so weltfremd sein?

Aber sie atmet tief durch und sagt zu Erik, da er am allerliebsten mit der Achterbahn fahren wolle, sollten sie damit am besten anfangen.

Bengt blinzelt ein wenig unsicher und versucht, Blickkontakt zu Mariette herzustellen, aber sie hat keine Lust, sich darauf einzulassen, und wendet ihre ganze Aufmerksamkeit weiter Erik zu.

»Also schön«, sagt Bengt und geht in Richtung Café. »Dann bis gleich.«

In dem Moment reicht der Fotograf ihr das entwickelte Bild. Erik schaut zwei Sekunden darauf, dann will er dorthin gehen, wo es die besten Attraktionen gibt. Mariette mustert das Bild, ohne wirklich schlau daraus zu werden. Da stehen sie alle drei. Eine Familie. Natürlich erkennt sie sich und die anderen, aber sie sehen trotzdem beinahe fremd aus.

Sie sieht ihr eigenes Lächeln, die gelbe Bluse mit den blassen Blüten darauf, wie ihr der Wind ins Haar fährt, Bengts Hand auf ihrer Schulter, wie er die Sonnenbrille in der Hand hält, Erik, der in eine andere Richtung blickt und nur gerade so im Bild ist, und über ihnen ein buntes Plakat von einem großen Riesenrad.

Da ist etwas mit diesem Foto.

Wie seltsam, denkt sie, dass sie und Bengt darauf so glücklich aussehen und sich in einer Weise berühren, die ihr überhaupt nicht bewusst gewesen ist, als die Aufnahme vor ein paar Minuten gemacht wurde.

Sie hat Lust, Bengt nachzulaufen und ihm das Bild zu zeigen, erkennt aber, wie albern das wirken würde. Er würde es vielleicht gar nicht verstehen. Oder sie bildet sich nur etwas ein, und es gibt nichts zu verstehen. Außerdem ist Erik so eifrig, zieht die ganze Zeit an ihrem Ärmel, will endlich los.

»Nun komm schon«, sagt er und zerrt an ihr.

»Ich komme, ich komme.«

Sie achtet darauf, das Foto sorgsam in seinen Umschlag und diesen in ihre Tasche zu legen, damit es nicht zerknickt oder beschädigt wird. Wenn sie wieder daheim ist, wird sie es einrahmen und als Erinnerung aufhängen.

Sie spürt, dass es eine ganz besondere Bedeutung haben wird. Sie möchte, dass sie sich immer an diesen Tag erinnern. Eine Erinnerung.

4

Die Schlange der Wartenden bewegt sich langsam auf die Kartenkontrolle zu, und Mariette steht neben Erik, der energisch Kaugummi kaut. Der künstliche Himbeergeschmack, der fast allgegenwärtig ist. Sie traut sich nicht, seine Hand zu halten, obwohl es ihm vermutlich lieber gewesen wäre, wenn sie keiner dabei sähe. Hier und jetzt dürfte er sich dagegen kaum etwas Schlimmeres vorstellen können, als mit seiner Hand in der seiner Mutter ertappt zu werden.

Er ist nervös, das ist doch klar, dafür hat Mariette volles Verständnis. Er ist es allerdings nicht wegen der Achterbahn an sich, die in ihren Augen wirklich furchterregend aussieht, sondern wegen der Kartenkontrolle, neben der eine Säule steht, auf der deutlich markiert ist, wie groß man mindestens sein muss, um mitfahren zu dürfen. Wenn der Kontrolleur sich bestätigen lassen will, dass man die erforderliche Körpergröße hat, muss man sich an sie stellen und sich messen lassen.

Zu Hause hatten sie ihn mindestens hundertmal gemessen. Sowohl Mariette als auch Bengt hatten ihm bestätigt, dass er sich keine Sorgen machen musste, aber Erik wollte trotzdem nachmessen, nur noch einmal, um wirklich ganz sicher zu sein. Jetzt, da es ernst wird, scheint seine Überzeugung erneut wie weggeblasen zu sein.

Er tut Mariette leid, aber sie weiß, dass sie nichts tun kann, um ihm seine Sorge zu nehmen. Sie können nur warten, bis er an der Reihe ist. Sie schaut sich um, kann Bengt aber nirgendwo entdecken. Vermutlich sitzt er noch bei seiner Tasse Kaffee und ist zufrieden, auch diesmal so leicht davongekommen zu sein. Als sie an die zusammengerollte Tageszeitung in seiner Armbeuge denkt, muss sie sich große Mühe geben, damit ihr Ärger nicht wieder aufflammt.

Direkt hinter ihnen steht eine andere Mutter mit ihrem Sohn, der im gleichen Alter zu sein scheint wie Erik. Anfangs versucht Mariette, Blickkontakt zu der Frau herzustellen, sie weiß im Grunde nicht warum, vielleicht nur, um das Erlebnis mit jemandem zu teilen. Der Sohn der Frau hat denselben verbissenen Gesichtsausdruck wie Erik, will ganz nah bei seiner Mutter stehen und wünscht sich gleichzeitig, sie wäre überhaupt nicht da.

Die Frau schaut jedoch konsequent in eine andere Richtung. Je länger Mariette sie studiert, desto befremdlicher erscheint ihr das Verhalten der Mutter. Irgendetwas ist seltsam an ihren nervösen Zuckungen um Augen und Mund, die nicht wie Ticks sind, sondern eher darauf hindeuten, dass in ihrem Inneren etwas Qualvolles vorgeht. Außerdem reibt sie sich mit der Hand unablässig über den Unterarm, kratzt sich beinahe manisch. Mariette denkt, dass sie nicht besonders sympathisch aussieht.

Die Frau hat blonde Haare und ein strenges Gesicht mit einem Muttermal unter dem linken Auge. Am Ende berührt ihr Anblick Mariette so unangenehm, dass sie wegsieht. Hinzu kommt, dass an dem ganzen Ort ein Geruch von verbrannter Elektrizität in der Luft hängt, ein Duft, der sich ständig in ihrem Gaumen festzusetzen droht, so dass sie wiederholt schlucken muss.

Als sie die Kartenkontrolle erreichen, wirft das junge Mädchen nur einen flüchtigen Blick auf Erik, ehe sie ihn durchlässt. Sie gibt auch Mariette zu verstehen, dass sie durchgehen kann.

»Nein, nein, ich fahre nicht mit«, erklärt Mariette.

Teilnahmslos zeigt das Mädchen auf eine Lücke im Zaun, durch die sie sich hinausschieben kann.

Mariette versucht, einen Blick mit Erik zu wechseln, aber er ist ganz darauf konzentriert, sich zu dem wartenden Zug zu begeben, der bereits auffordernd eingefahren ist.

Obwohl Erik, der ganz vorn steht, so verbissen aussieht, freut sich Mariette für ihn. Sie weiß, dass man sich seinen Platz nicht aussuchen darf, er einem zugewiesen wird, und Erik hat ihr erzählt, dass er am liebsten ganz vorn sitzen möchte, genau dort, wo er nun platziert wird. Selbst von ihrem Standort hinter dem Schutzzaun aus kann sie seine freudige Erregung hinter seinem Gesichtsausdruck spüren. Sie erkennt den Jungen, der hinter Erik steht, es ist der mit der seltsamen Mutter, die Mariette in diesem Moment nirgendwo sieht. Vermutlich ist sie auch nach draußen gelangt und steht nun zwischen den Zuschauern verborgen.

Dann öffnen sich die kleinen Tore, und alle dürfen sich auf die ihnen zugeteilten Plätze setzen, Erik und der andere Junge sitzen nebeneinander in dem begehrten Wagen ganz vorn.

Hinter ihnen schließen sich die Tore rasch wieder.

»Warten Sie, stopp!«, ertönt plötzlich eine schrille Stimme.

Mariette dreht sich um, will sehen, wer ruft. Ist etwas passiert? Sie erblickt die merkwürdige Frau mit dem Muttermal, die Anstalten macht, über den Zaun zu klettern.

»Warten Sie, stopp! *Stopp! Stopp!*«, wiederholt sie mehrmals laut und schafft es tatsächlich, die Aufmerksamkeit des jungen Burschen auf sich zu ziehen, der für den Start der Bahn zuständig ist. Er geht zu ihr, woraufhin alle, die bereits in dem Wagen sitzen, sie anschauen und sich fragen, was los ist.

»Mein Sohn muss den Platz tauschen«, erklärt sie mit der gleichen schrillen Stimme, so dass alle es hören.

»Den Platz tauschen?«, fragt der junge Mann zurück.

»Ja, er muss auf dieser Seite sitzen, weil ich ihn fotografieren will. Der Seite nach hier.«

»Man darf sich seinen Platz nicht selbst aussuchen«, erläutert der junge Mann.

»Das dauert doch nur ein paar Sekunden, das kann doch nun wirklich kein *Problem* sein?«

»Doch, wenn das alle tun wollen, dauert es zu lange.«

»Aber ein paar *Sekunden*, das soll *nicht möglich* sein? Es ist wichtig, verstehen Sie?«

Der junge Bursche seufzt schwer, hat aber auch nicht die Energie, sich der Frau zu widersetzen, die sehr entschieden auftritt. Mariette sieht ihm an, dass er schnell abwägt, was länger dauern wird, weiter mit ihr zu diskutieren, einfach zu gehen und sie nicht zu beachten oder ihrem Wunsch nachzukommen.

»Um welchen Platz geht es denn?«, fragt er schließlich.

»Um den da«, sagt die Frau und zeigt auf Erik.

Mariette hat einen Kloß im Hals. Die andere Mutter zeigt

auf Erik und möchte, dass er den Platz mit ihrem Sohn tauscht. Was für eine grauenvolle Frau, die vor allen Leuten auf Mariettes Sohn zeigt, die bestimmte Worte betont, um andere zu schikanieren, man sieht es an ihrer Körpersprache, an ihrer Art zu sprechen.

An der Art und Weise, wie sie andere *kommandiert.*

»Er, *er*«, erhebt die Frau jetzt ihre Stimme, »er muss nur den Platz mit dem Jungen neben ihm tauschen. Soll das denn wirklich so schwierig sein?«

Schwierig.

Mariette hat große Lust, sich gegen das tyrannische Verhalten der Frau einzumischen. Stattdessen beobachtet sie, dass sich der Angestellte umdreht und eine Geste macht, als wollte er Erik fragen, ob er einverstanden ist.

Es dauert einen Moment, bis Erik merkt, dass er gemeint ist, und dann sieht er unbeschreiblich traurig aus, weil er denkt, dass er jetzt doch nicht mitfahren darf, dass man ihn rauswirft.

»Nein, nein«, sagt ein Mann mit einem großen, wildwüchsigen Schnäuzer, »du brauchst nur den Platz mit dem anderen Jungen zu tauschen, dem neben dir. Danach kann es losgehen.«

Er zeigt an, wie sie es machen sollen, dann wirft er der lästigen Frau einen stieren Blick zu. Anscheinend, denkt Mariette, ist das jemand, dem es nur darum geht, den Zug abfahren zu lassen, damit es endlich weitergehen kann.

Schließlich begreift Erik, was er tun soll, zuckt mit den Schultern und steht auf. Die Tore werden noch einmal geöffnet, und Erik tauscht den Platz mit dem Jungen neben sich.

»Sehr schön, vielen Dank«, kommentiert die Frau, die Mariette inzwischen von ganzem Herzen verabscheut. Außerdem schämt sie sich, weil sie nicht zu der anderen Mutter gegangen ist und ihr gesagt hat, dass sie sich nicht in die Arbeit anderer Leute einmischen soll und dass sie nicht das Recht hat, vor allen so auf ihren Sohn zu zeigen.

Aber das spielt jetzt keine Rolle mehr. Das Problem hat sich ja ganz leicht lösen lassen, und Erik scheint keinen Schaden genommen zu haben. Mariette beschließt, die Sache auf sich beruhen zu lassen.

Die andere Frau zieht ihre Kamera heraus und fotografiert ihren Sohn, den der ganze Aufstand nicht zu interessieren scheint. Er sitzt nur da, konzentriert sich und schaut genau wie Erik nach vorn. Mariette denkt, dass der Junge vermutlich an das unangenehme Auftreten seiner Mutter gewöhnt ist.

Im Grunde ist kaum ein Unterschied zwischen den beiden zu erkennen, zwei Jungen in weißen T-Shirts und Jeans, in den Augen anderer vollkommen austauschbar, zwei Jungen, die erwartungsvoll im vordersten Wagen sitzen und es nicht erwarten können, dass ihr Gefährt endlich losrollt, um der Spannung selbst willen, aber auch, damit sie endlich ihre Mütter los sind.

Es ist nicht weiter wichtig, aber Mariette fällt es trotzdem schwer, ihren Ärger über die andere Frau und ihr Vorgehen herunterzuschlucken. Über diese *aufdringliche* Art.

Sie versucht ein wenig linkisch, Erik zuzuwinken, als sich die Wagen in kurzen Rucken vorwärtsbewegen, aber er schaut weiter geradeaus, und sie schämt sich ein wenig für ihre überfürsorgliche Art. Dafür ist er jetzt zu alt, denkt sie.

Dann schießt ihr durch den Kopf, dass sie dies fast immer schon so empfunden hat: dass Erik für ihre behütende Art zu alt gewesen ist.

Um einen besseren Überblick zu bekommen, geht sie ein paar Meter weiter, gleichzeitig wird der Wagen von starken Ketten sachte aufwärts gezogen. Mariette hört, wie mit knackenden Geräuschen Zahnräder ineinandergreifen. Mehrere Kinder haben die Arme hochgereckt und schreien schon jetzt, um die Spannung und den Nervenkitzel noch zu erhöhen, je näher sie der Kuppe kommen. Auf dem Scheitelpunkt scheinen die Wagen kurz abzubremsen, ehe die Schwerkraft sie über die Kuppe hinweg und dann steil nach unten zieht. Alle schreien und halten sich fest, und danach folgt eine schnelle Kurve, und unmittelbar darauf geht es wieder hoch und mit hoher Geschwindigkeit über die nächste Kuppe.

Dort passiert es.

Ein leichter Ruck, der von Mariettes Standort kaum zu sehen ist. Sie bemerkt jedoch, dass der Zug gleichsam zusammenzuckt und die Wagen gegen etwas zu schlagen oder einfach aus der Spur zu geraten scheinen. Jedenfalls stehen sie schief, haben sich leicht zur Seite geneigt. Im Grunde sieht das nicht besonders dramatisch aus, eher so, als hätte sich nur etwas verhakt, fast, als würde es mit Absicht geschehen, um die Fahrt noch spannender zu machen.

Dann aber rutschen die Wagen mit einem grauenvoll quietschenden Geräusch, das alle anderen Attraktionen, alle johlenden Stimmen und Rufe übertönt, an den Schienen entlang und rucken und kippen immer mehr. Im nächsten Moment ertönen die Schreie, Schreie, die nun ganz anders klingen und der Bewegung widersprechen, die sich eher in Zeitlupe abzuspielen scheint. Keine beherrschten und erwartungsvollen Schreie, sondern die völlig verängstigten Schreie junger Menschen, denen bewusst wird, dass sie Gefahr laufen, aus dreißig Metern Höhe auf den Asphalt unter ihnen zu stürzen.

Und dann verhaken sich die Wagen mit einem ächzenden Laut, und für eine Sekunde wird es da oben vollkommen ruhig. Alles steht still, und Mariette sieht, dass aus verschiedenen Richtungen Menschen herbeilaufen. Sie begreift sofort, dass es Mitarbeiter sind, die erkannt haben, dass hier etwas furchtbar schiefgegangen ist. Menschenleben sind in Gefahr. Sie laufen, so schnell sie können, und behalten gleichzeitig unablässig im Auge, was über ihren Köpfen vorgeht.

Im ersten Moment fühlt sie nichts, ihr Körper ist nichts als ein hohles Gefäß.

Alles in ihr wird fortgerissen.

Ganz still, vollkommen leer.

Dann kommt ein eisiges Gefühl aus dem Bauch, ein eiskalter Strahl schießt über den Nacken hoch und drückt gegen den ganzen Kopf und packt ihn mit einem steif gefrorenen Griff.

Sie versucht zu brüllen, weiß nicht, was sie schreit, vielleicht »*Hilfe!*«, vielleicht ruft sie auch nach Bengt, dass er kommen und etwas tun soll, vielleicht ruft sie Erik zu, dass er sich festhalten und keine Angst haben soll, vielleicht ist es nur ein einsilbiger Laut ohne Bedeutung, aber es kommt nichts, jedenfalls nichts, was sie selbst hören kann. Es ist eher so, dass sie den Mund öffnet, ohne dass etwas zu vernehmen ist, und erst da erkennt sie, dass es ist, als wäre die Welt in einer abgrundtiefen Lautlosigkeit versenkt worden, und es gibt nur eins, dessen sie sich wirklich sicher sein kann, des Geruchs von vorhin, nach verbrannter Elektrizität.

5

Die Wagen sind mit kurzen, ruckenden Bewegungen herabgerutscht und in einer steilen Kurve zum Stehen gekommen, in der sie sich in einem Winkel von fast neunzig Grad neigen. Sie scheinen jeden Moment herunterkippen zu können.

Einige Mitarbeiter hasten das Gerüst hinauf, und die Menschen, die unten stehen und zuschauen, rücken immer näher an den Zaun heran, der die Achterbahn umgibt.

Die ganze Szene hat etwas Gespenstisches. Etwas, das in Zeitlupe geschieht, während die Zeit zugleich rast und sich zum Klang einer schrillenden Dampfpfeife durch einen Felstunnel presst.

Mariette geht näher heran, ohne aus den Augen zu lassen, was da oben vorgeht. Sie kann wieder hören, und alles wird von der Panik in den Stimmen um sie herum übertönt. Sie sieht drei Männer, die in dem Gerüst hochklettern und zu wissen scheinen, wie sie am schnellsten nach oben kommen, vielleicht haben sie trainiert, wie sie in einem solchen Fall handeln müssen, denkt Mariette, vielleicht ist es nicht so schlimm, wie es aussieht. Vielleicht ist das schon einmal passiert, ja, vielleicht sogar schon mehrere Male, und hat sich immer ohne größere Dramatik in Wohlgefallen aufgelöst.

Es wäre schön, wenn sie das beruhigen könnte. Es wäre schön, glauben zu können, dass es keinen Grund zur Besorgnis gibt, dass bestimmt alles gutgehen wird. Dass sie wissen, was sie tun, und nur dafür sorgen müssen, dass alles geordnet abläuft und keiner in Panik gerät und eine Dummheit begeht.

Aber sie weiß es. Sie sieht es doch mit ihren eigenen Augen, dass hier um Leben und Tod gerungen wird.

Man erkennt es daran, wie die Männer das Gerüst hinaufeilen, wie sie einander ermahnen. Und ihr ist vollkommen bewusst, dass ihr Sohn einer derjenigen ist, die Gefahr laufen, im nächsten Moment dreißig Meter tief zu fallen.

Erst jetzt bemerkt Mariette, dass sie neben der Frau mit dem Muttermal unter dem Auge steht, die vorhin ihren Sohn fotografiert und darauf bestanden hat, dass die Plätze getauscht werden. Sie, deren Fehler das alles sein könnte.

Ja, denkt Mariette und spürt Wut in sich aufsteigen. Sie sieht, dass die Augen der Frau in blanker Panik weit aufgerissen sind. Wie sie ihre Kamera krampfhaft in der Hand hält, so fest gepackt, dass es aussieht, als wollte sie den Apparat zerquetschen.

Im selben Moment hört Mariette Stimmen, die aus dem Gewirr herausstechen und alle das Gleiche wiederholen. Dass sich eine Sicherheitssperre gelöst hat.

»Sie hat sich gelöst!«, schreien mehrere Leute.

»Er wird rausfallen! *Seht ihr!* Sie hat sich gelöst!«

Mariette begreift nicht, was sie mit Sicherheitssperre meinen. Dann blickt sie wieder nach oben und sieht, dass sich einer der Bügel, die den jeweiligen Fahrgast festhalten, gelöst hat und der Junge, der auf diesem Platz sitzt, kurz davor ist, herunterzufallen. Nichts hält ihn mehr in dem Wagen fest.

Alle anderen sind festgeschnallt, dieser Junge ist fast schon herausgefallen. Er trägt ein weißes T-Shirt, und Mariettes Kopf wird wieder von diesem eisigen Griff gepackt, doch nun wird es nicht still in ihr, sondern es erhebt sich ein herzzerreißender Schrei, der in einer einzigen Kraftanstrengung aus ihrem Körper hervorbricht.

»Erik!«, schreit sie hinaus und in sich hinein. Erst einmal, dann immer wieder. Zehnmal. »Erik! *Erik!… Erik!*«

Wieder sieht sie die Frau an, die neben ihr steht und deren Sohn direkt neben ihrem Sohn sitzt. Und im selben Moment begreift Mariette, dass sich nicht Eriks Sicherheitsbügel, sondern der des anderen Jungen gelöst hat. Er ist es, der frei hängt und sich nur noch mit einem Arm festhält. Alle anderen in den Wagen dahinter schreien und strecken sich nach ihm, aber keiner erreicht ihn, auch Erik nicht, der ihm am nächsten sitzt.

Sie schreien und schreien, und die Männer nähern sich langsam dem Jungen, dessen Beine herabbaumeln.

»Halt dich fest! Erik, du musst dich festhalten!«, brüllt Mariette und sieht die Frau neben sich flehentlich an, die jedoch weiter wie gelähmt dasteht, mit demselben panischen Blick und krampfhaften Griff um die Kamera, sie rührt sich nicht, nur ihre Augen bewegen sich und sehen aus, als würden sie aus dem Schädel gesprengt.

Die Männer kommen dem Jungen immer näher und sind höchstens noch fünf Meter von ihm entfernt. Dann läuft nochmals ein Ruck durch den Wagen, und der Junge rutscht etwas ab, weit genug, um sich nicht mehr richtig festhalten zu können.

Zwei Männer sind ihm inzwischen jedoch ganz nah und strecken sich nach ihm, und es sieht tatsächlich so aus, als würde es ihnen gelingen, nach seinen Beinen zu greifen, aber er pendelt so heftig hin und her, dass sie es nicht schaffen, ihn richtig zu packen.

Immer wieder entgleitet er ihrem Griff.

Sie versuchen, sich weiter hinaufzubewegen, um an seinen Oberkörper zu gelangen, aber der Winkel ist zu ungünstig, der Wagen steht in die andere Richtung geneigt.

Er fällt.

Im ersten Moment scheint dies so langsam zu geschehen, dass es aussieht, als könnten die beiden anderen Männer, die sich etwas unterhalb der zwei ersten befinden, es noch zu ihm schaffen und ihn direkt unter dem Wagen auffangen. Dann aber ist es, als würde sein Körper Fahrt aufnehmen und eine mächtige Kraft ihn von unten unwiderstehlich zur Erde herabziehen.

Der Körper fällt und verschwindet hinter dem großen Gerüst. Ohne einen Laut. Es wird vollkommen still.

Niemand kann den Jungen mit dem weißen T-Shirt jetzt noch sehen, aber alle wissen, was passiert ist.

Mariette schlägt die Hände vor die Augen, obwohl sie weiß, dass es zu spät ist, sie hat schon zu viel gesehen. Und dann weiß sie nicht mehr, welcher Junge auf welchem Platz gesessen hat, ob Erik noch im Wagen sitzt oder ob er gefallen ist.

Sie versucht, sich rechts und links und die Position des Wagens zu vergegenwärtigen, aber es will ihr nicht gelingen, sie kann sich einfach nicht erinnern, wer zuerst wo saß und wie sie die Plätze getauscht haben.

Sie spürt einen Arm, der um sie gelegt wird, und hört Bengts Stimme.

»Wo ist Erik?«, ruft er, um alle anderen Schreie ringsum zu übertönen. »Mariette, antworte mir, *wo* ist Erik?«

»Ich weiß es nicht«, erwidert sie kreischend. »Ich weiß nicht, ob er lebt! Kapierst du! *Ich weiß nicht, ob er lebt!*«

Es ist sicher keine Absicht, aber Bengt stößt sie von sich, wirft sich über den Zaun und rennt zu der Stelle, an der kurz zuvor der Junge seinem Tod entgegengefallen ist.

Sie will ihm sagen, dass es zu spät ist. Du kannst nichts mehr tun. Schließlich hat sie mit eigenen Augen die Höhe gesehen und wie der Junge kopfüber fiel. Wenn Bengt die Stelle erreicht, kann er ohnehin nichts tun.

Mariette wendet sich erneut der Frau mit dem Muttermal zu, die direkt neben ihr steht.

»Wissen Sie, wer gefallen ist?«, fragt sie und hört, dass in ihrer Stimme Tränen mitschwingen.

Mariette ist es egal, dass sie wenig einfühlsam ist, denn ein Junge ist umgekommen, entweder ihr eigener Sohn oder das Kind der anderen Frau. Die Verzweiflung durchdringt alles.

»Wissen Sie, *wer* gefallen ist?«, wiederholt sie. »Wer es war … haben *Sie* es gesehen?«

Die Frau schüttelt nur den Kopf, und als sie sich Mariette ganz zuwendet, spürt sie die Überzeugung der Frau. Im ersten Moment deutet Mariette ihren Blick als kühl und abweisend, aber es liegt viel mehr darin.

Purer Hass.

Als wollte die andere Frau sie mit ihrem Blick vernichten, und Mariette muss sich aus reinem Selbsterhaltungstrieb abwenden.

Stattdessen versucht sie, zwischen den vielen Menschen,

die in verschiedene Richtungen rennen, Bengt zu finden. Sie ist vollkommen schutzlos zurückgeblieben und wünscht sich, weinen oder irgendeine andere körperliche Reaktion zeigen zu können, was auch immer, statt diesem Kalten und Lähmenden, das von ihrem Körper Besitz ergriffen hat.

Eine Stimme aus einem Megaphon ermahnt alle, Ruhe zu bewahren und sich langsam zum Ausgang zu begeben, sie erklärt, dass Krankenwagen und Feuerwehr unterwegs sind und Platz benötigen, um alle retten zu können, die in den Wagen festsitzen, dass dies ein Notfall ist, keine Übung, und alle mitarbeiten müssen.

Immer wieder dieselbe Mitteilung.

»Alle müssen mitarbeiten. Alle müssen …«

Dann Sirenen von außerhalb des Geländes, die immer näherkommen. Große, schwere und pausenlos ertönende Sirenen, deren Lautstärke anschwillt, bis sie ohrenbetäubend sind.

Menschen, die sich sachte nach hinten bewegen, und Mariette und die Frau rühren sich nicht von der Stelle, obwohl sie von den anderen auf dem Weg nach draußen immer wieder angerempelt werden.

Der Hass, denkt Mariette.

Sie weiß, dass sie jetzt nicht fallen darf, denn dann wird sie nie wieder aufstehen können. Als sie Bengt sieht, der auf sie zuläuft, sieht sie ihm an, dass Erik noch lebt. Sie sieht es, unmittelbar bevor sie fällt und die drängelnde Menschenmenge spürt. Erik lebt.

6

Mariette trinkt noch einen Schluck von ihrem inzwischen nicht einmal mehr lauwarmen Kaffee und blickt in den kellerdunklen Morgen hinaus. Bengt ist zum Flughafen gefahren und wird eine Woche fort sein. Sie bleibt in ihrem gemeinsamen Haus.

Ein weiterer Blick auf die Uhr. Halb sechs. In einer Stunde wird sie Erik wecken, und sie beschließt, ein Kreuzworträtsel zu lösen. Enttäuscht sitzt sie da mit dem Stift über dem Papier, unfähig, auch nur ein Wort zu schreiben.

Gerade hatte sie noch alle Zeit der Welt, jetzt kommt es ihr vor, als wäre schon alles zu spät.

Sie steht auf und geht zu Eriks Zimmer, öffnet vorsichtig die Tür und lugt hinein. Sie weiß, dass es ihr eigentlich nicht gestattet ist, das zu tun, auch wenn die Warnung an der Tür – *Erwächsene haben keinen Zutrit* – nicht mehr dasselbe bedeutet wie zu jener Zeit, als die Worte geschrieben wurden.

Es riecht nach Socken und Teenagerhöhle, und sie sieht, dass zwischen den nachlässig zugezogenen Vorhängen die ersten Sonnenstrahlen in den Raum fallen. Es gibt so viel, was sie ihm gern sagen würde, aber aus irgendeinem Grund ist dieses Bedürfnis immer am größten, wenn er nicht wach ist.

Mariette begreift nicht, warum das so ist.

Er schnarcht leise, liegt mit dem Gesicht zur Wand, von ihr abgewandt. Sie überlegt, dass er sich möglicherweise schlafend stellt, er sich ihrer Gegenwart letztlich bewusst ist und sie ihm etwas bedeutet. Der Wille, den Traum festzuhalten oder endlich allem zu entfliehen.

Ansonsten hat es wenig Sinn, mit ihm zu reden. Nicht, dass sie ihm deshalb Vorwürfe machen würde, sie weiß mehr als genug über verschiedene Phasen, über die Pubertät und die Notwendigkeit, sich von seinen Eltern abzugrenzen.

In ein paar Monaten wird er achtzehn. Bald darf er wählen, und wenn sich das Land im Krieg befände, wäre er bereits mit einem Maschinengewehr ausgerüstet worden. Sie weiß das alles, will aber nur eins, mit ihm über Dinge sprechen, die ihm wichtig sind. Ihnen beiden.

Sie weiß, dass sie ihr Leben für ihn opfern würde. In diesem nicht existierenden Krieg. In jeder nur erdenklichen Situation.

Erik lebt, denkt sie.

Er ist ihr Sohn, und selbstverständlich hätte sie den Platz mit ihm getauscht, in dieser Achterbahn damals, wenn sie so sein Leben gerettet hätte. Stattdessen tat dies ein anderer Junge. Ein Junge, über den Mariette nichts weiß. Er war an jenem Tag nur zufällig in dem Vergnügungspark, seine Mutter sagte den Jungen, sie sollten die Plätze tauschen, und dann passierte, was passierte. Ein Junge starb, und ein Junge überlebte. Ihr Sohn.

Eines Tages wird sie mit Erik darüber sprechen. Mehr als einmal hat Mariette sich gefragt, warum sie niemals mehr auch nur ein Wort darüber verloren hat, was damals geschah, weder Erik noch Bengt gegenüber. Irgendwie hat sie immer gehofft, dass Bengt sich mit Erik zusammengesetzt hat, um ihn zum Erzählen zu bringen. Schließlich ist das sein Beruf. Aber sie bezweifelt es. Es hat sogar Momente gegeben, in denen sie sich gefragt hat, ob das Unglück überhaupt passiert ist, weil sie niemals darauf eingegangen sind. Bis heute nicht.

Doch selbst in ihren harmonischsten Momenten gelingt es ihr nicht, den Vorfall völlig zu vergessen. Vielleicht gibt es eine Familie, bevor der Junge fiel, und eine ganz andere nach dem Vorfall.

Sie würde Erik gern fragen, warum er manchmal so traurig aussieht. Sie bekommt immer dieselbe Antwort. Er sei müde. Aber darum geht es natürlich nicht, das sieht sie ihm an, es geht um mehr.

Dann fällt ihr auf, dass er sie schon seit Monaten nicht mehr berührt hat, keine Umarmung, nichts, er hat sie kaum angesehen. Er versucht, sich ihr gegenüber zu einem Fremden zu machen.

Sie will nicht, dass er so einsam aussieht.

Sie will nicht, dass sie und Erik Fremde füreinander sind.

Sie will nicht sehen, wie sie auf unmerkliche Art ihrer eigenen Mutter immer ähnlicher geworden ist. Womit sie deren schlechte Seiten meint. Wenn sie nicht tot wäre, hätte Mariette jetzt vielleicht mit ihr reden können.

Das sind die Gedanken, die ihr an diesem Morgen durch den Kopf gehen. Die Sonne scheint inzwischen mit kräftigen Strahlen zum Fenster herein, und das Licht schimmert fast unerträglich schön.

Eine Begegnung zwischen Männern

1

Er schmunzelt, wie jedes Mal, wenn er sich in die linke Schlange einreiht. Die ihn heraushebt und seinen Platz unter den Auserwählten und Handverlesenen bekräftigt.

Die Klasse, die in der Flugverkehrssprache Business Class genannt wird.

Natürlich ist ihm bewusst, dass es unterschiedliche Arten von Minderheiten gibt, von denen die meisten in Armut leben oder sogar vom Tod bedroht sind. Sie leben im Exil, verstecken sich in unterirdischen Zellen, zum Schweigen gebracht und unterdrückt, kämpfen darum, für ihre ausgehungerten Familien Essen auf den Tisch zu bringen. Er hat sie in Zeitungen und im Fernsehen gesehen, er weiß, dass diese Menschen existieren.

Seine Schlange liegt links, sie ist für die Auserwählten reserviert. Er weiß, dass die Privilegien, die er genießt, nicht leichtfertig gewährt werden. Sie haben nichts mit Alter, Ethnie, Geschlecht oder Körpergröße zu tun. Es ist viel simpler. Er ist privilegiert, weil er so oft fliegt und beschlossen hat, mit dieser und keiner anderen Fluggesellschaft zu reisen.

Er ist ein guter Kunde. Er weiß sich zu benehmen und zahlt viel Geld. Also belohnen sie ihn mit besserem Service, breiterem Lächeln, festerem Händedruck, und als Beweis händigen sie ihm eine goldene Karte mit säuberlichen, reliefartig eingeprägten Buchstaben aus.

Auf dem Weg ins Terminal hat er einen kurzen Blick auf einen der Bildschirme geworfen und kontrolliert, dass seine Maschine keine Verspätung hat.

Alles deutet auf einen ganz gewöhnlichen Arbeitstag, einen ganz gewöhnlichen Flug hin.

Er hat sich noch nicht entschieden, ob er während des Flugs das Taschenbuch herausholen wird, das er vorhin gekauft hat, oder ob er seine Spesenbelege aus der Vorwoche auflisten soll.

Hinter überdimensional großen Fenstern erstreckt sich hellblauer Himmel. Er sieht unberührt, fast nackt aus, als würde er warten. Es ist August, bald September, für ihn die beste Zeit im Jahr, die Zeit, in der neue, frische Luft hereingelassen wird, aus der Erde aber noch gärend Wärme dringt. Die Leute reden von Altweibersommer und Nachsommer und laufen vergnügt in aufgeknöpften Hemden mit hochgekrempelten Ärmeln, in Röcken und Sandalen herum. Sie holen noch das Letzte aus den Sommerresten heraus.

Er zieht seine leicht braun getönte Sonnenbrille aus und betrachtet gleichzeitig weiter den hellblauen Himmel.

Dann das Unerwartete.

Er denkt an seinen Vater.

Wie unerwartet, wie unnötig.

Er weiß erstaunlich wenig über seinen Vater, und das wenige, was er einordnen kann, besteht in erster Linie aus fragmentarischen Erinnerungsbildern. Er kann sich nicht entsinnen, jemals etwas aus seiner Kindheit vermisst zu haben. Sie war das, was einst war; jetzt existiert sie nicht mehr.

Sein Vater war ein Produkt geerbten Geldes, schaffte es jedoch, fast alles zu verschleudern. Nicht durch spektakuläre Geschäfte, die fehlschlugen, sondern durch ein langsames Ausbluten, »um alles zu ertragen«. Das hatte er auf dem Sterbebett geäußert. Genau wie sein Bekenntnis, dass er einst davon geträumt hatte, Pilot zu werden.

Es erscheint ihm bizarr, ausgerechnet jetzt daran zu denken: der Flughafen, der hellblaue Himmel, der Vater, der alles zu ertragen versuchte und dem eitlen Traum nachhing, eines Tages Pilot zu werden.

Denn Pilot wurde er nicht, sondern ein Banker, wie es von ihm erwartet wurde. Zum Glück. Sein Hang zum Alkohol ließ sich in einem prunkvollen Bankbüro leichter überspielen als in einem Cockpit in zehntausend Meter Höhe.

Sein Vater war eine verkleidete, gescheiterte Existenz. Verkleidet, weil es ihm trotz allem auf mirakulöse Weise gelang, die scheiternde Ehe, den Geldmangel und die abgrundtiefe Leere vor all jenen zu verbergen, die von sich glaubten, die Familie eigentlich zu kennen.

Nun legt er, der Sohn, die braun getönte Sonnenbrille zusammen und schiebt sie in die Tasche seines Jacketts. Sie klappt geschmeidig zu, genau wie in der Reklame. *Collapsible.* Deshalb hat er sie gekauft.

Er ist neunundvierzig Jahre alt und heißt Christian Leander. Dunkle, zurückgekämmte Haare, ein wenig schütter, aber nicht mehr, grüne Augen, breite Schultern. Durchschnittlich groß und ohne den kleinsten Ansatz eines Bauchs über dem Gürtel.

Mehrfach ist es ihm passiert, dass er in Schweiß gebadet aufwachte und sich einbildete, sein Körper wäre im Laufe der Nacht ein anderer geworden, dass er aufgeschwemmt und fremd und verlebt wäre. Das ist etwas, was er nicht tolerieren könnte. Ein paar Fältchen hier und da oder ein paar graue Haare stören ihn nicht weiter. Aber dass sein Körper in die Breite gehen und sich verändern, dass er für ihn wie ein Fremder werden könnte, das wäre völlig inakzeptabel.

Der bloße Gedanke an den schwabbelnden Hängebauch seines Vaters lässt ihn schaudern. Unwillkürlich wirft er einen Blick zur rechten Schlange hinüber, in der eine Gruppe von Männern steht und in überdimensionierten Hawaiihemden schallend lacht.

Andere charakteristische Züge Christian Leanders: das linke Auge etwas höher als das rechte, gerade Zähne, die manche eine Spur zu weiß finden, sowie ein breites Kinn mit einem kleinen Grübchen, das seine erste Freundin veranlasste, ihn Kirk zu nennen, was er zutiefst verabscheute. Es war im Übrigen das einzige Mal in seinem Leben, dass ihm jemand einen Kosenamen gegeben hatte.

Irgendetwas in ihm hat seine Aufmerksamkeit auf den hellblauen Himmel und den größten Traum seines Vaters gelenkt, Pilot werden zu dürfen.

Christian kann das nicht einfach zu den Akten legen. Pilot?

Es ist eine Erinnerung, deren Existenz in seinem Körper ihm nicht einmal bewusst gewesen war. Es kommt ihm vor, als sei in seinem Inneren eine Saite angeschlagen worden, seit er das Flughafenterminal betreten hat. Der wartende Himmel. Fast so, als würde ihn jemand von dort oben betrachten und die Gefühle und Eindrücke sortieren, wie er selbst es vorhin gemacht hat, als er sich in der kleinen Buchhandlung für ein Taschenbuch über einen römischen Kaiser entschied.

Es hätte ein Tag wie jeder andere in einem Flughafen wie jeder andere sein sollen.

Es ist ja weiß Gott nicht das erste Mal, dass er sich dort aufhält.

Trotzdem strömte eine Flut seltsamer Gedanken auf ihn ein, als hätte sein Gehirn eine kleine Zensursperre ausgeschaltet und würde nun alles Mögliche zulassen. Manche Psychologen nennen das, was nun Besitz von ihm ergreift, eine dissoziative Störung.

Der Begriff ist Christian Leander nicht bekannt, er hätte ihn aber auch nicht sonderlich interessiert. Er hätte ihn mit Sicherheit als Wischiwaschi bezeichnet. Als etwas, womit sich Linksintellektuelle beschäftigen, wenn sie ihren Caffè latte aus Tassen in der Größe von Suppenschalen trinken.

Allerdings wird er sehr bald einem Mann begegnen, der zu diesem Thema geforscht hat. Zufällige Begebenheiten, wie sie sich im Leben jedes Menschen ergeben können, was man abhängig von der eigenen Neigung Zufall oder Schicksal nennt.

Unerwartete Begegnungen.

Und welcher Ort könnte dafür geeigneter sein als ein Flughafen, von dem jährlich siebzehn Millionen Menschen abfliegen, auf dem zweihunderttausendmal Flugzeuge starten und landen.

Ein Ort, von dem aus man einhundertfünfundsiebzig Ziele ansteuern kann.

Befände man sich weit über ihm und blickte herab,

könnte man dieses Gewimmel von Aktivitäten verfolgen, überall und ewigwährend, ständig auf dem Sprung.

All die kleinen Punkte, die sich einem sorgsam ausgeklügelten Muster folgend bewegen.

Sie alle befinden sich an einem Ort, an dem jeder Mensch zu einem kleinen Rädchen in einer sehr großen Maschinerie verwandelt – verkleinert – wird. Eine Tannennadel in einem Ameisenhaufen.

Möglicherweise einmalig, aber wohl kaum unersetzlich.

Tatsächlich checkt der andere Mann, der zum Thema dissoziative Störung geforscht hat, keine drei Minuten nach ihm ein. Wenn Christian Leander sich in diesem Moment umdrehte, würden ihre Blicke sich begegnen.

2

Der Mann, der drei Minuten später zum Schalter kommt, heißt Bengt Sund. Mit seinem Nachnamen ist er immer unzufrieden gewesen, andererseits aber auch nicht so unzufrieden, dass er ihn geändert hätte. Außerdem wäre es prätentiös, einen anderen anzunehmen, vor allem, wenn man ein Mann ist. Als wollte er sich vor anderen zur Schau stellen, um sie zu beeindrucken.

Pfauengehabe.

Aber es ist natürlich ein wirklich dämlicher Name für einen Psychiater. Bengt Sund macht Sie gesund.

Er hätte bei der Heirat den Nachnamen seiner Frau annehmen können, Johansson, wie außer ihr noch zweihundertfünfzigtausend Schweden heißen. Das wäre sogar schlimmer gewesen und hätte ihn völlig anonymisiert. Seine Frau genießt wenigstens den Vorteil eines ungewöhnlichen Vornamens, Mariette.

Natürlich hatten sie das Problem lösen müssen zu entscheiden, wie ihr Sohn heißen sollte. Der Vorname war unstrittig gewesen, sie waren sich immer einig gewesen, dass er wie seine verstorbenen Großväter heißen sollte. Da beide Väter Erik hießen, wäre ihnen alles andere seltsam erschienen.

Für den Nachnamen mussten sie dann einen Kompromiss

finden, Erik Johansson Sund. In düsteren Momenten dachte Bengt manchmal, dass es typisch für ihn war, sein einziges Kind nach allen Regeln eines Kompromisses zu taufen.

Aber was soll's, denkt er, es ist ja nur ein Name.

Bengt Sund durchläuft die übliche Prozedur nach dem unüblich reibungslosen Check-in. Er bringt die Sicherheitskontrolle hinter sich, isst ein trockenes und teures Brot in einem der Cafés, wartet, geht zum Gate, wartet und steht schließlich auf, um sich an Bord des Flugzeugs zu begeben. Eine Frau mustert seine Boardingkarte und zieht sie durch einen Apparat, danach betritt er die Fluggastbrücke.

Er fragt sich: Was habe ich vergessen?

Ein Gedanke, der ihm jeden Morgen durch den Kopf schießt, wenn er das Haus verlässt. Das Gefühl, etwas vergessen zu haben, und anschließend ein systematisches Vergegenwärtigen, um sich davon zu überzeugen, dass alles in Ordnung ist. Dementsprechend geht er nun seine Liste durch: Brille, Pass, Ticket, Boardingkarte, tastet in Brusttasche und Hosentaschen, systematisch, wie vorgesehen. Plötzlich bleibt er jedoch stehen und muss noch einmal von vorn anfangen. Irgendetwas stimmt nicht. Er geht alles ein zweites Mal durch. Die Tasche. Er bemerkt, dass er gerade von seinem Sitzplatz am Gate aufgestanden ist und dort seine Tasche hat stehenlassen. Wie ist das nur möglich? Es muss daran gelegen haben, dass er so damit beschäftigt war, das Ticket und die Boardingkarte aus der Innentasche zu ziehen und an Bord der Maschine zu gehen.

Auf einem Flughafen! Er hat seine *Tasche* im Terminal zurückgelassen! In der Hand hält er die kleine Tüte mit den Halspastillen, die er in dem Tabakwarenladen gekauft hat, aber seine Tasche hat er vergessen. Augenblicklich kehrt er mit Panik in den Augen um. Immerhin könnten die Leute glauben, dass in der Abflughalle eine Bombe steht, vielleicht hat man sogar schon Wachpersonal und Polizei alarmiert.

Er muss sich in dem engen Schlauch einen Weg zurück bahnen. Die Leute beschweren sich lautstark, meinen einen Mann zu beobachten, der von akuter Flugangst erfasst worden ist und nun versucht, die Flucht anzutreten. Sie schauen ihn an wie einen Menschen, der die Kontrolle verloren hat, wie einen Fall für die Klapsmühle, einen Schizophrenen, der sich in die Wirklichkeit verirrt hat, womöglich ein Terrorist, oder noch schlimmer: jemand, wegen dem der Flug Verspätung haben könnte.

Es gelingt ihm, rasch zu der Frau zu gelangen, die sein Ticket gescannt hat und nun zunächst bekümmert aussieht, die Situation nicht erfasst, ihn eher mustert, als auf das zu hören, was er ihr sagt. Gleichzeitig fällt ihm die Tasche ins Auge, die noch genau dort steht, wo er sie zurückgelassen hat. Er zeigt auf sie, geht sie holen, schenkt ihr ein breites Lächeln und passiert sie ein zweites Mal.

Sie scheint zu zögern und sich zu fragen, ob das nun gegen die Vorschriften verstößt oder nicht. Aber die Schlange vor ihr steht still, so dass sie beschließt, die Sache auf sich beruhen zu lassen und stattdessen die Wartenden an Bord zu schleusen.

Bengt Sund spürt, dass seine Panik endlich abklingt und stellt sich an das Ende der Schlange, die ihn erneut in den Gang zur Maschine führt.

Seine Atemzüge beruhigen sich, aber er muss ausgiebig gähnen, wie es Hunde tun, wenn sie sich schämen.

3

Christian Leander macht den kleinen kurzen Schritt zwischen Fluggastbrücke und Flugzeug. Der Gedanke an einen Gott hat ihm niemals zugesagt. Trotzdem ist es Gott, an den er bei diesem Schritt denkt. Das ärgert ihn.

Er hasst Dinge, die sich nicht erklären lassen. Er nimmt an, dass der Anlass dieses metaphysische Gefühl ist, aus der Vogelperspektive beobachtet zu werden. Er kommt zu dem Schluss, dass es wie damals ist, als er in der Sixtinischen Kapelle zu den Deckengemälden hochblickte. Die anderen Touristen schienen Michelangelos grellbunte Meisterwerke zu betrachten, sie zogen einander an den Ärmeln, zeigten, flüsterten. Christian fühlte sich dagegen auf unangenehme Weise von den anderen Menschen beobachtet.

Seither ist er weder in einer Kirche noch in einem Museum gewesen.

In seinen Arbeitsberichten steht immer klar und deutlich, welche Daten einer bestimmten Transaktion zugeordnet sind. Alles soll erklärt werden können. Alles hat einen Wert. Fehler könnten für seine Auftraggeber teuer werden, und deshalb ist es sein Markenzeichen, die Risiken auf ein Minimum zu reduzieren und die Gewinne zu erhöhen. Jeder von ihm gut recherchierte Bericht steigert die Erträge der Pensionsfonds seiner Auftraggeber.

So einfach ist das.

Es gibt keinen Spielraum für Unklarheiten, Metaphysik und unzusammenhängende Beobachtungen. Gott wird in seinen Berechnungen nicht berücksichtigt, und er hat nicht die Absicht, seine Zeit zu vergeuden mit unvermittelten Beobachtungen dazu, dass er betrachtet wird, nur, weil er einen Himmel gesehen hat, der einladend wirkte, oder ein wartendes Flugzeug oder weil er sich Gedanken über die Sixtinische Kapelle gemacht hat.

Durch die Lücke zwischen Fluggastbrücke und Maschine hindurch sieht er den Asphalt und spürt einen Windstoß, der seine Haare hochweht. Die Nieten, die die Bleche des Flugzeugrumpfs zusammenhalten, sind deutlich erkennbar, und durch das Fenster in der Tür zum Cockpit sieht man verschwommen die Hände des Piloten. Der Mann, der einen großen Kopfhörer aufgesetzt hat, der aussieht, als wäre er Anfang der siebziger Jahre gefertigt worden, notiert sich etwas und scheint eine Art Protokoll zu unterschreiben.

Der Himmel ist immer noch hellblau, und trotz des kleinen Spalts und des Winds ist die Wärme spürbar, die vom Asphalt aufsteigt. Es stört Christian, dass er in beiden Achselhöhlen einen kleinen Schweißfleck spürt. Das passt so gar nicht zu ihm.

Als er zu seinem Sitz kommt, durchläuft er die übliche Prozedur vor dem Flug. Höflich lehnt er das Glas Sekt ab, das ihm angeboten wird. Er will erst auf seinem Platz zur Ruhe kommen und alles an der richtigen Stelle verstauen, ehe er sich mit geschlossenen Augen, einem tiefen Seufzer und einem Glas belohnt. Allerdings kein Sekt, sondern ein perfekt gekühlter Riesling oder Grüner Veltliner. Seiner

Ansicht nach ist es aber auch völlig in Ordnung, wenn der Wein eine Spur kälter ist als empfohlen.

***

Bengt stellt die Tasche ab und denkt gleichzeitig weiter darüber nach, welche Folgen sein Missgeschick hätte haben können.

Wie hätte sich sein Leben verändert?

Sind es Momente wie dieser, in denen man vom Schmetterlingseffekt spricht? Von chaotischen Systemen? Ein kleiner Schmetterling, der im Amazonasgebiet aufflattert, woraufhin im südlichen Litauen ein Sturm aufzieht.

Im Grunde findet Bengt Sund die ganze Idee kindisch, nein, schlimmer, sie ist ein verdammter Taschenspielertrick, fingiert von Forschern, die eher auf Petrischalen fixiert sind als auf das, was im wirklichen Leben vorgeht. In ihren Petrischalen könnten sie beweisen, dass die Zeit in Wahrheit rückwärts läuft oder der Mensch so groß ist wie eine Erbse.

Und dann diese idiotische Vorlesung. Er bereut es, das Angebot angenommen zu haben, die weite Strecke bis nach Kapstadt zu fliegen, um dort fünfundvierzig Minuten über ein Thema zu sprechen, das ihn eigentlich längst nicht mehr interessiert. Hinzu kommt eine Podiumsdiskussion, bei der er schon jetzt weiß, welche Fragen man ihm stellen wird. Bedauerlicherweise fällt ihm nur ein einziger Grund für seine Zusage ein. Seine Eitelkeit.

Im tiefsten Inneren weiß er, dass seine Forschung besser klingt, als sie ist. Seine Forschungsergebnisse sind das, was die Leute hören wollen und die Politiker in Betracht ziehen können, um hier und da ein paar Veränderungen vorzunehmen und zugleich die Kosten zu senken. Sie sind in einer für ihn peinlichen Weise politisch stichhaltig, weil sie allzu gut zum magischsten aller politischen Begriffe passen: Einsparungen.

Auch seine eigene Forschungsarbeit geht letztlich von Petrischalen aus.

Oder vielmehr von einer unsinnig großen Menge an Fragebögen, in denen jedes ausgefüllte Kästchen einen bestehenden Wert hat, der sich anschließend zu einem erwartbaren und praktischen Endergebnis addieren lässt. Angesichts einer solchen Steigerung der Effektivität gibt es keinen Grund für tiefgehende psychodynamische Langzeitstudien auf Kosten des Landschaftsverbands. Statt stundenlange Gespräche über die Kindheit zu führen, kann man aufhören zu analysieren und die Dinge stattdessen ins rechte Licht rücken. Das funktioniert genauso gut wie auf dem Immobilienmarkt. Weg mit einer kostspieligen Komplettsanierung der Wasserleitungen und der damit verbundenen Renovierung von Küche und Bad; her mit leichtem Homestyling, damit alles ein bisschen netter aussieht.

All die Jahre voller Studien, der Eid des Hippokrates und die Karriere fast eines ganzen Lebens, und dann endet alles in einem Maklerklischee.

Vor Publikum zu sprechen war nie ein Problem für ihn, es macht ihm nur keinen Spaß mehr. Es gab eine Zeit, in der er es genoss, sich gefragt und sogar begehrt zu fühlen. Er sah die Blicke, die an seinen Lippen hingen, wenn er sprach.

Sie schauten zu ihm auf. Er wurde zu jemandem.

Er versucht, nicht an Anna van der Vyver zu denken,

noch nicht. Sie ist sein Geheimnis und befindet sich noch viele Stunden entfernt, fast einen ganzen Tag. Er wird sich erst gestatten, an sie zu denken, wenn er in seinem Langstreckenflug zwischen London und Kapstadt sitzt.

Den Schmetterlingseffekt hat er ad acta gelegt.

Aber trotzdem.

Irgendetwas nagt an ihm. Wie konnte er nur so nachlässig sein, seine Tasche in der Wartehalle zu vergessen? Das sieht ihm gar nicht ähnlich. Wofür könnte das ein Zeichen sein? Seine gesamten Aufzeichnungen für den Vortrag liegen in ihr, es hätte wirklich katastrophale Auswirkungen gehabt, wenn ihm die Tasche nicht noch rechtzeitig eingefallen wäre. Er hätte nichts zu sagen gehabt.

Er denkt an die Mail, in der sie ihn fragten, ob er einen Vortrag in Kapstadt halten wolle. Er hatte geantwortet, dass sich das eigentlich nicht in seinen Terminplan einbauen lasse. Danach die Antworten, die sich immer intensiver um seine Mitwirkung bemühten. Er konnte nicht leugnen, dass ihm das ungeheuer geschmeichelt hatte.

Als sie dann über die Buchung der Flugtickets sprachen, erklärten die Organisatoren, sie könnten ihm aus Rücksicht auf seinen vollen Terminkalender, die Entfernung und seinen kurzen Aufenthalt in Kapstadt einen Flug in der Business Class anbieten. Sein Lächeln, als er erkannte, dass sie ihn wie einen Popstar behandelten. Business Class nach Kapstadt. Großer Gott, was würden die Leute beim Landschaftsverband wohl sagen, wenn sie davon wüssten?

Außerdem hatte er erst kürzlich eine missglückte Liebesbeziehung zu einer seiner Mitarbeiterinnen beendet. Karin und er, das war nie etwas Ernstes gewesen, sie glichen vor allem zwei frustrierten Kollegen, die zu viel Zeit miteinander verbrachten. Am Ende war es am einfachsten gewesen, miteinander zu schlafen und die Sache hinter sich zu bringen. Keinen von ihnen hatte das glücklicher gemacht, und nun hatte sie gekündigt, um nach Växjö zu ziehen, wo sie die Leitung eines ziemlich renommierten Projekts übernehmen sollte.

Er macht ihr deshalb keine Vorwürfe, denkt eher, dass es eine bequeme Lösung ist. Außerdem erträgt er diese lächerlich wirkende Szene nicht: Älterer, verheirateter Chef schläft mit jüngerer, unverheirateter Mitarbeiterin.

Er erträgt dieses Selbstbild nicht, kann sich damit nicht identifizieren, auch wenn es zufällig zutrifft. Zumindest in einem äußeren Sinn. Aber er hat eine Frau, die er liebt, und einen Sohn, für den er alles tun würde. Er wäre nie auf die Idee gekommen, mit Karin zu schlafen, wenn dies in seinen Augen eine Gefahr für seine Ehe bedeutet hätte.

Bei Anna van der Vyver liegen die Dinge dagegen komplizierter. Er will wirklich nicht an sie denken, darf es einfach nicht, noch nicht, das wäre im Moment zu viel, um auf die richtige Art damit umgehen zu können.

Trotzdem gelingt es ihm nicht, das Bild von ihr abzuschütteln, als er sie damals zum ersten Mal sah und sie mit ihren schlanken Beinen in der eng geschnittenen Jeans, Converse, einem einfachen Shirt, das aussah, als hätte es im Wäschekorb zuoberst gelegen, die kastanienbraunen Haare nachlässig zusammengebunden, auf ihn zukam. Die natürliche Schönheit, die sie ausstrahlte, diese Jugend, Zielstrebigkeit.

Man stelle sich nur vor …

Es ist nicht etwa so, dass er im Stande wäre, ihr zuliebe alles aufzugeben.

Er hätte sich lediglich gewünscht, sie wären sich zwanzig Jahre früher begegnet. Oder eher: dass er zwanzig Jahre jünger wäre und sie sich jetzt begegneten. Andererseits hätte er sie dann nicht beeindrucken können. Vermutlich hätte sie ihn keines Blickes gewürdigt. Heute hat er dagegen etwas, wovon sie sich angezogen fühlt. Ihm ist bewusst, dass es weder sein Aussehen noch sein Geld ist.

Es geht um Selbstvertrauen.

Er ist ihr Therapeut. Eine Vaterfigur. Nein, falsches Wort. Keine Vaterfigur, sondern jemand, dem sie sich *anvertrauen* kann. Derselbe Mann, dessen Selbstvertrauen außerdem auf Grund dieser Einladung nach Kapstadt, wo er auf dem jährlich stattfindenden Weltkongress von The World Psychiatric Association einen Vortrag halten wird, noch gesteigert wurde.

Er ist auserwählt und kann gar nicht genug davon bekommen.

Er hängt an dem Gedanken, in der Business Class zu fliegen, weil dies dem Gefühl ähnelt, von einer jungen Frau in der ersten Reihe beobachtet zu werden. Oder noch lieber: von Anna van der Vyver als interessant betrachtet zu werden. Ihr Blick, der sagt, dass sie mit ihm schlafen will. Und schon bald wird sie in dieser lässigen Art auf ihn zukommen.

Sehr bald. In ein paar Stunden nur.

Sie werden sich in Winston Churchills Lieblingshotel, dem Mount Nelson Hotel, treffen.

Er streckt sich, und keiner, der mit ihm in der Fluggastbrücke steht, könnte ahnen, dass er in diesem Moment ganz von einer früheren Patientin erfüllt ist und wegen einer kleinen Speichelüberproduktion hart schlucken muss.

4

Christian Leander denkt an Weintrauben. Bengt Sund denkt an Affen, wie jedes Mal, wenn er an Bord eines Flugzeugs geht. Dieser Werbefilm mit den Geschäftsleuten, die still auf ihren Plätzen sitzen, als ihre Maschine landet, bei dem Signal, das ihnen erlaubt, den Sicherheitsgurt zu öffnen, jedoch auf einmal wie eine Horde irrer Affen umherspringen. Sie klettern übereinander, zerren Aktentaschen aus den Handgepäckfächern, raufen sich die Haare und stoßen einsilbige Laute aus. Danach endet die Reklame mit einem kurzen Spruch dazu, wie zivilisiert es doch ist, den Zug zu nehmen.

Im Moment fühlt Bengt sich wie einer dieser Affen.

Er hat in der Warteschlange gestanden, seine Tasche vergessen, ist in Panik geraten und hat jemandes Knoblauchatem gerochen. Er ist völlig erschöpft, noch bevor die Reise überhaupt begonnen hat.

Er zieht sein Ticket heraus und hält es der Flugbegleiterin hin, die ihm einen anerkennenden Blick zuwirft. Sie zeigt zu den Plätzen der Business Class ganz vorn in der Kabine. Der Knoblauchgeruch verströmende Mann verschwindet in die andere Richtung. Bengt geht zu seinem Platz, kommt dann aber nicht weiter. Dort sitzt bereits ein anderer Mann. Ah ja, denkt Bengt, das ist ja mal wieder typisch. Aber er hat nun einmal sein Ticket der Business Class bekommen, auf dem steht, dass er am Gang sitzt, und er beabsichtigt nicht, jetzt klein beizugeben.

»Entschuldigung«, sagt er.

Der sitzende Mann schaut fragend zu ihm hoch.

»Ich glaube, Sie sitzen auf meinem Platz«, erklärt Bengt freundlich, aber unsicher, ob er sich richtig verhält, weil er dies auf Schwedisch und nicht auf Englisch sagt.

Die Reaktion besteht eher aus einem Lächeln als einem besorgt fragenden Blick.

»Nein«, ist die einzige Antwort, die er erhält.

»Doch, leider Gottes ist es wohl so«, beharrt Bengt. »Ich habe ausdrücklich um einen Platz am Gang gebeten, was mir beim Einchecken auch bestätigt wurde.«

Er stellt seine Tasche ab und hält die Boardingkarte hoch. »Schauen Sie.«

Offenkundig widerwillig studiert der Mann die Karte.

»1 A«, sagt er schließlich.

»Ja, genau«, erwidert Bengt.

»1 A ist der Platz am Fenster. Ich sitze auf 1 B.«

»1 B?«

Bengt spürt, wie sich Röte über seinem Hemdkragen ausbreitet und kann nichts dagegen tun.

Er blickt auf seine Boardingkarte und vergleicht die Angaben mit den Symbolen über den Plätzen. Es zuckt im Mundwinkel, als er erkennt, dass er sich geirrt hat. Es ist sein Fehler. Verdammt, denkt er und läuft endgültig hochrot an.

»Wie dumm von mir«, sagt er. »Ich habe mich vertan.«

Er fährt fort:

»Es liegt daran, dass ich ausdrücklich um einen Platz am Gang gebeten hatte. Ich dachte … ich meine, ich habe nicht einmal nachgesehen, ich bin einfach davon ausgegangen.«

Der sitzende Mann betrachtet ihn, als versuchte er herauszufinden, was für ein Mensch vor ihm steht. Ein Irrer oder ein Tölpel. Er legt den Kopf leicht schief, zuckt mit den Schultern.

»Das macht doch nichts«, sagt er. »Von mir aus können wir tauschen.«

»Nein, kommt überhaupt nicht in Frage«, entgegnet Bengt. »Ich habe mich einfach nur versehen.«

»Nein, wirklich, das ist überhaupt kein Problem. Wir tauschen. Ich rücke einen Platz weiter, damit ist die Sache erledigt.«

In Bengts Augen macht das alles nur noch schlimmer. Er beißt sich fest auf die Lippe. Das ist doch keine große Sache, er kann genauso gut ganz innen sitzen. Das hat er schon hundertmal gemacht, als ob ihm das etwas ausmachen würde.

Das Ganze ist ihm besonders unangenehm, weil er weiß, was zu dieser Situation geführt hat. Es war dieses verdammte Business-Class-Ticket. Er hatte gemerkt, dass er beim Einchecken besser behandelt wurde als sonst. Er hatte sich vorgelehnt und mit der Frau am Schalter unterhalten, sie war schön, vielleicht nicht unbedingt bildschön, aber charmant, mit langen rotblonden Haaren und einem glatten Pony, großen blauen Augen, so unverletzt, so lebendig, und er hatte auf eine jetzt peinliche und vor allem unergründliche Weise gespürt, dass sie eine Art, nun ja, Kontakt zueinander etabliert hatten.

Er hatte ihre Präsenz gespürt.

Und um sie aufrechtzuerhalten, hatte er verschiedene Fragen gestellt, die sie ihm bereitwillig beantwortete. Sie kontrollierte, dass die richtige Mahlzeit bestellt war. Er sei Vegetarier, erläuterte er, genau wie sie, stellte sich heraus. Dann lächelten sie gemeinsam, und er erklärte, dass er eigentlich gar keiner sei, im Flugzeug aber immer die vegetarische Variante bestelle, weil das Essen meistens besser schmecke. Es war ihr anzusehen gewesen, dass sie ihn amüsant fand.

Mitten in all dem hatte er ihr mitgeteilt, er wolle gern einen Platz am Gang haben. Wieder dieses Lächeln, und sie hatte die Haare nach hinten geworfen, bereit, ihm zu Diensten zu sein. Und so regelte sie auch das mit einem Lächeln, überreichte ihm seine Boardingkarte und teilte ihm die Nummer des Gates mit. Danach blieb ihm nicht mehr viel zu sagen.

Ein wenig enttäuscht war er davongegangen. Aber was hatte er erwartet? Dass sie ihn fragen würde, ob sie ihn nach Kapstadt begleiten dürfe, dass sie sich ein Hotelzimmer teilen, zusammenziehen und ein gemeinsames Leben führen würden? Wann war er so peinlich geworden? Er konnte es nicht ganz begreifen, so war er normalerweise nun wirklich nicht.

Leicht verlegen hatte er einen kurzen Blick auf die Boardingkarte geworfen und war zum Gate gegangen. Erst jetzt wird ihm bewusst, dass sie einen Fehler gemacht hat. Er hat überhaupt kein Ticket für einen Platz am Gang bekommen, und das hat zu dem unglücklichen Missverständnis geführt. Jetzt muss er so tun, als gäbe es einen realen Grund dafür, warum er auf einen Sitzplatztausch eingeht.

Jetzt wird er stundenlang mit einem Mann zusammensitzen müssen, vor dem er sich schämt.

Der Mann, mit dem er getauscht hat, scheint außerdem nicht unbedingt der Typ zu sein, der gern etwas verändert. Man sieht doch schon von Weitem, denkt Bengt, dass er ein Mann ist, der sich strikt an seine Prinzipien hält. Das ist ein rigoroser Mann. Seine Kleidung, das kleine Einstecktuch in der Jacketttasche, das glatt zurückgekämmte Haar, der stahlgraue Blick und der strenge Mundwinkel.

Trotzdem hatte dieser Mann ihm ohne zu zögern angeboten, den Platz mit ihm zu tauschen. Also hatte Bengt entweder recht und der Mann war tatsächlich von seinen Prinzipien abgewichen, oder dieser Mann war nicht so, wie er wirkte. Das machte ihn für Bengt interessant. Er hatte es mit einem Mann zu tun, den er nicht richtig einschätzen konnte.

Gleichzeitig ist er angesichts all dessen, was beim Einchecken passiert ist, wegen der vergessenen Tasche und seiner Nervosität vor der Reise leicht verwirrt. Er könnte Anna van der Vyver und der Tatsache die Schuld geben, dass seine Ehe ins Wanken geraten ist. Und darüber hinaus der Peinlichkeit des falschen Sitzplatzes.

Er betrachtet den Mann neben ihm, der bereits eine Zeitung herausgeholt hat, wenn er recht sieht, ist es die *Herald Tribune*. Wenig überraschend. Außer an Bord eines Flugzeugs hat Bengt noch nie einen Menschen gesehen, der dieses Blatt liest.

»Entschuldigen Sie die Störung«, sagt Bengt.

»Ja?«, erwidert der Mann und lächelt breit.

»Es ist wegen meiner Blase. So müssen Sie nicht jedes Mal aufstehen.«

Der Mann nickt und scheint es etwas zu eilig zu haben, zu seiner Zeitungslektüre zurückzukehren.

Bengt lehnt den Kopf zurück und schließt die Augen. Die Blase? Wie zum Teufel ist er bloß darauf gekommen? Das Ganze wird immer schlimmer. Worauf soll er es beim nächsten Mal schieben? Hämorriden?

5

Christian Leander wundert sich über sich selbst. Unbekümmert hat er seinen Platz mit dem verwirrten Mann getauscht, der ihm seine Boardingkarte in der festen Überzeugung gezeigt hatte, er hätte den richtigen Sitzplatz gefunden.

Und dann stimmte es nicht.

Christian weiß nicht recht, was ihn in einer Weise reagieren ließ, die eigentlich ganz untypisch für ihn war.

Hatte es an den kleinen Schweißperlen auf der Stirn des Mannes gelegen? Daran, dass er so gestresst aussah? Wohl kaum. Christian hat noch nie eine Schwäche für Schwäche gehabt. Er bevorzugt Männer mit Selbstvertrauen, die vorhersehbar sind, weil sie deutlich zum Ausdruck bringen, was sie haben wollen, und die glauben, überspielen zu können, wie viel sie dafür zu zahlen bereit sind.

So sind die Männer, mit denen er am liebsten verhandelt. Weil er sie lesen kann wie andere das Rezept für eine Rindfleischsuppe oder Frikadellen. Weil sie glauben, er wäre einer von ihnen, obwohl er das nicht ist.

Dieser Mann war anders.

Er ließ sich nicht auf diese Weise lesen.

Christian fragt sich, ob er deshalb den Platz mit ihm getauscht hat. Als wollte er ihn so auf dem Nebensitz platzieren, um Zeit zu gewinnen und zu analysieren, wer er ist.

Seine Kleidung liefert gewisse Hinweise, intellektuell, ein wenig zu lässig, aber Markenware. Das Cordjackett war nicht billig, saß aber auch nicht einwandfrei, es war ein bisschen knittrig und spannte leicht an den Schultern. Das in Tattersall-Karo gemusterte Hemd mit Cutaway-Kragen und Perlmuttknöpfen, der Stoff war zweifellos exklusiv, auch wenn man über die Farbe geteilter Meinung sein konnte. Keine Krawatte. Die Uhr war schön, ohne hervorzustechen, vermutlich ein Geburtstagsgeschenk der Ehefrau.

Er erregte Christians Interesse aus einem einfachen Grund; wenn sie sich am Verhandlungstisch gegenübergesessen hätten, wäre er gezwungen gewesen abzuwarten, bis der andere die Karten auf den Tisch legte. Er hätte nicht gewusst, welche Karte er selbst ausspielen sollte, und wenn das so ist, wartet man lieber in der unangenehmen Stille, die eintritt. Am Ende gibt der andere immer nach.

Schweigen scheint selbst den hartgesottensten Gegenspieler einzuschüchtern.

Und deshalb sitzt er nun da und wartet darauf, dass sein Mitreisender die erste Karte ausspielt. Er muss nur eine erstaunlich kurze Zeit warten.

In Christians Welt ist die Kunst zu fliegen etwas, was einem strikten Muster folgt: Man grüßt die Person, die neben einem sitzt, danach ignoriert man einander auf höfliche und zuvorkommende Weise. Man lässt den Reisenden durch, wenn er auf die Toilette muss, hebt möglicherweise eine Zeitung auf, die dem anderen Passagier auf den Boden gefallen ist. Wenn etwas Unerwartetes passiert, die Flugbegleiterin beispielsweise etwas verschüttet, sucht man den Blickkontakt zu dem Nachbarn und lächelt gemeinsam darüber, um anschließend wieder ganz mit sich selbst beschäftigt zu sein.

Man schließt einen Pakt, dessen Fundament die absurde Idee ist, dass zwei wildfremde Menschen nun eine Anzahl von X Stunden nebeneinandersitzen und so tun werden, als wäre das ganz natürlich.

Ein professioneller Reisender löst das Problem so, wie Christian es immer löst. Weder mehr noch weniger. Es ist wie das Schälen einer Apfelsine, es gibt kleine Variationen, aber im Großen und Ganzen sieht es identisch aus. Die Situation, die durch die Boardingkarten entstand, hat das verändert, und noch mehr seine Unfähigkeit, aus dem Mann, der neben ihm sitzt, schlau zu werden.

Dann taucht ein Katalysator auf. Ein Mann, auf der anderen Seite des Gangs sitzend, unfassbar übergewichtig und mit Baseballkappe, der lautstark in sein Mobiltelefon spricht, immer weiter, über seine läppischen Angelegenheiten, ein Verkäufer, der nicht das richtige Angebot geschickt hat, ein Assistent, der keine Ordnung in seinen Papieren hat, und dass sich mit Sicherheit alles in Wohlgefallen aufgelöst hätte, wenn er selbst nur an seiner Stelle gewesen wäre. Laut und gebieterisch nimmt er immer mehr Raum ein.

Die Flugbegleiterin, die schnell nervös wird, als der Mann außerdem anfängt, vor Ärger darüber, wie begriffsstutzig seine Mitarbeiter sind, mit den Armen zu fuchteln, versucht, die anderen Passagiere stumm anzuflehen, noch ein wenig durchzuhalten.

Normalerweise hätte dieser Mann Christian wahnsinnig gestört. Die rücksichtslose Art des Baseballkappenmannes, einfach seine völlig uninteressanten Ansichten über Menschen auszugießen, die angeschnallt auf ihren Plätzen sitzen müssen und ihm nicht entkommen können.

Diesmal stört ihn das jedoch nicht, da die Situation nun zwei Fremden die Möglichkeit gibt, eine Allianz gegen einen dritten zu schmieden. Und ganz recht. Plötzlich lehnt sich sein Sitznachbar in seine Richtung vor und sagt in einem entspannten Tonfall:

»Sprich im Beisein anderer nicht über dich. Andere sprechen über dich, wenn du gegangen bist.«

Im Grunde ist das nicht besonders witzig, aber Christian kann gar nicht mehr aufhören, innerlich zu grinsen. Außerdem klingt dieser Kommentar wie etwas, was sein Vater gesagt haben könnte, wenn er bestens gelaunt war. Wenn er schon zu viel getrunken hatte, aber noch nicht sturzbetrunken war.

Christian beantwortet den Kommentar mit seinem literarischsten Trick:

»Jeder hat das Recht, über sich selbst zu sprechen, solange er dabei unterhaltsam ist.«

Das lässt seinen Mitreisenden breit lächeln, so breit, dass seine erstaunlich gelben Zähne sichtbar werden.

»Ah«, sagt er. »Baudelaire.«

Christian wird sofort unsicher. War das nicht von Rimbaud? Das hatte jedenfalls der schmierige Kollege mit der zu breiten Krawatte behauptet, als er auf einem Betriebsfest mit Zitaten glänzte. Christian tut das einzig Richtige. Er wechselt das Gesprächsthema.

»Darf ich die Vermutung äußern, dass Sie eine Art Literaturprofessor sind?«

Bengt lacht auf.

»Nein«, antwortet er, »ich habe nur zu viele Bücher gelesen. Ich bin Psychiater.«

Christian nickt mehrmals, als würde er über diese neue Auskunft nachdenken.

»Ich habe nie verstanden, was der Unterschied zwischen einem Psychologen und einem Psychiater ist«, sagt er. »Werden eigentlich viele Menschen nervös, wenn Sie ihnen sagen, was Sie beruflich machen?«

»Keine Sorge, den Unterschied kennen die wenigsten. Alle glauben, dass Psychologen und Psychiater mehr oder weniger das Gleiche sind und … nun, ein Psychiater ist am Ende des Tages ein Arzt. Für die meisten Leute ist das nur ein technischer Unterschied. Und ob viele nervös werden?«

»Ja, zum Beispiel, wenn man zu einem Essen mit fester Sitzordnung eingeladen ist?«

»Nein, davon habe ich bisher nichts gemerkt«, erklärt Bengt und zuckt mit den Schultern, »es ist eher ein guter Partytrick.«

Christian nickt erneut. Ihm gefällt die Wortwahl. Ein Partytrick. Über seinen Job zu sprechen, ist noch nie ein guter Partytrick gewesen. Es ist schwierig, zugleich amüsant zu sein und über DD zu sprechen, oder *due diligence*, was sich hinter den beiden Buchstaben versteckt, obwohl niemand weiß, was *due* oder *diligence* bedeutet. Woraufhin man erläutern muss, dass man Firmen analysiert, das heißt, sie vor einem möglichen Verkauf unter die Lupe nimmt. Man bewertet ein Unternehmen, damit die Leute, in deren Auftrag man arbeitet, es eventuell billig erwerben, Insolvenz anmelden und Teile verkaufen oder es sanieren und teuer verkaufen können.

Kein Mensch findet das sonderlich spannend. Es klingt eher geldgierig und zynisch. Nach internationalem Großkapital. Interesse kann man nur wecken, wenn es einem gelingt, auf eine elegante Art anzudeuten, was ein guter Analytiker im Monat verdient und wie hoch die jährlichen Bonuszahlungen ausfallen können.

Darüber möchte Christian wirklich nicht mit seinem Sitznachbarn sprechen. Stattdessen passiert wieder etwas Seltsames, er weiß schon gar nicht mehr, zum wievielten Mal an diesem Tag. Er verspürt einen Druck auf der Brust.

Und hört sich sagen:

»Es ist so merkwürdig. Vor ein paar Tagen … habe ich an Gott gedacht. Ehrlich gesagt war es gerade eben, im Flughafen. Aber vielleicht ist das etwas, was man einem Psychiater an Bord eines startbereiten Flugzeugs lieber nicht erzählen sollte.«

Er gibt einen kurzen Laut von sich, den sie beide als ein Lachen deuten. Er ist selbst erstaunt, sein seltsames Verhalten muss damit zusammenhängen, dass er nun das Spiel spielt, das er so gut beherrscht: Senk die Deckung und ziehe Vorteile aus der entstandenen Situation, interpretiere die Körpersprache und deute jedes Wort.

»Warum soll das so merkwürdig sein«, erwidert Bengt, »die Leute denken doch ständig an Gott, nicht?«

»Sicher, aber ich habe das noch nie getan. Wirklich nie.«

»Dann sind vielleicht eher Sie merkwürdig.«

Christian streicht sich schnell mit Daumen und Zeigefinger über die Nase, fast reflexartig. Er begreift nicht, woher diese idiotischen Worte kommen. Er erkennt sich in ihnen nicht wieder. Er wirkt fast nervös.

»Ja, da haben Sie wahrscheinlich recht«, sagt er und hofft, dass sein Reisegefährte ihn damit davonkommen lässt und das Thema nicht weiterverfolgt.

»Haben Sie schon einmal von Daniel Schreber gehört?«, fragt Bengt.

Christian ist sofort auf der Hut, um nicht noch einen Fehler zu machen.

»Nein. Oder … sollte ich das?«

»Das war eigentlich eine dumme Frage. Verzeihen Sie. Kein Mensch weiß, wer das ist. Wenn Sie ein Psychoanalytiker wären, hätte es schon eher nahegelegen, Ihnen diese Frage zu stellen.«

Christian sieht, dass sein Sitznachbar sich eine kleine Schweißperle von der Oberlippe wischt. Es ist zu warm in der Kabine, so dass die Geste nicht weiter erstaunt, aber ihm fällt auf, dass sich der Mann nun schon zum zweiten Mal entschuldigt hat. Das ist ein bisschen seltsam, denkt er.

Warum läuft die Klimaanlage eigentlich noch nicht? Seine eigenen Schweißringe unter den Armen sind inzwischen jenseits von Gut und Böse. Glücklicherweise hat er ein knitterfreies Ersatzhemd in seinem Handgepäck. Sobald sie in der Luft sind, wird er auf die Toilette gehen, sich waschen und das Hemd wechseln. Es ist von derselben Marke und hat dieselbe Farbe. Niemand wird den Unterschied bemerken.

»Daniel Paul Schreber«, fährt Bengt fort, »war ein deutscher Richter, der Ende des 19. Jahrhunderts lebte. Er wurde in eine psychiatrische Klinik eingewiesen und schrieb ein

Buch über seine Erlebnisse dort. Freud war so beeindruckt, dass er ihm eine Fallbeschreibung widmete, die ausschließlich auf diesem Buch fußte. Die beiden sind sich nie begegnet. Das ist ein bisschen ungewöhnlich, denn eigentlich geht das nicht. Man verfasst Fallbeschreibungen eigentlich immer auf Basis wiederholter Gesprächstermine mit einem Patienten.«

Er hält kurz inne, spricht dann jedoch weiter, als er keine direkte Reaktion wahrnimmt. Anscheinend merkt er, dass Christian auf eine Fortsetzung wartet.

»Aber Freud«, ergänzt Bengt in einem etwas zu hohen Tempo, was ihm offenbar auch bewusst wird, »nun, er fand das Buch so gut, dass Schreber seiner Meinung nach eher der Leiter der Klinik hätte werden sollen, als dort Patient zu sein. Seltsam, könnte man meinen, da er doch ganz offensichtlich geisteskrank war. Ich meine, wirklich *krank*. So glaubte er beispielsweise, er hätte sich in eine Frau verwandelt. Wie auch immer. Schreber notierte jedenfalls in seinen Aufzeichnungen, er bezweifle, dass Gott lebende Menschen verstehen könne, da er zu viel Zeit mit den Toten verbringe.«

Christian sieht es in den Augen des anderen. Er denkt: Na endlich, da haben wir ja die Pointe.

Christian lacht, erst zurückhaltend, dann etwas lauter.

Er sagt:

»Er hat gesagt, Gott verbringt zu viel Zeit mit den Toten?«

»Ja, ein interessanter Gedanke, nicht?«

Christian nickt. So etwas hat er wirklich noch nie gehört.

Auch Bengt wirkt zufrieden, nachdem seine Pointe angekommen zu sein scheint, obwohl sie nicht ganz so effektvoll war, wie er sich das vorgestellt hatte. Er präsentiert sie sonst sicher besser.

Nun erhebt er sein Glas, und sie prosten sich zu, ohne dass ihre Gläser sich berühren.

»Darf ich fragen«, setzt Bengt an und wischt sich noch einmal über die Oberlippe, »was Sie beruflich machen?«

6

Unmittelbar nachdem Bengt sein Glas erhoben und sich höflich nach dem Beruf seines Mitreisenden erkundigt hat, wird ihr Gespräch von einer Mitteilung aus dem Cockpit unterbrochen: »Man hat uns leider informiert, dass in London dichter Nebel herrscht, so dass sich unser Abflug um weitere zehn Minuten verschieben wird. Über Heathrow wartet eine Reihe von Maschinen auf die Landeerlaubnis, und alle Flüge mit dem Reiseziel London werden deshalb gebeten zu warten.«

In der Kabine hört man manche stöhnen, und in der Business Class führen alle das gleiche Manöver durch: ein hastiger Blick auf die Uhr und danach heftiges Ausatmen, der Nacken gegen die Rückenlehne gedrückt und schnelles Augenrollen.

Einige laufen sicher Gefahr, einen Termin zu verpassen; bei den meisten anderen ist es dagegen bloß eine reflexartige Reaktion darauf, dass alle Benachrichtigungen an Bord eines Flugzeugs automatisch schlechte Neuigkeiten sind.

»Schlimmstenfalls sitzen wir hier noch eine ganze Weile fest«, meint Bengt.

Christian stimmt ihm kopfnickend zu.

»Nebel über London. Das muss ja wirklich ein Schock gewesen sein.«

Beide lachen, denken jedoch daran, dass ihre Pläne zunichtegemacht werden könnten, falls dieser Nebel sich doch nicht wie versprochen auflösen sollte.

»Wo wollen Sie eigentlich hin?«, erkundigt sich Christian, »nach London oder von dort aus weiter?«

»Kapstadt.«

»Das wird ein langer Flug direkt im Anschluss.«

»Ja, da haben Sie recht. Auf die Art vergeht ein ganzer Tag.«

»Die Arbeit?«

Bengt nickt und versucht, ein ernstes Gesicht zu machen, als wäre es wahr, dass seine Arbeit ihm solche Opfer abverlangte.

»Ich frage mich, was er wohl gesagt hätte«, bemerkt Christian, »dieser, wie hieß er noch gleich, Scribner? Schreiber? Über Flugzeuge, meine ich.«

»Schreber. Gute Frage. Über Flugzeuge wusste er mit Sicherheit nichts. Freud auch nicht, aber er hätte sie bestimmt genauso in seine Theorie der Traumdeutung eingearbeitet wie den Zeppelin.«

»Aha, und wofür steht der Zeppelin?«

»Tja, was glauben Sie?«, erwidert Bengt und hebt die Augenbrauen.

Es dauert ein paar Sekunden, so lange, dass Christian nicht zufrieden mit sich sein kann.

»Ah, natürlich, Zigarren?«

»Genau, eines seiner vielen Phallussymbole. Stöcke, Bäume, Regenschirme, oh ja, insbesondere aufgespannte Regenschirme. Mein Favorit ist im Übrigen die Nagelfeile.«

»Glaubt daran heute überhaupt noch jemand?«

An dieser Stelle hält Bengt kurz inne.

Die Situation ist ihm durchaus bekannt. An diesem Punkt stellt er sich stets die Frage, ob das Gespräch einen kameradschaftlichen Zustand ohne größere Bedeutung verlässt, die Ebene einer Unterhaltung, in der man beliebig Beispiele anführen und über sie lächeln und lachen kann.

Es spielt keine Rolle. Jedes Beispiel dient dem Zweck, ein Gefühl von Gemeinschaft zu erzeugen, trotz der künstlichen Situation, in der sie sich befinden, das ist alles.

Und es ist dieses Gefühl von Gemeinschaft, das so ungeheuer praktisch sein kann. Nicht zuletzt, da sie eine gewisse Zeit miteinander verbringen werden. Sie haben sich ihre Gesellschaft nicht ausgesucht, und wenn ihr Flug vorbei ist, werden sie sich höchstwahrscheinlich niemals wiedersehen.

Es ist eine wirklich seltsame Allianz auf der Basis eines simplen Missverständnisses und des trivialen Umstands, dass sie zwei Männer sind, die ihre Sitzplätze miteinander getauscht haben.

Trotzdem, denkt Bengt, geht es darum, es vor einer Reise zu wagen, den Dingen, die einem begegnen, offen und verletzlich gegenüberzustehen. In einem Buch, das er einmal in seiner Jugend las, stand, bei jeder Reise gehe es darum, Heilung zu suchen. Darüber hat er seither immer wieder nachgegrübelt. Er weiß nicht mehr, aus welchem Buch das stammte, und ebenso wenig, ob er dem Gedanken zustimmen würde. Trotzdem entsinnt er sich dieser Worte noch dreißig Jahre später klar und deutlich.

Wie oft hat er darüber nachgedacht, wie die Welt aussehen könnte, wenn es in der Pflege, nicht zuletzt der psychiatrischen, genau darum ginge, Heilung zu suchen.

»Freud ist heute alles andere als unproblematisch«, sagt er und verschränkt die Arme vor der Brust. »Aber man sollte sich mit ihm beschäftigen, das steht außer Frage. Oder wie ein anderer kluger Mann es einmal ausdrückte: Lieber gehasst dafür, wie ich bin, als dafür geliebt zu werden, wie ich nicht bin.«

Christian muss lachen und nickt. Er hebt einen Finger.

»Schreber?«, sagt er und grinst breit.

»Nein, Kurt Cobain.«

7

Was für eine verdammte Zitatschleuder, denkt Christian. Ein Mann, aus dem nur so hervorsprudelt, was andere gesagt haben. Andererseits muss er zugeben, dass ihn der Reisende neben ihm durchaus beeindruckt. Seine Selbstsicherheit, wie belesen er ist, seine Art, zwischen Tiefsinnigem und Oberflächlichem zu balancieren.

Sein Mitreisender trägt ein kariertes Hemd, Chinos und ein beiges Cordjackett mit braunen Patches auf den Ellbogen. Er sieht haargenau so aus, wie er aussehen sollte. Ein gebildeter Mann, der vermutlich eine Brille aufsetzen muss, wenn er von einem Blatt ablesen möchte, auf diese lässige Intellektuellenart, vielleicht sogar einen Bügel in den Mund steckt, während er tiefsinnigen Gedanken nachhängt. Jemand, der dicke Romane liest und sich stets zur rechten Zeit an die richtigen Details erinnert. Sein sympathisches, wenngleich etwas durchschnittliches Äußeres. Selbst der Ansatz einer Glatze erscheint ganz passend für sein Alter, ein paar graue Haare, aber nur so viele, wie nötig sind, um nur noch interessanter auszusehen, der freundlich lauschende Blick, die perfekten kleinen Falten in der Stirn, wenn er versucht, sich an etwas zu erinnern.

Christian überlegt, dass dies er selbst sein könnte.

Ja, wirklich.

Wenn er in seinem Leben andere Wege eingeschlagen hätte. Er hätte ebenso gut Arzt und Psychiater werden und französische Dichter und amerikanische Grunge-Sänger zitieren können. Es wäre denkbar gewesen. Wenn alles ganz anders wäre, wenn die Welt anders aussähe, wenn er das gewollt hätte.

Er hätte den Notendurchschnitt erreichen können, den man für die Annahme zum Medizinstudium benötigte. So schwer konnte das doch nicht sein, oder? Wenn seine Noten nicht gut genug gewesen wären, hätte er andere Wege gefunden. Er wusste, wie man bekam, was man wollte, das hatte er zu einer Kunst erhoben. Sein gesamtes Arbeitsleben basierte darauf. Er hätte Arzt werden können, so einfach war das.

Französische Lyrik hätte er sich angelesen, es wäre eine Sache von ein paar Wochen, höchstens einigen Monaten gewesen. Angesichts seines fotografischen Gedächtnisses wäre es für ihn ein Kinderspiel gewesen, Dichter, Rocksänger und Psychiatriepatienten zu zitieren.

Aber er wäre deshalb noch lange nicht Bengt Sund geworden.

Natürlich nicht. Warum sollte er das überhaupt wollen?

Er muss sich nicht dafür schämen, wer er ist. Er hat auf seine Weise Erfolg gehabt, dürfte seinen Mitreisenden in den meisten Punkten in den Schatten stellen, den finanziellen, er sieht besser aus, ist zweifellos besser in Form, auch wenn er möglicherweise ein, zwei Jahre jünger ist.

Trotzdem muss er zugeben, dass er einen Druck in der Magengrube verspürt.

Er bewundert Bengt Sund.

Er bewundert seine Arbeit, seinen Titel, dieses Psychologische, seinen Blick und die Selbstsicherheit, die verfluchte Lyrik, die er zitiert. Und noch mehr bewundert er ihn selbst, einen Mann, der mit Sicherheit eine schöne Frau und Kinder hat, eine Familie, die ihn daheim erwartet. Menschen, die ihn vermissen, während er in dieser verspäteten Maschine sitzt.

Christian legt den Kopf ein wenig schief und erklärt, Kurt Cobain erstaune ihn jetzt ein bisschen. Die Töne, die aus Bengts Kopfhörern an sein Ohr gedrungen seien, hätten sich eigentlich nicht nach Nirvana angehört.

»Oh, man kann etwas hören?«

Christian zuckt mit den Schultern.

»Nicht wirklich … aber ich habe sehr gute Ohren.«

»Verstehe. Das ist Kathleen Ferrier. Die Altistin.«

»Die vorhin gesungen hat?«

Bengt nickt ernst und sieht ihm zum ersten Mal direkt in die Augen.

»Das war Gustav Mahler. *Das Lied von der Erde.*«

Christian nickt, als hätte das eine bestimmte Bedeutung.

8

Bengt dreht am Belüftungsregler, hofft auf etwas frische Luft. Allmählich wird es auf diese typisch flugzeugstickige Art warm. Mehrere Passagiere haben ihre Jacketts ausgezogen, und die Flugbegleiterin hängt sie für die Reisenden in der Business Class in dafür vorgesehene Schränke. Außerdem gießt sie ihnen noch ein Glas Sekt ein, da sich der Start weiter verspätet, obwohl der Pilot mitteilen lässt, dass sie nun bald abheben werden und sich der Nebel in London lichtet.

Christian zeigt auf Bengts Hand.

»Verheiratet?«, fragt er.

Bengt nickt. Und dann erzählt er, etwas überraschend für sie beide, von seiner Familie. Er erzählt von seiner Frau, dass sie seit fünfzehn Jahren verheiratet sind. Er sagt erst vierzehn, verzieht dann jedoch das Gesicht zu einer Grimasse und berichtigt sich schnell. Seit fünfzehn Jahren und zwei Monaten, stellt er fest und errötet leicht.

»Aber wir sind trotzdem ziemlich modern«, fährt er fort. »Wir hatten schon ein Kind und waren seit fast fünf Jahren zusammen, als wir Nägel mit Köpfen machten.«

»Haben Sie kirchlich geheiratet?«

»Nein, nein, nur standesamtlich. Die Kurzfassung, höchstens sieben Minuten, dann standen wir auf der Treppe vor dem Rathaus. Ich erinnere mich, dass ich eine Jeansjacke trug, was mir im Nachhinein ein bisschen peinlich ist. Aber das war da etwas anderes. Damals.«

Christian lächelt und erkundigt sich höflich, ob er ein Foto von seiner Familie dabei habe. Bengt sieht im ersten Moment aus, als hätte Christian ihn kalt erwischt, streckt sich dann jedoch und wirkt auf einmal ganz aufgekratzt.

Er zieht sein Portemonnaie aus der Tasche und sucht ein kleines Foto seiner Frau heraus.

»Sie heißt Mariette«, sagt er.

»Schöner Name«, kommentiert Christian, woraufhin Bengt nickt.

Er hält die Aufnahme in der Hand und ist verblüfft, wie offen die Frau wirkt. Natürlich. Das Bild ist so charmant schlicht. Sie trägt ein leichtes Sommerkleid, von dem man nur den oberen Teil sieht, leichter Wind scheint in ihre Haare gefahren zu sein, als der Auslöser gedrückt wurde.

»Sie ist… schön«, sagt er und gibt das Foto zurück. »Wirklich schön«, ergänzt er.

Bengt sieht noch froher, ja, stolz aus und errötet noch ein bisschen mehr. Dann beklagt er sich, als ihm auffällt, dass er kein Foto seines Sohnes dabeihat. Er blättert in seinem Smartphone, findet aber auch dort nichts.

»Merkwürdig. Irgendein Bild müsste ich doch eigentlich von ihm haben«, sagt er. »Obwohl es eigentlich keine Rolle spielt, in ein oder zwei Wochen sieht er sowieso schon wieder ganz anders aus. Sie wissen ja, wie das ist. Neue Frisur, neue Freunde, neue Kleider und zehn Zentimeter größer. Es passiert so viel in dem Alter.«

»Ich habe mich ein bisschen gewundert, als Sie Kurt Cobain erwähnten«, erwidert Christian.

Bengt scheint die roten Flecken auf seinem Hals einfach nicht loszuwerden.

»Ich weiß«, sagt er und hustet kurz. »Mein Sohn hatte eine Kurt-Cobain-Phase. Ich glaube, sie ist vorbei.«

Dann fügt er mit einem trockenen Lachen hinzu:

»Ich glaube, sie endete, als ich ihn fragte, was er da hört, und anschließend meinte, das gefällt mir. Ich habe den Verdacht, dass er in Wahrheit gehofft hat, ich würde ihn anbrüllen, dass er die verdammte Musik leiser stellen soll. Er will keinen Vater haben, dem die Musik gefällt, die er hört.«

Christian trinkt einen Schluck und stellt das Glas auf dem Tisch zwischen den Sitzen ab.

»Tja«, sagt er, »*das* Problem hatte ich eigentlich nicht ...«

Bengt zuckt nachsichtig mit den Schultern, weiß nicht, was er darauf antworten soll und erklärt:

»Das hier ist jedenfalls das Musikstück, das meiner Frau am meisten bedeutet. Ich höre es immer, wenn ...«

Er beendet den Satz nicht, sondern lässt ihn auf seltsame Weise in der Schwebe. Dann, nachdem er sich offensichtlich entschieden hat weiterzusprechen:

»Kathleen Ferrier, die Sängerin, starb kurz nach der Aufnahme. Sie war erst einundvierzig. Ihre Stimme ... sie berührt einen so eigenartig.«

»Weil sie ... starb?«

»Nein«, entgegnet Bengt, »weil man das Gefühl hat, dass ihre Stimme etwas verkörpert, das weitaus größer ist als alles, was ein einzelner Mensch jemals sein kann. Als sich überhaupt in Worten ausdrücken lässt. Nur ein paar Jahre, nachdem sie ihr Bühnendebüt gegeben hatte, erkrankte sie an Brustkrebs. Alle liebten sie. In so kurzer Zeit. Dann war sie fort und das Einzige, was von ihr geblieben ist, sind diese magischen Aufnahmen. Sie wurde nicht einmal als ein großes Talent betrachtet, aber der Gesang war ihr einfach zu wichtig, um aufzugeben. Und dann, auf einmal, erkannte die Welt das, aber da war es schon fast zu spät.«

Christian versteht nicht, was sein Sitznachbar ihm damit sagen will. Es ist traurig. Aber warum hörte er diese Musik, wenn das alles so furchtbar war? Wie konnte es etwas sein, was seine Frau und ihn miteinander verband, eine Sängerin mit Brustkrebs? Er begreift es nicht.

»In dieser berühmten Aufnahme weint sie am Ende so sehr, dass sie die beiden letzten Worte nicht aussprechen kann. Sie bleibt stumm. Wenn ich es höre, ertappe ich mich jedes Mal dabei, dass ich die Worte selbst ergänze. Das ist es wahrscheinlich, was mich so berührt.«

»Und welche Worte hat sie nicht ausgesprochen?«

»Es ist dasselbe Wort, zweimal«, antwortet Bengt und sieht Christian zum zweiten Mal direkt in die Augen. »*Ewig, ewig*. Es ist das einzige Wort, das man braucht, wenn man jemanden liebt.«

Sie bleiben einen Moment sitzen, sind unsicher, ob ein peinliches Schweigen eingetreten ist oder nicht.

»Und Sie«, sagt Bengt ein wenig zu eifrig, »sind Sie verheiratet?«

Christian schüttelt den Kopf.

»Kinder?«

»Nein, nein«, wehrt Christian ab. »Ich bin nicht der … Nein, keine Kinder.«

Bengt lächelt, und Christian sieht, dass er gern noch eine Frage stellen würde, es aus Höflichkeit jedoch unterlässt.

Welche Frage hätte es sein können, denkt Christian.

Keine Kinder, weil er homosexuell ist? Oder weil er ein Mensch ist, mit dem es keiner aushält? Weil er ein Psychopath ist? Unfruchtbar? Jemand, für den die Arbeit immer Vorrang hat?

Als Christian den Mann auf dem Nachbarsitz mustert, gewinnt er den Eindruck, dass sich sein Gesicht eine Spur verändert hat. Da ist wieder diese Selbstverständlichkeit, die nicht richtig greifbar ist. In Gedanken ist er dennoch weiter bei dem Bild der Ehefrau, das er vorhin gesehen hat.

Irgendetwas daran war seltsam, aber er bekommt nicht zu fassen, was es war. Das Schlichte, der Wind, der es durchwehte.

Im selben Moment fällt Christians Blick auf das Foto, das Bengt offenbar erfolglos in sein Portemonnaie zurückzulegen versucht hat. Stattdessen ist es auf den Boden gefallen, vermutlich, als er in seinem Smartphone nach einem Bild seines Sohns suchte und gleichzeitig anfing, so begeistert von Kathleen Ferrier zu erzählen, ihrem Krebsleiden und Tod und den unausgesprochenen Worten.

Nun liegt das Foto einsam auf dem graublauen Teppichboden.

Der Blick, der unverwandt in die Kabine starrt, irgendwie verlassen wirkt.

Mit Hilfe eines kleinen Ablenkungsmanövers, als wollte er einen Fleck von seinem Schuh abwischen, hebt Christian das Foto blitzschnell auf und steckt es unbemerkt in seine Brusttasche.

Anschließend sagt er etwas Unerwartetes.

Die Worte, die über seine Lippen kommen, verblüffen

sie beide. Sie kommen gleichsam von der Seite, von einem anderen, der sich im Raum aufhält. Oder so tief aus dem Inneren, dass er es nicht erspähen kann.

Außerdem geschieht es innerhalb kurzer Zeit bereits zum zweiten Mal.

Er sagt:

»Ich will doch nur jemanden lieben können.«

* * *

Es ist der Punkt, an dem eine Grenze überschritten wird. Das ist beiden bewusst. Bengt merkt es vor allem daran, dass es in seinem Inneren arbeitet. Eine ganz eigene Maschinerie setzt sich in Bewegung wie Zahnräder, die ineinandergreifen.

Ihm ist zudem bewusst, dass er den Menschen neben sich von nun an anders lesen wird. Man könnte sagen, dass ein klinisches Abhören eingeleitet wurde.

Die Art, etwas aufzunehmen, präzise nachzufragen, eine Reaktion zu vermeiden und stattdessen abzuwarten.

Er schlüpft in die Rolle, die er so gut beherrscht.

Die Rolle des Therapeuten.

Er hört zu, und das Arsenal kurzer präziser Fragen liegt bereit und wartet nur auf ihn. Sein Gehirn ist jetzt entspannter, als es mitten in der Nacht gewesen ist, als er aufstand, um an Bord dieses Flugzeugs zu steigen.

In gewisser Weise ist er nun nicht mehr Bengt Sund mit all dem, was das an Ballast, Vergangenheit und anderem bedeutet.

Stattdessen ist er ein diffuser Mensch mit einer deutlichen Rolle.

Bengt stellt die Frage, die, wie er so gut weiß, in der gegenwärtigen Lage ganz selbstverständlich ist.

»Was denken Sie, warum ist das so?«

Christian sieht ihn fragend an.

»Nun ja«, sagt Bengt, »warum fühlen Sie, dass Sie gerne jemanden lieben würden?«

»Fühlt das nicht jeder?«

»Glauben Sie?«

»Aber tun Sie das denn nicht?«, entgegnet Christian fast so, als wäre er überrumpelt worden. »Fühlen Sie nicht, dass Sie jemanden lieben? Ihre Frau, Ihren Sohn?«

»Meine Frau und ich … wir sind schon lange verheiratet.«

»Fünfzehn Jahre«, wirft Christian ein.

»Ja, fünfzehn Jahre.«

Es bleibt lange still, ehe Bengt fortfährt:

»Meine Frau und ich haben beschlossen, uns während der Zeit, die ich in Kapstadt verbringe, nicht beim anderen zu melden.«

»Aber Sie sind ja auch verreist, nicht?«

»Sicher, aber ich meine, dass wir uns *wirklich gar nicht* melden. Wir müssen so viel klären, wenn ich wieder heimkomme und werden in der Zwischenzeit nicht telefonieren oder mailen oder so. Wir werden völlig voneinander getrennt sein.«

Bengt schweigt so lange, dass es sich wie eine Ewigkeit anfühlt. Er sieht seine Frau vor sich, die mit dem Rücken zu ihm im Bett liegt, und wie er selbst in der Türöffnung steht und weiß, dass gleich sein Taxi am Gartentor halten wird und er seinen Körper nicht dazu bewegen kann, die Frage zu beantworten, ob er nun fahren oder bleiben will.

Wie er sich geweigert hat, sich zu antworten.

»Wir sind noch nie auf diese Weise voneinander getrennt gewesen.«

»Ich verstehe«, sagt Christian mit schwacher Stimme.

»Sie finden das vielleicht merkwürdig, ich meine … nie auf diese Art voneinander getrennt gewesen zu sein, nichts voneinander zu hören?«

»Seltsam?«

»Ich liebe meine Frau wirklich sehr«, erklärt Bengt. »Und meinen Sohn.«

»Und genau *das* meine ich«, sagt Christian. »*Haargenau* das meine ich doch. Würden Sie Ihr Leben für die beiden opfern?«

»Das ist … eine hypothetische Frage.«

»Ist es das? Ist es das wirklich? Man hört des Öfteren Beispiele von Eltern, die ihr Leben für ihre Kinder geopfert haben. Ich habe mehr als einmal davon gelesen, Dokumentationen im Fernsehen gesehen. Die sie auf der Straße zur Seite stoßen und selbst angefahren werden, die sich in Abgründe stürzen, die …«

»Natürlich«, unterbricht Bengt ihn, »aber das kann man im Voraus niemals wissen. Das war in sämtlichen Fällen wohl … na ja, die Abnormität an sich, sozusagen … eine spontane Eingebung.«

Christian nickt langsam, blickt zu Boden. Dann schaut er auf und sagt fast triumphierend:

»Aber wenn Ihre Frau und Ihr Sohn an Bord dieses Flugzeugs wären, und Sie würden erfahren, dass es abstürzt, würden Sie dann den Platz mit Ihnen tauschen? Wenn Sie wüssten, auf welchen Plätzen die Überlebenden sitzen und wo diejenigen sitzen, die ums Leben kommen. Wenn Ihnen der Ausgang des Unglücks bekannt wäre. Würden Sie dann Ihr eigenes Leben dafür hergeben, dass die beiden überleben?«

9

Die Sekunden, bevor die Drehzahl der Motoren erhöht wird und die Maschine Anlauf nimmt, gleichen fast dem Einatmen eines Menschen. Dann die Kraft, die einen an den Schultern packt und den Körper in den Sitz presst.

Die Bewegungen des Flugzeugs ähneln eher einem Schieben als einem Stoßen.

Erst wenn das Auge einen Gegenstand neben der Start- und Landebahn fixiert, lässt sich das zunehmende Tempo abschätzen. Die Maschine hat bereits über hundert Meter zurückgelegt, ehe sie eine Geschwindigkeit erreicht, die sich mit der eines Sportwagens oder Schnellzugs messen kann, aber wenn sich das Ende der Startbahn nähert, schiebt die Kraft weiter an, und die Maschine beschleunigt sich um dieses letzte entscheidende Stück, und die Luft erfasst die Flügel.

Es ist wie schöne Kunst.

Nicht zuletzt, weil es jedes Mal aufs Neue verdeutlicht, dass der Mensch nicht für das Fliegen geschaffen ist. Die ganze Idee hat etwas Missgebildetes und Machtvollkommenes. So entstellt, dass nur die Kunst als Vergleich taugt.

Und dann: der magische Moment. Sobald der Pilot den Steuerknüppel anzieht, wird die Kraft aufwärts gerichtet. Das Flugzeug hebt ab. Ein gänzlich unerhörtes Gefühl, das sich vor allem dadurch auszeichnet, dass der Körper herabgedrückt wird, ehe das Abheben ihn streckt, ihn, der noch versiegelt auf seinem Platz sitzt.

Als ginge man vor einem Sprung leicht in die Knie. Die meisten an Bord der Maschine scheint das allerdings nicht nennenswert zu beeindrucken. Sie lesen weiter in ihren Zeitungen, lauschen der Musik aus ihren Kopfhörern, lösen Kreuzworträtsel, Sudokus, manche dösen vor sich hin.

Bengt ist nie gern geflogen. Er hat keine Flugangst, es geht vielmehr um das Unnatürliche daran, das er ebenso wenig ignorieren kann wie den Mangel an frischer Luft in der Kabine, den ständigen Druck und den permanenten Lärm.

Am liebsten würde er die Augen schließen und erst wieder aufwachen, wenn das Flugzeug schon gelandet und zum Gate gerollt ist. Am schlimmsten sind natürlich Start und Landung. Er beneidet wirklich niemanden, der an Bord einer solchen Maschine arbeitet. Gleich, denkt er, werden sie mit ihren schweren Wagen kommen und Menschen füttern, sich in unnatürlichen Körperhaltungen vorbeugen, um zu hören, was die Leute sagen, und anschließend ein Kind trösten und dabei die ganze Zeit fröhlich und adrett aussehen. Er kann sich kaum einen Beruf vorstellen, für den er weniger geeignet wäre.

Sein Blick ist auf das Schild mit dem Sicherheitsgurt gerichtet. Er muss bald pinkeln und schämt sich deshalb. Nachdem sie so lange auf den Abflug gewartet und er zu spät erkannt hat, dass er auf die Toilette muss, als das Flugzeug schon kurz vor dem Abheben war. Wie ein kleines Kind. Er überlegt, ob es daran liegen könnte, dass sich der

Druck in der Kabine verändert hat. Er muss doch sonst nie so dringend auf die Toilette.

Bengt fragt sich, ob er es mehr bereuen sollte, dass er von seiner Frau und seinem Sohn erzählt hat. Das sieht ihm überhaupt nicht ähnlich. Er hätte lieber nicht so leichtfertig aus der Deckung kommen und ungehemmt mit einem Fremden reden sollen. Aber das mit dem Mann neben ihm ist irgendwie seltsam. Er zieht ihm alles aus der Nase, lässt ihn ein anderer Mensch werden, offener und entspannter. Wenn sie sich noch etwas länger unterhalten hätten, wäre er bestimmt auch noch auf Anna van der Vyver zu sprechen gekommen!

Er lehnt den Kopf gegen die Nackenlehne. Sie ist weich. Er spürt, dass ihm am ganzen Körper warm wird.

Nein, er ist froh, dass er von sich erzählt hat.

Aber war es nicht doch ein wenig unangebracht, dem anderen zu erzählen, dass Mariette und er sich gestritten hatten? Er sieht Mariettes Gesicht vor sich, als sie sich schlafen stellt, während er dasteht und sie betrachtet. Jetzt verschwindet das Gefühl von Wärme. Stattdessen fühlt er, wie sich, vom Magen aufsteigend, Trauer in seinem Körper ausbreitet.

Nach so vielen gemeinsamen Jahren weiß man einfach, wenn sich der andere nur schlafend stellt.

Ein plötzliches Stechen im Augenwinkel, das ihn fast ärgert. Zum Glück wird es von den Motoren der Maschine erstickt, als sie die Drehzahl erhöhen und das Flugzeug gleichzeitig kräftig nach rechts schwenkt.

10

Als das Flugzeug vor dem Abheben beschleunigt, greift Christian getreu seiner Gewohnheit nach der *Herald Tribune.* Er ist alles andere als erfreut über die Vibrationen und den lästigen Druck auf den Ohren. Da beides nicht lange anhält, hat er gelernt, sich auf einen Text in der Zeitung zu konzentrieren, bis es vorbei ist und das Flugzeug einen geraden Kurs fliegt und man zu dem Alltag zurückkehren kann, der Flug in Reisehöhe genannt wird. In dem Artikel, den er liest, geht es um die Finanzkrise, und er ist alles in allem völlig uninteressant. Nach einer Weile merkt er, dass er gar nicht mehr liest. Er starrt nur noch ein Foto in der Zeitung an, das einen der interviewten Finanzexperten zeigt. Wie viel Zeit mag vergangen sein, höchstens eine oder zwei Minuten?

Irgendetwas ist mit dem Aussehen des Mannes.

Der Experte auf dem Bild ist eine exakte Kopie seines Vaters.

Als ihm dieser Gedanke durch den Kopf geht, lässt ihn im selben Moment etwas aufblicken. Ein Geräusch? Oder nur ein Gefühl? Er schaut zur Decke in den Spalt zwischen der Toilettenwand und dem Punkt, an dem die Reihe der Handgepäckfächer beginnt. Dort gibt es eine Öffnung, die sich zu bewegen scheint.

Er kneift die Augen zusammen.

Merkwürdig, denkt er.

Trotzdem ist er sich seiner Sache sicher, es sieht ganz so aus, als hätten sich dort die Nieten, die man normalerweise kaum sieht, ein wenig gelöst und würden sich nun rasch hin und her bewegen, ja, beinahe tanzen. Wie Schrauben, die man kreiseln lässt, bis sie schließlich langsamer werden, das alte Spiel aus der Kindheit.

Er lässt den Blick durch die Kabine schweifen, um zu sehen, ob außer ihm noch jemand reagiert hat. Zwei Flugbegleiterinnen sitzen ihm schräg gegenüber und unterhalten sich. Sie scheinen das Klappern nicht bemerkt zu haben.

Für Bengt neben ihm gilt offenbar das Gleiche. Er sitzt zurückgelehnt und schaut vor sich hin, ruhig atmend und entspannt.

Es spielt sich nichts Seltsames ab. Was bedeuten muss, dass er sich das eingebildet hat.

Trotzdem kommt Christian nicht umhin zu denken, dass die Bewegung direkt über ihm merkwürdig ist. Er will seine Zeitungslektüre schon wieder aufnehmen, als sich plötzlich eine der Nieten löst und auf den Boden fällt.

Sie landet zwischen seinen Füßen.

Verdammt, denkt er und schaut sich um.

Auch jetzt hat außer ihm kein Mensch reagiert. Denke ich mir das nur aus?, überlegt er. Werde ich gerade verrückt? Fällt direkt vor meinen Augen die Maschine auseinander und niemand bemerkt es? Ist das möglich?

Er hebt die Schraube auf, hält sie hoch und wendet sich Bengt zu.

»Sehen Sie?«, sagt er.

Bengt schaut ihn fragend an. Er lächelt und legt die Hand hinter das Ohr, als wolle er so besser hören. Christian lacht auf. Nein, natürlich, das ist alles nur Einbildung. Die Schraube muss schon die ganze Zeit auf dem Boden gelegen haben. Wahrscheinlich gehört sie nicht einmal zu diesem Flugzeug.

Er errötet leicht und wendet sich ab, um aus dem Fenster zu schauen. Als er das tut, stößt er mit der Wade gegen etwas. Etwas Scharfes. Es sticht. Reflexartig streckt er die Hand dorthin aus. Er spürt, dass er blutet, kann die genaue Stelle der Wunde jedoch nicht ermitteln. Er hebt die Hand und mustert sie, sieht aber kein Blut. Es tut nicht weh, aber er spürt dennoch, dass er blutet.

Es war scharf, denkt er.

Er begreift das nicht. Erst die Schraube und jetzt das. Dann hat er das Gefühl, von einer inneren Wärme erfüllt zu werden. Er blickt durch das winzige Fenster hinaus und sieht am hellblauen Himmel kleine schwarze Bewegungen. Er findet, dass dies lustig aussieht. Er lächelt wieder, spürt den eigenen Atem und wie er das pochende Herz an seinen Platz zurückversetzt.

Alles ist verändert, binnen weniger Sekunden wurde alles in ihm auseinandergebrochen, und trotzdem ist es wunderbar, ja vollkommen. Alles ist vollkommen, und er weiß, so wird es von nun an sein.

Liebe

1

Das ist also die Stadt, in der sich die nervösen Scheinwerfer der Autos im dunklen Asphalt spiegeln. Die Stadt, in die Christian nun zurückgekehrt ist und in der man sich verlieren kann. Von seiner großen Penthouse-Wohnung aus sieht er die neogotische Turmspitze der Oscarkirche, die den Nachthimmel spaltet. Die Luft steht, und jeder Gedanke verweilt lange.

Indem er den Blick schärft und gleichzeitig nichts Bestimmtes fixiert, versucht er, seine Augen zu einer Kamera mit langer Belichtungszeit zu machen, so dass jeder bewegliche Gegenstand dahingewischt wird und zwischen den Bürgersteigen und den dunklen Fassaden der Häuser ein blinkendes, schweifendes Muster entsteht.

Seit seiner Heimkehr ist die Nacht anders.

Als bewegte sich alles in ihr sanft und still. Als befände sie sich im Wasser. Was während des Flugs nach London geschah, hat ihn verändert. Was er insgeheim *den Vorfall* genannt hat. Nun kommt es ihm vor, als arbeitete sein Gehirn mit doppelter Geschwindigkeit und als wäre es in einer Art Wahnsinnsloop gefangen, in dem mehrere Zeitebenen gleichrangig wirksam sind. Es gibt vergangene und gegenwärtige Zeit, es gibt eine kommende Zeit und alles, was er weiß und was er nicht weiß.

Christian sitzt da und hält Bengt Sunds Visitenkarte in der Hand. Er kann nicht aufhören, sie anzustarren. Kann nicht aufhören, daran zu denken, wie unbekümmert es zuging, als sie im Flugzeug die Plätze tauschten. Das muss doch eine Bedeutung haben. Solche Dinge passieren einfach nicht zufällig.

Sie tauschten die Plätze, und plötzlich war alles verändert, so schnell, wie man mit Daumen und Zeigefinger schnippt. Bengt Sunds Visitenkarte in seiner Hand. Er dreht sie hin und her.

Unmittelbar nach der Landung hatten sie sich ein letztes Mal gegrüßt. Christian sah Bengt zur Transithalle gehen, wo er auf seinen Anschlussflug nach Südafrika warten würde. Christian musste dagegen nur durch die Passkontrolle und anschließend in das wartende Taxi steigen.

Wann hatten diese eigentümlichen Dinge in seinem Inneren begonnen? Es fällt ihm schwer, dies genau zu bestimmen.

Er checkte wie üblich im Hotel ein, duschte, zog sich um und bestellte sich beim Zimmerservice etwas zu essen. War da nicht ein seltsames Gefühl in der Magengrube gewesen? Die merkwürdigen Dinge, die beim Start passiert waren, das unerwartete und intime Gespräch mit Bengt Sund, das Gefühl, dass die Maschine auseinanderbrechen, womöglich explodieren würde.

Das Foto von Mariette Sund.

Wie sie ihn ansah.

Er weiß, dass er die Niete sah und wie sie sich drehte, er sah das Bild und wie er es aufhob und in die Innentasche seines Jacketts steckte, in der bereits die Visitenkarte lag.

Und dann hatte er sich in seinem Sitz umgedreht und etwas Scharfes berührt, das eine Wunde in seiner Wade verursacht hatte. Seltsamerweise erinnerte das Gefühl am ehesten an eine Hitzewelle, die den Körper durchströmte. Nachdem er seine Mahlzeit im Hotel beendet hatte, ein einfacher Hamburger mit trockenen Pommes frites, die er liegen ließ, legte er sich ins Bett, war aber weit davon entfernt, einschlafen zu können. Am nächsten Tag hatte er schon früh einen Termin, und im Anschluss sollte er zu einem »ungezwungenen« Mittagessen mitkommen. Den Termin konnte er schlecht absagen, aber es gelang ihm, sich dem Mittagessen mit einem bedauernden Hinweis auf Zeitmangel zu entziehen. Niemand schien darüber wirklich traurig zu sein.

Er rief bei der Fluggesellschaft an und buchte die Heimreise um. Die Sache war in fünf Minuten erledigt, und er verspürte eine unmittelbar einsetzende Erleichterung am ganzen Körper.

Und nun ist er, knapp achtundvierzig Stunden nach seiner Abreise, zurück in Stockholm. Wieder wirft er einen Blick auf das Foto von Mariette Sund. Ihre langen dunklen Haare, große, aber schöne Zähne, die feinen Fältchen, wenn sie lächelt. Eine Schönheit – es gibt kein besseres Wort dafür –, was noch dadurch verstärkt wird, dass sie sich dessen nicht bewusst zu sein scheint.

Er kostet ihren Namen: Mariette.

Er lässt sich nur schwer im Mund platzieren. Er schließt die Augen und versucht es noch einmal.

Er legt das Foto fort.

Auf einmal versteht es sich ganz von selbst. Der Körper

atmet auf, jetzt, da es so selbstverständlich ist, da er es begreift. Er erkennt, dass er einen Auftrag erhalten hat. Lange denkt er an dieses Wort. Er mag es sehr, Auftrag.

2

Bengt Sunds Haus steht in Täby, einer dieser charakteristischen Trabantenstädte Stockholms. Typisch für diesen Vorort ist ein ungewöhnlich großes Einkaufszentrum. Obwohl die Geschäfte natürlich die gleichen sind wie in den anderen verstreut liegenden Einkaufszentren.

Ansonsten sieht der Ort aus wie zu erwarten: die gleichen hohen Häuser und die gleichen flachen Häuser. Es gibt eine Siedlung, in der die Häuser ein wenig größer sind, mit größeren Gärten, und ein Viertel, in dem man sich in Mietwohnungen mit oder ohne den Charme der vorigen Jahrhundertwende und französischen Balkone zusammenzwängen muss.

Man könnte sagen, dass Bengt Sund und seine Familie genau auf der Grenze zwischen den üblichen Reihenhäusern, den kleineren freistehenden Häusern und den alles andere als kleinen Häusern mit größeren Rasenflächen, die geschnitten, und Bäumen, die beschnitten, und Unkraut, das gejätet werden muss, steht.

Das sind die Gedanken, die Christian durch den Kopf gehen, als er in seinem italienischen Sportwagen sitzt und das Haus betrachtet.

Die Sonne geht gerade auf. Er hat in dieser Nacht kein Auge zugemacht, obwohl er sich ausgezogen und ins Bett gelegt hatte. Er hatte Verschiedenes probiert, fernsehen, die Klimaanlage höherstellen und sich unter die kühle Daunendecke legen, er hatte versucht zu lesen, zunächst einen Krimi und danach, schon leicht verzweifelt, die Biografie über einen römischen Kaiser.

Nichts von all dem hatte geholfen.

Er hatte kaum einmal die Augen geschlossen.

Die weiße Decke hatte zurückgestarrt. Die Straße lag verlassen und vollkommen still. Er hörte nicht einmal den Zeitungsboten, und es kam ihm vor, als ereigne sich vor seinem Fenster eine Welt, ohne dass er in irgendeiner Form an ihr teilhatte.

Schließlich gab er auf, duschte, ging in die Garage hinunter und setzte sich ins Auto. Ehe er den Startknopf des Wagens betätigte, schaute er noch einmal auf die Visitenkarte und das Foto. Es war das erste Mal, dass er eine Visitenkarte sah, auf der so eindeutig die Privatadresse angegeben war.

Als er das Haus vor sich sieht, einsam und still, bleibt der Eindruck diffus. Der Garten könnte etwas mehr Liebe vertragen, das Dach müsste in den nächsten Jahren neu gedeckt werden. Dennoch ist es irgendwie schön. Hübsche Holzschnitzereien und viel Charme hätte in der Anzeige eines Immobilienmaklers gestanden.

Die Sonne klettert sachte höher und wird von dem ziegelfarbigen Hausdach gespalten. Es ist ein wundersam schöner Anblick. Ein ganz gewöhnliches Haus, angesichts seiner Lage sicher nicht billig, und eine aufgehende Sonne.

Christian ist bewusst, dass sich die Leute wundern würden, wenn ihnen sein Wagen ins Auge fiele. Und darüber, dass ein Mann mit braun getönter Sonnenbrille in einem tadellosen Anzug darin sitzt. Obwohl er an diesem Tag keine beruflichen Termine hat, empfindet er den Anzug als die einzige natürliche Möglichkeit, sich zu kleiden.

Nun betrachtet er mit starrem Gesicht dieses Haus, als sähe er zum ersten Mal ein ganz normales Backsteinhaus in Täby, umgeben von einem kleinen Grundstück. Als wäre es in einen magischen Schimmer getaucht.

Tiberius, denkt er. So hieß er, dieser Kaiser.

Im Rückspiegel sieht er einen Mann, der mit einem Golden Retriever an der Leine näherkommt. Beide gehen schlurfend, scheinen verwandt zu sein. Je mehr sich der Mann dem Auto nähert, desto stärker fühlt Christian sich ertappt.

Nicht wirklich wissend warum, rutscht er so weit wie möglich vom Sitz herunter und versteckt sich unter dem Lenkrad. Als er glaubt, sicher sein zu können, dass der Mann vorbeigegangen ist, streckt er sich und setzt sich wieder auf den Fahrersitz. Er sieht gerade noch, dass der Mann links um die Straßenecke biegt.

Eigenartig, denkt er. Normalerweise zieht der Hund an der Leine. In diesem Fall hatte der Mann eher am Hund gezogen. Er muss sehr alt sein, sogar noch älter als der Mann.

Tiberius wurde Kaiser, nachdem drei frühere Thronfolger gestorben waren. Die Forderung: Lass dich von deiner Frau scheiden und heirate die Tochter von Kaiser Augustus. Tiberius gehorchte und wurde daraufhin später »aus Staatsraison« von Augustus adoptiert. Der Weg zur Macht stand offen, nur das Ableben des Kaisers war noch erforderlich. Tiberius wurde Kaiser, führte das Reich und starb.

Als Christian Leander das denkt, öffnet sich die Tür von Bengt Sunds Haus.

3

Bengt zieht die Vorhänge auf und würde sich wünschen, es fiele ihm genauso leicht, seine Augen aufzubekommen. Die Lider scheinen sich ineinander verhakt zu haben. Zeitumstellungen sind ihm noch nie leichtgefallen, aber das ist das Schlimmste, was er jemals erlebt hat, und dabei ist es in Kapstadt genauso spät wie daheim in Schweden.

Der lange Flug ist schuld. Er denkt, dass der menschliche Körper unmöglich dafür konstruiert sein kann, so lange still zu sitzen und so weite Strecken zurückzulegen. Ihm tut alles weh, ohne dass er exakt sagen könnte, wo es genau schmerzt, es ist wie ein allgemeiner Bankrott oder ein Kartenhaus, das eingestürzt ist.

Wenn er die Vorhänge aufzieht, sieht er eine Stadt an einem Hang, der zum Meer hinabführt. Er weiß, was es dort unten gibt, überall an der Straße vom Flughafen sieht man die Plakatwände. »Tauchen Sie mit dem Weißen Hai.« Sie wollen, dass man dafür bezahlt, in einem stählernen Käfig versenkt zu werden, um in ihm zu hocken und weiße Haie zu beobachten, die im Abstand von einer Armlänge mit aufgerissenem Schlund vorbeischwimmen. Der attraktivste Ort dafür ist offenbar Seal Island, ein kleines Eiland, auf dem wie aufgestapelte Holzscheite Robben übereinander liegen, die einen Ring aus Haien durchqueren müssen, sobald sie die Insel verlassen oder zu ihr zurückkehren wollen.

Bengt fragt sich in seinem anonymen Hotelzimmer, das aussieht wie alle Hotelzimmer, was er hier eigentlich zu suchen hat. Ein Psychiater auf einem Kongress. Ist das die richtige Bezeichnung? Ein Mann, der einen Kongress nutzt, um sich selbst zu finden und endlich herauszubekommen, was eine gewisse Frau ihm bedeutet? Er mag diesen selbstbespiegelnden Zustand nicht, den Hotelzimmer unweigerlich heraufbeschwören. Tatsächlich scheint der ganze Raum aus Spiegeln zu bestehen, wenn er das Badezimmer dazuzählt, kommt er auf insgesamt acht Stück. Wer braucht acht Spiegel auf fünfzehn Quadratmetern?

Geboren und ausgebildet in Uppsala. So pflegt er sich auf steifen Veranstaltungen vorzustellen. Er weiß, dass er ein guter Psychiater ist, vielleicht sogar einer der besten im Land. Seine große Schwäche ist, dass er zu hölzern schreibt. Wenn er ein ebenso guter Schriftsteller wäre, könnte er einer von denen sein, die bei jedem Seminar auftauchen, jemand, auf den sich die jüngeren Kollegen beziehen, wenn sie neue Theorien entwickeln wollen, die in peinlicher Weise doch immer nur die alten imitieren.

Dann wäre er auf ganz andere Art veröffentlicht und anerkannt worden. Er hätte zu denen gehört, die im Rampenlicht stehen und für ihre Dienste hohe Honorare fordern können. Er hätte die interessantesten Patienten gehabt, Leute, die zur Crème de la Crème des Kultur- und Geschäftslebens gehörten, er wäre gefragt gewesen.

Glücklicherweise hatte er seine mangelhaften stilistischen Fähigkeiten dadurch ausgeglichen, dass kaum einer besser darin war, Forschungsprojekte zu planen und zu initiieren. Mehrere von ihnen hatten Furore gemacht, sogar international. Sein letztes Projekt war zugleich das erfolgreichste gewesen. In Wahrheit hatte er keinen so großen Anteil daran, wie es schien, aber ohne seine Vorstudie wäre es nie zustande gekommen.

Er besaß kein großes Talent für Wissenschaftstheorie, war auch nicht besonders brillant darin, eine Studie zu konzipieren. Seine Fähigkeiten lagen auf dem Gebiet der Politik. Einer seiner ersten Chefs meinte einmal, er besitze geradezu machiavellistische Fähigkeiten, was Bengt damals ungeheuer geschmeichelt hatte.

Er weiß, dass er eine ganz eigene Fähigkeit besitzt, seine Projekte gut zu verkaufen. Schon früh hat er gelernt, die simple Tatsache zu begreifen, dass derjenige, dem es gelingt, die nötigen Mittel für das Projekt zu beschaffen, auch der ist, dessen Name auf allen Berichten steht und dessen Ansehen kontinuierlich wächst.

Für dieses letzte Projekt – das ihm vielleicht das meiste Prestige eingebracht hat – hatte er zwei jüngere Kolleginnen eingestellt, die in einem Zeitraum von sechs Jahren die Daten junger Erwachsener mit Suchtproblematik, die therapiert wurden, mit denen verglichen hatten, die keine Erfahrung mit irgendwelchen Formen von Therapie gemacht hatten.

Ihm ist bewusst, dass die beiden jüngeren Kolleginnen Schwerstarbeit geleistet haben, er selbst jedoch den größten Teil der Ehre einheimsen durfte. Sein Name steht unter den Berichten an letzter Stelle, sein Name hat das größte Gewicht. Doch so war es von Anfang an vorgesehen, es gab also keinen Grund, sich deshalb zu streiten.

Den jüngeren Kolleginnen gehört die Zukunft, denkt er. Ihre Zeit wird kommen. Eines Tages steht ihr Name zuletzt und fettgedruckt, dann werden andere die Arbeit gemacht haben und sie deshalb keinen Deut glücklicher sein. Vielleicht wird eine von ihnen schon in naher Zukunft in einem ähnlichen Hotelzimmer sitzen und sich ähnlichen Gedanken über die eigene Bedeutungslosigkeit hingeben.

Bengt versucht, sich selbst gegenüber ehrlich zu sein, ganz gleich, ob das Zimmer nun acht Spiegel hat oder nicht. Er ist nicht wegen des Kongresses hier. Er ist hier, um Anna van der Vyver zu treffen.

Keine Frau hat jemals eine solche Begierde in ihm geweckt, und es ist ihm egal, wie pathetisch das wirkt. Therapeut und Patientin, Arzt und Patientin, egal, aus welchem Blickwinkel er es betrachtet, die Sache bleibt problematisch. Selbstverständlich weiß er, wo die Grenze verläuft. Aber er ist fünfundfünfzig und kann es sich nicht leisten, diese Chance ungenutzt verstreichen zu lassen.

Er hat eine Frau, die er liebt, und einen Sohn, den er liebt, aber er hat auch ein sehr alltägliches Leben, ein vollkommen austauschbares Leben. Ein langweiliges Leben. Durchschaubar und ordinär.

Eines Tages wird er erkennen, dass es bald vorbei ist, und er weiß, dass in dieser Situation jeder bereut. Man sitzt beim Arzt, der einem eröffnet, dass es nicht mehr weitergeht, jetzt hat der Tumor gestreut, jetzt ist der ganze Körper voller Metastasen. Und was denkt der Mensch, der vor ihm sitzt und diese Botschaft entgegennimmt? Was sagt dieser Mensch zu sich selbst, nachdem er sich bei seinem Arzt höflich dafür bedankt hat, dass dieser ehrlich gewesen ist und keine Worthülsen vorgetragen hat? Er denkt, dass er es wahnsinnig bereut, gewisse Dinge nie getan zu haben.

Zum Beispiel, sich mit Anna van der Vyver in Kapstadt zu treffen.

Ihm ist bewusst, dass diese Begegnung ihn alles kosten könnte, was er sich aufgebaut hat, seine Ehe, seine Sicherheit, die Beziehung zu seinem Sohn. Seine Glaubwürdigkeit.

Geboren und ausgebildet in Uppsala. Das macht als Grabinschrift nicht viel her.

Mit Mariette hat er bekommen, wovon jeder Mensch lebt: Nähe, Liebe, Fürsorglichkeit, Vertrauen, Familie. Dennoch weiß er, es ist lange her, dass er ihren Körper begehrte. Er hat ihn so viele Jahre gesehen, dass er einfach nicht mehr die Fähigkeit besitzt, sich in den gleichen Zustand zu versetzen wie damals, als er ihn zum ersten Mal sah. Als sie das Blut in ihm pulsieren ließ. Als er schon erregt war, wenn er nur an sie in einer aufgeknöpften Bluse dachte, oder wenn die Decke ein wenig herabgerutscht war, so dass er eine ihrer Brüste sehen konnte.

Heute kann sie nackt neben ihm liegen, und er fühlt nichts. Absolut nichts.

Es geht nicht darum, dass sie älter geworden ist. Er findet nicht, dass Frauen wegen ein paar Falten oder grauen Haaren ihre sexuelle Anziehungskraft verlieren, es ist eher umgekehrt. Selbst die Brüste einer älteren Frau findet er manchmal erregender als die Elastizität und Frische der Brüste einer jungen Frau. Er kann sich nicht erklären, was sich in ihm verändert hat, warum es seinem Körper so schwerfällt, etwas zu empfinden. Manchmal denkt er, dass sich die Voraussetzungen verändert haben. Als er jünger war, sah er Pornos, wenn er geil war. Heute sieht er Pornos, um geil zu werden.

Anna van der Vyver war die Erklärung für die veränderten Voraussetzungen. Ihre Art, sich zu geben, ihre Art, ihn zu sehen. Sie sieht ihn in einer Weise an, die ihn erregt. Sie macht ihn zu dem, der er sein will.

Wie sollte er von Mariette verlangen können, das zu schaffen?

Ihn zu einem anderen Mann zu machen, als er all die Jahre war?

Er will auch in Zukunft mit Mariette verheiratet sein, aber er muss Anna van der Vyver treffen, um zu sehen, ob sie ihn wieder zum Leben erwecken kann.

Er denkt lange darüber nach. Wieder lebendig zu sein.

Lebe ich jetzt, denkt er und kneift sich in den Arm, halb aus Spaß und halb im Ernst.

Er wirft noch einen Blick aus dem Fenster. In Kapstadt neigt sich der Winter dem Ende zu, trotzdem ist es hier genauso warm wie daheim, wo der Herbst vor der Tür steht. Genau umgekehrt zu Schweden. Alles ist hier umgekehrt, überlegt er, und trotzdem gibt es keine Zeitverschiebung.

Wenn Mariette es wüsste, würde sie es ihm niemals verzeihen.

Er erkennt sich selbst nicht mehr wieder und denkt, dass er deshalb hergekommen ist. Deshalb ist er verreist.

Gleich wird er von einem imaginären Boot springen, das weit draußen, mitten auf dem Ozean, schaukelt. Er wird mit langen Zügen schwimmen, ohne an einen Tiefenrausch zu denken und ohne Angst vor dem zu haben, was er nicht sehen kann und was sich unter ihm bewegt, sich dabei jedoch gleichzeitig vollkommen seiner eigenen Verletzlichkeit bewusst sein.

4

Aus dem Haus in Täby tritt ein junger Mann, der vielleicht sechzehn Jahre alt ist. Höchstens siebzehn, denkt Christian, obwohl es natürlich immer schwierig ist, das Alter von Menschen zu schätzen, die noch im Wachstum sind.

Der Junge trägt gelbe Sportschuhe, lange Basketballshorts, die um seine schlanken Beine schlenkern, und hat übergroße Kopfhörer aufgesetzt. Nachdem er das Gartentor hinter sich geschlossen hat, drückt er verschiedene Knöpfe an seiner Armbanduhr und läuft los. Mit großen Schritten entfernt er sich.

Christian denkt, dass er an einen Springbock erinnert, der hohe Sprünge macht, wenn er von einem Löwen gejagt wird, als wollte er damit sagen: Nimm lieber einen anderen aufs Korn, ich strotze vor Kraft und kann beliebig weit rennen, ich gehöre zu denen, die überleben.

Christian versucht vergeblich, etwas in Worte zu fassen. Es geht um diesen jungen Körper, seine leichten Schritte, das Unerhörte daran, den Jungen so früh am Morgen durch das Gartentor treten zu sehen. Als hätte sich der Körper danach gesehnt, aus dem Haus zu kommen, frische Luft atmen zu dürfen. Und dann diese federnden Schritte. Die schlanken Beine, die runden Wangen, die üppig gelockten Haare, die wirr hochstehen, die Kopfhörer, die Abkapselung von der Außenwelt. Die Sonne, die eben erst über den Dachfirst gestiegen ist und ihn fast geblendet hätte.

Dann wird im Haus eine Lampe eingeschaltet. Christian erkennt eine Gestalt, die in der Küche in einem Morgenmantel umhergeht. Fast roboterhaft bewegt sich die Silhouette zur Kaffeemaschine.

Ihm wird bewusst, dass er bald Mariette Sund begegnen wird. Er ist sich sicher, dass sie genauso schön ist wie auf dem Foto. Trotzdem beschließt er, bis zum nächsten Tag zu warten. Er lässt den Wagen an und fährt bewusst langsam, sieht Bengt Sunds Visitenkarte, die weiß auf dem schwarzen Leder des Beifahrersitzes liegt.

Mit der rechten Hand holt er die CD mit *Das Lied von der Erde* aus der Hülle. Etwas Magisches vollzieht sich, als er die Scheibe mit einem leichten Drücken in die Stereoanlage schiebt und spürt, wie eine andere Kraft die Kontrolle übernimmt und sie in den Schlitz mit seiner gedämpften, laserähnlichen Beleuchtung gleiten lässt.

Bald darauf erklingt Kathleen Ferriers Altstimme im Wagen, die mit nichts vergleichbar ist, was er je zuvor gehört hat. Es ist, als spräche ihre Stimme direkt zu ihm.

Bengt Sund hatte recht, irgendetwas an ihrer Stimme klang anders. Wie hatte er sie beschrieben? Ihr schnelles Vibrato? Den dunklen Klang, fast wie die Stimme eines Mannes; die Kratzer im Vinyl, die man bei der Digitalisierung nicht herausfiltern konnte, ließen ihre Stimme nur noch gegenwärtiger wirken. Das Orchester scheint weit entfernt zu sitzen, in einem entlegenen Raum, und ähnelt eher einem dumpfen Grollen als einzelnen Instrumenten.

Das macht nichts.

Durch das Dumpfe dringt ihre Stimme und spricht direkt zu ihm, in einer Sprache, die er versteht, aber nicht spricht. Mit seinem Schuldeutsch ist es nicht weit her, aber von Zeit zu Zeit schnappt er trotzdem ein paar Worte und Phrasen auf.

Doch keine Worte sind so deutlich wie jene, die sie nicht auszusprechen vermochte, als sie dort abgezehrt vom Krebs stand. *Ewig, ewig.* Sie sang sie nicht, und Christian ertappt sich dabei, sie im Auto stumm zu mimen.

In alle Ewigkeit, denkt er.

Allüberall und ewig. Blauen licht die Fernen!

Fast unbewusst ist er in die Tiefgarage gefahren. Er ist in die engen Passagen eingebogen und hat das Auto in seine Parklücke manövriert. Das Licht, das von Bewegungen aktiviert wird, ist erloschen, so wie die Anzeigen des Armaturenbretts, als er den Motor ausschaltet.

Nur die Stereoanlage läuft noch.

Ewig, ewig.

Und seine Tränen fließen.

Er weiß nicht mehr, wann er zuletzt geweint hat, und will die Tränen nicht von seinen Wangen wischen, will sie weiter auf seiner Haut spüren.

Er lehnt den Kopf gegen die Nackenstütze und fühlt sich in diesem Moment – in der finsteren Tiefgarage – lebendiger als jemals zuvor.

Der Anblick des Jungen, der am Morgen zu seiner Joggingrunde aus dem Haus trat, die schlanken Beine, der schmale Hals, die üppige Haartracht, die Jugend. Ihm mit den Augen zu folgen und so viel über ihn zu wissen. Zu sehen, wie Leben entsteht, es selbst erschaffen.

Das übersteigt jedes Fassungsvermögen.

Er kann nicht aufhören zu weinen und empfindet das Fantastische, das ihm dargeboten wurde, als ein Geschenk des Mannes, der den Platz mit ihm getauscht hat. Das muss doch etwas bedeuten.

Dann ein Hieb aus der eigenen Kindheit. Die Nachricht, dass es seiner Mutter schlechter gehe und der Krankenwagen sie abgeholt habe. Er war aus der Schule heimgekommen und von seinem Vater empfangen worden, der von der Arbeit nach Hause geeilt war.

»Ist sie tot?«

»Warum sagst du das?«, entgegnete sein Vater.

»Ich weiß nicht, ich frage doch nur. Ist sie tot?«

»Wie kommst du bloß auf so etwas?«

Danach vergingen einige Stunden, bis der Vater in sein Zimmer trat, sich neben ihn setzte und ihm mitteilte, seine Mutter sei von ihnen gegangen. Christian verzog sein Gesicht und wollte wissen, warum der Vater das nicht schon vorher hatte sagen können, als er ihn danach gefragt hatte.

Sein Vater sah ihn an, stand auf und ging zur Tür. Dort wandte er sich um und meinte:

»Nicht immer will jemand, der fragt, auch die Antwort hören.«

5

Sobald Bengt aus dem Foyer des Hotels ins Freie tritt, wird er unsicher. Er hatte früh beschlossen, kein Taxi zu nehmen, sondern zu Fuß zu dem Ort zu gehen, an dem sie sich treffen wollen. Der Hotelportier meinte, es sei ein Weg von mindestens zwanzig Minuten, aber Bengt geht davon aus, dass er eher eine Viertelstunde benötigen wird. Seiner Karte nach zu urteilen scheint es nicht sonderlich weit zu sein.

Außerdem hat er beschlossen, ruhigen Schrittes zu gehen, keinen Stress zu machen und nicht auf die Uhr zu schauen. Schließlich wollte er nicht außer Atem ankommen.

Jetzt ist er allerdings verunsichert. Er findet, dass alles anders aussieht, als der Portier es ihm beschrieben hat.

Außerdem ist es heißer, als er erwartet hatte, und die Straßen sehen so kompliziert aus und winden sich ständig in eine andere Richtung, als er angenommen hätte. Nach wenigen Häuserblocks weiß er nicht einmal, ob er noch in die richtige Himmelsrichtung geht. Er marschiert einen Anstieg hinauf und erkennt, dass er einige Häuserblocks mit Hochhäusern durchqueren muss, ehe der Stadtteil erneut in eine Siedlung mit Einfamilienhäusern übergeht. Der Hang ist ziemlich steil, und er drosselt absichtlich das Tempo, um nicht zu schwitzen, etwas, das er auf seinen Reisen gelernt hat.

Das Jackett, das er besser im Hotel gelassen hätte, hat er sich locker über die Schulter geworfen, und er spürt bereits, dass es dort, wo es auf der Schulter ruht, besonders warm geworden ist. Er wechselt die Straßenseite und geht mit gleichmäßigen Schritten weiter. Vor einem Einkaufszentrum stehen nachlässig geparkte Autos, Leute kommen mit schweren Tüten heraus und drängeln sich auf dem schmalen und schiefen Bürgersteig. Als er an den automatischen Türen eines Lebensmittelgeschäfts vorbeikommt und sie sich öffnen, spürt er, wie ihm ein angenehm klimatisierter Lufthauch entgegenschlägt.

Es passiert, als er um die Ecke biegt.

Das Gefühl trifft ihn vollkommen unvorbereitet.

Zwei schwarze Männer kommen ihm entgegen. Sie sind ungefähr zwanzig Jahre alt und tragen abgewetzte Jeans und weite Hemden. Da ist etwas an ihrer Art, ihn anzusehen, als behielten sie ihn ganz besonders im Auge. Bengt überkommt das Gefühl, dass sie ihm schon seit Längerem folgen und er es bisher nur nicht gemerkt hat.

Sie sind noch ein ganzes Stück von ihm entfernt, so dass er sich umblickt, um zu schauen, ob andere Menschen in der Nähe sind. Die einzigen, die er sieht, sind zwei weitere schwarze Männer im gleichen Alter wie die beiden, die ihm entgegenkommen. Bengt muss schlucken. Das sieht gar nicht gut aus. Außerdem trägt er in seinem Portemonnaie das ganze Geld bei sich, das er im Flughafen abgehoben hat, im Wert von über zweitausend Kronen.

Großer Gott, für die meisten hier muss das mehr als ein Monatslohn sein.

Sein Gehirn arbeitet auf Hochtouren, als er die verschiedenen Möglichkeiten durchspielt. Wenn sie ihn umzingeln, ist es aus. Also muss er losrennen, bevor sie bei ihm sind. Den beiden, die schräg von der Seite kommen, kann er entfliehen. Weiter vorn müsste es einen Seiteneingang zu dem Einkaufszentrum geben, und wenn er es bis dahin schafft, ist er bestimmt in Sicherheit. Er kann sich nicht vorstellen, dass sie es wagen würden, ihn dort auszurauben, außerdem gibt es in dem Gebäude sicher Wachpersonal.

Inzwischen sind die beiden weniger als fünfzehn Meter entfernt. Er muss sich entscheiden.

Er hört sich atmen und spürt seine Muskelanspannung. Er stellt sich darauf ein loszurennen.

Stattdessen ist er auf einmal wie gelähmt.

Er kann sich einfach nicht entscheiden. Schließlich bleibt er stehen und denkt, dass sie sicher mit sich reden lassen werden. Wenn er sich nicht wehrt, wenn er ihnen einfach das ganze Geld überlässt, dürfte eigentlich nichts Schlimmeres passieren. Es ist nur Geld, er ist versichert, er ist Schwede.

Er bleibt stehen und schließt für einen Moment die Augen.

Sie brauchen nur die Hand auszustrecken, dann wird er das Portemonnaie hineinlegen. Sollen sie sich ruhig nehmen, was sie haben wollen. Es dauert nicht lange, denkt er, zum Hotel zurückzukehren und die Kreditkarte sperren zu lassen. Der Verlust des Bargelds lässt sich verschmerzen. Es hätte schlimmer kommen können.

Die beiden Männer sind nur noch wenige Meter entfernt. Bengt sieht ihre Augen. Die Kleider, die sie tragen, sind wirklich abgenutzt, wenn sie in derart ärmlichen Verhältnissen leben, kann er ihnen im Grunde gar keinen Vorwurf machen, wenn sie unschuldige Leute ausrauben. Er sieht ihre starken und jungen Körper, schluckt, schließt wieder die Augen. Verdammt, denkt er, das kann wirklich übel ausgehen. *Scheiß auf das Geld, aber bitte, keine Gewalt, keine Gewalt, nur keine Waffen, keine …*

Er denkt an Mariette und Erik, folgt schnellen Gedankenblitzen im Kopf, die ihm Szenen zeigen, einen Polizisten, der vor ihrem Haus in Täby stehend an die Tür klopft, wie die beiden zusammenbrechen, sich umarmen, einander stützen, weinen, sie werden ihn nie mehr wiedersehen, ein ermordeter Ehemann, ein ermordeter Vater. Die Filmszenen, die in seinem Kopf abgespult werden, sind beängstigend und realistisch. In weniger als einer Sekunde besteht sein Körper aus einem einzigen Gefühl: dass er jeden Moment das Opfer eines Raubmords werden wird.

Erst da erkennt er, dass die Männer längst an ihm vorbeigegangen sind.

Er dreht sich um, dort hinten gehen sie und unterhalten sich.

Sie scheinen ihn überhaupt nicht bemerkt zu haben, als er mit geschlossenen Augen dastand und schwer atmete.

Und die beiden anderen Männer sind auch nirgendwo zu sehen. Stattdessen erkennt er, als er sich nach allen Seiten hin umdreht, dass er inzwischen vollkommen allein ist. Einen Moment zuvor ist er der einzige weiße Mann auf dieser Straße gewesen, nun ist er der einzige überhaupt.

Nur, dass ihm überall der Schweiß ausbricht. Er schämt sich, muss immer wieder schlucken. Er dachte, sie wollten ihn ausrauben, ihn vielleicht sogar töten, und dann wird ihm bewusst, dass sie ihn kaum bemerkt haben.

Schließlich fällt ihm eine Tür weiter vorn ins Auge, die in das Einkaufszentrum führt. Er öffnet sie und spürt die klimatisierte Kühle, die sich durch sein Hemd schiebt. Endlich kann er wieder atmen. Er bleibt stehen und blickt in ein Schaufenster, ohne zu wissen, was das Geschäft verkauft. Er flaniert ziellos durch das Zentrum, bis er das Gefühl hat, sich wieder im Griff zu haben.

Vor dem Haupteingang sieht er zwei Taxis. Die Fahrer stehen neben dem einen Auto zusammen und unterhalten sich, einer von ihnen raucht. Bengt ist ungeheuer erleichtert und geht zu den Taxifahrern. Der eine öffnet ihm die Tür, geht pfeifend um den Wagen herum und setzt sich ans Steuer.

»Wohin möchten Sie?«

Als Bengt das Mount Nelson Hotel als Fahrtziel nennt, lacht der Fahrer schallend und klopft sich sogar auf den Oberschenkel.

»Das ist nur zwei Häuserblocks weiter«, sagt er schließlich, als er sich beruhigt hat.

»Zwei Häuserblocks?«

»Ja, es ist gleich da vorn um die Ecke, dann sind Sie da.«

Bengt lehnt sich vor und gibt dem Fahrer hundert Rand.

»Können Sie nicht vorher noch ein bisschen durch die Gegend fahren? Ich muss in zehn Minuten da sein.«

»Woher kommen Sie?«

»Aus Schweden.«

Der Taxifahrer lacht und legt den Gang ein.

»Und da fragen sich die Leute, warum wir finden, dass ihr seltsam seid.«

6

Am Rudergerät trainiert Christian am liebsten. Es gibt in diesem Bereich kein Fitnessgerät, das er nicht ausprobiert und ausgewertet hat. Außerdem hat er sich von seinem persönlichen Trainer beraten und instruieren lassen, der Muskelgruppen studiert und die Sauerstoffsättigung in einer App notiert hat, die das Ergebnis in farblich passenden Diagrammen demonstriert – was man für zweitausend Kronen in der Stunde allerdings auch von ihm erwarten kann.

Dennoch stand für Christian schnell fest, dass kein anderer Apparat einen solchen Sog in seinem Körper auszulösen vermochte wie das Rudergerät. Er nimmt an, dass es mit Gleichgewicht und Rhythmus zusammenhängt. Wenn alle Muskeln miteinander harmonieren, entsteht eine Art Schwerelosigkeit; der Körper wird stärker, man fühlt, dass einen nichts aufhalten kann.

Schönheit, denkt Christian, so lautet das beste Wort, um dieses Gefühl zu beschreiben.

Er sitzt auf dem Rudergerät und hat diesen Zustand soeben erreicht. Er beugt den Rücken nach vorn, lässt Arme und Hände den Griff umfassen, ohne dass die Leine erschlafft, zieht mit lockerer und zugleich entschiedener Kraft den Griff bis zum Bauch an, spürt, wie die Muskeln ihm beistehen, vom Fußgewölbe bis in den Nacken hinauf, nichts widersetzt sich, es entsteht vielmehr eine angenehme Bewegung, als befände man sich in einem kontinuierlichen, wellenförmigen Gefühl. Ganz leicht. Und so sitzt er in vollkommener Balance auf dem kleinen Sitz, der auf einer Metallschiene vor- und zurückrutscht.

Auf dem Display liefert er sich einen Zweikampf mit einem anderen Ruderer, den er als ebenbürtigen Gegner programmiert hat. Bei den ersten Malen war er auf den Gedanken fixiert gewesen, dass der andere Ruderer sein Feind war und er auf der gesamten Strecke vor ihm liegen musste. Schon bald merkte er jedoch, dass sein Körper sich schneller verkrampfte, wenn er so gestresst wurde. Er legte sich immer mehr ins Zeug, aber seine Geschwindigkeit erhöhte sich nicht, wenn der andere Ruderer von hinten aufholte.

Der Kopf sagte härter, der Körper arbeitete härter, doch das Tempo sank. Von seinem Rudergerät hat Christian viel gelernt. Um sich schneller vorwärtszubewegen, muss man eins werden mit seinen Bewegungen. Inzwischen schaut er nur noch selten auf das Display. Er weiß, wo er sich befindet, weiß, wie weit der andere Ruderer zurückliegt.

Plötzlich wird ihm bewusst, dass auf dem Rudergerät neben ihm eine Frau sitzt. Er spürt ihre Gegenwart, kann sie im Grunde aber nicht sehen. Sie ist in erster Linie eine Bewegung. Als er den Kopf in ihre Richtung dreht, sieht er, dass sie eine schwarze Trainingshose und ein lachsrosa Top trägt.

Er merkt, dass er abbremst, um in den gleichen Bewegungsablauf zu gelangen wie sie. Er packt den Griff und zieht nach hinten, sucht ihren Rhythmus. Sie strotzt vor Kraft, ihre Beine genauso wie ihre Arme. Sie atmet regelmäßig und beherrscht. Christian fragt sich, wie lange sie schon trainiert, weiß nicht, ob sie schon da war, als er sich setzte, oder ob sie gerade erst Platz genommen hat.

Um sich nicht weiter ablenken zu lassen, legt er einen letzten, kurzen Spurt ein und beendet die Trainingseinheit. Er lässt den Griff los und stellt sich neben das Rudergerät. Er mag es, wenn die Beine ein bisschen zittrig sind und der Schweiß über die Augenbrauen rinnt. Es gibt ihm das Gefühl, das Ziel erreicht zu haben.

Er geht zum Wasserspender und füllt seine Wasserflasche auf. Als sie voll ist und er sich umdreht, fällt sein Blick auf die Frau, die neben ihm gesessen hat. Sie steht hinter ihm und wartet, bis sie an der Reihe ist. Er lächelt sie an, und sie erwidert sein Lächeln. Sie ist blond, hat hellblaue Augen und markante Gesichtszüge, sieht dennoch eigentümlich durchschnittlich aus.

Wie üblich lässt Christian sich viel Zeit, ehe er sich unter die Dusche stellt. Er genießt es, vorher ausgiebig zu schwitzen. Er zieht sich aus und bleibt nackt sitzen, holt das Telefon heraus und checkt seine Mails, merkt jedoch schnell, wie desinteressiert er ist, beantwortet keine Nachricht und markiert keine, überfliegt sie nur. Wenn es wichtig ist, denkt er, werden sie sich schon bei mir melden.

Er duscht kalt und spürt, wie der Körper zum Zustand vor dem Training zurückkehrt. Die Kälte, der er ausgesetzt wird, bringt ihn wieder in Schwung. Es gibt nichts Schlimmeres, als aus der Dusche zu steigen, sich anzuziehen und dann erneut zu schwitzen. Deshalb bleibt er lange stehen und lässt das kalte Wasser an sich herablaufen.

Auf dem Weg zur Ausgangstür ruft der Typ an der Theke

ihm »Einen schönen Tag noch« zu. Christian macht eine wohldosiert höfliche Geste, aber nicht mehr.

Als er auf die Straße hinaustritt, sieht er sie sofort. Die Frau vom Rudergerät. Sie sitzt auf einer Bank und versucht erst gar nicht zu verbergen, dass sie auf ihn gewartet hat. Er kann nicht anders, muss ihren Mut bewundern.

Um höflich zu sein, lächelt er und fragt:

»Warten Sie auf jemanden?«

Sie nickt und steht auf, um ihm zu zeigen, dass sie auf ihn und keinen anderen gewartet hat.

»Sie rudern schnell«, sagt sie in einem Ton, der an gespielten Ernst erinnert.

Er fragt sich, was sie beruflich macht. Diese völlige Schamlosigkeit. Man sieht deutlich, dass sie eine Frau ist, die es gewohnt ist, von Männern aufgefordert zu werden, sie muss sich nur zeigen, um andere aktiv werden zu lassen. Jetzt ist sie so selbstzufrieden, dass sie sich dieses Spiel mit ihm gönnen kann.

Sie gehen los, ohne etwas zu sagen, eng nebeneinander, die Sporttaschen über die Schultern geworfen. Sie ist attraktiv, stark und robust.

Dann geschieht etwas Unerklärliches.

Als er sich ihr zuwendet, hat sich ihr Äußeres verändert, die Haare flattern im Wind, ihre Kleider sehen anders aus, wie auf einem vor Jahren gemachten Foto. Eine Frau, die Haare, die im Wind flattern. Ein unsicheres Lächeln. Sie ist eine vollkommen andere, und er empfindet auf einmal so viel mehr für sie.

»Wie heißt du?«

»Bengt Sund«, antwortet er.

Sie nennt ihm ihren Namen, und daraufhin fragt er sie, ob sie schon einmal von einem Mann namens Schreber gehört habe. Sie schüttelt den Kopf, und er erzählt.

***

Nicht viel später schlendert sie in seiner Wohnung umher, und er merkt, dass ihr gefällt, was sie dort sieht. Ihre Hand streicht über den gebürsteten Edelstahl des Gaggenau-Herds, klopft mit dem Knöchel leicht gegen den großen Piet-Hein-Eek-Tisch. Sie streicht sich eine Haarsträhne hinter das Ohr.

Christian weiß, dass sie mit ihm schlafen möchte. Deshalb ist sie mitgekommen. Nicht, dass er sich mehr einbilden würde, das Ganze ist für sie ein Spiel, es gibt nichts von Furcht Getriebenes an ihrer Gegenwart in seiner Wohnung, dafür muss er sie bewundern.

»Du hast hier eine tolle Aussicht«, sagt sie und dreht sich zu ihm um.

Er mag ihre Stimme. Sie passt zu ihr. Sie gleicht der Frau, der sie gleichen soll. Sie ist Emilie, eine ganz normale Frau mit einem ganz normalen Job. Es gibt sicher hundert Dinge an ihr, die einzigartig sind, aber im Moment kann Christian seinen Blick nicht einmal genügend schärfen, um ihr richtiges Gesicht zu erblicken. Es ist bloß wie eine ausradierte Bleistiftzeichnung.

Sie kommt zu ihm, und er spürt ihren Atem. Jetzt ist sie ihm so nah, dass sie verharrt, auf seine Reaktion wartet, darauf, dass er die Hand in ihren Nacken legt und sich sachte auf sie zubewegt. Der Kuss. Die Vereinigung. Danach kann alles Mögliche passieren, oder zumindest das, was passieren soll.

Für eine Sekunde sieht er, was er sehen soll, und nähert sich ihr. Dann aber verändert sich alles, und sie trägt wieder dieses lachsrosa Top.

»Stimmt etwas nicht?«, fragt sie.

»Nein, alles in Ordnung, es ist nur …«

Sie wartet, aber er weiß nicht, was er sagen soll.

Schließlich legt sie eine fürsorgliche Hand auf seine Schulter, als wollte sie so herausfinden, was er eigentlich meint. Ob es eine sexuelle Offerte ist oder nicht. Oder ob sie etwas missverstanden hat.

»Es tut mir leid«, sagt er, »aber du musst gehen.«

»Aber ich bin doch gerade erst gekommen.«

Er nickt.

»Ich weiß. Es tut mir leid.«

Es dauert einen Moment, dann verändert sich ihr Gesicht. Als sie begreift, was vorgeht. Erst ist es, als entspanne sich ihr Gesicht, dann sind ihre Züge wieder angespannt, allerdings auf eine andere Art.

Sie betrachtet ihn voller Verachtung.

Sie sieht einen Verlierer vor sich.

Normalerweise hätte er darauf vielleicht reagiert und etwas getan, um das Gleichgewicht wiederherzustellen oder das Kommando zu übernehmen. Doch diesmal tut er nichts. Ihre Verachtung interessiert ihn nicht, er will nur, dass sie geht. Er weiß, es liegt daran, dass sie die falsche Frau ist und ihm nichts bedeutet.

Sie schnaubt kurz, bleibt aber stumm, als sie sich umdreht. Er hört, dass sie ihre Jacke anzieht, ihre Tasche nimmt und schließlich die Tür hinter sich schließt. Sie schafft es, auch diese letzte Handlung mit einer Mischung aus Enttäuschung und Hohn auszuführen.

Als sie gegangen ist, streckt Christian sich auf der Couch aus. Er spielt mit der Fernbedienung, legt sie aber bald wieder fort und möchte eine Weile in vollkommener Stille verweilen. Es ist schön, dass sie gegangen ist, denkt er.

Mit den Fingern tastet er die Wade ab, an der noch seine Wunde verheilt, schließt die Augen, sieht aber nicht vor sich, was er erwartet hat.

Er sieht seinen Vater. Diesmal als alten Mann, es ist sein letzter Besuch bei ihm daheim. Christian erkennt, dass der Vater bald sterben wird, aber keiner von ihnen spricht das Thema an, es hängt lediglich ein Gefühl von Enttäuschung in dem Zimmer, das dringend gelüftet werden müsste.

Auf dem Küchentisch liegen mehrere Notizbücher. Christian hat sie nie zuvor gesehen und erkundigt sich, was das ist. Sein Vater wedelt nur abwehrend mit der Hand.

Die Notizbücher, die in einem Karton liegen, seit Christian die Wohnung seines Vaters ausgeräumt hat. Heute in einem der Schränke verstaut. Sie erinnern ihn an die einfachen Schreibbücher, die man in der Schule bekam.

Jetzt existiert dieses Gleichgewicht im Körper nicht mehr. Er steht auf und geht zum Schrank, öffnet die Tür. Er weiß, er hätte sie längst wegwerfen sollen. Er weiß nicht, warum er sie aufbewahrt hat.

Als er eines der Notizbücher erst in der Hand hält und dann öffnet, weiß er, dass es zu spät ist, um es sich noch anders zu überlegen. Er nimmt den ganzen Karton zur Couch mit, kippt den Inhalt auf dem Teppich aus.

Er trinkt einen Schluck aus dem Wasserglas. Ein Tropfen fällt auf sein Knie, und er sieht, wie sich die Flüssigkeit auf seiner Hose ausbreitet. Er schlägt wahllos eine Seite auf. Er hört seine eigenen Atemzüge.

Als er ganz still und konzentriert dasitzt, kann er sie hören. Flache, pustende, beherrschte Atemzüge. Als hätte er auf dem Rudergerät seinen Rhythmus gefunden.

7

Das Mount Nelson Hotel sieht genauso aus, wie Bengt es sich vorgestellt hat. Pompös, viktorianisch, luxuriös. Wie geschaffen für Sir Winston Churchill, als er noch ein junger Marineattaché war, oder für die geheimen Séancen eines Sir Conan Doyle.

Alles hat die Ausstrahlung eines tadellosen britischen Kolonialismus.

Sobald Bengt das Hotel betritt, bemerkt er, dass sich fast alle Gäste im Garten aufhalten. Nur eine ältere Dame, die einem anderen Jahrhundert zu entstammen scheint, sitzt in einem der Chesterfield-Sessel und blättert in einem Buch mit abgegriffenem Ledereinband. Jede Seite schlägt sie mit einer feierlichen Geste um, als sei damit etwas endgültig geklärt worden.

Auf seinem Weg in den Garten kommt Bengt an dem größten Kuchenbuffet vorbei, das er jemals gesehen hat, mehrere Tische mit weißen Leinendecken stehen voller Torten, Kuchen und Gebäck. Als er durch die schöne Tür auf die Veranda tritt, muss er seine Augen mit der Hand beschatten, damit die Sonne ihn nicht blendet. Trotzdem dauert es nur Sekunden, bis er Anna van der Vyver entdeckt.

Sie winkt ihm mit einer ausgelassenen Intensität zu, die ihm auf schwer beschreibbare Weise das Herz erwärmt.

Er sieht, dass sie ihre übliche Uniform trägt, die khakifarbige Weste mit ihren bestimmt hundert verschiedenen Taschen und Fächern. Ganz offensichtlich perfekt an die Bedürfnisse eines Fotografen oder Journalisten in schwer zugänglichen Kriegsgebieten angepasst. Jede Tasche enthält eine kleine Kamera oder ein Objektiv oder eine Filmrolle, einen Notizblock, Stifte, Pass.

Als er zu ihr kommt, lächelt sie breit, steht auf und umarmt ihn herzlich.

»Du bist gekommen«, sagt sie.

Er nickt, spürt eine Hitze in seiner Brust und hält instinktiv die Luft an.

»Ich bin gekommen«, erwidert er, weil ihm nichts Besseres einfällt.

Er würde ihr gern sagen, dass sie ganz bezaubernd aussieht. Schöner, als er sie je zuvor gesehen hat. Strahlend. Es muss die Freude in ihrem Lächeln sein, denkt er.

Er nimmt auf dem Stuhl neben ihr Platz, so dass die Sonne ihnen auf angenehme Weise ins Gesicht scheint. Eine junge Kellnerin mit einer leicht altmodischen Schürze tritt zu ihnen und fragt ihn, was er wünscht.

Bengt sieht leicht überfordert Anna an.

»Darjeeling«, sagt sie, und er nickt zustimmend.

»Darjeeling«, sagt Bengt zu der Frau, die ihm daraufhin erklärt, er könne sich nach Belieben vom Buffet bedienen.

Er nickt und lächelt noch einmal die Kellnerin an, ehe er sich Anna zuwendet, die ihre große Sonnenbrille aufsetzt.

»Du siehst fantastisch aus«, sagt er.

»Das liegt am Wetter«, erwidert sie.

»Nein, ich meine es ernst. Wirklich.«

Sie nippt an ihrer Teetasse, stellt sie dann behutsam ab und schaut zu ihm auf, als habe sie noch nicht entschieden, ob sie seine Worte ernst nehmen soll.

Anna Jakobsson, inzwischen Anna van der Vyver.

Bengt gefällt der Name, er passt so gut zu ihr, zu der Art, wie sie lebt und sich mit ihrem Beruf identifiziert, zu all den unzugänglichen Orten, an denen sie sich aufhält. Er vermutet, dass sie nicht eine Sekunde darüber nachdachte, ihren Mädchennamen zu behalten, als sie ihren südafrikanischen Unternehmer heiratete. Dass er sich anschließend als ein Dreckskerl erwies und sie deshalb nach weniger als zwei Jahren Ehe die Scheidung einreichte, hieß ja nicht, dass sie zu ihrem ursprünglichen Namen zurückkehren musste.

Und nun sitzt sie in diesem großen und hübsch angelegten, von einer Mauer umgebenen Garten vor ihm. So jugendlich wie in seiner Erinnerung. Trotzdem weiß er nur zu gut, dass diese hellblauen, so unschuldig aussehenden Augen mehr Unrecht und schlimme Brutalität gesehen haben, als ein erwachsener Mensch normalerweise erträgt.

Das war der eigentliche Grund für ihr Kennenlernen gewesen.

Ihre Therapie ist ihm außergewöhnlich gut im Gedächtnis geblieben. Aus mehreren Gründen, nicht nur, weil er sich von ihr als Person angezogen fühlte und weil das, was sie ihm erzählte, so ganz anders war als die Dinge, über die seine anderen Patienten sprachen. Aus diesem speziellen Grund hatte er sich immer intensiver in diese Therapie vertieft – schon beim Aufwachen freute er sich auf die Begegnungen mit ihr. Das hatte er so noch nie erlebt.

Erst viel später, als die Therapie schon beinahe abgeschlossen war, begriff er, dass es da noch etwas anderes gab, was mit ihnen als Privatpersonen zusammenhing.

Auch das hatte Bengt nie zuvor erlebt.

»Ich bin so froh, dass du gekommen bist«, sagt sie.

Er nickt und erwidert, dass es ihn freut, hier zu sein. Er will die ganze Zeit die richtigen Worte finden, damit sie versteht, wie sehr er sich tatsächlich freut, aber stattdessen kommt er bloß so weit zu wiederholen, was sie sagt.

Sie sieht sich um, macht eine schweifende Handbewegung, als säßen sie in ihrem eigenen Garten:

»Ich finde so selten die Zeit, zu Hause zu sein. Viel zu selten.«

»Wo bist du zuletzt gewesen?«

»Ich erinnere mich kaum noch«, antwortet sie und lacht trocken. »Afghanistan, Pakistan oder Indien. Es fließt alles ineinander. Der Anruf, der einem sagt, wohin man fahren soll, erreicht einen manchmal, wenn man am wenigsten damit rechnet.«

Sie klopft sich auf den linken Oberarm, und Bengt nimmt an, dass sie dort ihr Handy aufbewahrt.

Es entsteht eine Pause, ehe sie langsam weiterspricht:

»In Pakistan. Ich habe eine Ermittlung zu einem Korruptionsfall verfolgt, der zur Wahrung amerikanischer Interessen vertuscht wurde.«

»Und, ist dabei etwas herausgekommen?«

Sie schüttelt den Kopf.

»Nein, und das hätte ich schon im Voraus sagen können. Es waren nur wenige von uns da. Es glaubt ohnehin keiner, dass bei solchen Ermittlungen etwas Interessantes herauskommt. Aber eine meiner Quellen …«

Sie lehnt sich vor und schaut ihn erwartungsvoll an, als habe sie es satt, nur ihre eigene Stimme zu hören.

»Erzähl«, sagt sie, »was hast du so getrieben, seit wir uns das letzte Mal gesehen haben?«

»Bei mir ist alles beim Alten«, antwortet er lachend. »Nicht jeder hetzt von einem Kriegsschauplatz zum nächsten. Die meisten von uns führen ein ziemlich unspektakuläres Leben.«

Sie gießt mehr Tee in beide Tassen.

»Das ist nicht wahr«, widerspricht sie ihm, »und das weißt du genauso gut wie ich. Im Leben eines Menschen passiert nicht automatisch mehr, nur weil er herumhetzt und nicht an einem Ort bleiben kann. Ich könnte dir hunderte dramatische Fragen nach deinem Leben stellen.«

»Du meinst unangenehme Fragen?«

Er wollte witzig sein, aber als er sich selbst hört, klingen seine Worte bloß defensiv und gehemmt.

»Nicht unbedingt«, antwortet sie und zeigt ein Lächeln, das es ihnen erspart, weiter darüber zu sprechen.

Bengt unterdrückt den Impuls, ihre Hand in seine zu nehmen, die Wärme ihrer schmalen Finger zu spüren, braungebrannt und mit feinem, ganz feinem hellem Flaum auf der Oberseite.

»Ich nehme hier an einer Konferenz teil«, sagt er.

»Ja, das hast du erzählt.«

»Stimmt es, dass du einen Job abgelehnt hast, um hier zu sein, wenn ich komme?«

»Spielt das eine Rolle?«

Sie sieht ihn exakt so an, wie sie es während ihrer Therapie getan hatte, sobald sie eine Frage damit beantwortete, selbst eine Frage zu stellen. Er muss sich auf die Lippe beißen, um aus dem gewohnten Verhaltensmuster auszubrechen, um nicht der Therapeut zu sein, der niemanden an sich heranlässt.

Er will sie an sich heranlassen.

Er will, dass sie alles verändert, sein Weltbild aus den Fugen hebt, ihn zwingt, nicht er selbst zu sein.

Er will, dass sie ihm unter die Haut geht.

»Weißt du«, sagt sie, »nur ein paar Häuserblocks von hier liegt das District Six Museum.«

»Das sagt mir ehrlich gesagt nichts … sollte es aber?«

»District Six war ein ganzer Stadtteil, der während der Apartheid abgerissen wurde. Er erinnert an eines dieser fürchterlichen Ghettos für die Juden. Alle wurden vertrieben. Es ist wirklich schrecklich, das zu sehen.«

»Warum erzählst du mir davon?«

Sie lächelt, wohl auch, weil sein Ton ihr so vertraut ist. Der anonymisierende Tonfall des Therapeuten.

»Ich erzähle es«, sagt sie mit langsamer Stimme, »weil es hier so aussieht, wie es das tut. Als die Säuberungen in den Häuserblocks stattfanden, Menschen misshandelt und getötet wurden, saßen in diesem Garten Leute zusammen wie wir heute und aßen Gebäck und tranken indischen Tee.«

»Ich verstehe«, sagt er, ohne zu begreifen, was das in diesem Augenblick mit ihnen zu tun hat.

»Es ist einfach ein solcher Ort, an dem wir uns befinden.«

»Und du bist gern an solchen Orten. Stimmt's?«

Sie nickt, sieht dabei aber unbeschreiblich traurig aus.

»Hast du Lust, morgen Abend mit mir essen zu gehen?«,

fragt Bengt und muss sich zwingen, ihr in die Augen zu sehen, als er es sagt.

Sie scheint ihn lange zu betrachten, dreht ein wenig den Kopf, als wollte sie so einen besseren Blickwinkel bekommen. Ihr Haar, das über ein Auge fällt. Hätte sie nicht auf die richtige Art leise gelacht, hätte er geglaubt, sie würde sich über ihn lustig machen.

»Ich habe schon einen Tisch in einem Restaurant reserviert«, erklärt sie schließlich. »Man muss dort mindestens einen Monat im Voraus reservieren. Und ich nehme an, dass du heute ins Hotel zurück möchtest, um dich auszuruhen und deinen Vortrag vorzubereiten, nicht? Immerhin kämpfst du mit dem Jetlag.«

Er nickt, obwohl das überhaupt nicht seinen Plänen entspricht. Jetlag. Aus ihrem Mund klingt es nicht nur nachvollziehbar, sondern auch wirklich vernünftig. Außerdem weiß sie natürlich alles über lange Flüge, Zeitumstellungen und was das alles mit dem Körper anstellt. Sein Kopf ist von der Reise ganz schwer, wie in Watte gepackt, der Magen ist noch nicht angekommen, und es fühlt sich an, als wäre der ganze Körper voller Flüssigkeit, vor allem Beine und Füße.

Dass sie mit ihm essen gehen will, freut ihn ungeheuer. Nicht nur die Tatsache an sich, sondern auch, dass sie schon einen Tisch reserviert hat.

Erneut muss er den Impuls unterdrücken, ihre Hand in seine zu nehmen. Stattdessen geht seine Geste darin über, unbeholfen seine Frisur zu ordnen. Er merkt, dass seine Hand schweißnass ist.

Auf der anderen Seite der Mauer vollführt ein Auto eine Vollbremsung, und Menschen rufen in einer Sprache, die wahrscheinlich Afrikaans ist. Er befindet sich in einem anderen Teil der Welt, nur ein paar Kilometer von der Stelle entfernt, an der Atlantik und Indischer Ozean aufeinandertreffen, und ihm wird bewusst, wie selbstverständlich ihm das alles erscheint. Als sei es von Anfang an vorherbestimmt gewesen, dass er hier mit Anna van der Vyver zusammensitzen und sie sein Weltbild aus den Angeln heben würde.

8

Mariette lächelt, als sie einen kleinen Teller mit Keksen abstellt. Der Kaffee ist eingegossen, Milch und Zucker stehen schon auf dem Tisch, die Decke ist schlicht französisch, rotweiß kariert. Sie setzt sich, nachdem sie sich die Hände an den Oberschenkeln abgewischt hat.

Christian denkt, dass sie ängstlich handelt und es dafür gar keine Veranlassung gibt. Als er an der Tür geklingelt und sich als Arbeitskollege Bengts vorgestellt hat, der einen USB-Stick benötige, den Bengt vor seiner Abreise nach Kapstadt eigentlich zur Arbeit mitbringen wollte, hat sie ihn nervös und fragend angesehen.

Da ihr Gesicht völlig verständnislos blieb, hatte Christian es ihr leichter gemacht, indem er erklärte, die Sache sei wichtig, und es tue ihm wirklich leid, sie zu stören. Er sagte, Bengt habe ihm mitgeteilt, der Stick liege auf seinem Schreibtisch oder in einer der Schreibtischschubladen und sei leicht zu finden.

Ja, denkt Christian, sie hat wirklich sowohl fragend als auch ängstlich ausgesehen. Trotzdem hat sie ihn hereingelassen, und nun sitzen sie am Küchentisch und mustern einander vorsichtig.

Ihre Art, als Hausherrin zu agieren, bezaubert Christian. Es gibt da eine Großzügigkeit, die er nur schwer einordnen kann. Sie ist so, wie sie sein soll. Das Haar, das ihr in die Stirn fällt, das kurze Lächeln, der dennoch suchende Blick.

Der Kaffee ist nicht sonderlich stark, aber perfekt temperiert.

Er würde ihr gern das Gefühl vermitteln, dass seine Gegenwart in der Küche nicht weiter seltsam und er nur ein Kollege ihres Mannes ist, der einen Gegenstand aus dessen Arbeitszimmer abholen möchte. Aus beruflichen Gründen.

»Arbeiten Sie schon lange mit Bengt zusammen?«

»Nein … ganz und gar nicht«, antwortet Christian und stellt vorsichtig seine Tasse ab.

»Aha, nun ja, Ihr Name sagt mir jedenfalls nichts.«

»Nein, eigentlich arbeite ich da auch gar nicht. Ich schreibe ihnen vor allem Rechnungen«, sagt Christian, streckt die Hand aus und greift nach einem Keks.

Sie lacht auf, ganz so, wie es von ihr erwartet wird. Als sei er ein wenig verrückt. Ein komischer Vogel, aber irgendwie auch nett. Christian fällt auf, wie intensiv grün ihre Augen sind. Etwas Vergleichbares hat er nie zuvor gesehen. Malachit, von dunkel zu hell changierend.

»Heutzutage wird ja praktisch alles outgesourct«, sagt er.

Christian bemerkt erneut das kurze Lächeln. Er denkt, dass es bestimmt schon das vierte seit seiner Ankunft gewesen ist. Sie hat schöne Zähne, gerade und eng stehend. Als sie mit den Schneidezähnen ein kleines Stück von ihrem Keks abbeißt, sind sie deutlich zu sehen.

»Und Sie«, sagt er, »was sind Sie von Beruf?«

Sie wirkt erstaunt, als wäre unklar, ob diese Frage wirklich ihr galt. Dann versteht Christian. Es ist eher eine Art Enttäuschung, weil Bengt den Leuten, mit denen er zusammenarbeitet, wenigstens dieses kleine Detail hätte erzählen können. Christian gibt ihr innerlich recht, das hätte er wirklich tun sollen.

»Ich bin Lehrerin«, sagt sie. »An einer Gesamtschule. Unterstufe und Schwedisch, Englisch und Geschichte in der Mittelstufe. Unsere Telefonzentrale soll nächstes Jahr nach Indien verlegt werden.«

»Die Telefonzentrale?«

»Ja«, bestätigt sie. »Apropos, dass alles outgesourct wird.«

»Ja, natürlich«, sagt er und grinst breit. »Nach Indien.«

Er nickt und merkt, wie gut es zu ihr passt, dass sie ihn so auf den Arm nimmt. Die Telefonzentrale in Indien, das kann ja wohl unmöglich stimmen, oder? Er denkt, dass sie wirklich mutig ist, wenn sie sich traut, solche Scherze zu machen.

Christian wünschte, er hätte sie als Lehrerin gehabt statt der grauenvollen Personen, die ihm in Erinnerung geblieben sind. Als er jedoch sein Gedächtnis durchforstet, kann er sich in Wahrheit an keinen seiner Lehrer erinnern. An keinen einzigen. Trotzdem existiert das Gefühl von Enttäuschung über jeden einzelnen von ihnen.

Dann schallt auf einmal eine Stimme aus dem Flur zu ihnen herein:

»Mama, ich geh noch raus.«

Christian dreht sich auf dem Stuhl um, kann aus seinem Blickwinkel aber nicht sehen, woher die Stimme kommt.

»Wohin gehst du?«, fragt Mariette.

»Nur raus«, hören sie erneut die Stimme.

Ihr Sohn klingt müde oder gelangweilt. So, wie Christian sich den Ton von Jungen in seinem Alter vorstellt. Dinge, die besagen, dass sie noch nicht fertig sind. Dass sie versuchen, ihren eigenen Ton zu finden und Grenzen testen.

Er lehnt sich ein wenig vor und sieht daraufhin einen Schatten, der einen Fuß auf einen Stuhl gehoben hat und sich die Schuhe zubindet.

»Ja, gut«, sagt Mariette mit einem fast unmerklichen Seufzer, »aber komm wenigstens kurz herein und sag Guten Tag. Wir haben Besuch.«

Aus dem Flur kommt ein lauteres Seufzen, anschließend stiefelt ihr Sohn in die Küche. Seine Schritte sind fast anklagend demonstrativ. Aus irgendeinem unerklärlichen Grund öffnet er zunächst den Kühlschrank, als wolle er kontrollieren, was sich darin befindet. Er macht die Tür zu, die ihr typisches Geräusch von sich gibt, als sie die Kälte umschließt, und wirft gleichzeitig einen prüfenden Blick auf ein Blatt, das ein Terminplan sein könnte, der mit Magneten an der Kühlschranktür befestigt ist.

Christian steht auf und streckt die Hand aus. Der schlaffe Händedruck des Sohns enttäuscht ihn ein wenig.

»Christian«, sagt er.

»Erik.«

»Du gehst raus?«

»Ja …«

»Sieht eher aus, als wolltest du zum Training.«

»Ich will mit ein paar Kumpels Basketball spielen.«

Christian nickt.

»Ich laufe gern«, sagt er.

Erik schaut ihn überrascht an.

Christian lacht kurz.

»Aber du würdest mich garantiert abhängen. Du läufst bestimmt superschnell.«

Er klopft Erik auf die Schulter.

Es soll ein leichter und aufmunternder Knuff sein, der aber ein wenig zu hart ausfällt. Erik macht einen Schritt zur Seite und sieht seine Mutter an, die ihm dieses kurze Lächeln zuwirft, jetzt zum fünften Mal. Es ist halb sieben.

»Komm aber nicht zu spät nach Hause«, sagt Mariette. »Okay?«

Erik nickt und seufzt gleichzeitig, bevor er hinausgeht. Wieder die demonstrativen Schritte, nun auf dem Weg aus der Küche. Dann schließt er die Haustür hinter sich, als wäre die Abbremsvorrichtung an ihr an diesem Tag außer Betrieb.

Für einen unangenehm langen Moment wird es still.

Christian lässt den Blick durch die Küche schweifen und denkt, dass sie aussieht wie alle Küchen heutzutage. Die gleiche Farbwahl, die gleichen Schränke und gleichen Haushaltsgeräte, als wären sie alle in derselben Form gegossen worden. In dieser Küche gibt es nichts Persönliches außer einigen Rabattmarken des Supermarkts, die neben dem Zeitplan, auf den Erik vorhin geschaut hat, mit Magneten befestigt sind.

Christian wird in seinen Gedankengängen unterbrochen.

»Dann hat Bengt also von einem USB-Stick gesprochen?«

»Ja, genau.«

»Dann zeige ich Ihnen mal, wo sein Arbeitszimmer ist. Ich habe noch nie gesehen, dass er einen benutzt. Ich kenne keinen Menschen, der mit Technik weniger am Hut hat als er.«

Sie lachen beide, jedoch ohne einander anzusehen.

Es wird zu einer Art Bestätigung. Ja, Bengt, der Mann, der mit Technik nichts am Hut hat. Als Mariette aufsteht, beeilt Christian sich, ihr zu folgen. Sie stehen sich gegenüber, mit starrem Gesichtsausdruck, die Hände gegen die Stuhlrücken gepresst.

Hinter dem Küchenfenster hängt die Sonne immer tiefer.

Draußen fährt langsam und fast lautlos ein Auto vorbei.

* * *

Mariette hat ihn gerade in Bengts Arbeitszimmer geführt, als ihr Handy klingelt. Sie entschuldigt sich und kehrt in die Küche zurück. Christian hört, dass sie umhergeht und nach dem Telefon sucht, dessen Klingeltöne den Klang eines alten Bakelit-Telefons nachahmen. Schließlich findet sie es, und man hört ihrer Stimme an, dass sie im Voraus weiß, wer sie sprechen möchte.

Christian nimmt an, dass es eine Freundin ist. Er hört es an ihrer Stimme, am Tonfall. Es klingt nach zwei Frauen, die häufiger miteinander telefonieren, als sie sollten, und die sich im Grunde wenig zu sagen haben.

Da Mariette in der Küche ist, bleibt er allein in Bengts Arbeitszimmer zurück, das eine halbe Treppe tiefer liegt und deshalb an einen möblierten Kellerraum erinnert.

Das Licht fällt schräg zu den Fenstern herein, die auf einer Höhe mit der Rasenfläche liegen. Er schaltet die Deckenlampe an und hört Mariettes Stimme aus dem anderen Teil des Hauses. Bengts Arbeitszimmer ist seltsam leblos, als sei ihm jegliche Energie entzogen worden. Der Schreibtisch aus Buchenholz sieht aus, als wäre er aus einem früheren Dasein in einer staatlichen Institution hierhergeholt worden, und strahlt nichts als Freudlosigkeit aus.

Als er nirgendwo Fotos von der Familie sieht, ist er enttäuscht. Er hätte wirklich gedacht, dass ein Familienvater wie Bengt immer mehrere auf seinem Schreibtisch stehen hat, in unterschiedlichen Größen, unterschiedlichen Rahmen. Auf Bengts Schreibtisch ist der persönlichste Gegenstand dagegen ein Magnetbehälter für neue und alte Büroklammern.

Christian öffnet eine der großen Schreibtischschubladen und sieht mehrere Aktenmappen in unterschiedlichen Farben, die genau sortiert zu sein scheinen. Er nimmt eine heraus, die etwa ein Dutzend Blätter enthält, überfliegt einige Seiten und nimmt an, dass es sich um eine Patientenakte handelt, die der ärztlichen Schweigepflicht unterliegt. Trotzdem enthält sie nichts, was sein Interesse weckt.

Als er das Fach schon schließen möchte, um die nächste Schublade zu öffnen, fällt ihm ein gerahmtes Foto ins Auge, das schief in einer der Mappen liegt und fast herausfällt. Christian zieht es hervor und mustert es eingehend. Es ist ganz offensichtlich in einem Vergnügungspark entstanden, denn im Hintergrund sieht man ein großes Riesenrad. Und dort steht sie, die Familie, aufgereiht, mit Wind im Haar, Bengt, der noch am ehesten aus dem Bild herausschaut, Mariette, die um ein Lächeln bemüht ist, und schließlich Erik, der in seiner Jeans und dem weißen T-Shirt sehr aufgeregt wirkt und noch so klein ist, dass man ihn kaum erkennt.

Christian dreht die Aufnahme hin und her, als wollte er sie richtig deuten. Er wird nicht recht schlau daraus. Ihr Lächeln, da gibt es etwas, was er zu erfassen versucht, eine Art Präsenz, die Art, in der sich Mariettes und Bengts Hände begegnen.

Nun weiß er jedenfalls, wo Bengt seine Familienfotos aufbewahrt.

Zwischen den vertraulichen Archivmappen.

Er legt das Foto zurück, geht zum Kellerfenster, öffnet es und spürt von oben kühle Luft hereinziehen. Mit geschlossenen Augen atmet er tief durch. Dann schließt er das Fenster wieder, legt jedoch den Haken nicht wieder davor. Er sorgt dafür, dass es geschlossen aussieht, ohne es zu sein, so dass er es von außen problemlos öffnen kann, wenn er möchte.

Er seufzt schwer.

Irgendetwas in diesem Zimmer deprimiert ihn.

Ihre Stimme reißt ihn aus seinen Gedanken.

»Haben Sie gefunden, wonach Sie gesucht haben?«

Christian fühlt sich ertappt. Ganz gegen seine Gewohnheit hat er jegliches Gefühl für Zeit und Raum verloren und ihre Stimme im Haus vergessen.

»Eigenartig, Bengt meinte, er würde auf dem Schreibtisch liegen.«

»Dabei ist er sonst immer so ordentlich, wenn es um seine Papiere und die Arbeit geht«, sagt Mariette und stemmt die Hände in die Hüften. »War es wichtig?«

Christian nickt und zuckt gleichzeitig mit den Schultern.

»Sicher … sonst hätte ich mir wohl kaum die Mühe gemacht, zu Ihnen zu fahren.«

»Ja, das stimmt natürlich«, erwidert sie. »Tut mir leid. Möchten Sie, dass ich Ihnen helfe?«

Christian lacht auf, ohne recht zu wissen, warum.

»Nein, nicht nötig«, sagt er und breitet die Arme aus. »Ich werde ihn wohl noch einmal anrufen und fragen müssen. Könnte ich, falls ich ihn erreiche, morgen noch einmal vorbeikommen, um den Stick zu holen? Wäre das möglich?«

Sie zuckt mit den Schultern.

»Die Sache muss ja wirklich sehr wichtig sein«, sagt sie zögernd. »Ich meine, wenn Sie ihn deshalb anrufen wollen, er ist immerhin in Kapstadt.«

»Sie wissen ja, wie das ist«, sagt Christian und vergräbt die Hände in den Hosentaschen. »So richtig wichtig werden die Dinge erst, wenn man sie nicht findet.«

Sie lacht, dann wird ihr Gesicht auf einmal starr. Sie sagt:

»Bengt hat noch nie einen Kollegen zu uns nach Hause mitgebracht. Sie sind der erste, dem ich begegne.«

»Tatsächlich?«

Sie nickt, und dann legt sich das gleiche Lächeln auf ihr Gesicht wie auf dem Foto, das Christian gerade in die Schreibtischschublade zurückgelegt hat.

Sie scheint zu bereuen, was sie gesagt hat, als hätte sie ihn damit zu nah an sich herangelassen. Christian findet das schade. Das hat sie eigentlich nicht nötig. Sie sieht auf eine ihm seltsam anmutende Weise einsam aus. Er hat Einsamkeit in wirklich vielen verschiedenen Gestalten und Gesichtern gesehen, aber das hier ist etwas völlig anderes.

Er denkt an seinen Vater, der immer behauptete, Einsamkeit sei eine Art Wahnsinn. Das waren seine Worte, eine Art

Wahnsinn. Mit Betonung auf *Wahn*. Als er selbst dann sehr einsam geworden war und dem Tod ins Auge sah, hörte Christian jedoch nie mehr, dass er das sagte.

Sie werden davon unterbrochen, dass in der Etage über ihnen die Tür geöffnet wird.

Schnelle Schritte in den Flur und unmittelbar darauf ein Ausruf:

»Wow, Mama, hast du das Auto gesehen!«

Mariette sieht Christian fragend an. Er zeigt es nicht, weiß aber natürlich, was passiert ist. Erik hat seinen Wagen entdeckt. Als sie die kurze Treppe von Bengts Arbeitszimmer hochgehen und in die Küche treten, sagt Christian:

»Meinst du mein Auto?«

»Das gehört *Ihnen*?«, sagt Erik und bekommt den Mund nicht mehr zu.

Christian nickt.

»Ja, ein Maserati Quattroporte.«

»Wow«, wiederholt Erik. »Die werden von Ferrari gebaut.«

»Richtig«, erwidert Christian, »aber der Chef von Ferrari lässt sich von seinem Chauffeur jeden Tag in einem Quattroporte abholen.«

Es ist Mariette deutlich anzusehen, dass sie ihren Sohn ein bisschen lächerlich findet. Dass er in ihren Augen übertreibt. Ihrer Körpersprache lässt sich ablesen, dass sie denkt, es ist doch nur ein Auto.

Christian kann sich angesichts ihrer Reaktion innerlich ein Lächeln nicht verkneifen.

»Ich dachte, du wolltest dich mit deinen Freunden treffen«, sagt Mariette.

»Daraus ist nichts geworden, Thomas ist krank«, antwortet Erik, ohne sie eines Blickes zu würdigen.

***

Zehn Minuten später sitzt Christian in seinem weinroten Sportwagen und riecht den Duft von handvernähtem Leder, betrachtet die sanfte LED-Beleuchtung und wie sich das Auto mit seiner verborgenen Kraft nach einem kaum spürbaren Antippen des Gaspedals sanft in die Kurve legt.

Er empfindet einen Stolz, der sich im ganzen Körper ausbreitet.

Es ist fast wie eine Implosion in seinem Inneren.

Er weiß genau, was das bedeutet. Es ist etwas viel Größeres, als Mariette begreifen kann, etwas, wofür sie niemals Verständnis aufbringen wird, und das ist auch gut so. Er macht ihr keine Vorwürfe, das würde er niemals tun.

Beim nächsten Mal wird er Erik zu einer kleinen Spritztour mitnehmen.

Irgendwohin, wo er richtig Gas geben und diese verborgene Kraft freisetzen und in Geschwindigkeit verwandeln kann.

Wenn das Blickfeld zu einem schmalen Tunnel zusammengepresst wird und alles, was außerhalb davon liegt, was direkt vor einem ist, in schmale, gerade Farbstriche verwandelt wird.

Er wird Erik erklären, dass alles möglich ist.

Dass es in jedem Menschen eine Kraft gibt, die man ergreifen kann, wenn man weiß, wo man nach ihr suchen muss. Sie werden die Plätze tauschen, und er wird Erik fahren lassen, damit er diese Kraft zähmen und sich zu eigen machen kann.

Er will, dass Erik es versteht.

Auf dem Beifahrersitz liegen Bengts Visitenkarte und das kleine Foto von Mariette, das er im Flugzeug an sich genommen hat. Daneben liegt Eriks Trainings- und Spielplan, den er von der Kühlschranktür abgenommen und in seine Jacketttasche gesteckt hat. Es ist ein gutes Gefühl, diese Dinge bei sich zu haben. Diese Menschen, die ihm schon so unendlich viel bedeuten.

9

Zurück im Hotel fällt Bengt rasch in einen Halbschlaf: Der Körper will ihm nicht gehorchen. Das Bett ist zu weich, von der Straße dringen zu viele Geräusche an sein Ohr, Stimmengewirr, Autos, die Gas geben und bremsen. Er ist verwirrt, weiß nicht, wie viel Uhr es ist. Auf dem Schreibtisch liegen ausgebreitet und mahnend die Aufzeichnungen für seinen Vortrag.

In diesem Dämmerzustand zwischen Schlaf und Wachsein denkt er an Anna van der Vyver im Mount Nelson Hotel. Er fragt sich, was das alles zu bedeuten hat. Ob er dabei ist, einen entscheidenden Schritt zu machen. Ob er dazu wirklich fähig ist. Ob das Ganze nicht einfach Wahnsinn ist, von Anfang bis Ende. Wird er alles zurücklassen, was er als seine Welt kennengelernt hat, und einen Schritt ins Unbekannte wagen?

Er denkt, dass er diese Phänomene sein Leben lang studiert hat, und dennoch ist sein Verständnis so ungenügend, dass er nicht einmal weiß, wie er sie nennen soll.

Aber wie soll es ihm möglich sein, Mariette und Erik zu verlassen? Einfach so. Das würden sie ihm nie verzeihen. Trotzdem liegt ein Lächeln auf seinem Gesicht. Weil es vorstellbar ist. Es gibt etwas anderes, wenn er es will, wenn er sich traut. Es ist da. Er spielt mit dem Gedanken, in Südafrika zu leben, und fragt sich, was das bedeuten würde. Die Sprache, der Druck, sich eine neue Karriere aufbauen zu müssen, die emotionale Herausforderung.

Er vergegenwärtigt sich seine erste Begegnung mit Anna van der Vyver. Sie hatte ihn aufgesucht, um zu beginnen, was sie als »ein tiefes Eintauchen für ein halbes Jahr« beschrieb. Sie fragte ihn, ob er interessiert sei. Er wollte wissen, ob sie mit diesem Eintauchen eine Therapie meine und erdreistete sich anschließend, sie zu fragen, warum sie gerade ihn aufgesucht hatte. Sie antwortete, ein Freund von ihr habe ihn ihr empfohlen.

Es endete damit, dass sie sich jeden Mittwoch und Freitag um drei Uhr nachmittags trafen. Anfangs war ihre Therapie so gewesen wie alle anderen, auch wenn ihr Beruf mit sich brachte, dass in ihren Erzählungen dramatischere Begebenheiten auftauchten. Sie hatte sich kürzlich beurlauben lassen und ließ sich gerade scheiden. Es verblüffte Bengt, wie gefährlich ihr Leben war, wie sehr es sie für eine Nachricht, irgendeine, zu lebensgefährlichen Situationen hinzog, solange sie ihrer Karriere nutzten. Er begriff rasch, dass sie zu den Besten ihres Metiers gehörte und Schweden für sie rasch zu klein geworden war. Sie wollte für die größten Auftraggeber arbeiten, und nach einer kürzeren Anstellung bei CNN bekam sie schließlich ihren Traumjob bei der BBC. Sie sollte mit ihrer Berichterstattung Südostasien abdecken und landete kurz darauf ihren ersten großen Coup nach dem Bombenanschlag auf Bali.

Bengt dachte oft daran. An all diese Menschen, die starben, die sinnlose Gewalt. Und hier saß sie nun, und in ihren Worten war das ihr großer Durchbruch gewesen, sie erzählte, dass die Redaktion sie über das Satellitentelefon anrief und wichtige Treffen organisierte, und wie sie zwischen den Krankenhäusern hin und her pendelte, um die beeindruckendsten Augenzeugenberichte zu protokollieren.

Ohne mit der Wimper zu zucken, berichtete sie, auf welche Weise sie eine Frau dazu gebracht hatte, ihr in einem kaum verständlichen Englisch zu erzählen, wie sie bei der Explosion zwei Söhne und eine Tochter verloren hatte. Nachdem sie der Geschichte gelauscht hatte, bat sie die Frau, das Ganze noch einmal zu wiederholen, diesmal jedoch etwas kürzer. Schließlich standen ihr für den ganzen Beitrag höchstens zwei Minuten zur Verfügung. Die Frau hatte sie verwirrt angesehen und anschließend von vorn angefangen.

Sosehr er es auch versuchte, es gelang Bengt einfach nicht zu deuten, ob sie selbst zynisch war oder den Zynismus ihrer Branche kritisierte, wenn sie von solchen Situationen erzählte.

Wie alle Kriegsberichterstatter lebte sie so in der Nähe des Todes, dass er ständig gegenwärtig war. So gegenwärtig, dass er sie nicht mehr schreckte. Jeder Besuch in einem Leichenschauhaus erinnerte sie daran, dass mehrere ihrer Freunde und Kollegen mit übel zugerichteten Körpern in schmutzigen Krankenhausfluren gestorben waren.

Angesichts solcher Spielregeln fällt es nicht leicht, zwischen Wirklichkeit und Arbeit, Leben und Tod zu trennen und zu erkennen, wo die Grenze für den Anstand und für den Auftrag verläuft, den man ausführen soll.

Nach Bali konnte sie sich aussuchen, welche Angebote sie annehmen wollte. Sie berichtete aus Afghanistan und verbarg sich unter einer Burka, um aus dem Inneren der Widerstandsbewegung zu berichten, und wurde in der Nähe Kandahars fast von Maschinengewehrfeuer getroffen. Ihren Fahrer erwischte es am Arm, und der Mann auf der Rückbank verlor ein Auge.

»Das war knapp«, sagte sie, ohne eine Regung zu zeigen.

»Haben Sie jemals Angst?«, erkundigte sich Bengt und wusste, dass die Frage einfältig klang, so absehbar, so platt, aber dennoch gestellt werden musste.

Sie dachte lange nach und meinte schließlich langsam, als sei sie noch unentschieden:

»Ich glaube, ich habe ständig Angst … allerdings nicht so, wie Sie es beschreiben würden. Ich fürchte mich die ganze Zeit, aber es ist zu einer Art Normalzustand geworden. So bin ich nun einmal.«

»Sind Sie deshalb zu mir gekommen?«

»Ich glaube nicht, dass es gesund sein kann, so zu leben.«

»Das klingt wie eine intellektuelle Beobachtung, keine emotionale.«

Sie nickte und erklärte, ihre Heirat sei genauso gewesen. Intellektuell und nicht emotional.

Sie hatte Brian van der Vyver geheiratet, eine der wichtigsten Persönlichkeiten bei der Machtübernahme des ANC nach Nelson Mandelas Freilassung. Er hatte die Regierung hinter den Kulissen in der Frage beraten, auf welche Weise sie die Kontrolle über das Land abgeben musste, bevor es zu einem Bürgerkrieg kam. Er war der Mann, der aufzeigte, wie es den Weißen möglich sein würde, die politische Führung den Schwarzen zu übergeben und dennoch Gesetz und Ordnung aufrechtzuerhalten. Erst als er, der unabhängige Berater und Geschäftsmann, die Politiker zu der Erkenntnis führte, dass sie sonst innerhalb weniger Jahre gezwungen sein würden, ihre Häuser und ihr Land nach einer Revolution aufzugeben, war es möglich gewesen, sich dem Verhandlungstisch zu nähern. Danach gehörte er der Delegation an, die mit den Briten verhandelte, und schrieb ein paar Jahre später ein viel beachtetes Buch darüber, das ihn noch reicher machte.

»Ich habe ihn nie geliebt«, erklärte Anna van der Vyver nach ein paar Monaten Therapie. »Ich wollte es so sehr, dass ich es am Anfang glaubte. Aber nicht einmal, als wir vor dem Traualtar standen, habe ich es gefühlt.«

»Bereuen Sie es?«

»Was?«

»Die Ehe?«

»Nein.«

Sie wartete lange darauf, dass Bengt auf ihre kurz angebundene Antwort eine Frage folgen ließ, doch als er es nicht tat, sprach sie weiter:

»Ich hatte das Bedürfnis zu glauben, dass ich einen anderen Menschen lieben kann. Jemanden mehr zu lieben als, tja …«

»Die Arbeit?«

»Ja.«

»Und was passierte dann?«

»Das Übliche«, sagte sie mit neutraler Stimme. »Ich langweilte mich. Für die Hochzeit hatte ich mir zwei Monate freigenommen und ertrug es kaum, dass nichts passierte. Aber das Problem hat sich dann ja schneller erledigt, als man hätte ahnen können.«

»Was heißt das, es hat sich erledigt?«

»Ich habe ihn mit einer anderen Frau erwischt, konnte mich scheiden lassen, Geld einstreichen und wieder arbeiten wie zuvor.«

»Ich verstehe. Sie wohnen noch in Kapstadt?«

»Ja, aber was heißt schon wohnen. Ich fahre dorthin, wenn ich nicht arbeite.«

»Im Moment sind Sie jedoch in Stockholm. Ich nehme an, nicht nur wegen der Therapie?«

»Nein, mein Vater hat im Sterben gelegen.«

Sie sagte es hart. Als wäre sie der Meinung, dass er sich damit etwas zu lange Zeit gelassen hatte.

»Und jetzt? Wie geht es ihm?«

»Er ist heute Morgen gestorben. Ich komme direkt aus dem Krankenhaus.«

»Es … es tut mir leid, das zu hören.«

Sie setzte sich auf der Couch auf, ließ den Blick durch den Raum schweifen, als würde sie die Tapete, die Einrichtung, den Therapeuten, die Bücher in den Regalen zum ersten Mal wahrnehmen. Freud, Bion, Meltzer, Klein, Anzieu. Sie legte den Kopf schief, um die Titel besser lesen zu können.

»Sie finden das seltsam, nicht?«, meinte sie dann, erneut mit dieser unbestimmten Stimme.

»Was soll ich seltsam finden?«

»Dass ich es nicht gleich erzählt habe, als ich hergekommen bin.«

»Sie dürfen hier erzählen, was immer Sie wollen.«

»Ich habe so viele tote Menschen gesehen, dass einer mehr keinen Unterschied mehr macht.«

»Er war Ihr Vater.«

»Sicher«, sagte sie zögernd.

Eine Woche später beendete Anna van der Vyver ihre Therapie. Sie meinte, es sei an der Zeit, nach Kapstadt zurückzukehren. Das wäre alles gewesen, wenn sie Bengt nicht ein Jahr später eine Mail geschickt hätte, in der sie schrieb, er sei der Erste, der »ihre Seele« gesehen habe.

Nach längerem Überlegen beantwortete er ihre Mail, und von da an schrieben sie sich regelmäßig. Mehr als ein Jahr lang wechselten sie Mails, und ihr Kontakt wurde auch für ihn immer wichtiger. Er fand es spannend, nicht zu wissen, ob ihre nächste Mail aus dem Oman oder Atlanta, Bombay oder Mogadischu kommen würde. Dann schrieb sie, sie wolle ihn gern sehen, aber nicht als Therapeut und Patientin. Sie war direkt, schrieb aber auch, dass sie es verstehen würde, wenn er das nicht wolle oder könne. Wenn es sich nicht »gehöre«.

10

Es wird noch dunkler. Christian sieht, auf seiner großen Dachterrasse stehend, wie das Licht der Stadt erlischt, spürt den Wind, der sich unter sein Hemd schiebt und ihn schaudern lässt. Es ist ein ganz besonderes Gefühl, so, geschützt, in dem Untergang zu stehen, der die Nacht sein kann, die Fenster leuchten zu sehen wie kleine ausgeschnittene Quadrate, und die Straßen wie Blutgefäße, eingeklemmt zwischen den Silhouetten der Häuserkörper.

Als stünde man nachts einsam auf einer Savanne, auf der allein die schmalen Augen der Tiere zu sichtbaren Lichtschlitzen werden.

Er weiß nicht, warum sich das alles so anders anfühlt. Schließlich hat er schon tausendmal auf dieser Terrasse gestanden und nie zuvor etwas Vergleichbares empfunden. Doch all diese Fenster sind lebendig geworden, sie verbergen etwas, was er auf einmal verstehen will. Dort leben andere Menschen, die ihre anderen Leben führen. Das ist ihm natürlich immer bewusst gewesen, aber er hat nie etwas dabei gefühlt. Sie sind Fremde gewesen, und nun fragt er sich, wer sie sind.

Es ist wie das Gefühl, von etwas Unbekanntem übermannt zu werden.

Eine Intensität. Jeder Muskel bündelt Kraft, jede kleine

Gehirnzelle wird so aktiviert, dass winzige Nuancen von den Sinnen aufgenommen und blitzschnell vom Gehirn gedeutet werden können. Er fragt sich, warum ihn plötzlich das Gefühl heimsucht, nie gelebt zu haben. Nicht wirklich. Er denkt, dass das Auge trocken ist, das Herz jedoch blutet.

Seit fünf Tagen hat er nicht mehr geschlafen. Trotzdem sieht man ihm das nicht an. Das weiß er, nachdem er vor dem Spiegel gestanden und sein Gesicht studiert hat. Keine dunklen Ringe unter den Augen, der Blick kristallklarer als je zuvor. *Der Vorfall* hat alles verändert.

Sein Geruchssinn nimmt jetzt Düfte wahr, die er nie zuvor gerochen hat. Wenn er einen Stromschalter betätigt, steigt ihm ein spezielles Aroma in die Nase, wenn er den Wasserhahn öffnet, spürt er das Wasser, das in den Rohren auf ihn zuschießt, wenn er den Schlüssel dreht, nimmt er den unverkennbaren Duft von Metall gegen Metall wahr.

Das Problem: Seine Sinne haben ihn so hypersensibel gemacht, dass er einfach keinen Schlaf findet. Selbst mit Schlafbrille und Ohropax bekommt er kein Auge zu, jeder Versuch, die Sinne abzuschirmen, scheint diese eher zusätzlich zu verstärken. Fast so, als könnte er durch die Augenbinde hindurchsehen.

Er wird nicht weiter in den Tagebüchern seines Vaters lesen.

Es geht nicht. Es kostet ihn zu viel Kraft. Er hat dort nichts zu suchen.

Morgen wird er mit dem Auto erneut nach Täby fahren und Mariette und Erik begegnen. Er mag sie so sehr. Sie haben etwas, wonach er sich jetzt schon zurücksehnt. Sie haben so viel gemeinsam.

Mariettes Körpersprache, die nicht leicht zu deuten ist, die Art und Weise, in der sie sich beim Sprechen ständig selbst umarmt, die Unsicherheit, die Christian zumindest teilweise als gespielt empfindet. Dahinter verbirgt sich eine wirklich starke Frau, das weiß er. Das ist so rührend.

Und der kleine Erik. Der noch wächst. Die typische Unfähigkeit, seine Gefühle im Zaum zu halten, lässt Christian innerlich ganz warm werden. So sehr erkennt er sich in dem Jungen wieder.

Er sieht Erik vor sich. Die viel zu weiten Shorts, die staksigen Beine, der blinzelnde Blick. Das Gefühl, als er durchs Fenster das Auto sah, der Stolz, den Christian daraufhin verspürte. Hatte er jemals etwas so Bewunderndes und Belohnendes erlebt? Gegen große Geschäfte, bei denen mit einem Händedruck Verträge über hunderte Millionen besiegelt wurden, war das hier etwas völlig anderes.

Er hatte regelrecht an sich halten müssen, um nicht auf der Stelle den Autoschlüssel auf den Tisch zu werfen und zu Erik zu sagen: Hier, nimm ihn, er gehört dir.

Oh, wenn er doch nur seinen Blick in einem solchen Moment hätte sehen dürfen!

Christian trinkt einen Schluck von dem Tee, der längst kalt geworden ist, und lässt ein letztes Mal den Blick über die Häuserdächer und die ausgehenden Lichter schweifen. An der Kühlschranktür sieht er Eriks Spielplan.

Er denkt, dass er nicht vergessen darf, sich jetzt um sie zu kümmern. Sie brauchen ihn. Es gibt so viel Schmerz, den er bereitwillig statt ihrer auf sich nehmen würde. Mehr, als sie selbst jemals ahnen konnten.

Er richtet sich auf und zieht die Tür zur Dachterrasse zu,

die sich mit einem saugenden Laut schließt. In seiner Wohnung ist es vollkommen still. Er geht zur Stereoanlage und spielt wieder dieselbe Platte ab.

Allüberall und ewig. Blauen licht die Fernen! Wieder trifft ihn die Stimme in der Magengrube. Mühelos bohrt sie sich durch alle Alarmsysteme hindurch direkt in ihn hinein.

Er schließt die Augen und spürt ein Ziehen im Magen, es ist ein ebenso schönes wie furchteinflößendes Gefühl. Es kommt ihm vor, als schwebte über den Dächern eine Nacht, die ihr eigenes Gewicht mitgebracht hatte.

11

Sobald Bengt sich in Anna van der Vyvers neuen BMW setzt, denkt er, dass sich ihre Rollen jetzt verkehrt haben. Sie haben den Platz getauscht, und er hätte wissen müssen, dass es so kommen würde, wenn er sich an diesem Ort mit ihr traf.

Hier ist er ein Fremder.

Während er vor dem Hotel stand und darauf wartete, dass sie auftauchte, versuchte er, wieder Kontakt zu seinem Körper zu bekommen. Seit seiner Ankunft in Kapstadt ist er ihm so seltsam abwesend vorgekommen. Arme und Beine wie abmontiert, außerdem hat er das Gefühl, einen kleinen juckenden Ausschlag im Gesicht zu haben. Wenn er sich im Spiegel mustert, kann er allerdings nichts feststellen; es sieht alles so aus wie immer.

Er hatte gefrühstückt, ein ganz normales Hotelfrühstück, das in seiner Vielfalt zunächst einladend wirkte, aber als er sich bedient hatte und allein vor seinem Teller saß, erkannte er, dass es aus kaum mehr bestand als ein paar trockenen Scheiben Brot, dünnem Kaffee und völlig geschmacklosem Käse. Er dachte an den Hoteltod, wie sich Menschen fühlen mussten, die beruflich viel unterwegs waren, dass sie ständig das Gefühl haben mussten, von etwas ausgelaugt zu werden.

Diese Heimatlosigkeit, die dazu führt, dass man jedes

Lächeln, jedes frisch gemachte Bett, jedes Frühstücksbuffet durchschaut.

Und man sich immer wie ein Fremder fühlt.

Jetzt, in ihrem BMW, kehren die kribbelnden Punkte im Gesicht zurück. Gleichzeitig ist er so glücklich. Glücklich angesichts des Unwahrscheinlichen und Wunderbaren, sich an diesem Ort mit dieser Frau zu befinden. Das war auch das Gefühl, das seinen Körper wieder zum Leben erweckte. Außerdem hat er nicht vor, sich in einer simplen Argumentation über ihre verschobenen Rollen zu verlieren. Seine frühere Patientin sitzt am Steuer und manövriert den BMW leicht und elegant durch den Verkehr. Sie weiß, wohin sie fahren, fühlt sich sicher. Er ist ein Außenstehender und hat keine Ahnung, in welche Himmelsrichtung sie unterwegs sind.

Tatsächlich ist er vollauf damit beschäftigt, den Verkehr nicht aus den Augen zu verlieren, während er gleichzeitig versucht, die Konversation in Gang zu halten. Daheim sitzt immer er am Steuer, Mariette hat nicht einmal einen Führerschein. In Kapstadt gelten allerdings andere Regeln, die Abstände zwischen den Wagen sind kleiner, es herrscht eine größere Aggressivität, und die Autos sind unterschiedlicher. Luxuskarossen fahren neben Wracks mit zehn Personen auf der Ladefläche, Gefährte, die in Schweden niemals eine Fahrerlaubnis bekämen.

Da in Südafrika Linksverkehr gilt, begreift Bengt nicht einmal, in welche Richtung er an Kreuzungen und Kreisverkehren schauen muss. Mehrmals presst er den rechten Fuß fest auf den Boden. Wo natürlich kein Bremspedal ist. Nichts passiert.

Er schließt die Augen, um nicht an den Verkehr denken zu müssen, und konzentriert sich auf die Frage, warum neue Autos immer gleich riechen. Verströmt das neue Plastik diesen Duft? Oder sprühen sie ein bestimmtes Mittel auf, um diese spezielle Duftnote zu erzielen? Ein bestimmtes Aroma, das den Geschmack der Kunden trifft?

Sie fahren einen langen, ausladenden Hang hinauf und verlassen das Stadtzentrum zugunsten einer breiteren Straße. Sofort scheint alles besser an Touristen angepasst zu sein, und mehrere große Busse stampfen aufwärts und rollen abwärts. Der Tafelberg. Anna hatte ihm gesagt, es sei schlicht undenkbar, nach Kapstadt zu kommen und wieder heimzufahren, ohne auf dem Tafelberg gewesen zu sein. Sie sagte, die Leute würden sich sonst fragen, was er dort eigentlich gemacht habe.

»Und das willst du doch sicher nicht«, sagte sie und lächelte.

»Was?«

»Dass die Leute sich fragen, was du hier eigentlich gemacht hast.«

Weil er nicht begriff, ob sie ihn aufzuziehen versuchte oder es ernst meinte, zeigte er stattdessen auf den leicht zu erkennenden Tafelberg und sagte, dass sie dann wohl hinfahren sollten. Dennoch dachte er noch eine Weile über ihre Worte nach. Dass sich die Leute fragen würden. Wer denn? Mariette? Würde sie in Frage stellen, was er getan hatte, wenn er zu ihr heimkehrte, ohne auf dem Berg gewesen zu sein? Hatte sie jemals wissen wollen, was er auf einer seiner Dienstreisen gemacht hatte?

Anna jubelt begeistert, weil sie einen guten Parkplatz in

unmittelbarer Nähe zu den Kassen für die Seilbahn gefunden haben, die den steilen Berg hinaufführt. Sie schaltet den Motor aus und wendet sich ihm zu.

»Du hast doch keine Höhenangst?«

»Nein, jedenfalls nicht mehr als die meisten anderen Leute auch.«

»Schön, dann finde ich, dass wir lieber den Fußweg nach oben nehmen sollten. Wie ich sehe, hast du gute Schuhe an.«

Bengt blickt auf seine Schuhe herab, zuckt mit den Schultern und sagt, wenn sie das für eine gute Idee halte, gehe er gern zu Fuß.

»In Ordnung«, sagt sie und deutet mit dem Finger quer über den Parkplatz. »Es ist der Weg da drüben.«

Bengts Augen verfolgen eine der Seilbahnkabinen, die sachte den Berghang hochgleitet.

»Das sieht ganz schön hoch aus. Ich meine, wenn man die Seilbahn sieht?«

Anna lacht und steckt mit routinierten Bewegungen ihr Haar hoch.

»Meine Mutter und ich haben den Wanderweg nach oben genommen, dann schaffst du es ja wohl auch.«

Damit ist die Sache natürlich entschieden.

Sie gehen los, und am Anfang steigt der Weg nur sanft an. Bengt denkt, dass er einen Arm um sie legen, vielleicht sogar ihre Hand halten könnte. Dass sie das vielleicht will. Er beschließt zu warten, bis sie den Berg weiter hinaufgekommen sind. Es erscheint ihm in gewisser Weise logischer, sich vorzustellen, dass sie oben stehen und die tolle Aussicht bewundern und er dann den Arm um sie legt.

Aber schon auf dieser Höhe ist die Aussicht fantastisch, die hochragenden Berge, das Meer darunter, jenseits der Stadt, die seltsam winzig aussieht, wie eine Kleinstadt, sich aber dennoch in westliche Richtung so weit ausdehnt, wie das Auge reicht.

Anna zeigt auf die Berge, nennt ihre Namen, die alle auf ihr jeweiliges Aussehen anspielen und sie mythologischen Wesen ähneln lassen. Bengt spürt, dass es sich gut anfühlt, mit ihr zu sprechen, seit sie nicht mehr im Auto sitzen. Hier fällt das Atmen leichter. Mehrmals berührt sie ihn leicht, kommt ihm nah, manchmal, um ihm den Weg zu zeigen, obwohl es gar keinen anderen Weg gibt. Man geht entweder aufwärts oder abwärts.

Allerdings häufen sich immer steilere Abschnitte, und manchmal muss Bengt sich an einem Geländer oder Felsen abstützen. Er spürt, dass er immer schwerer atmet, und wundert sich über Annas leichte Schritte. Sie fliegt den Weg förmlich hinauf; je steiler, desto leichter. Dann kommen sie zu einer wirklich unübersichtlichen Passage, und sie zeigt ihm, wie er sich auf das Eisengeländer stützen kann, das in der Felswand verankert ist, um sich hochzustemmen. Erst als er die Stange hält, erkennt er, dass er an einem richtigen Abgrund steht. Wenn er hier abrutscht und loslässt, wird er hundert Meter tief dem sicheren Tod entgegenfallen.

Er spürt, dass er sich instinktiv zurückzieht.

Sie fragt ihn, ob etwas nicht stimmt.

Er schüttelt den Kopf. Ob etwas nicht stimmt? Verdammt, natürlich stimmt hier etwas nicht. Er hat panische Angst und kann es sich gleichzeitig nicht verkneifen, an ihre verfluchte Mutter zu denken. Wie konnte sie diese Frau nur hier hochschleppen? Sie muss das Herz einer Dreißigjährigen haben.

Im nächsten Moment ist er enttäuscht von sich selbst, weil er seine Nervosität nicht in den Griff bekommt. Es ist doch vollkommen klar, dass an dieser Stelle niemand fällt, sonst hätte man hier doch sicher irgendeine Form von Absicherung angebracht. Dann fällt ihm allerdings das Schild am Fuß des Wegs ein: Betreten auf eigene Gefahr. Er fragt sich, ob er dort nicht auch eine Gedenktafel für einen jungen Menschen gesehen hat, der hier umgekommen ist.

Er beißt die Zähne zusammen, krallt sich an dem Geländer fest und hievt sich mit aller Kraft hoch. Mühelos überwindet er die kritische Stelle, spürt aber, dass ihm unter dem Hemd der Schweiß ausgebrochen ist. Sofort wird er unsicher und fragt sich, wie viel sie von seiner Nervosität wahrgenommen hat.

Anna folgt ihm mit schnellen und ungerührten Schritten, und sie setzen ihre Wanderung den Tafelberg hinauf fort. Bengt erkennt, dass sie nicht einmal die Hälfte des Wegs zurückgelegt haben. Außerdem hat sich etwas spürbar verändert.

Erst die Autofahrt und jetzt das.

Sie ist enttäuscht von ihm. Dafür hat er volles Verständnis. Sie hat ihn auf die Probe gestellt, und er hat ihre Erwartungen nicht erfüllt.

12

Als Mariette sich umdreht und das Schulgebäude sieht, muss sie zwangsläufig daran denken, wie viele Jahre sie sich nun schon in diesen Räumen und Fluren bewegt. Sie wagt nicht nachzurechnen. Drei Rektoren hat sie gehabt und mehrere hundert Schüler. Vielleicht sogar tausend.

Sie weiß nicht, wie viele von ihnen ihr in Erinnerung geblieben sind.

Irgendwann hat sie in einem alten Schuljahrbuch geblättert, ein Gesicht aus einer ihrer Klassen gesehen und nicht die geringste Ahnung gehabt, wer das gewesen sein soll. Danach ist sie jeden Schüler auf dem Foto durchgegangen und musste sich am Ende trotzdem eingestehen, dass dieser eine Schüler wie ausradiert aus ihrem Gedächtnis ist. Ein schreckliches Gefühl für eine Frau, die einst Lehrerin werden wollte, weil sie glaubte, etwas bewirken zu können.

Wie sollte ihr das gelingen, wenn sie sich nur ein paar Jahre später schon nicht mehr an ihre Schüler erinnerte?

Die namenlosen Gesichter, die sie anstarren, lösen manchmal panische Angst in ihr aus. Mehrmals ist sie kurz davor gewesen, alle alten Schuljahrbücher ins Altpapier zu werfen, hat es letztlich aber doch nicht über sich gebracht. Denn in ihnen befinden sich ja auch die Gesichter, an die sie sich erinnert, Gesichter, die sie mit einer dankbaren

Miene ansehen, die ausdrückt, dass sie tatsächlich etwas bewirkt hat.

Die Sonne steht tief und sorgt dafür, dass die Fenster des Schulgebäudes sie geradezu aggressiv anfunkeln wie kleine Lichter. Sie denkt an die Spiegel des Archimedes während der römischen Belagerung von Syrakus. Wie es ihm gelungen sein soll, die gesamte angreifende Flotte mit Hilfe von Spiegeln in Brand zu setzen, die alle auf einen Punkt gerichtet waren.

Wenn sie diese Geschichte erzählt, haben ihre Schüler immer Freude am Unterricht. Sie sitzen mit offenen Mündern vor ihr und wollen wissen, ob das wirklich möglich ist, ob es tatsächlich so passiert ist. Die Antwort, dass es ein Mythos ist, Archimedes jedoch wirklich ein großer Erfinder war, gefällt ihnen nicht. Damit ist ihr Interesse bereits erlahmt. Mythen interessieren sie nicht, stattdessen wollen sie wissen, ob sie ihre Lupen herausholen und anderen damit wehtun können. Verbrennen, Löcher brennen, zerstören. Als Experiment.

Sie wendet den Blick wieder ab und geht weiter. Es ist ein wenig erfreulicher Tag gewesen, und das Beste an ihm war vermutlich noch, dass sie die Schwedischaufsätze und die englischen Vokabeltests unkorrigiert auf ihrem Schreibtisch hat liegen lassen.

Manchmal gelingt es ihr, sich gegen das schlechte Gewissen durchzusetzen, das ihr das Gefühl aufzwingen will, nicht in Rückstand geraten zu dürfen. Ihre Rektorin – vor dem Karrieresprung die Kollegin, die ihr am nächsten stand – sagt immer aufmunternd, es sei ja so leicht, die falschen Prioritäten zu setzen.

Die falschen Prioritäten. Was für eine hohle Floskel.

Es kommt einem vor, als würde sie sagen, dass Mariette besser Arbeiten berichtigt hätte, als heimzugehen und fernzusehen, Zeit mit ihrer Familie zu verbringen oder ein Buch zu lesen. Als wollte sie sagen, dass alles andere im Leben der Aufgabe untergeordnet werden muss, Lehrerin zu sein.

Wenn ihre Kollegen ein bisschen nachlässiger wären, würde für sie zweifellos alles etwas leichter. Das schlechte Gewissen, das ihr zusetzt, wenn andere Dinge tun, die sie, falschen Prioritäten folgend, unterlässt. Es ist ein abscheuliches Gefühl. Sie fühlt sich schlecht. Und sie hasst es, sich schlecht zu fühlen, es ist für sie das Schlimmste, was es gibt. Es ist fast genauso unangenehm, wie sich gut zu fühlen und von allen angesehen und gelobt zu werden.

Ihr Ideal ist der Mittelweg, möglichst wenig auffallen. Sie weiß, dass sie gut ist, wenn man sie in Ruhe lässt, es sind die ständigen Unruhe stiftenden Momente, die sie stören. Die Forderungen und kurzen, schwer zu deutenden Kommentare, die sie sofort hinterfragt, ein Lob, das ihr wenig glaubwürdig erscheint, du hast ja einen schönen Pullover an, deine Schüler sagen immer so tolle Sachen über dich.

Kommentare dieser Art.

Nach denen sie sich fragt, ob die anderen nicht in Wahrheit sagen, dass der Pullover, den sie am Vortag trug, hässlich war oder dass die Schüler im Allgemeinen keine netten Dinge über sie sagen, es diesmal aber ausnahmsweise einmal anders gewesen ist.

Sie weiß, dass es typisch für Frauen ist, so zu denken, aber das ist ihr egal. Es *ist* so, und da spielt es keine Rolle, dass drei Milliarden Frauen genauso und drei Milliarden Männer das Gegenteil denken.

***

Von der Schule sind es nur ein paar Meter bis zu Ulla. Sie ist witzigerweise in dasselbe Gebäude in der Nähe des Ortszentrums zurückgezogen, in dem sie wohnte, als Mariette ihr zum ersten Mal begegnete. Damals mietete sie eine Einzimmerwohnung, und heute, nach ihrer Scheidung, lebt sie in einer großen Dreizimmerwohnung mit Balkon.

Eine kleine positive Entwicklung hat es also durchaus gegeben.

Es ist immer Ulla gewesen, die den Freundeskreis zusammengehalten hat. Sie erträgt es nicht, wenn sie auseinanderdriften, führt ihren Haufen stattdessen regelmäßig zusammen wie ein gut abgerichteter Hirtenhund.

Obwohl Ulla Mariette auch in den Wahnsinn treiben kann, ist es doch Ulla, die ihr am nächsten steht. Weil sie sich weigert, von ihrer Seite zu weichen, weil sie sich weigert zuzulassen, dass ihre Freundschaft sich in Luft auflöst, wie es mit allem anderen der Fall zu sein scheint, wenn man älter wird. Ulla ist dasselbe neugierige Mädchen geblieben, das sie damals war, als sie sich zum ersten Mal begegneten.

Mariette klingelt an der Tür, und Ulla öffnet ihr, als hätte sie wartend dahinter gestanden.

»Ah, endlich«, sagt sie, »die anderen sind schon da.«

Mariette schaut auf ihre Uhr und sieht, dass es eine Minute nach fünf ist. Eine Minute nach der verabredeten Zeit und schon die Letzte.

13

Sosehr Christian sich auch bemüht, er findet am Rudergerät nicht zu seinem vertrauten Rhythmus und Gefühl. Er ist abgelenkt und braucht erstaunlich lange, um zu erkennen, was nicht stimmt. Neben ihm schnauft ein glatzköpfiger älterer Mann, der seine Trainingssachen nicht gewaschen hat. Es riecht muffig nach Altherrenschweiß.

Die Frau mit dem lachsrosa Top ist nicht da. Beim Eintreten hat Christian rasch den Blick durch den Raum schweifen lassen. Erst dachte er, dass es nur ein Spiel zu seinem eigenen Vergnügen war, schließlich bedeutete sie ihm nichts, das hatte er schon beim letzten Mal gewusst. Er hätte es nur nett gefunden, wenn sie da gewesen wäre, als ein Gedankenexperiment, um zu sehen, was dann passiert wäre.

So aber gehen ihm stattdessen die Tagebücher nicht aus dem Kopf. Er ist wütend auf sich, weil er angefangen hat, sie zu lesen. Und als er einmal damit angefangen hatte, konnte er nicht mehr aufhören. Die ersten Einträge stammen noch aus der Zeit, in der sein Vater ein Jugendlicher war, er beschreibt darin seine Eltern, Freunde, Streitigkeiten, die Lehrer, dass er den Unterricht schwänzt, heimlich trinkt und raucht.

Das Eigenartige, das Unangenehmste daran, denkt Christian, ist die Tatsache, dass sein Vater erst jetzt ein Gesicht bekommt. Er wird wirklicher, als er es zu Lebzeiten jemals gewesen ist. Seine Handschrift, irgendetwas daran, die Art, wie er sich ausdrückt. Als würde er sich nicht einmal ansatzweise verstellen.

Mittlerweile hat er mehrere Tagebücher seines Vaters durchpflügt, jedoch abrupt aufgehört, als er zu der Zeit gelangte, in der sich seine Eltern zum ersten Mal begegneten. Christian kann nicht fassen, warum sein Vater sich nicht einfach freikaufte und die Heirat umging. Warum hatte er das nicht getan? Kann es wirklich daran gelegen haben, dass er sie liebte? War es so … so einfach? Sein Vater heiratete nicht bloß, weil er zufällig eine Frau geschwängert hatte.

Christian lässt den Griff los und beendet seine Rudereinheit früher als sonst. Die Dusche ist leer, und er beschließt, eine Weile in die Sauna zu gehen. Er ist das Herumsitzen jedoch schnell leid und stellt sich lieber unter eine kalte Dusche und wartet, bis er sich genügend abgekühlt hat, um sich anziehen zu können. Als er seine Sportsachen sieht, folgt er einer spontanen Eingebung, rafft sie zusammen und wirft sie in den Papierkorb.

Er weiß nicht, warum er es tut, will sie nur einfach nicht behalten.

Er wirft einen Blick auf die Uhr, obwohl er weiß, dass er alle Zeit der Welt hat. Das Spiel beginnt erst in zwei Stunden, und für die Fahrt dorthin benötigt er nicht mehr als zwanzig Minuten. Er weiß, wo er wann sein wird. Er hat Eriks Trainingsplan sorgsam studiert, seit er ihn von Mariettes Kühlschranktür abnahm und an seiner eigenen befestigte.

***

Auf dem Weg zur Garage trinkt er an einem Stehtisch einen Espresso. Der Barista hat dichte schwarze, zurückgekämmte Haare. Er sieht eher aus wie ein Makler, der Gebäude im Wert von Millionen verhökert, nicht wie jemand, der kleine Kaffeetassen füllt. Christian leert seine mit einem Schluck, geht anschließend nach unten, setzt sich in den Wagen und fährt los.

An diesem Tag entscheidet er sich auf der Autobahn für vollkommene Stille im Wagen. Er hat es nicht eilig. Ein paar Tropfen treffen die Windschutzscheibe, die von den Scheibenwischern mühelos beiseitegewischt werden.

Als er die richtige Stelle erreicht hat, parkt er ein wenig abseits, lässt den Motor aber an. Hier steht er gut und kann mit dem kleinen Fernglas, das er zu Hause gefunden hat, die gesamte Gerade und den parallel zu ihr verlaufenden Fußgänger- und Fahrradweg überblicken. Ein Geschenk seines Vaters zu seinem fünfzehnten Geburtstag. Er hat sich gefreut, als er es neben den Tagebüchern fand.

Wieder schaut er auf die Uhr.

Ihm bleibt noch etwas Zeit, mindestens eine Viertelstunde.

Plötzlich sieht er ihn. Erik nähert sich, eine Adidas-Sporttasche lässig über die Schulter geworfen. Er geht mit entspannten Schritten und hat seine großen Kopfhörer aufgesetzt, scheint völlig in seiner eigenen Welt versunken zu sein. Christian legt den Gang ein und fährt langsam um die Kurve.

Er ist zufrieden, alles entwickelt sich so, wie er sich das vorgestellt hat. Er gibt Gas, achtet aber darauf, sich nicht zu schnell zu nähern. Als er noch zwanzig Meter entfernt ist, sieht er, dass Erik aufblickt und das Auto bemerkt.

Noch nicht, aber bald, bald, denkt Christian.

Dann ist er fast auf gleicher Höhe und bremst, heftig, aber nicht übertrieben. Er lässt die Scheibe an der Beifahrerseite herunter.

»Ja, hallo«, sagt er.

Erik bleibt stehen, beugt sich runter, sieht ihn an.

»Hallo«, sagt er.

»Was tust du hier?«

»Ich bin auf dem Weg zum Fußballtraining.«

»Aha, ist es noch weit?«

»Nein, eigentlich nicht … nur noch ein Stück.«

»Steig ein, ich fahr dich hin.«

»Echt?«

»Ja, klar. Es kann jeden Moment anfangen zu regnen.«

Erik lächelt. Und steigt ein. Die Tasche legt er sich auf den Schoß.

»Du musst mir aber sagen, wo es lang geht«, meint Christian.

Sie brauchen nicht lange, höchstens sieben Minuten, obwohl Christian langsam fährt. Er stellt den Wagen auf dem fast verwaisten Parkplatz ab, und sie gehen gemeinsam zum Fußballplatz. Es ist windig, und Christian schließt den obersten Knopf seines Hemds. Als sie da sind, fällt ihm zuerst das Scheinwerferlicht auf.

»Ist es okay, wenn ich ein bisschen zugucke?«, fragt er.

»Klar«, antwortet Erik und geht zu den anderen, die neben dem Platz stehen, ihre Schuhe anziehen und Leibchen über ihre Trikots ziehen, um sich in zwei Mannschaften aufzuteilen. Das Feld ist in grelles Licht getaucht. Die Art, in der es all die kleinen Prismen des Ascheplatzes trifft, hat etwas Metallisches, Leuchtendes. Christian versteht, warum man von Flutlicht spricht. Staub wird aufgewirbelt. Stollen, die Aschekörner herausreißen und umherschleudern. Die kurzen Zurufe der Spieler. Hier. Gib ab. Deckung.

Christian denkt, dass sie männlich wirken, obwohl es nur Jungen sind. Wie eine Kampfszene oder Gladiatoren in einer Arena. Er spürt eine eigentümliche sexuelle Kraft in allem. Die Jungen in ihren Trikots, der Schweiß, das Tempo, die Rufe. Die Aggressivität der Trillerpfeife.

Es dauert einen Moment, bis er Erik entdeckt. Er spielt außen, auf der gegenüberliegenden Seite.

Christian beobachtet ihn, wie er läuft, stehen bleibt, sich ausruht. Die Hände auf die Oberschenkel stemmt und tief durchatmet, ehe er bedächtig auf die Verteidiger zutrottet, sich für einen weiteren Spielzug bereithält. Ein Freistoß wird gepfiffen, und alle Jungen kommen zusammen.

Und plötzlich merkt Christian, dass Erik ihn sieht. Sein Blick ihn fokussiert, er dann weiterläuft. Winkt er ihm zu? Christian spürt, dass eine warme Welle über ihn hinwegschwappt.

Er hebt den Arm, vorsichtig, nicht zu viel.

Außerdem nickt er und ist sich fast sicher, dass Erik sein Lächeln erwidert. Da ist eine Vertrautheit, denkt Christian. Man könnte sicher auch von Liebe sprechen.

14

Irgendwann – vor nicht allzu langer Zeit – saßen sie so wie jetzt an Ullas Tisch zusammen. Obwohl es natürlich nicht derselbe Tisch war. Der Tisch stand in einer anderen, kleineren Wohnung, die einfacher möbliert war, mit Secondhand-Möbeln, und sie waren damals jüngere Kopien ihrer selbst, schlanker, ohne Falten und mit ihren natürlichen Haarfarben statt des tristen Graus, das heute von unterschiedlichen Farbtönen übertüncht wird.

Unbeschädigt würden sie es heute nennen. Sie waren jung und ahnungslos, fühlten sich verloren und verwirrt von allem, was passierte und noch vor ihnen lag, von allem, was sie in ihrem Leben vorhatten. Es gab etwas, was sich als befreiendes Unwissen beschreiben ließ: Gemeinsam wählten sie aus, welche Kleider sie am Abend tragen würden, redeten ununterbrochen, während sie sich schminkten, lachten viel und zu laut. Selbst wenn sie pinkelten, taten sie es gemeinsam und ohne das Reden einzustellen. Zusammen standen sie vor dem Spiegel und bestätigten sich gegenseitig, machten einander Komplimente.

Trotzdem wussten sie, dass es so nicht weitergehen würde. Sie würden getrennte Wege gehen, wenn sie den Menschen trafen, den sie zu treffen hofften. Wer immer es sein mochte, den Mann, den man den Richtigen nannte.

Doch bevor diese Zeit anbrach, waren sie immer zusammen: Ulla, Gunilla, Kristina, Petronella und Mariette. Manchmal telefonierten sie ganze Nächte hindurch, sie kannten die Träume der anderen und waren die Achse, um die sich ihr Lebensrad damals drehte.

Zu jener Zeit hatte keine von ihnen eine Arbeit, auf die man voll und ganz setzen konnte, außer Kristina, die tanzte und bereit war, dafür alles zu opfern. Sie zog sich dann jedoch früh eine Verletzung zu und musste sich stattdessen aufs Unterrichten verlegen. Obwohl sie ihre Enttäuschung nicht verbergen konnte, erhielt sie Aufmunterung: Wenn die Verletzung erst einmal ausgeheilt ist, kannst du bestimmt ein Comeback starten. Obwohl sie alle sehr wohl wussten, dass es dafür schon zu spät war. Ständig tauchten jüngere Frauen auf, die mindestens genauso gut tanzten und gesunde und unverbrauchte Knie und Hüften hatten.

Aber sie bewunderten Kristinas Überzeugung, dass sie in ihrem Leben ein Ziel verfolgte. Keine der anderen wusste, was sie tun wollte, am allerwenigsten Mariette.

Dann begegnete Gunilla ihrem Björn und fand daraufhin nur noch selten Zeit, sich mit den anderen zu treffen oder mit ihnen auszugehen. Außerdem mochten die anderen Björn nicht besonders. Ulla traf sich mit mehreren Männern, häufig im gleichen Zeitraum, und vielleicht war das ja der Grund dafür, dass sie die Gruppe weiterhin um sich scharte. Sie war es auch, die stets Wert darauf legte, dass Kristina mitkam, obwohl keine der anderen wirklich schlau aus ihr wurde. Sie fanden sie streng und hart. Ulla behauptete, Kristina sei lesbisch, was toll sei, und dass sie alle abwarten sollten, bis sie sich dazu bereit fühlen würde, es jedem zu erzählen. Statt sich zu outen, erweiterte Kristina jedoch ihr Betätigungsfeld und hatte schon bald eine Importfirma für Sportkleidung gegründet.

Sie gingen aus und tanzten bis zum Morgengrauen und noch länger, bei Ulla oder manchmal auch in Mariettes Einzimmerwohnung in Roslags Näsby, die gleich neben dem Bahnhof lag und mit der Roslags-Bahn auch spätnachts noch gut erreichbar war.

Dann tauchte Bengt auf.

Er war der erste Mann, in den Mariette sich verliebte, der erste, bei dem sie sich eingestand, dass sie bereit war, ihm zuliebe diese Gemeinschaft aufzugeben. Sie wusste, wenn sie diesen Schritt nicht irgendwann wagte, würde sie als Letzte übrigbleiben.

Durch Bengt löste sich die Gemeinschaft fast unmerklich auf. Jede von ihnen ging in ihrer Beziehung oder ihrer Importfirma auf, sie gründeten Familien, bekamen Kinder, die Arbeit nahm immer mehr Raum ein. Die Zeit verging. Es wurde Herbst und dann Frühling, und danach vergingen die Jahreszeiten wie im Flug und wurden zu Jahren.

Bengt zuliebe opferte sie Ulla und die anderen, und das war richtig so. Im Grunde hat sie es auch nie bereut.

Er war der Mann, den sie immer hatte treffen wollen, intelligent, gutaussehend, voller Ehrgeiz, er war weltgewandt, stand kurz vor dem Abschluss seines Medizinstudiums, schien keine psychotischen oder auch nur neurotischen Züge aufzuweisen wie all die anderen, für die sie sich bis dahin interessiert hatte.

Sie wusste, dass er ein guter Vater für ihre Kinder sein würde. Solche Dinge spielten eine Rolle. Sie dachte vielleicht nicht von Anfang an darüber nach, aber sie waren da, die Geborgenheit, die Selbstsicherheit. Wenn sie Sex hatten, war er vielleicht nicht unbedingt der Leidenschaftlichste, aber aufmerksam und einfühlsam.

Sie liebte es, ganz eng bei ihm zu liegen und seine Herzschläge zu hören, wenn er fast schon schlief, mit dem Finger durch die Haare auf seiner Brust zu streichen, ganz leicht auf sie zu pusten, aber ohne ihn zu kitzeln.

Und dann, vor zwei Jahren, meldete sich Ulla bei ihr und rief ihre Clique wieder zusammen. Sie waren nicht mehr wie früher, sondern ziemlich zurechtgestutzte Frauen, die ausgelaugt waren, zu hart gearbeitet hatten, die zu nichts anderem gekommen waren, als sich mit Kindern, Arbeit und Beziehungen über Wasser zu halten.

Sie waren geschieden oder lebten in schlecht laufenden Beziehungen. Mariette war die Einzige von ihnen, die sich niemals beklagte, was die anderen manchmal veranlasste, einen Seufzer auszustoßen, als wäre sie ein hoffnungsloser Fall, weil sie einen guten Mann gefunden hatte, finanziell abgesichert war und einen gut erzogenen Sohn hatte.

Doch wenn sie jetzt darüber nachdenkt, hat sie eher das Gefühl, dass Bengt ein Leben führt und sie ein anderes. Sie teilen sich ein Haus und einen Sohn, viel mehr aber auch nicht. Am seltsamsten daran ist vermutlich, dass es so lange gedauert hat, dies zu begreifen. Das Gefühl hat sich schleichend eingestellt. Die Art, wie sie den Sommerurlaub planen, welche Fernsehsendungen sie sehen wollen, die dauernde Müdigkeit und wie schön es ist, allein im Bett zu liegen, ohne störendes Gewühle oder brennende Nachttischlampen.

Sein Körper befindet sich ganz in ihrer Nähe, aber dennoch nicht näher als das Bettende oder die Wand oder der Teppich. Er ist da, bedeutet ihr aber nicht mehr das, was er ihr früher einmal bedeutet hatte.

Plötzlich kommt ihr der Gedanke, alles zu erzählen.

Von Bengt zu erzählen, von seinen Affären und davon, dass es einfach nicht funktioniert, mit einem Menschen zusammenzuleben, der unfähig ist, sie zu sehen. Sie könnte darüber sprechen, dass sie heute eher Bekannte als ein Liebespaar sind. Sie könnte über Erik reden und über ihr schlechtes Gewissen, das ihr ständig zusetzt, wenn sie ihn sieht.

Er ist wie ein Fremder für sie, sie kann nicht die geringste Ähnlichkeit mit sich selbst in ihm erkennen. Sie könnte erzählen, dass die Schule sie überhaupt nicht interessiert, dass sie dort arbeitet, weil sie es muss. Warum sie muss? Das weiß sie nicht, aber sie ist für ihre Schüler verantwortlich, für sich selbst, für alle. Ihre Familie würde nicht vor dem Ruin stehen, wenn sie kündigte. Aber sie trägt Verantwortung, denn das ist es, was erwachsene Menschen tun.

Sie könnte von Bengts Kollegen erzählen, der plötzlich bei ihnen aufgetaucht ist. Der sie so merkwürdig angesehen hat. So etwas hat sie noch nie erlebt. Es ist ihr vorgekommen, als würde er jedes kurze Zucken im Mundwinkel, jedes Augenzwinkern, jedes Wort von ihr deuten.

Sie wurde nervös, dachte, sie würde sich das bloß einbilden, die Wärme in der Brust, das Gefühl, gesehen zu werden, das Unergründliche daran. Vielleicht hatte er sie ja auch gar nicht auf eine besondere Art angesehen. Vielleicht hatte sie sich getäuscht.

Sie könnte die anderen fragen, traut sich aber nicht. Sie würden eine große Sache daraus machen. Außerdem spielt es keine Rolle mehr. Sie wird diesen Christian Leander niemals wiedersehen. Eines Tages klopfte er an die Tür, fragte nach einem USB-Stick, fand ihn nicht, sagte Tschüss und verschwand wieder.

Er hatte sie gesehen.

Konnte sie sich das wirklich nur eingebildet haben?

Sie denkt, dass er gut geduftet hat. Wie Bengt riecht, weiß sie nicht mehr, sie überlegt lange, kommt aber lediglich zu dem Schluss, dass er vermutlich so riecht, wie er es immer getan hat. Sie denkt, dass er nach nichts riecht, weil er immer da ist.

Ulla entkorkt eine Flasche Wein, und Kristina sagt, dass sie eigentlich nach Hause muss, aber alle bringen sie zum Schweigen. Stattdessen steht Mariette auf. Ihr ist eingefallen, dass sie gehen muss, die Lasagne von gestern muss in den Ofen, Erik kommt bald vom Fußball heim.

Sie muss nach Hause. Es geht einfach nicht, hier Stunde um Stunde herumzusitzen. Obwohl sie das braucht, denkt sie. Sie braucht es, sich dem Gefühl zu entziehen, anderen zuliebe alles Mögliche schaffen zu müssen. Sie braucht es, mehr wie Ulla zu sein, obwohl Ulla keinen Deut glücklicher aussieht als sie selbst.

Aber wenn schon nicht sich selbst, dann wenigstens Erik zuliebe sollte sie jetzt nach Hause gehen. Ihm zuliebe. Sie kann nicht umhin, über ihre eigenen Gedanken zu schmunzeln. Er ruft bestimmt bald an, um ihr zu sagen, dass er schon bei einem seiner Mannschaftskameraden gegessen hat.

Eine halbe Stunde kann sie ruhig noch bleiben, überlegt sie. Erik bemerkt ohnehin keinen Unterschied, sitzt ja doch nur vor dem Fernseher, wenn es ihm beliebt, seinem Zuhause einen Besuch abzustatten. Wenn er Hunger hat, kann er sich das Essen ja selbst erwärmen.

In diesem Moment steht Kristina auf und macht ein paar Tanzschritte zu einem Lied, das sie alle kennen. Mariette muss lachen, es beeindruckt sie, dass ihre Freundin glücklich aussehen kann, nur weil sie ein paar trippelnde Schritte auf dem Fußboden eines Wohnzimmers gemacht hat. Dann denkt sie, dass Kristina in diesem speziellen Augenblick vielleicht das Gefühl hat, gesehen zu werden. Ein paar Tanzschritte nur, mehr ist dazu nicht nötig.

15

Christian begreift nicht ganz, wie es dazu gekommen ist. Nachdem der Schiedsrichter das Spiel abgepfiffen hat, treffen sich die Eltern an der Seitenlinie und unterhalten sich mit ihren Söhnen, die aus Wasserflaschen trinken. Die Mütter unterhalten sich untereinander, während die Väter die Jungen in die Umkleidekabine begleiten, es scheint eine Art Ritual zu sein.

Vor dem Eingang zur Sporthalle spricht einer der Väter, ein rothaariger Mann mit Bart in einer Trainingsjacke, Christian an, als wären sie sich schon öfter begegnet.

»Ich kenne Sie, Sie sind schon einmal hier gewesen, nicht?«

Christian schüttelt den Kopf.

»Nein, ehrlich gesagt bin ich zum ersten Mal hier. Ich bin mit Erik gekommen.«

»Ah, verstehe. Sie sind also Eriks Vater. Ich heiße Robert.«

Der Mann hält ihm die Hand hin.

»Bengt«, erwidert Christian.

Der rothaarige Mann lächelt und spricht mit lauter Stimme. Es hat ihn enttäuscht, wie sie gespielt haben, sie hätten etwas verloren, er nennt es einen Funken, den sie früher besessen hätten.

Christian nickt, was den Mann beruhigt. Er lacht laut, es klingt eher wie ein Wiehern. Ein Höhöhö. Etwas Vergleichbares ist Christian nie zuvor begegnet. Und der Körper des Mannes krümmt sich jedes Mal und nimmt erneut Anlauf.

Er erinnert ihn an eine Comicfigur.

»Könnten Sie mir vielleicht helfen, die Trikots einzusammeln?«

»Ja, selbstverständlich«, antwortet Christian und folgt dem Mann, der breitbeinig und schaukelnd den Gang hinabgeht, ein paar Leute grüßt und in die Umkleidekabine stiefelt. Christian geht ein paar Schritte hinter ihm.

Der Mann beginnt, die neonfarbenen Leibchen einzusammeln und legt sie in eine Plastikkiste, die Christian hochhält. Ihm fällt auf, dass der Mann darauf achtet, mit jedem Einzelnen zu sprechen, jedem auf die Schulter zu klopfen und zu wiehern. Es scheint allen zu gefallen, dass er dort ist. Seine Stimme übertönt das Stimmengewirr in der Kabine genauso wie das stoßweise rieselnde Geräusch der Duschen.

Es fällt Christian nicht weiter schwer zu erkennen, wer der Sohn des Mannes ist. Er sieht seinem Vater zum Verwechseln ähnlich, abzüglich des Barts. In zwanzig Jahren wird er genauso aussehen wie sein Vater heute, überlegt Christian, und der Gedanke deprimiert ihn.

Der Junge hat rote Haare, sein Teint ist fast durchsichtig, und auf seinen Schultern sieht man große Sommersprossen. Er steht nackt im Raum, trocknet sich mit dem Handtuch ab, das er auf dem Rücken hin und her zieht, und unterhält sich mit ein paar anderen Spielern. Es scheint ihn nicht zu stören, dass er nackt ist.

Christians Blick fällt auf sein leicht schief ruhendes Geschlecht, das einen wesentlich dunkleren Farbton hat als alles andere an seinem Körper und eingebettet ist in helle, wildwüchsige, karottenfarbene Haare. Mittlerweile sind mehrere Jungen nackt, sie kommen aus der Dusche, als träten sie aus einem Nebel.

Christian denkt, dass sie völlig anders aussehen als die Jungen, an die er sich von früher erinnert, als er selbst einer von ihnen war. Heute sehen sie so gesund aus, kein Unterhautfett, weitestgehend unbehaart und schlank. Wie junge griechische Götter. Christian begreift nicht, wie es so weit kommen konnte. Plötzlich sieht er Erik, der ebenfalls aus der Dusche kommt. Sein großer Schwanz raubt Christian fast den Atem. Ganz fleischig im Gegensatz zu seinem restlichen Körper. Zu all dem Schlanken, Schlaksigen.

Christian merkt, dass ihm Schweiß über die Stirn läuft, es ist zu warm in der Umkleidekabine und er zu warm angezogen. Umgeben von all diesen Körpern, die anderen gehören, fühlt er sich nicht wohl in seiner Haut.

Doch der rothaarige Mann redet immer weiter, er sagt, dass sein Sohn, der Torwart ist, nicht mehr richtig trainiert, wenn das so weitergehe, sei seine Karriere sicher bald vorbei. Sie fangen an, sich für andere Dinge zu interessieren, fügt er hinzu. Für Mädchen und Autos, genau wie man selbst früher, sagt er. Er lacht – wiehert – erneut, und Christian schenkt ihm ein Lächeln.

»Ja, so ist das wohl«, sagt er.

»Genau, warum sollten unsere Söhne auch anders sein als wir«, erklärt der rothaarige Mann und legt den Kopf schief.

Christian nickt und lacht angemessen engagiert.

»Und deshalb«, fährt der Mann fort, »sind wir auch immer so paranoid. Wir wissen eben, wie sie sind, die Jungs. Und eine Tochter hat man ja auch noch.«

Er wiehert hysterisch und findet sich jetzt noch witziger.

Eine Frau öffnet die Tür, ohne den Kopf hereinzustecken.

»Mattias«, ruft sie, »wir müssen fahren, bist du bald fertig?«

Einer der Jungen rafft seine Sachen zusammen und schiebt sich durch die Tür. Christian hört, dass die Mutter nörgelt, sie seien sich doch einig gewesen, dass er sich beeilen müsse, und er verteidigt sich damit, dass er immerhin als Erster von allen fertig geworden sei.

Plötzlich nimmt Christian wahr, dass Erik ihn ansieht. Er erwidert unsicher seinen Blick, weiß nicht recht, wie er an diesem Ort gelandet ist; die ganze Absurdität der Situation. Erik lächelt und legt das Handtuch in seine Tasche.

»Ich habe gedacht, Sie wären längst gefahren«, sagt er.

Christian nickt.

»Ja, aber dann … ich sollte dabei helfen, eure Leibchen einzusammeln. Frag mich nicht, wie es dazu gekommen ist.«

»Wenn Sie schon hier sind, können Sie mich dann vielleicht wieder fahren?«

»Klar«, sagt er. »Von mir aus darfst du fahren.«

»Ach Quatsch, hören Sie auf, das geht doch nicht.«

Christian denkt, dass es nichts gibt, was nicht geht. Alles ist möglich. Sie können den Platz im Auto tauschen. Das Licht strömt herein, als würden Dachluken geöffnet, er würde mit Erik gern darüber sprechen, *Flutlicht*.

Die Jungen, die sich über den hell erleuchteten Platz bewegten, wie der eine mit dem anderen zusammengehörte. Die Wärme der Duschstrahlen, der stickige Geruch in der Umkleidekabine, die beschlagenen Spiegel, der strenge Geruch und die nackte Haut.

Sie sind einander jetzt so nah, denkt Christian.

Erik und er. So unbeschreiblich nah.

16

Das Restaurant liegt in einer Stichstraße der alten Hauptstraße, und Anna zeigt auf die Balkone in der ersten Etage.

»Da oben standen früher die Freudenmädchen und präsentierten sich den Seemännern«, sagt sie. »Die ganze Straße war voller Bordelle. Das war damals offenbar ein florierendes Gewerbe.«

»Das ist es bis heute geblieben«, erwidert Bengt.

Sie zuckt mit den Schultern, parkt routiniert in zweiter Reihe und steigt aus. Ein junger Mann kommt auf sie zu und zeigt ihr einen Parkplatz einige Meter weiter. Sie steigt wieder ein und startet den Motor.

»Sie haben Parkplätze angelegt«, erklärt sie. »Die Leute hier lassen sich immer etwas einfallen, wovon sie leben können.«

Als Anna den Wagen geparkt und den jungen Mann bezahlt hat, betreten sie Madame Zingara's. Das Restaurant ist brechend voll, und die Tische stehen eng zusammen. Anna begrüßt den Kellner, der ihr sofort einen Tisch zuteilt.

Sobald sie sich gesetzt haben, sagt sie:

»Du brauchst gar nicht darüber nachzudenken, was du bestellen sollst.«

»Nicht?«

»Nein, es sei denn, du bist Vegetarier.«

»Nein, das bin ich nicht«, sagt Bengt.

»Gut. In Schweden ist ja heutzutage jeder Vegetarier. Jedenfalls die wenigen, die ich da noch kenne. Hier essen alle Fleisch, wenn sie es sich leisten können.«

Bengt erklärt, wenn das so sei, gebe es kein Problem.

»Dann musst du nämlich die Spezialität des Hauses probieren, Rinderfilet mit Chilischokoladensauce. Einfach unwiderstehlich.«

Bengt muss lachen. Er lässt sich immer entspannter darauf ein, dass sie das Kommando übernimmt.

»Das habe ich wirklich noch nie gegessen«, sagt er.

Sie hört ihm nicht zu, hat stattdessen den Kellner herbeigewinkt, bestellt und ihre Haare wie zuvor nach hinten gestrichen und zu einem provisorischen Dutt hochgesteckt. Sie erledigt das alles innerhalb weniger Sekunden, und Bengt kommt aus dem Staunen nicht mehr heraus.

Sie ist so unbeschreiblich schön, denkt er. Verdammt, sieht sie gut aus! Hoffentlich ist das Essen nicht zu scharf. Chilisauce. Er hat keine Lust, hier wie verrückt zu schwitzen und sich ein weiteres Mal zu blamieren.

Der »Spaziergang« auf den Tafelberg war nicht so verlaufen, wie er sich das vorgestellt hatte. Selbst mit der Seilbahn, die sie nach unten brachte, nachdem er darüber geklagt hatte, nach der langen Reise ein wenig steif zu sein, hatte er Probleme gehabt. Er hatte sich die Erniedrigung nicht vorstellen wollen, denselben Weg wieder hinunter zu gehen. Die Kabine fuhr am Berghang entlang, und er stellte sich mit Bedacht nach hinten, damit ihm erspart blieb, vorn zu stehen und den Abgrund zu sehen, oder die Aussicht, wie die Leute sagten, die sich dort drängten.

Das Problem war nur, dass sich die Kabine nach Beginn der Fahrt langsam drehte, damit alle Fahrgäste in den Genuss kamen. Bengt schloss die Augen und versuchte, seine Panik zu überspielen, so gut es ging.

»Noch verheiratet?«

Von allen Fragen, die sie ihm in diesem überfüllten Restaurant stellen könnte, will er diese am wenigsten hören.

Er nickt sachte, versucht herauszufinden, was sie meint.

»Ich wollte das nur abhaken«, sagt sie und sieht ihm in die Augen.

»Ich verstehe.«

»Du siehst verheiratet aus.«

»Wie sieht ein verheirateter Mann aus?«

Sie antwortet nicht, sondern lehnt sich auf ihrem Stuhl zurück und verschränkt die Arme vor der Brust. Wieder dieses Lächeln. Er kann es beim besten Willen nicht deuten. Ist es ein Spiel, was sie da treibt? Etwas, das er verstehen müsste, wozu er jedoch nicht in der Lage ist?

Er fragt sich, ob sie seine Unsicherheit durchschaut. Sie lehnt sich wieder vor und legt ihre Hand auf seine.

»Du trägst keinen Ring, deshalb habe ich gefragt«, sagt sie mit warmer Stimme.

Versehentlich zieht Bengt die Hand zurück, als wollte er sie ihr zeigen, sich selbst freisprechen.

»Ich habe noch nie einen Ring getragen. Es ist nicht etwa so, dass ich ihn manchmal abnehme… du weißt schon, meine Generation und Konventionen und das alles.«

Zu spät erkennt er, dass die Haut an der Stelle, wo sonst der Ehering sitzt, ein wenig blasser ist.

»Du musst dich nicht rechtfertigen, Bengt«, unterbricht

sie ihn. »Du bist mir keine Rechenschaft schuldig. Niemals.«

Ihre Stimme, denkt er. Sie ist so verändert. Sie sieht unverändert aus, aber alles hat sich verändert. Ihre Art, sich zu geben, wie sie spricht, ihn betrachtet. Er fragt sich, ob sie das Gleiche denkt. Dass nun ein anderer Mann vor ihr sitzt als der, den sie einst kennenlernte, einer, der unbeholfen ist und keine Antworten hat, sondern Fragen stammelt.

Ein Mann, der ihr die Lüge auftischt, dass er nie einen Ring trüge, es aber offensichtlich doch tut, wenn seine Frau in der Nähe ist.

»Es ist ein komisches Gefühl«, sagt er, »mit dir hier zu sein. Komisch, aber auf die richtige Art, wenn du verstehst, was ich meine.«

»Ja«, erwidert sie. »Es ist komisch auf die richtige Art. Ich hätte nie gedacht, dass du meinen Brief beantworten würdest.«

»Warum nicht?«

»Weil ich davon ausgegangen bin, dass Therapeuten keinen weiteren Kontakt wünschen. Ich meine, Freunde zu werden oder … Ich hätte es einfach nicht gedacht.«

»Das hier war von Anfang an anders«, sagt Bengt.

»Wie meinst du das, anders?«

»Es war etwas, das ich selbst wollte.«

Sie werden davon unterbrochen, dass eine Frau in dem farbenfrohesten Kleid, das Bengt je gesehen hat, das Essen serviert. Es duftet überraschend verlockend nach Chili, Süßkartoffeln und Schokolade.

Bengt entschuldigt sich, erklärt, er wolle sich nur kurz die Hände waschen, und geht zur Toilette. Das Restaurant ist bis auf den letzten Platz gefüllt, und die Leute lärmen und scheinen sich wohlzufühlen. Er denkt, dass Anna und er zum Glück ein wenig abseits sitzen, sonst müssten sie sich anbrüllen und wild gestikulieren.

Ihre Unterhaltung ist so verblüffend weit von ihren früheren Gesprächen entfernt, und doch verläuft sie genauso. Dasselbe Tasten und dieselbe Ehrlichkeit. Er wird wirklich nicht schlau aus ihr. Was sieht sie eigentlich in ihm? Sie ist zu schön für ihn, zu jung, zu intelligent und zu erfolgreich.

Als er gepinkelt hat und sich die Hände wäscht, vermeidet er es sorgsam, sich im Spiegel zu betrachten. Er weiß nicht, warum, nur, dass er in diesem Moment auf keinen Fall sein Gesicht sehen will.

17

Aus der halben Stunde ist eine Stunde geworden. Mariette wird unruhig. Ulla ist ganz in ihrem Element und redet wie ein Wasserfall. Ulla und ihre vielen Kurse, Mariette weiß schon gar nicht mehr, wie viele ihre Freundin bereits besucht hat. Sie hat Kurse in Vogelbeobachtung, Weben, Portugiesisch, Italienisch, Pantomime, afrikanischem Tanz, Fotografie, Aquarellmalerei, Ernährungskunde, Gesundheit für Körper und Seele, Bikram-Yoga und Jiu-Jitsu belegt. Die Liste ließe sich beliebig verlängern.

Und in gewisser Weise sind auch diese Treffen ein Kurs. Ein Kurs darin, wie man unter Frauen gesellig sein kann.

Daran ist grundsätzlich nichts auszusetzen, denkt Mariette. Es gibt tausend Gründe, warum sie sich treffen. Manchmal haben sie einander eine Aufgabe gestellt, zum Beispiel das gleiche Buch zu lesen oder dass jeder eine Flasche seines Lieblingsweins mitbringt.

Sie haben Spaß. Sie lachen. Manchmal singt Gunilla eines ihrer vielen russischen Volkslieder, die sie so gut vorträgt, vor allem nach zwei Gläsern Wein. Manchmal tanzt Kristina dazu. Alle bewundern ihre straffe Haltung und ihren kerzengeraden Rücken. Mittlerweile hat sie ja ihre Firma, bei der ihr zugutekommt, was sie als Tänzerin gelernt hat: eiserne Disziplin. Einige ihrer Angestellten halten das nicht aus, aber das scheint sie nicht zu kümmern. Dann stellt sie eben neue Leute ein, und manche von ihnen lieben sie abgöttisch.

Petronella hat dagegen nie Ballett getanzt. Sie spricht fast ausschließlich darüber, wie dick sie geworden ist. Das ist so traurig, weil es nur darum geht, als Erste darüber zu sprechen, ehe eine der anderen sich verplappert und sie darauf anspricht. Sie *ist* dick und plump. Aber es verstößt nicht gegen das Gesetz, so zu sein. Mariette würde sich nur wünschen, sie könnte einfach aufhören, darüber zu reden.

Wenn sie essen, stochert Petronella jedes Mal in ein paar Salatblättern herum. Um zu zeigen, dass sie wirklich nicht zur Völlerei neigt und unnötige Kohlenhydrate vermeidet. Das Problem ist nur, wenn sie anschließend nach Hause kommt und allein und traurig ist, stopft sie Gott weiß was in sich hinein. Das sagt sie doch auch selbst, denkt Mariette. Wenn sie tagein, tagaus nur Salatblätter zu sich nähme, müsste sie schließlich genauso gertenschlank sein wie Kristina oder irgendein sechzehnjähriges Schönheitsideal.

Petronellas Gewichtsprobleme uferten aus, als Robert sie verließ. Sie war immer schon ein wenig mollig gewesen, das lässt sich nicht leugnen. Aber seit Roberts Abgang ist sie wirklich im freien Fall. Es gibt nichts, worüber Petronella lieber spricht als ihren Robert und die Art und Weise, wie er sie verlassen hat.

Dass er sie betrogen hat und weder ihre Mails beantwortet noch ans Telefon geht. Dass er offenbar eine andere kennengelernt hat und man sich erzählt, er wolle mit dieser neuen und jüngeren Frau Kinder bekommen, obwohl er mit Petronella niemals welche haben wollte.

Ulla hört zu, nimmt Petronella in den Arm und sagt, sie

könne jederzeit bei ihr anrufen, ein kleiner Wink genüge, dann seien sie alle für sie da.

»Wir sind für dich da«, sagen alle, und man sieht ihnen an, dass sie es ernst meinen. Auch Mariette hat es gesagt. Sobald sie davon hörte, rief sie Petronella an, um sie wissen zu lassen, dass sie immer für sie da sein werde.

»Als ob ich ihn anrufen *wollte*«, sagt Petronella und putzt sich die Nase.

Kristina geht zu ihr und tröstet sie. Sie ist dabei nicht ganz so überschwänglich wie Ulla, legt nur steif den Kopf auf Petronellas Schulter und meint, am wütendsten sollte sie darüber sein, dass sie ihn nicht zuerst verlassen hat. Petronella schnäuzt sich und nickt.

Als alle sie umarmt haben, sitzt nur noch Mariette auf ihrem Platz. Ulla spricht davon, wie es war, als sie sich endgültig von Mats trennte, und wie sie gelernt hatte, dass es keine glücklichen Scheidungen gibt. Sie erzählt, dass sie beste Freunde bleiben wollten, fast wie Geschwister, dies ihn und sie aber letztlich nur daran gehindert habe, andere kennenzulernen.

»Wir behielten nur alles Schlechte und nichts von dem, was gut gewesen war. Wir wurden wegen jeder Kleinigkeit eifersüchtig und gereizt«, sagt Ulla mit einem tiefen Seufzer. »Mats braucht mehr Freiheit, behauptet er. Ich weiß nicht. Er sagt, dass ich ihn manchmal ersticke. Das haben sie alle gesagt. Ersticke ich wirklich *alle* Männer?«

Sie erwähnt es als eine Absurdität, aber alle, auch sie selbst, wissen, dass es stimmt. Ulla hat immer alle erstickt, die ihr nahekamen, Männer oder Frauen, Freunde, Liebhaber oder Bekannte.

Danach geht es mit Gunilla weiter, die berichtet, dass ihre Magenprobleme möglicherweise ernster sind, als die Ärzte ursprünglich angenommen haben, schlimmstenfalls droht ihr eine Operation und ein künstlicher Darmausgang. Die anderen trösten sie, und Gunilla kämpft mit den Tränen, kann sie gerade so zurückhalten, ihre russischen Gene haben sie standhaft gemacht.

Sie tut Mariette wirklich leid, aber seit sie sich kennen, hat Gunilla eigentlich immer gesundheitliche Probleme gehabt, vor allem mit dem Magen. Stets hat sie einen Krebsverdacht in petto, auch wenn sie tatsächlich sowohl unter einer Laktoseintoleranz als auch einer fürchterlichen Pollenallergie leidet.

Ulla erzählt von einer Arbeitskollegin, der mehrere Meter Dünndarm entfernt werden mussten, aber mit Hilfe einer neuen Technik konnten die Ärzte dabei so vorgehen, dass ihr ein künstlicher Darmausgang erspart blieb. Alle am Tisch finden es fantastisch, dass die Medizin laufend Fortschritte macht.

»Tja«, sagt Gunilla, »mein Großvater starb ein Jahr, bevor die Ärzte in der Lage waren, das Problem mit einem Routineeingriff zu lösen, an einem blutenden Magengeschwür.«

»Genau«, ergänzen alle, »es geht vorwärts, und du brauchst dir bestimmt keine Sorgen zu machen.«

»Bald wird man ein neues Herz bekommen und am selben Tag nach Hause gehen können«, erklärt Ulla.

Alle lachen und trinken einen Schluck Wein. Petronellas pessimistischer Kommentar, dass in naher Zukunft alle Bakterien gegen Antibiotika resistent sein werden, wird geflissentlich abgewiegelt. Sie sind gern zusammen, verlassen sich aufeinander, es ist so, wie es früher war.

* * *

Plötzlich, in der Stille, die entsteht, nachdem alle getröstet worden sind, hört Mariette ihre eigene Stimme.

»Bengt und ich wollen uns scheiden lassen.«

Es wird vollkommen still.

Sie hätte ebenso gut eine große Wolldecke über alle legen können. Es ist, als hätte sie auf der Fernbedienung die Taste mit dem durchgestrichenen Lautsprechersymbol gedrückt. Eine Stille, die wie ein Schrei klingt. Sie wenden sich ihr mit offenem Mund zu. Sie fragt sich beinahe selbst, was sie da gerade gesagt hat. Hat sie jemanden verletzt?

Dann das laute Ausatmen. Wie ein kollektiver Seufzer und mit großen, aufgerissenen Augen:

»Aber Mariette, Liebes …«

Ihre Stimmen vermischen sich, werden zu einem Gewirr. Sie sind alle unterwegs zu ihr, die Worte vermengen sich zu einem Teig aus Liebling, Kleines, Süße, Ärmste, aber wie, was ist passiert, Geliebte, Liebe, das kann doch nicht wahr sein …

Mariette fragt sich, woher die Worte kommen.

Die der anderen und ihre eigenen.

Offenbar will sie sich scheiden lassen. Das hat sie immerhin selbst gesagt. Einfach so. Sieben schnelle Worte, und alles, wirklich alles, hat sich verändert. Sie kann jetzt keinen Rückzieher mehr machen, und trotzdem ist es ein schönes Gefühl. Sie sind jetzt ganz nah bei ihr, alle vier, und stehen wie in einem Kreis um sie herum, streicheln sie, umarmen sie, streichen ihr zärtlich über die Wange. Sie trösten und tun es so inniglich, dass Mariette sich alle Mühe geben muss, um nicht in Tränen auszubrechen. Aus den Augenwinkeln nimmt sie wahr, dass auch Ulla mit den Tränen kämpft.

Sie hat einen Orkan ausgelöst.

Einen tröstenden Orkan.

Und Mariette findet, dass es ein gutes Gefühl ist. Niemals hätte sie geglaubt, dass es ein so herrliches Gefühl sein könnte, mit diesen fantastischen Menschen zusammen zu sein und von ihnen getröstet zu werden. Sie kommen zu ihr, um sie zu trösten. In großen Zeitlupenbewegungen, zu ihr, ihretwillen. Mariette empfindet das jetzt so innig. Die warmen Hände der anderen auf ihren kalten Schultern. Das ist so schön. Sie sitzt auf ihrem Stuhl mitten im Zimmer und hat die volle Aufmerksamkeit aller und würde in diesem Moment am liebsten die Augen schließen und sich einfach nur glücklich und fürsorglich behandelt fühlen.

Dann steht sie plötzlich auf und sagt, dass sie nach Hause muss.

»Erik kommt vom Fußball, und ich habe eine Lasagne vorbereitet, die in den Ofen muss.«

Seltsamerweise protestiert keine der anderen. Stattdessen schauen sie auf ihre Uhren und nicken zustimmend. Großer Gott, denken sie alle, ist es wirklich schon so spät?

Alle wollen heim. Es geht doch nicht, hier herumzusitzen und den ganzen Abend Wein zu trinken. Essen muss gekocht, Schularbeiten müssen korrigiert werden, es muss ferngesehen, es müssen Bücher gelesen werden, es gibt

Wäsche zu waschen, Kaffee aufzusetzen. Die Liste ist endlos lang und verdeutlicht gleichzeitig qualvoll, dass sie keine fünfundzwanzig mehr sind, als Abend und Nacht etwas waren, worin man eintauchte, um es zu erforschen. Die Uhrzeit war nebensächlich, alles konnte passieren, nichts war unmöglich.

Heute bestimmt die Uhr ihr ganzes Leben, sowohl das einzelne als auch das gemeinsame. Sie sorgt für Ordnung und sieht zu, dass getan wird, was getan werden muss.

Die einzige Ausnahme ist Ulla, die unbeschreiblich traurig aussieht, weil die anderen so rasch aufstehen und ihre Jacken und Mäntel anziehen. Sie bleibt auf ihrem Stuhl sitzen und betrachtet den Raum, der schon bald wieder leer und verlassen sein wird. Mariette sieht sie dort sitzen und ihr Haar nach hinten streichen, ganz darauf konzentriert, niemanden sehen zu lassen, wie unwohl sie sich fühlt.

Mariette sieht es, beschließt jedoch, es nicht weiter zu beachten. Sie kann Ulla nicht trösten, ihre Einsamkeit nicht lindern. Nicht jetzt. Ein anderes Mal vielleicht. Wenn sie die Zeit dazu findet.

Jetzt denkt sie an ihr Haus und ihren Sohn und das Essen, das so schnell wie möglich in den Ofen kommen soll.

18

Das Auto bewegt sich leise vorwärts. Christian hört Eriks Atemzüge, es kommt ihm vor, als würde er sie zurückhalten, sie im Körper wiegen. Christian empfindet eine innere Ruhe, die sich im gesamten Brustkorb ausbreitet. Der Wagen ist ein Teil von ihm und gehorcht jeder kleinsten Berührung seiner Finger.

Er denkt, wie es außerhalb von einem ist, so ist es auch in einem.

Ein Teil des Armaturenbretts ist in ein Licht getaucht, das von draußen hereinfällt, wo sich die Straße durch den Wald schlängelt. Abgesehen von ihren Atemzügen herrscht weiter vollkommene Stille.

»Seid ihr gut?«, fragt Christian.

»Wer?«

»Eure Fußballmannschaft.«

Erik scheint zu überlegen, was er darauf antworten soll. Schließlich meint er:

»Wir spielen vor allem, um Spaß zu haben.«

»Ich verstehe«, sagt Christian. »Um Spaß zu haben.«

»Wir haben uns nie voll reingehängt. Nicht wirklich. Wir haben gedacht, wir würden Fußballprofis werden, aber daraus ist natürlich nichts geworden. Das haben wir ziemlich schnell begriffen.«

Erik lacht auf, und Christian wendet sich ihm zu und lächelt.

»Und jetzt spielt ihr einfach, weil es Spaß macht«, sagt Christian.

Erik nickt und zeigt auf das Armaturenbrett.

»Das ist ein tolles Auto. So leise.«

»Ja«, bestätigt Christian und richtet den Blick wieder auf die Straße.

Man hört ein schwach knisterndes Geräusch, als der Wagen sich in die Kurve legt und ein wenig Kies aufspritzen lässt, der aus dem Straßengraben auf die Fahrbahn gelangt ist.

»Deine Mutter ist sehr nett.«

Erik nickt und atmet hörbar aus, es klingt wie ein Ja.

»Du hast sie sehr gern?«

»Ja«, antwortet Erik.

Es entsteht eine längere Pause, fast so lang, dass Christian überlegt, die Stereoanlage einzuschalten, obwohl er sich in der eingekapselten Stille und mit Erik an seiner Seite so wohlfühlt.

Dann spricht Erik jedoch plötzlich mit einer anderen Stimme, sie klingt älter, schneidender und rauer.

»Sie tut mir leid.«

»Wer? Deine Mutter?«

»Ich habe sie gesehen.«

Christian versteht nicht, was er meint.

»Ich habe sie gesehen«, wiederholt Erik. »Papa und die Frau, die er … Ich habe sie gesehen.«

»Ich verstehe. Das muss … Hat es dir wehgetan?«

»Mir nicht«, erklärt Erik mit noch schärferer Stimme.

Es liegt eine Verbitterung in ihr, die sich nur erahnen lässt, er unterdrückt sie.

»Ich hasse ihn dafür«, fährt er fort, »dass er Mama das antut.«

»Du meinst…«

»Ich bin irgendwann einmal früher als sonst aus der Schule nach Hause gekommen, mir ging es nicht gut, und da habe ich sie im Schlafzimmer gesehen. Sie heißt Karin. Er hat es ihr immer wieder gesagt. Wie gern er sie hat.«

»Du klingst wütend.«

»Ich hasse ihn«, sagt Erik.

Und Erik erzählt. Die Worte fliegen förmlich aus ihm heraus. Er scheint alles zu wissen, was sich in seinem Elternhaus abgespielt hat. Der Ehebruch des Vaters. Jedes Detail, wer sie ist, die Frau, wie sie heißt, wie sie aussieht, was sie beruflich macht. Dass sie die Assistentin seines Vaters ist, wie sie spricht, wie alt sie ist, welche Musik sie mag.

Christian denkt, dass es kaum zu glauben ist, wie viel Erik über diese Karin weiß. Seine Verachtung beängstigt Christian fast ein wenig. Er bremst und parkt am Straßenrand, das Licht fällt zwischen die Bäume, und vor dem Auto liegt feuchtes Laub. Er steigt aus und geht um den Wagen herum, öffnet die Tür auf der Beifahrerseite.

Erik verstummt und sieht ihn erstaunt an.

»Komm«, sagt Christian.

Erik zögert und steigt aus dem Wagen. Sie stehen nebeneinander, und Christian spürt Eriks Unentschlossenheit, weist ihn an, sich auf den Fahrersitz zu setzen. Erik lächelt fragend. Erst als Christian darauf besteht, geht er um das Auto herum und setzt sich unsicher ans Steuer.

Als sie beide Türen geschlossen haben, sagt Christian mit ruhiger Stimme:

»Es ist nicht gefährlich, du musst nur tun, was ich dir sage.«

»Die Karre kostet doch bestimmt eine Million Kronen.«

»Tu einfach, was ich dir sage.«

Erik legt die Hände auf das Lenkrad, das er berührt wie eine antike chinesische Vase. Seine Hände zittern leicht, als wollte ihm das Denken nicht folgen, als könnte er das unmöglich schaffen. Ehrfürchtig betrachtet er die beleuchteten Armaturen, und Christian erklärt ihm, wie er den Fuß auf das Gaspedal setzen, vorsichtig die Kupplung kommen lassen, den Schaltknüppel leicht halten, das Auto einen Teil von sich werden lassen soll.

Sachte, ganz sachte bewegt sich das Auto vorwärts. Eriks Hände halten das Lenkrad noch krampfhaft umfasst, aber mit der Zeit entspannt er sich immer mehr. Christian schließt die Augen, empfindet innere Ruhe und lässt sich von den Bewegungen tragen.

Erik fährt vorsichtig, und der Wagen geht mit geringer Geschwindigkeit in die Kurve. All diese Kraft, denkt Christian, all diese Kraft, die nun von einem Jungen gelenkt wird. So soll es sein.

Er legt seine Hand auf Eriks, die auf dem Lenkrad ruht.

Jetzt, denkt Christian, jetzt sind sie ein Körper.

19

Bengt wünschte, er hätte das letzte Bier nicht mehr getrunken. Es wäre wirklich nicht nötig gewesen. Zum Essen hatten sie sich eine Flasche Wein geteilt und mussten laut sprechen, denn je weiter der Abend fortschritt, desto mehr stieg der Lärmpegel in dem Restaurant. Nach dem Rotwein wollte Anna Mineralwasser trinken, und Bengt ging dazu über, Bier zu bestellen.

Er weiß nicht mehr, wie viele Gläser es waren.

Vor dem Restaurant liegt die Stadt in Dunkelheit gehüllt. Er ist sich nicht sicher, wie viel Uhr es ist, aber es kommt ihm vor, als wäre die Sonne urplötzlich verschwunden. Als er hinaussieht, ist es stockfinster, und in der Dunkelheit draußen kennt er sich nicht mehr aus und weiß um seine Abhängigkeit von ihr, Anna, selbst wenn er nur ins Hotel zurück will.

Nicht, dass ihm das etwas ausmachen würde. Er kann sich nicht erinnern, wann er zuletzt bei einem so netten Essen gewesen ist. Wenn er ausgeht, geschieht es meist im Zusammenhang mit seiner Arbeit, und dann muss repräsentiert werden, woraufhin es beinahe automatisch hölzern und einförmig wird. Das einzig Positive an solchen Essen ist, dass sie sich selten in die Länge ziehen. Allen ist in etwa gleich langweilig.

Nun überlegt Bengt, wann er und Mariette zuletzt in einem guten Restaurant gegessen haben. Er kann sich kaum erinnern. Sie ist es, die nicht ausgehen will, weil sie findet, dass es zu Hause gemütlicher ist und besser schmeckt. Manchmal hat sich in ihm der Verdacht geregt, dass sie das nur sagt, weil sie sich zu müde fühlt, es ihr zu umständlich und kompliziert ist. Mit ihr, denkt er auf einmal mit plötzlicher Schärfe, ist in letzter Zeit das meiste umständlich und kompliziert gewesen.

Manchmal ist ihm auch der Gedanke gekommen, dass Mariette geizig ist, sie sich selbst nichts gönnen kann. Deshalb möchte sie nicht über tausend Kronen für ein Essen zu zweit mit etwas Wein ausgeben. Wenn er sagt, dass sie sich das leisten können, verdreht sie nur die Augen und meint, darum gehe es nicht. Worum es genau geht, hat sie ihm allerdings nie erklärt.

Er weiß nicht einmal, ob er wirklich wissen will, wofür dieser Geiz steht. Es geht nicht ums Geld, so einfach ist es nicht. Aber er findet irgendwie keinen Zugang zu dem wahren Grund für diese Missgunst sich selbst gegenüber, die sie in sich trägt.

Es gefällt ihm sehr, hier mit Anna van der Vyver zusammenzusitzen. Verschlungen ist ihre Unterhaltung gewesen, sie haben darüber gesprochen, zu einer Safari in den Kruger-Nationalpark zu fahren, näher sei sie einem religiösen Erlebnis nie gekommen, behauptete sie, sie haben darüber gesprochen, Ski zu laufen, die beste Opernaufführung zu sehen, Verdi, Beethoven, italienische und deutsche Opern, haben über Filme geredet, Fellini und Bergman, ja, *Persona* und die Bildcollage am Anfang, an die Anna sich kaum erinnern konnte und über die Bengt immer weiter hätte reden können. Sie war auf die Szene mit der Glasscherbe auf der Erde fixiert, war unfähig, über sie zu sprechen, ohne zu schaudern. Sie lachten. Über Ingmar Bergman und wie er war, seine Dämonen, die geniale Nase im Profil, die Affären mit den Schauspielerinnen und seine große Warze, lachten über Fårö, über Gotland, wo keiner von ihnen jemals gewesen war, obwohl sie niemanden kannten, der nicht dort gewesen war.

Er bestellte Espresso und Cognac.

Es kommt ihm vor, als hätten sie sich schon immer gekannt.

Als sie das Restaurant verlassen, stolpert Bengt an der Tür und muss sich vom Garderobier auffangen lassen. Schnell dreht er sich um, will sehen, ob Anna etwas gemerkt hat. Aus irgendeinem Grund ist es ihm wichtig, dass sie seine Schwäche jetzt nicht sieht. Er will nicht durchschaut werden und ihre Enttäuschung spüren. Sie ist für ihn zu wichtig geworden, und er ist durch die halbe Welt gereist, um hierherzukommen, nicht wegen dieser lächerlichen Konferenz, von der er anderen erzählt, sondern ihretwillen, wegen Anna van der Vyver.

Es könnte der Anfang von etwas völlig Neuem sein.

Er wünschte wirklich, er hätte auf das letzte Bier verzichtet. Sie setzen sich in den Wagen, und Bengt fällt auf, dass sie vorsichtiger fährt als auf dem Hinweg, langsamer. Er merkt kaum, wenn sie Gas gibt, sieht ihren Rock, die Beine, ihre schönen, braungebrannten Beine, die so samten sind, wie sie sich von der leuchtend gelben Farbe des Rocks absetzen. Gelb, Mariettes Hassfarbe. Bengt will nicht an Gelb denken, er will daran denken, dass er in diesem BMW zusammen mit Anna sitzt. Er wünschte, er wäre vollkommen nüchtern.

Sie nähern sich der Einfamilienhaussiedlung, in der Anna seit ihrer Scheidung lebt.

»Ich war lange die Einzige ohne eine Mauer um mein Haus, weil ich dachte, dass ich das niemals ertragen würde.«

»Hier scheint ansonsten jedes Haus eine zu haben«, sagt Bengt.

»Jedes einzelne.«

Sie hält vor einer Mauer und drückt auf ein Kästchen, das an der Sonnenblende befestigt ist. Fast lautlos öffnet sich eine Garagentür.

»Hier steht aber auch eine Mauer«, meint Bengt und lehnt sich vor.

»Stimmt, das ist es ja«, erwidert sie. »Am Ende ging es einfach nicht mehr anders. Jeder Baum und Strauch wurde leergepflückt und der Müll durchwühlt, Wäsche verschwand, praktisch jede Woche musste ich mir einen neuen Rasensprenger kaufen, die Dinger verschwanden schneller, als ich neue besorgen konnte. Es lässt sich kaum in Worte fassen, wie verzweifelt hier viele Menschen sind.«

»Die armen Leute.«

»Das hier ist der vielleicht schönste Ort der Welt. Heute ist es außerdem eine Demokratie, wahrscheinlich die stabilste auf dem ganzen Kontinent. Aber in mancher Hinsicht herrschen hier Gesetzlosigkeit, Armut und eine Ungleichheit, die einen fassungslos machen. Als ich das Auto gekauft habe, wollte der Verkäufer unbedingt unter vier Augen mit mir sprechen. Er meinte, ich dürfe auf der Landstraße niemals anhalten. Nicht einmal, wenn Autos zusammengeprallt seien und Verletzte auf dem Asphalt lägen. Wenn Sie anhalten, sagte er, ist es wahrscheinlich das Letzte, was Sie tun. Ich musste ihm schwören, seinen Rat zu befolgen, sonst hätte er sich geweigert, mir das Auto zu verkaufen.«

»Das war sehr fürsorglich von ihm«, sagt Bengt.

»Ehrlich gesagt finde ich, er hätte besser verhandeln sollen. Es war ihm anzusehen, dass er einem fünfzigjährigen Mann viel mehr Geld abgeluchst hätte, und zwar ohne Ermahnungen dieser Art.«

Jemandem wie mir, liegt Bengt auf der Zunge.

Das Garagentor schließt sich hinter ihnen, und im selben Moment weiß Bengt, was er tun muss. Es ist so selbstverständlich. Sie sitzen in dem dunklen Auto, und das Garagentor hat das Licht der Straßenlaterne ausgesperrt. Er lehnt sich vor und küsst sie.

Er tut es mit leicht geöffnetem Mund, seine Lippen ruhen auf ihren. Ein kurzes Stöhnen, dann lässt sie sich fallen.

Sie küssen sich, und Bengt spürt wegen der schrägen Sitzhaltung ein Stechen im Rücken, aber es tut nicht weh, es ist nur ein leichtes Ziehen, und er küsst sie weiter, legt die Hand um ihren Nacken, will, dass sie ihm so nah ist wie irgend möglich, will ihren Duft riechen, ihr noch näher sein, so nah, wie es nur geht.

Er rückt näher und drückt auf die Mittelkonsole, die durch sein Gewicht augenblicklich in eine senkrechte Position hochschießt. Er fällt mit dem Gesicht fast in ihren Schoß, während gleichzeitig ein Arm gegen die Windschutzscheibe schlägt und man ein lautes Krachen hört.

»Alles in Ordnung?«, fragt sie besorgt.

Er lacht, wie es alle tun, wenn sie sich wirklich wehgetan haben, sich aber nichts anmerken lassen wollen.

»Nichts passiert«, behauptet er und streckt die Finger, die gegen die Windschutzscheibe geknallt sind.

Er sagt ihr nichts von dem stechenden Schmerz im Rücken, weiß nur zu gut, dass er nichts Gutes verheißt, denn er hat ziemlich viel getrunken. Es kann nur ein schlechtes Zeichen sein, wenn sich der Nerv trotz des Alkohols im Blut meldet.

Aber er ignoriert den Nerv und das schlechte Zeichen.

Er denkt an Anna van der Vyvers magische Lippen.

20

Christians Augen folgen Mariette, als sie die Lasagne auf den Tisch stellt. Sie streicht eine Haarsträhne fort, die ihr ins Gesicht gefallen ist und hängt das Küchenhandtuch auf, das sie als Topflappen benutzt hat.

»Ich durfte das Auto probefahren«, sagt Erik, und man sieht, dass ihr sein übertriebener Enthusiasmus peinlich ist. Um ihn zu beruhigen, lächelt sie und gibt ihm mit einer Handbewegung zu verstehen, dass er ihrem Essensgast Besteck geben soll. Es dauert einen Moment, bis Erik den Wink versteht und Christian Messer und Gabel reicht.

»Der Gast zuerst«, sagt Erik und lächelt breit.

Christian denkt, dass er genauso schöne Zähne hat wie seine Mutter. Eine vollkommen gerade Reihe von Zähnen, selbst wenn er lacht, wird das Zahnfleisch nicht sichtbar. Er greift nach dem Besteck und nimmt sich eine kleine Portion, die aber auch nicht so klein ist, dass es unhöflich erscheinen würde.

Sie sitzen zusammen wie eine richtige Familie und essen zu Abend. Christian findet es wunderbar. Sie unterhalten sich über dies und das, reichen sich gegenseitig das Salz und die Salatschüssel. Es schmeckt alles vorzüglich, und Christian lächelt beim Essen. Es gefällt ihm, Erik von der Schule erzählen zu hören.

Nach dem Essen sagt Mariette, Erik solle sich bitte sofort an die Hausaufgaben setzen. Als er sich etwas windet, fügt sie fast überdeutlich hinzu, »damit es nicht wieder so läuft wie beim letzten Mal«. Christian weiß nicht genau, was beim letzten Mal passiert ist, findet es aber ganz wunderbar zu beobachten, wie die beiden miteinander interagieren. Es geschieht so geschmeidig, selbst wenn sie unterschiedlicher Meinung sind.

Es ähnelt einem Tanz, denkt er.

Als Erik den Kampf schließlich aufgegeben und seinen Teller in die Spülmaschine gestellt hat, flüstert Mariette Christian für alle hörbar zu, ihr Sohn sei zwar begabt, aber auch unbeschreiblich faul. Sie sagt es mit freundlicher Stimme, aber man merkt, dass sie es zumindest teilweise ernst meint.

Christian lächelt breit und denkt, wie toll es doch ist, dass sie ihren Sohn begabt nennt.

Mariette macht Musik an und schenkt Rotwein in zwei Gläser, ehe ihr bewusst wird, was sie da tut.

»Oh, entschuldigen Sie«, sagt sie und legt die Hand auf den Mund. »Ich habe nicht daran gedacht, dass Sie noch Auto fahren müssen.«

»Das macht doch nichts«, erwidert er lachend und wedelt kurz mit der Hand. »Mit einem Glas Wein kann man schon noch fahren.«

Sie hält immer noch inne und mustert ihn lange, ehe sie mit den Schultern zuckt und beide Gläser vollschenkt. Anschließend reicht sie ihm das eine, und sie stoßen an.

»Dann sind Sie Erik rein zufällig begegnet, als er auf dem Heimweg war? Ist ja lustig!«

Christian nickt, will dazu nichts sagen.

Sie sitzen zusammen, und er spürt, dass sie ihn eingehend betrachtet. Als wolle sie ihm auf den Grund gehen. Er ist sich ihres Blicks bewusst und wartet nur auf die richtige Gelegenheit.

Dann lässt er zu, dass sich sein Gesicht entspannt.

»Kathleen Ferrier«, sagt er.

Sie nickt, und ihr Gesicht strahlt.

»Ihre Stimme …«, sagt er und lässt den Rest des Satzes in der Schwebe.

»Erzählen Sie mir, woher Sie Bengt kennen«, sagt sie. »Ich weiß nichts, Bengt hat nie erwähnt … ich meine … dass Sie miteinander zu tun haben.«

Sie errötet, aber er legt seine Hand auf ihre und sagt, dass es nicht seltsam ist, wenn sie diese Fragen stellt. Er wartet noch einen Moment, ehe er die Hand wieder fortnimmt.

»Ach, es ist eben so passiert. Sie wissen schon, der Zufall, wie man so schön sagt. Wir sind uns des Öfteren begegnet, und irgendwann haben wir angefangen, uns zu unterhalten. Er ist sehr gut in dem, was er macht. Ich hätte mir nur gewünscht …«

»Was?«

Christian lacht und trinkt einen Schluck.

»Nein, das kommt mir jetzt wirklich albern vor.«

»Nein, sagen Sie es.«

»Ich hätte mir nur gewünscht«, sagt Christian, »wir wären uns schon früher so begegnet. Ich meine … wir, hier. Sie und ich.«

Mariette nickt und sieht auf einmal aus, als wäre sie ganz woanders, in weiter Ferne.

»Ich verstehe …«, sagt sie und schüttelt kaum merklich den Kopf. »Ja, das stimmt.«

***

Sich von jemandem abwenden. Etwas, das im Allgemeinen ein Zeichen dafür ist, Abstand zu signalisieren und auf Distanz zu bleiben. Für Christian gehört dies zu etwas, was einmal war, es erscheint ihm fern, wie in einem anderen Leben.

Einem anderen Leben. Er denkt wieder an das Foto, als er im Flugzeug Mariettes Gesicht sah, das ihn anschaute. Wie dadurch alles anders wurde. Das ist so schwer zu erklären, aber ihr Blick in dieser einen Sekunde veränderte etwas in ihm.

Jetzt wendet sich Mariette von ihm ab, räumt das Essen fort. Er bleibt am Tisch sitzen und weiß, dass die Zeit abläuft. Er geht zu ihr, hilft ihr, trocknet die großen Teile ab und fragt sie, warum sie für die Töpfe nicht die Spülmaschine benutzt.

»Ich spüle gern«, sagt sie, »ich mag es, hier zu stehen und aus dem Fenster zu gucken.«

»Sie sind schön.«

»Sagen Sie so etwas nicht.«

»Entschuldigung.«

Dann legt sie die Spülbürste fort, trocknet ihre Hände an einem Leinenhandtuch mit großen grünen Blumen ab.

»Ich weiß nicht, was Sie hier treiben«, sagt sie.

Sie sieht ihn an, verschränkt die Arme vor der Brust. Sie wartet, und er spürt, dass sie tief in ihn hineinblickt.

Er weiß, was er tun muss. Wie sie trocknet er seine

Hände am selben Handtuch ab und schaut ihr unverwandt in die Augen.

»Man weiß selbst nicht immer so genau, was man eigentlich treibt.«

Sie lacht auf. Er hätte sich gewünscht, dass es weniger schrill geklungen hätte.

»Wer sind Sie eigentlich? Ich habe Sie beobachtet, als Sie unten in Bengts Arbeitszimmer waren, und Sie haben überhaupt nichts gesucht, Sie standen bloß da und haben herumgeguckt.«

»Sie haben mich beobachtet? Das habe ich gar nicht gemerkt«, erwidert er erstaunt.

»Wer sind Sie?«

Sie verstummt, und es ist offensichtlich, dass sie das nicht nur als eine Frage gemeint hat, auf die er ihr antworten soll. Er beißt sich auf die Lippe und merkt es zu spät. Er weiß, welche Gesichtszüge und Mienen er in einer Situation wie dieser vermeiden muss. Wenn einen jemand studiert. Sein ganzes Leben hat er der Aufgabe gewidmet, die Abläufe zwischen Menschen zu verstehen, die ihre Vor- und Nachteile gegeneinander abwägen.

»Ich glaube«, sagt er, als die unbeantwortete Frage ein wenig zu lang im Raum hängt, »dass ich genauso einsam bin wie Sie. Mit einem Unterschied: Wenn man Ihr Leben betrachtet, müssten Sie eigentlich nicht einsam sein.«

»Ich bin nicht einsam«, sagt sie.

Er sieht, dass sie ihre Arme umfasst, die immer noch verschränkt vor ihrer Brust liegen.

»Doch«, sagt er, ohne ihrem Blick auszuweichen. »Alles an Ihnen strahlt Einsamkeit aus.«

Seine letzten Worte lassen sie unwillkürlich die Hand in den Nacken heben, als hätte sie sich kürzlich einen Zopf abgeschnitten und noch nicht daran gewöhnt, dass der schützende Haarschwall fehlt.

»Aber«, entgegnet sie, »ist nicht jeder im tiefsten Inneren einsam?«

Er schüttelt den Kopf.

»Nein, früher waren Sie nicht einsam. Oder waren Sie das? Warum sollte jeder einsam sein, wenn Sie selbst es früher nicht waren?«

»Wenn man einem Menschen sehr nahe ist, dann kann … eine Situation entstehen, die alles verändert. Die dazu führt, dass man sich … nun ja, einsam fühlt, wenn Sie unbedingt auf diesem Wort bestehen wollen.«

»Ich verstehe«, sagt er.

Er wendet sich ihr zu und sagt:

»Darf ich Sie küssen?«

Ihre Antwort bedeutet weniger als die Zeit, die Mariette für sie braucht:

»Nein.«

Sie werden davon unterbrochen, dass Erik hereintrottet und die Prozedur mit dem Kühlschrank durchführt, die er anscheinend immer durchführt, wenn er die Küche betritt. Dann hebt er die Hand zu einer Art Gruß und sagt kurz:

»Ich bin mal bei Henrik. Kann spät werden.«

»Wie spät?«, fragt Mariette.

»Keine Ahnung, wir wollen ein bisschen zocken.«

»Nicht später als Mitternacht.«

»Wann kapierst du endlich, dass ich keine vierzehn mehr bin? Vielleicht penne ich bei ihm, ist das okay?«

»Sind seine Eltern zu Hause?«

»Jetzt lass es, Mama.«

»Okay, okay. Aber kannst du nicht wenigstens anrufen und mir sagen, wie du es machst? Damit ich Bescheid weiß?«

Erik antwortet nicht, sondern hievt seinen Rucksack auf den Rücken und verlässt den Raum mit großen, unregelmäßigen Schritten. Dann steckt er doch noch einmal den Kopf zur Tür herein und sagt:

»Tschüss, Christian. Das war echt klasse vorhin!«

Christian winkt ihm zu und lächelt breit. Durch das Fenster können er und Mariette Erik verfolgen, der die Eingangstreppe in einem Satz nimmt, schnell das Gartentor öffnet und hinter sich schließt. Aus irgendeinem Grund verfällt er augenblicklich in einen Laufschritt.

»Ihr Sohn ist wirklich ein feiner Kerl«, meint Christian. »Begabt.«

Mariette nickt, sieht aber noch verlassener aus als zuvor.

»Ich werde ehrlich zu Ihnen sein«, sagt sie dann, »und Ihnen erklären, warum Sie mich weder jetzt noch später küssen dürfen.«

Christian sieht sie mit aufmerksamer Miene an. Er will warten, kein Wort mehr als unbedingt nötig sagen.

»Ich höre«, erwidert er und ist sehr darauf bedacht zu zeigen, dass sein ganzer Körper entspannt ist.

»Mein Mann hat mich betrogen«, sagt sie. »Sie beide kennen sich, es ist also abscheulich von mir, Ihnen davon zu erzählen. Aber damit wird er wohl leben müssen. Er hat mich mehrmals betrogen, auch hier. In unserem Haus, in unserem Bett. Ich hätte ihn natürlich hinauswerfen sollen.

Aber wir sind die Sache gesittet und professionell angegangen, haben wie Erwachsene und ganz vernünftig über eine Scheidung gesprochen, dann aber beschlossen, es noch einmal miteinander zu versuchen wie zwei erwachsene Menschen. Oder wie man das ausdrücken soll. Mir lag vor allem am Herzen, dafür zu sorgen, dass Erik von all dem nichts mitbekommt. Das ist eine Sache zwischen Bengt und mir, nichts, worunter unser Sohn leiden soll. Andererseits ist er bald erwachsen und dann …«

An dieser Stelle hält sie kurz inne und scheint sich zu sammeln.

Sie fährt fort.

»Wenn wir uns küssen, wird es nicht um Sie oder um mich oder um uns gehen. Es wird einzig und allein um eine Rache an meinem Mann gehen. Verstehen Sie?«

Christian nickt.

»Ich wusste nicht …«

»Nein«, unterbricht sie ihn, »und ich will auch gar nicht, dass Sie es wissen. Ich meine, dass Sie jemandem sagen, was Sie wissen. Ich wollte es nur sagen, weil …«

»Ja?«

»Weil ich es so satt habe, die Verständnisvolle zu sein, die Vernachlässigte, die diese ganze Konstruktion zusammenhalten soll, ich habe es so satt …«

»Einsam zu sein?«

Sie nickt.

»Aber Sie«, sagt sie, »Sie sind merkwürdig, ich verstehe Sie nicht. Was tun Sie hier eigentlich? Warum sprechen Sie mit mir über Einsamkeit?«

»Weil ich der einsamste Mensch der Welt bin.«

Er geht zu ihr und küsst sie. Er wagt kaum zu atmen, aber im nächsten Moment erwidert sie seinen Kuss und lässt zu, dass er eine Hand auf ihre Brust legt.

Ihre Atemzüge gehen in ihn über, und er erzittert innerlich und spürt, dass seine Beine leicht nachgeben. Er hebt sie hoch und trägt sie ins Schlafzimmer und zu dem Bett, in dem ihr Mann sie betrogen hat.

So muss es sein, beschließt er und legt sie darauf.

Er denkt, dass sie so schön ist, so unbeschreiblich schön.

21

Im Inneren des Hauses sieht es völlig anders aus, als Bengt erwartet hätte. Die Räume sind fast leer. Kaum eingerichtet. Es gibt Teppiche und Möbel, wenn auch nur wenige und spärlich verteilt, aber weder Bilder noch Dekoration. Er hatte sich vorgestellt, dass der minimalistische, aber dennoch koloniale Stil der Außenseite sich auch im Inneren widerspiegeln würde.

Nicht, dass unbedingt Tierköpfe an der Wand hängen müssten, aber zumindest in Gestalt von schönen Stoffen in Erdfarben und Möbeln aus Massivholz mit sandfarbigen Polstern und Kissen, und vielleicht eine Bibliothek oder ein Billardtisch.

»Ich sehe dir an, was du denkst«, sagt sie.

»Was meinst du?«

»Du denkst, wo sind die ganzen Sachen, warum ist es hier so leer?«

Er nickt, muss zugeben, dass sie recht hat, und bewundert gleichzeitig ihre Fähigkeit, seine Gedanken zu lesen. Nach dem Kuss im Auto fühlt er sich immer wohler.

»Ich möchte dir etwas erzählen«, sagt sie.

Er wendet sich ihr zu, betrachtet sie. Sie sitzt sehr aufrecht auf der Couch, und er nimmt in einem Sessel in ihrer Nähe Platz.

»Habe ich dir jemals von Paul erzählt?«

»Nein.«

»Er war der beste Fotograf, mit dem ich jemals zusammengearbeitet habe. Wir haben uns während meiner zwei Jahre bei CNN kennengelernt. Niemand konnte solche Aufnahmen machen wie er. Er starb in der Westbank. Ganz banal, ein Autounfall. Nicht einmal auf dem Weg zu einer Story, sondern auf dem Rückweg, ein simples Interview, mehr nicht. Ein Autounfall, und er war weg.«

»Das klingt tragisch.«

»Sicher, wie immer, wenn ein Mensch so umkommt. Aber wirklich tragisch war, dass ich in der Redaktion seine Sachen wegräumen musste. Seine persönlichen Gegenstände sollten seiner Ex-Frau geschickt werden, die er immer noch geliebt hatte, obwohl sie nur noch sporadisch Kontakt hielten. Die beiden hatten keine Kinder. In einem Schrank fand ich dann eine Tasche voller Fotos.«

»Ja?«

»Unter ihnen befanden sich einige seiner besten Aufnahmen von Kindern im Krieg. Weinende Mädchen, halbnackt, verletzt, schutzlos, mit großen, weit aufgerissenen Augen. Fotos, die ihn zu einem der Besten in der Branche gemacht haben, der mehrere bedeutende Preise gewonnen hat.«

Sie macht eine Pause und trinkt einen Schluck Wasser, ehe sie fortfährt.

»Zwischen diesen Bildern fand ich pornografische Fotos von kleinen Mädchen.«

»Pornografische? Du meinst, sie waren nackt?«

»Ja. Am schlimmsten war, wie sie sich mit seinen Fotoreportagen vermischten, die er von den Schutzlosesten gemacht hat und für die er ausgezeichnet worden war. Es ging einfach nicht, ihn mir vorzustellen, wie er sich diese Fotos anschaut … es geht nicht. Er hat aus seinen Kriegsaufnahmen Pornografie gemacht.«

»Das hört sich grauenvoll an.«

»Das war nicht Paul, nicht der Mensch, den ich kannte.«

»Ich kann verstehen, dass du dir wünschst, du hättest sie nie zu Gesicht bekommen.«

»Ich habe sie alle in den Aktenvernichter gedrückt. Aber vergessen kann ich sie natürlich nicht. Das kann man ja nie.«

»Nein, das kann man nicht.«

»Und jetzt«, sagt sie, »wirst du es auch nicht vergessen können, weil ich es dir erzählt habe.«

Sie sitzen lange schweigend zusammen. Langsam senkt sich die Dunkelheit auf den Raum herab, allerletzte Sonnenstrahlen leuchten tief zum Fenster herein. Bengt hat ein Bild vor Augen, dass er wartet, während sein Körper suchend im Zimmer steht.

»Manchmal denke ich«, sagt er schließlich, »dass junge Menschen ein Herz haben und Dummheiten anstellen, damit wir Erwachsene uns erinnern. Uns erinnern, wie es früher war. Und dann denke ich, dass auch Erwachsene ein Herz haben, aber wirklich alles tun, um zu vergessen.«

»Ich werde Paul niemals vergessen.«

»Das solltest du vielleicht auch gar nicht.«

»Aber ich würde mir wirklich wünschen, ich könnte es. Ihn vergessen, meine ich.«

»Bist du wütend auf ihn?«

»Ja«, sagt sie, »manchmal rege ich mich wahnsinnig darüber auf, was er sich selbst angetan hat.«

»Und den Mädchen?«

»Ja, sicher. Was er den Mädchen angetan hat.«

»Und auch dir natürlich.«

»Wie meinst du das?«

Sie betrachtet ihn skeptisch, was ihm allerdings erstaunlich wenig ausmacht. Er verspürt eine ganz andere innere Ruhe als im Restaurant oder in ihrem Wagen.

»Ich denke«, sagt er, »dass er aus seinen Kriegsfotos Pornografie gemacht hat. Man könnte in gewisser Weise sagen, dass er aus deiner Reportage dadurch das Gleiche gemacht hat, Pornografie. Das war abscheulich von ihm, und ich habe volles Verständnis dafür, dass es dir schwerfällt, ihm das zu vergeben.«

»Ja …«

»Außerdem denke ich«, fährt Bengt fort, »dass es für dich schwer sein muss, sein Geheimnis allein zu tragen. Ihm bleibt das erspart, aber du musst weiter damit leben.«

Sie steht plötzlich auf, greift nach ihrem leeren Wasserglas und geht zur Küche. Kurz bevor sie das Zimmer verlässt, dreht sie sich zu ihm um und sagt:

»Jedenfalls ist das der Grund. Deshalb habe ich hier kaum Sachen. Keiner soll etwas vergessen müssen, was sich hier befindet.«

Bengt nickt und hat in diesem Moment nichts zu sagen. Sie will nicht mehr. Wenn jetzt jemand spricht, bricht alles zusammen, denkt er. Er weiß nicht warum, aber er möchte ihr nicht seine Augen zeigen.

Was so entsteht, ist ein Schweigen, das für sie beide verständlich sein muss.

Es ist eine Art, einander mitzuteilen, dass es ein Einverständnis gibt. Sie tragen alte Rollen in sich, die niedergerissen werden müssen. Bengt will nichts lieber, als mit ihr zusammen in diesem Haus er selbst zu werden.

Dann hält sie eine kleine Figur aus dunklem Holz hoch.

»Das hier ist der einzige Kunstgegenstand im ganzen Haus.«

Sie gibt Bengt die Figur, und er hält sie, wiegt sie in der Hand, dreht und studiert sie.

»Sie ist unglaublich schön«, sagt er.

Sie nickt.

»Ein chinesischer Bürgermeister hat sie mir geschenkt. Es ist eine lange Geschichte, aber um es kurz zu machen, ging es darum, dass das Filmteam, zu dem ich gehörte, einen Jungen rettete, der im Eis eingebrochen war. Es war reiner Zufall. Wir waren einfach da, hatten einen Wagen mit einer Winde und konnten ihn herausziehen. Er war ungefähr zehn, und wir begriffen nicht, was er dort zu suchen hatte. Am nächsten Tag erfuhren wir, dass der Bürgermeister uns gern sehen wollte. Wir wunderten uns, weil er sich bis dahin geweigert hatte, unsere Fragen zu beantworten. Als wir zu ihm kamen, erzählte er uns, dass der Junge, den wir gerettet hatten, sein Sohn war. Er wollte mir etwas schenken, weil ich das Kind als Erste gesehen hatte. Er meinte, es sei ein Geschenk, dessen Konsequenzen ich eines Tages sehen würde. Die wahren Konsequenzen, sagte er. Du weißt ja, wie die Chinesen sind. Legenden und Geister. Und dann holte er diese kleine Figur hervor und schenkte sie mir.«

»Sie ist wirklich schön.«

»Das mag sein, aber für mich bedeutet sie vor allem, dass ein Junge eines Tages zu einem Mann wird. Ich sehe nicht ihre Schönheit, ich sehe nur das Leben. Irgendwo, in einem anderen Teil der Welt, ist ein Junge zu einem Mann geworden.«

Sie schweigt und sagt dann fast flehend:

»Findest du mich albern?«

»Du bist schön, Anna.«

Sie nickt, als hätte sie das schon oft gehört. Dann lächelt sie ganz kurz, so kurz, dass Bengt es fast nicht wahrgenommen hätte.

»Ich vermisse Paul«, sagt sie.

»Das habe ich verstanden.«

»Nein, ich meine, dass ich ihn als den Mann vermisse, der er war, bevor … bevor ich begriff, dass der Mensch, den ich kannte … ein anderer Mensch war.«

»Hast du ihn geliebt?«, fragt Bengt und bereut es sofort.

Er ist immer noch wütend auf sich wegen dieses letzten Biers.

»Er war der Einzige, der all meine Geheimnisse kannte. Sein Tod war der Grund dafür, dass ich dich aufgesucht habe. Jetzt bist du der Einzige.«

Bengt nickt mehrmals und denkt daran, wie furchtbar traurig sie aussah, als sie *der Einzige* sagte.

Er würde ihr gern erklären, dass es keine ganzen oder halben Menschen gibt. Man bekommt immer alles an ihnen. Der wahre Paul war die ganze Zeit da, nur, dass sie nicht den *ganzen* Menschen gekannt hatte. Was sie sich wünschte, war weniger Wissen, knappere Informationen, ein Verdrängen, Vertuschen. Sie wünschte sich all das, was ihrem Wunsch als Journalistin direkt widersprach.

Sie wollte verbergen, nicht enthüllen; sie wollte vergessen, sich nicht erinnern. All das, wogegen sie sich in ihrem Berufsleben durch Reportagen aus allen Erdteilen gewandt hatte, was man gemeinhin die Suche nach Wahrheit nannte und wofür sie mehr als einmal ihr Leben riskiert hatte.

Sie, die einmal einen chinesischen Jungen aus einem Eisloch rettete.

Das waren die Dinge, die sein Gehirn ihr sagen wollte, aber sein Körper wollte nicht diskutieren, er wollte sie nackt und so nahe bei sich haben, dass er hören konnte, wie das Herz in ihrem Brustkorb schlug.

22

Sie liegen nebeneinander und schauen hoch zur Decke. Beide sind noch außer Atem. Christian lauscht einem leise tickenden Geräusch, das durch das Haus hallt, kann aber nicht ermitteln, woher es kommt. Er sieht ein Rechteck an der Wand über der Kommode und versucht sich vorzustellen, welches Bild dort wohl gehangen hat.

Er denkt, dass er hier sein möchte, dass er so gut zu diesen weißen Wänden, dem geblümten Laken, dem im Nebenzimmer schlafenden Erik und Mariette direkt neben ihm passt.

Es gibt eine Chance, denkt er, die Schlupfwinkel im Inneren zu verlassen, sie hinter sich zu lassen und noch einmal ganz neu anzufangen. Vielleicht kommt es ja nur darauf an, sich zum Äußersten anzutreiben, nicht nachzulassen und zu dem zu stehen, was in einem richtig ist.

Gleichzeitig schwebt etwas Eigentümliches in diesem Zimmer, fast so, als hätte eine Kraft das Zimmer gespalten wie ein schwarzer Pfeiler. Die Düfte, die Nähe.

Da ist so viel Unausgesprochenes.

Als sie das Wort ergreift, wendet sie sich ihm nicht zu.

»Du weißt, wer sie ist?«

»Ja«, antwortet Christian.

»Du weißt, wie sie heißt?«

»Ja.«

»Und?«

»Willst du das wirklich wissen?«

»Ja«, antwortet sie. »Ich will es wissen.«

Christian wartet, gibt ihr die Möglichkeit, es sich anders zu überlegen.

»Sie ist eine seiner Assistentinnen.«

»Ja, natürlich«, sagt Mariette fast erleichtert. »Gott, bin ich dumm, darauf hätte ich nun wirklich selbst kommen können.«

»Sie heißt Karin.«

Es wird längere Zeit still, und sie blicken weiter zur Decke. Es zieht schwach vom offenen Fenster her.

»Ist das die mit den dunklen oder die mit den blonden Haaren?«

»Die Blonde«, antwortet Christian.

»Er stand schon immer eher auf Blondinen. Wie alt?«

»Das weiß ich nicht, vielleicht …«

»Nein, sag nichts, es spielt keine Rolle«, unterbricht Mariette ihn. »Sie ist jünger. So ist es ja immer.«

»Ja«, sagt Christian und weiß nicht, warum er ihre Worte bestätigt.

»Es ist seltsam, aber als er zu seinem Taxi ging, wurde aus ihm einfach nur ein Rücken. Verstehst du?«

»Nein«, antwortet Christian und dreht sich auf die Seite, um sie zu sehen. »Das verstehe ich nicht, aber wenn du möchtest, dass ich es verstehe, verspreche ich dir, es zu versuchen.«

Er legt eine Hand auf ihren Arm, aber Mariette beachtet sie nicht, sie bleibt weiter auf dem Rücken liegen, den

Blick auf die Decke gerichtet, und spricht mit lakonischer Stimme.

»Auf einmal war er nur ein Rücken, der zum Gartentor und danach zum Taxi ging. Das war irgendwie nicht mehr er.«

»Du meinst, nicht der Mann, den du einmal kennengelernt hast?«, sagt Christian, weiß aber, dass es im Grunde keine Rolle spielt, was er sagt, es zählt nur, dass er zuhört. Er weiß, dass es schwer ist zu vergessen, was man weiß. Häufig wäre es einfacher, etwas nicht zu wissen. Aber man kann sich nicht zwingen zu vergessen, dafür müsste man ein anderer Mensch werden, sich von Grund auf neu konstruieren.

Man kann nicht vergessen, bloß weil man das will.

Das gilt für Mariette, und es gilt auch für ihn selbst.

In diesem Moment sagt er jedoch nichts über das Vergessen, drückt nur leicht ihren Arm, damit sie weiß, dass er da ist. Ganz gleich, was er sagt, es würde in diesem Moment armselig klingen. Er möchte ihr sagen, dass man niemandem Rechenschaft schuldig ist. Er will, dass sie das weiß.

Sie schmiegt sich an ihn, und er massiert sanft ihre Schultern. Ihre Lider werden schwer, er hört ihre immer tieferen Atemzüge. Es ist noch Nacht.

23

Bengt schaut auf die Uhr. Sein Körper ist steif, in seinem Bauch rumort es, obwohl er keinen Hunger hat, sein Kopf ist von einem seltsamen Sinuston erfüllt, der alles durchdringt, ohne dass er wirklich zu hören ist. Es wird für ihn immer unklarer, wo er sich befindet, trotzdem erinnert sein Zustand eher an Erschöpfung als an Schlaf.

»Entschuldige bitte«, sagt er.

Anna sieht ihn verständnislos an. Sie hebt eine Augenbraue in die Stirn.

»Ja, also«, ergänzt er, »ich glaube, ich habe nicht gehört, was du gerade gesagt hast.«

»Ich habe nichts gesagt.«

»Nicht?«

»Nein. Bist du etwa eingenickt?«

»Ich weiß es nicht«, sagt er.

Sie streckt die Hand aus und streichelt gleichsam beiläufig den Rücken seiner Hand. Mehr ist es nicht. Nur eine leichte Berührung, aber sie erweckt ihn wieder zum Leben.

»Es liegt daran, dass du geflogen bist«, sagt sie mit leiser Stimme. »Wenn man so weite Strecken fliegt, sträubt sich der ganze Körper dagegen, er will nicht. Die vielen Geräusche, der Druckunterschied, die Flüssigkeit im Körper. Es ist, als würden die Sinne betäubt.«

»Ja«, sagt er zögernd, »so in der Art fühle ich mich wohl.«

»Bist du müde?«

»Ich weiß es wirklich nicht.«

Sie lächelt und steht auf. Das kam so plötzlich, denkt er. Sie steht mitten im Zimmer vor ihm. Dann zieht sie das Shirt aus und lässt es zu Boden fallen, und er spürt, dass es in seinem Gehirn zuckt. Etwas wird zum Leben erweckt, obwohl sein Körper sich noch genauso schwer fühlt wie zuvor. Sie geht aus dem Zimmer und kommt mit einem Glas Wasser zurück. Diese ständige Wassertrinkerei, wofür steht sie? Verhält man sich so, wenn man sich ständig an Kriegsschauplätzen aufhält? Er kann einfach keinen klaren Gedanken fassen. Er betrachtet sie, denkt an Wasser und bekommt seinen Körper und seine Gedanken nicht zu fassen.

Nun sieht er, dass sie nur mit einem Slip bekleidet ist. Sie steht mitten im Zimmer, hält das Wasserglas in der Hand und fragt ihn, ob er mitkommen will.

Selbstverständlich, denkt er, selbstverständlich will ich. Aber was ist mit seinem Körper, will er auch? Schafft er es, dass sein Körper mitmacht? Er versucht, in ihn hineinzuhorchen und spürt, dass er zum Leben erwacht ist. Der Körper will. Er fühlt, wie er klarere Konturen bekommt. Er will. Er möchte sie so gern begleiten und weiß außerdem, dass es das ist, worauf er gewartet hat.

Dafür hat er die weite Reise hierher gemacht.

Er steht auf, geht zu ihr und legt den Kopf auf ihre Schulter. So bleiben sie stehen und umarmen einander, sein geschlossener Mund ganz nah an ihrem Ohr. Er beherrscht sich, sieht aber, dass ihr Haar von seinen Atemzügen sachte weht.

Jetzt sind sie sich nah, denkt er. Ihr warmer Körper, der ganz weich ist.

Er umarmt sie und spürt, wie sein Körper nun auf Signale reagiert, dass er existiert und nichts lieber möchte, als hier zu sein. Sie nimmt seine Hand und führt ihn ins Schlafzimmer. Ein großes, aber schlichtes Bett, mit wuchtigem Rahmen aus Mahagoniholz, ansonsten ist das Zimmer genauso leer wie das übrige Haus. Ein Kleiderschrank aus dem gleichen Holz steht halb offen, Kleider hängen darin, und man sieht, dass sie nachlässig aufgehängt wurden. Es gefällt ihm, dass sie keine Fassade errichtet hat, weil er hierher kommen würde.

Anna legt sich hin, und sie fallen gleichzeitig auf die kühlen Laken. Sie zieht die Decke über sie, legt sich vor ihn, zieht seine Hand zu sich, so dass sie auf ihrer Brust ruht.

Er spürt die Erektion, die Erregung, dass er hierher gehört. Und er weiß, endlich weiß er, dass sie ihn auch wirklich hier haben möchte.

Ihr Körper in seinen Händen, die schwere, weiche Brust in seiner Handfläche.

Er ist bereit. Alles an ihm ist bereit. Sie dreht sich leicht, und sein Körper reagiert auf jede ihrer Bewegungen. Der Körper schert sich nicht mehr um Reisen, um den Jetlag, um sein schlechtes Gewissen. Er ist jetzt eins mit ihr, und die Erektion reagiert entsprechend. Er will sie haben und weiß, dass es so und nicht anders sein soll.

»Fühlst du dich gut?«, fragt sie.

Seine Antwort besteht nur aus einem Murmeln.

»Wir können hier ja einfach so liegen«, hört er sie flüstern.

Er liegt hinter ihr, spürt seine Erektion an ihrem Oberschenkel. Ja, er ist bereit.

»Umarme mich«, sagt sie. Einfach so daliegen, einander ganz nah sein.

Und er umarmt sie, bereit, auf jedes Signal zu horchen, das ihr Körper aussendet. Doch dann erkennt er, dass keine weiteren Signale kommen werden.

Bloß diese Nähe.

Sie möchte nur, dass er sie in den Armen hält. Sein Körper will dagegen Schweiß. Er will stoßen. Deshalb ist er hergekommen.

Er streicht ihr Haar fort und merkt gleichzeitig, dass ihr Körper nicht mehr reagiert, in einen Dämmerzustand gefallen ist. Sie möchte, dass sie so schlafen, einander ganz nah sind, eins sind.

Bengt spürt, dass sein Körper zu Blei wird. Jetzt lebt er überhaupt nicht. Seine Muskeln reagieren nicht mehr, sein Kopf erstarrt, er fühlt sich schwer und plump an.

Er will ihre Nähe nicht.

Trotzdem übermannt auch ihn bald darauf die Müdigkeit, und gemeinsam mit ihr wird er immer tiefer in den Schlaf herabgesenkt, warm umschlungen, während sich der Ventilator an der Decke dreht, dreht, dreht. Es ist wie in großer Höhe, überlegt er, die Sinne verabschieden sich nach und nach, werden in Stille gesenkt, atmen, ohne noch zu denken.

* * *

Als Bengt die Augen öffnet, weiß er nicht, wie lange er geschlafen hat. Er versucht, sich von ihr frei zu machen und hört sie unzusammenhängend murmeln, als er sich behutsam von ihr fort bewegt.

Er steht auf und stellt fest, dass er nackt ist. Wie lange mag er geschlafen haben? Nicht sehr lange, höchstens eine Stunde. Er ist noch benebelt und weiß, dass er zu viel getrunken hat.

Er zieht sich an und hat dabei das beunruhigende Gefühl, dass sie ihn betrachtet und jede noch so kleine Bewegung verfolgt. Als er fertig angezogen ist, geht er, ohne sich umzudrehen, zur Tür. Sie liegt im Bett, das weiß er, aber er weiß nicht mehr, was sie eigentlich von ihm will. Ein Missverständnis, denkt er, ein völlig unnötiges Missverständnis. Sein Fehler. So viele Kilometer, quer über den halben Erdball, und dann das. Ein Missverständnis.

Er begreift nicht, wie er so dumm sein konnte. Er wünschte sich, das zu bekommen, was in seinem Leben fehlte, und dann bekam er das. Nähe. Sie ist das Einzige, was er auch zu Hause hat. Nähe will er von keiner anderen haben.

Außerdem gibt es da eine Kraft, die sich in ihn hineingräbt. Dass er wie alle anderen ist. Wie die Männer, über die er immer gestöhnt hat, die Männer, die sich so leicht lesen lassen wie ein Formular, gesteuert von dem, was sie zwischen den Beinen haben.

Und dann ist er selbst genauso wie sie.

Er schämt sich. Und weiß, wenn man sich schämt, verletzt man andere besonders leicht.

Er weiß, durch seine Anwesenheit in diesem Haus hat er seine Frau betrogen. Aber man kann kein Leben führen, ohne sich selbst herauszufordern, wenn sich die Chance dazu ergibt. Er denkt, dass jeder vernünftige Mensch ihn verstehen könnte, wenn er alle Fakten auf den Tisch legen würde.

Er öffnet die Tür und schleicht sich vorsichtig hinaus. Es kann noch nicht sehr spät sein, so dass er hofft, ein Taxi zu finden, da er nur ungern zu Fuß zum Hotel zurückkehren möchte. Auf eine eigenartige Weise spielt das jetzt allerdings auch keine Rolle mehr. Er weiß, wohin er möchte, und hat vor, dorthin zu gelangen. Er will allein schlafen. Er will allein aufwachen. Er will wissen, dass er bald heimfährt, muss bloß durchhalten und noch zwei Tage mitspielen. Dann kann er von vorn anfangen, ohne von vorn anzufangen.

Es wieder so werden lassen, wie es zuvor war. Dann soll alles so sein wie immer. Er vermisst Mariette und Erik. Das ist nichts, wofür er sich schämen muss. Seine Sehnsucht ist gut. Die Sehnsucht ist die Schwester der Liebe.

In diesem Moment ist es außerdem ein gutes Gefühl, zum Rausch zurückzukehren. Sogar zur Erregung. Es gibt etwas in seinem Körper, das trotz allem sprudelt, das lebt.

Er geht schneller. Die Luft ist kühl, er ist zu dünn angezogen, trotzdem fällt ihm jeder neue Schritt leichter. Sein Gehirn ist endlich auf Betriebstemperatur, endlich beginnt es auszusortieren, sich um ihn zu kümmern, ihn in ein anderes Gefühl zu hüllen. Wenn es hier eine Kneipe gäbe, würde er noch auf einen Sprung hineingehen und ein Bier trinken.

Sein Leben lang hat er versucht, sich besser zu erinnern. All diese vor Prüfungen am Schreibtisch verbrachten Stunden, all die Therapien, bei denen er den Geschichten anderer Menschen gelauscht und mit Hilfe des Gedächtnisses versucht hatte, das Puzzle des Gefühlslebens zu legen. Das ist immer eine seiner Stärken gewesen. Keine Tonaufnahmen, nur einzelne, kurze Notizen. Nur selten musste er Krankenakten heraussuchen, um sich den Problemkomplex eines Menschen in Erinnerung zu rufen, in gewisser Weise hat er ihn im Gesicht der Person ablesen und die Bilder anschließend zusammenfügen können.

Er hat sich stets auf sein Gedächtnis verlassen.

Er ist stolz darauf gewesen, hat immer gewusst, dass es sein Vorteil gegenüber anderen in seinem Metier gewesen ist.

Jetzt kommt er sich dumm vor, als er erkennt, wirklich schwierig ist etwas ganz anderes. Zu vergessen ist das Schwierige.

Eine hastige Dunkelheit mit zwei Funken darin.

Als er die Hoffnung schon fast aufgegeben hat, sieht er ein Taxi, das auf ihn zukommt. Er hebt die Hand, das Auto bremst ab, und erst als es neben ihm anhält, erkennt er, dass es gar kein Taxi ist. Der Fahrer fährt das Fenster herunter, und Bengt sieht einen weißen Mann mittleren Alters, der ihn irgendwie an Paul auf dem Bild erinnert, das Anna ihm von dem Fotografen gezeigt hat.

Der gleiche Bart und das gleiche einnehmende Lächeln.

Was für ein komischer Zufall.

Der Mann fragt ihn, ob er dort wohnt, und Bengt schüttelt den Kopf.

»Nein, ich habe gedacht, der Wagen wäre ein Taxi. Ich habe mich vertan.«

Der Mann lacht auf.

»Das macht doch nichts«, sagt er. »Wo wollen Sie denn hin?«

»Zu meinem Hotel«, antwortet Bengt und erwidert das Lächeln des Mannes.

Der Mann in dem Wagen lacht erneut und meint, er wisse, wo es liegt.

»Wenn Sie möchten, fahre ich Sie hin.«

Bengt schüttelt den Kopf.

»Nein, kommt überhaupt nicht in Frage, dass Sie mir zuliebe einen Umweg machen.«

»Ach, das macht doch nichts«, erklärt der Mann. »Ich glaube kaum, dass Sie um diese Uhrzeit noch ein Taxi finden werden. Steigen Sie ein. Ich will ganz in die Nähe, es ist nur ein kleiner Umweg.«

Bengt zuckt mit den Schultern, ist dankbar für die Hilfe und steigt in den Wagen. Er weiß nicht, was für ein Modell es ist, aber er sieht gut aus und ist bestimmt nicht sonderlich alt, auch wenn es nicht so riecht wie in Annas BMW. Er ist froh, genug getrunken zu haben, um es zu schätzen, dass es für jedes Problem eine Lösung gibt, wenn man die Dinge nicht unnötig verkompliziert.

Allerdings braucht man auch ein wenig Glück, wie jetzt, als zufällig dieser Mann vorbeikam.

Der Mann fährt langsam in die Richtung, aus der er gekommen ist. Er fragt, woher Bengt stammt, und als er hört, dass er Schwede ist, erzählt er, nach Schweden habe er immer schon reisen wollen.

Ein netter Kerl, denkt Bengt.

Als sie zu einer Kreuzung an einer größeren Straße gelangen, weiß Bengt endlich wieder, wo sie sind. Er erwartet, dass der Mann links abbiegt, was seiner Einschätzung nach der direkte Weg zum Hotel wäre, aber das Auto biegt stattdessen rechts ab. Bengt fragt sich warum und nimmt an, dass es einen kürzeren Weg gibt, den er nicht kennt.

24

Christian weiß nicht, wie viel Uhr es ist, als er ihren Arm anhebt, der willenlos auf seiner Brust ruht. Seit den Ereignissen an Bord des Flugzeugs, als er zum ersten Mal die Bekanntschaft Mariettes machen durfte, ist er dem Schlaf nicht mehr so nah gewesen.

Vorsichtig steht er auf und zieht die Decke so zurecht, dass sie ihren nackten Körper bedeckt, sie verhüllt.

Mit kurzen, leisen Schritten begibt er sich zu seinen Klamotten, zieht Unterhose, Strümpfe, Hose an und dreht das Hemd um, ehe er es zuknöpft. Steckt die Krawatte in die Tasche des Jacketts. Streckt sich, hört es knacken, wie es sein soll, wenn er sich aus dem Kreuz dehnt.

Er spürt, dass sein Körper noch feucht ist, Schweiß auf Rücken und Brust liegt.

In dem Zimmer hängt ein herber Geruch, der jedoch nicht unangenehm ist. Er fühlt sich versucht, das Fenster weit aufzureißen, das im Moment nur einen Spaltbreit offensteht, beschließt dann jedoch, es zu lassen, wie es ist. Stattdessen verlässt er mit schleichenden Schritten das Zimmer, geht in die Küche, um etwas zu trinken.

Das ganze Haus ist so still, als befände es sich unter Wasser.

Als er das geleerte Wasserglas abstellen will, sieht er vor

dem Fenster ein Reh. Ganz nah steht es einfach da, als sei es mitten in einer Bewegung erstarrt. Er sieht das wiederkäuende Maul, dass ein Vorderlauf zittert, den kleinen Schwanz in einer unwillkürlichen Bewegung.

Er denkt, dass er ein Tier vor sich hat, das immer auf der Flucht ist, das seine Sinne nie vollständig ruhen lässt. Er versteht es genau. Es ist so schön. Die schwarzen Striemen im Weißen und dann dieser feine hellbraune Farbton, changierend zwischen hell und dunkel.

Immer auf der Flucht, denkt er von Neuem, und sein Gehirn macht einen jähen Sprung, und er sieht vor seinem inneren Auge, wie er ein Gewehr hält und einen Schuss auf das Reh abfeuert, die kleinen braunen Augen, die ihn ansehen, als der Schuss es trifft, wie das Tier umfällt, die zuckenden Beine wie bei allen Beutetieren, wenn das Herz nicht mehr schlägt.

So stark ist der Fluchtreflex, er weiß es, der Nervenimpuls ist das Letzte, was den fliehenden Körper verlässt, wie bei einem geköpften Huhn, das umherrennt.

Der Fluchtversuch, obwohl es zu spät ist.

Der ausgemergelte Körper seines Vaters auf der Bahre, eine einsame, lächerliche Kerze auf dem kleinen Tisch neben ihm.

Er hält immer noch das ausgetrunkene Glas, als er blinzelt, um sich den Anblick des toten Tiers zu ersparen, das in seinem Kopf nur noch ein Stück toter Körper ist.

Als er den Blick wieder schärft, ist das Reh fort.

Als hätte es niemals dort gestanden.

Aber die kleine Andeutung von Dunst, der über der Erde hängt, der Morgennebel, erinnert an den Atem des Tiers und wirkt, als wäre er einen halben Meter über dem Gras zurückgelassen worden.

Er hört, dass er seufzt, kann den Laut aber nicht deuten. Er klingt für ihn fast fremd. Dann geht er in den Flur und will sich gerade die Schuhe anziehen, als er innehält und umkehrt. Er geht zu Eriks Zimmer. Unter der Tür sickert das Licht einer Lampe heraus. Christian legt ein Ohr an. Tiefe Atemzüge, kleine Bewegungen auf der Tastatur, ein leiser Luftzug durch den Fensterspalt? Er kehrt in den Flur zurück, zieht seine Schuhe an und schiebt sich lautlos zur Tür hinaus.

Augenblicklich schlägt ihm der Duft von keimendem Leben entgegen, der aus dem Grün aufsteigt. Wie unberührt hier alles ist, wie still, abwartend. Alles um ihn herum scheint während der Zeit, in der die Menschen schlafen, zu wachsen.

So wird die Welt erschaffen, denkt er und fühlt, wie wunderbar das ist. Ununterbrochen entsteht Leben und setzt sich fort. Die leichte, taugesättigte Dunkelheit, der Zeitpunkt, zu dem alles von Neuem beginnt, die Frische.

Er ist unglaublich froh darüber, dass er im Flugzeug Bengt Sund begegnet ist. Froh über das Geschenk und die Erkenntnis, die ihm zuteilgeworden sind. Er denkt an Eriks schnelle Bewegungen über der Tastatur, an Mariettes Körper unter der Decke. Er fühlt sich stärker, als er sich je zuvor gefühlt hat.

25

Als sie auf einer dunklen Straße fahren, die sich sanft aufwärts schlängelt, muss Bengt einfach fragen.

»Ist das auch wirklich der richtige Weg?«

Der Mann lacht und meint, er könne verstehen, dass Bengt es seltsam finde, die Straße durch den Wald zu nehmen, aber es sei tatsächlich eine Abkürzung.

Bengt kann sich vorstellen, dass dies bei dichtem Verkehr sicher zutrifft. Aber jetzt? Seit sie losgefahren sind, ist ihnen nicht ein einziges Auto begegnet.

»Ich verstehe«, sagt er, obwohl er das nicht tut.

Ob er sich Sorgen machen muss?

»Sie sagten, Sie sind Journalist?«

»Ja, genau«, antwortet der Mann und lächelt.

Irgendetwas stimmt nicht. Das spürt Bengt nun immer deutlicher. Er versucht, sich den Mann am Steuer näher anzuschauen, aber es ist schwierig, dies nicht zu offensichtlich zu tun. Der Mann blickt die ganze Zeit nach vorn, auf die schwarze Straße, die von den Autoscheinwerfern gespalten wird.

Als er sich in den Wagen gesetzt hat, fühlte er sich noch leicht beschwipst, doch jetzt ist das Gefühl wie weggeblasen. Sein Kopf ist auf eine fast unangenehme Weise nüchtern geworden. Seine Sinne sind geschärft.

»Ich habe heute Abend eine Journalistin besucht«, erzählt Bengt, »vielleicht kennen Sie sich ja?«

»Ich kenne nicht viele andere Journalisten.«

»Ich verstehe.«

Unmittelbar darauf fährt der Mann an den Straßenrand, bremst und hält an.

»Ist etwas passiert?«, erkundigt sich Bengt.

»Nein, keine Sorge«, sagt der Mann. »Ich dachte nur, ich hätte etwas gesehen.«

»Haben Sie etwas überfahren? Ich habe nichts bemerkt.«

»Ich bin mir nicht sicher«, erwidert der Mann und zieht die Handbremse an. »Ich steige kurz aus und schaue nach.«

»Wäre es nicht besser, wenn wir einfach weiterfahren?«

»Es dauert ja nur eine Minute.«

Während der Mann aussteigt, schaut Bengt suchend nach vorn, ohne etwas zu sehen. Es ist stockfinster. Er meint, den Wind zu hören, der durch die Bäume streicht, vielleicht ist es aber auch das Meer, das unterhalb der Straße gegen Felsen schlägt. Er weiß es nicht. Seine Augen gewöhnen sich nur langsam an das Dunkel. Er weiß, dass das menschliche Auge eigentlich Stunden braucht, bis es sich optimal auf das Sehen in Finsternis eingestellt hat, wenngleich die Sicht selbst dann bei Weitem nicht so gut ist wie bei Katzen und anderen Tieren.

Es riecht nach Diesel, und Bengt steigt sein eigener schlechter Atem in die Nase. Die Wirkung des Alkohols ist fast vollständig abgeklungen. Er begreift beim besten Willen nicht, warum es so lange dauert, zum Hotel zurückzufahren, es ist ihm längst nicht so weit vorgekommen, als

Anna ihn zu ihrem Haus fuhr. Allerdings hatte er sich da auch auf ganz andere Dinge konzentriert.

Plötzlich wird die Autotür aufgerissen, und eine grelle Taschenlampe leuchtet Bengt ins Gesicht.

»Bleib sitzen und tu, was ich dir sage.«

Bengt erkennt die Stimme des Mannes, obwohl sich ihr Tonfall radikal verändert hat. Er erkennt den Ernst der Lage, versucht jedoch zu denken, dass es sich um ein Missverständnis handeln muss.

»Ich weiß ja nicht, was Sie da tun, aber ich würde wirklich …«

»Ich habe gesagt, bleib sitzen und tu, was ich dir sage. Kapiert?«

»Sicher, aber …«

»Hast du kapiert?«, wiederholt der Mann mit schneidender Stimme und hält gleichzeitig das größte Messer hoch, das Bengt jemals gesehen hat.

»Okay«, sagt Bengt.

Er kommt sich völlig bescheuert vor, weil er sich selbst in diese Lage gebracht hat. Das Gefühl dauert noch einige Sekunden an, dann übermannt ihn die Angst. Plötzlich wird ihm bewusst, dass die Sache für ihn schlimm ausgehen könnte. Wer würde auf der Konferenz schon einen Psychiater vermissen? Wochen könnten vergehen, bis man seine Leiche findet.

Er begreift, dass es aus ist.

Er wird seine Familie niemals wiedersehen. Man wird Mariette und Erik mitteilen, dass er vermisst wird, sie werden hoffen, dass ein Missverständnis vorliegt, bis sie die Nachricht erreicht, dass man eine Leiche gefunden hat, und nachdem sie identifiziert worden ist, wissen sie, es ist vorbei.

Und die Polizei wird in dem Fall ermitteln, ohne etwas herauszufinden, und dann wird ein Sarg in seine Heimat überführt, und die Kosten übernimmt seine Lebensversicherung.

Es ist Wahnsinn, aber sein Gehirn läuft auf Hochtouren und denkt die falschen Dinge. Vielleicht sollte er sich wehren. Er könnte sich schnell umdrehen und auf der Fahrerseite aus dem Wagen springen, in den Wald laufen, so weit laufen, wie er nur kann, und sich dann zwischen den Bäumen verstecken. In dieser Dunkelheit jemanden zu finden, muss doch völlig unmöglich sein. Es könnte funktionieren. Entscheidend sind die ersten Schritte, alles hängt davon ab, das Unerwartete zu tun. Mit ein paar Schritten Vorsprung könnte es klappen.

Wagt er das? Es würde den Mann überraschen, davon ist auszugehen. Sollte sein Fluchtversuch jedoch misslingen, muss er damit rechnen, dass der Mann ihm sein Messer in den Bauch rammt. Dann kann er nicht mehr über sein Leben verhandeln.

Bengt spannt jeden Muskel an, ist fluchtbereit.

Alles auf eine Karte setzen. Es muss gehen, er bekommt keine zweite Chance, wenn er versagt, ist es aus.

Aber dann ist sein Körper wie gelähmt. Er traut sich nicht. Vielleicht ist es nicht die richtige Gelegenheit, vielleicht lässt der Mann mit sich reden. Wenn er ihm alles gibt, was er dabeihat, wird er bestimmt zufrieden sein. Vielleicht wird er nur ausgeraubt, mehr nicht.

»Steig aus«, sagt der Mann ruhig, fast bedächtig.

Bengt zögert einige Sekunden, erkennt dann jedoch, dass er das Überraschungsmoment einer Flucht auf der Fahrerseite verpasst hat.

»Jetzt komm schon raus«, wiederholt der Mann.

Bengt steigt aus dem Wagen. Sein Blick fällt als Erstes auf das riesige, gezackte Messer, mit dem der Mann herumwedelt, um ihm anzuzeigen, dass er vor die Front des Autos treten soll.

»Hände auf die Motorhaube.«

Bengt gehorcht. Er weiß, dass der Mann hinter ihm steht, aber nicht, wie nahe er ihm ist. Er versucht, nicht unablässig an das Messer zu denken. Er hört Schritte und dass eine Autotür geöffnet wird, und dann gehen die Scheinwerfer an, und der Ort ist auf einmal in grelles Licht getaucht.

Erneut stellt sich der Mann direkt hinter ihn. Er platziert seine Füße zwischen Bengts und schiebt diese so nach außen, dass Bengt schließlich breitbeinig und vorgebeugt steht.

Der Mann tastet seinen Körper ab, wie das Sicherheitspersonal am Flughafen es tut, wenn der Metalldetektor angeschlagen hat. Er geht sämtliche Taschen durch und legt alles, was er in ihnen findet, auf die Motorhaube. Ein Bündel Geldscheine, das Portemonnaie, ein paar Zettel mit Notizen und Annas Adresse, einige Quittungen.

Bengt steigt der Atem des Mannes, Knoblauchgeruch, in die Nase. Er beschließt, sich das Äußere des Mannes einzuprägen, um ganz sicher zu sein, dass er ihn wiedererkennen würde, falls er bei der Polizei die Bilder von Verdächtigen durchsehen müsste oder bei einer dieser Gegenüberstellungen auf dem Revier, wie er sie tausendmal im Fernsehen gesehen hat. Als er sich darauf konzentriert, sieht er seltsamerweise jedoch Pauls Gesicht vor sich. Das bärtige Gesicht des Fotografen, das Lächeln, dieser selbstverständliche Blick gehen ihm einfach nicht aus dem Kopf.

Seine Gedanken springen weiter zu seinem Hotelsafe, in dem eine zweite Kreditkarte liegt für den Fall, dass er sein Portemonnaie verlieren sollte. Seine Kollegin Karin hatte ihm dazu geraten. Nun dankt er ihr stumm.

»Gibt es noch etwas?«, fragt der Mann mit seiner jetzt so metallischen Stimme.

Bengt schüttelt den Kopf.

Es wird kurz still.

»Denn du willst doch sicher nicht, dass etwas passiert? Ein Ring?«

Wieder schüttelt Bengt den Kopf.

Der Mann leuchtet auf seine ausgestreckten Hände auf der Motorhaube, streicht fast zärtlich mit dem Messer über jeden Finger und hält bei der blassen Kontur des fehlenden Eherings inne.

»Verstehe«, sagt der Mann und lacht höhnisch.

Die Berührung des Messers lässt stechende Blitze durch Bengts Arm laufen, und er schüttelt den Kopf. Der Mann führt ihn ein paar Schritte rückwärts, indem er ihn am Kragen des Jacketts nach hinten zieht. Dann bleiben sie stehen. Wieder wird es still, Bengt hört seine eigenen Atemzüge und muss die Augen fast vollständig schließen, um in dem blendenden Licht etwas sehen zu können.

»Zieh das Jackett aus«, sagt der Mann.

»Da ist nichts mehr drin.«

»Zieh es einfach aus und leg es auf die Erde.«

Bengt folgt seiner Anweisung und spürt augenblicklich den kalten Nachtwind, als er nur im Hemd dasteht. In seiner trockenen Kehle hämmert der Puls.

»Und das Hemd.«

»Das Hemd auch? Aber warum? Meine Klamotten …«

»Tu einfach, was ich dir sage. Zieh es aus.«

Bengt öffnet das Hemd Knopf für Knopf, bevor er es abstreift und auf das Jackett fallen lässt. Er steht mit entblößtem Oberkörper da und ist nicht überrascht, als ihm befohlen wird, als Nächstes die Hose auszuziehen. Kurz darauf hat er nur noch Unterhose und Strümpfe an.

Sobald er alles auf die Erde gelegt hat, hört er, dass der Mann die Kleidungsstücke mit einer schnellen Bewegung an sich zieht und in den Wagen wirft.

Bengt steht da und zittert bereits, wird noch immer geblendet von dem grellen Scheinwerferlicht, versucht, die Ohren zu spitzen, um zu begreifen, was der Mann treibt. Vielleicht kommt ja mit etwas Glück ein Auto vorbei, das ihn retten kann. Aber es bleibt still. Natürlich. Sie hätten ebenso gut auf dem Gipfel des Kilimandscharo parken können.

»Knie dich hin«, sagt der Mann.

Bengt gehorcht.

»Die Hände auf die Erde.«

Er hockt auf allen Vieren, das Gesicht den Scheinwerfern zugewandt. Der Mann stellt sich über ihn und zieht behutsam das Messer über den Rücken. Bengt nimmt an, dass es die stumpfe Seite der Klinge ist, denn er spürt keinen wirklichen Schmerz, nur den unangenehmen Stahl auf seinem Rücken. Dann schiebt der Mann das Messer unter den Bund der Unterhose und zieht das Messer zum Steißbein herab. Bengt stockt der Atem. Großer Gott, denkt er. Das kann doch alles nicht wahr sein. Er schließt die Augen und merkt, dass er zum ersten Mal seit seiner Kindheit eine höhere Macht anfleht, ihn zu retten.

»Bitte«, sagt er.

»Still«, erwidert der Mann.

»Ich kann …«

»Still!«, wiederholt der Mann und schlägt ihm mit der flachen Hand auf die Schläfe. Die plötzliche Bewegung lässt Bengt wanken, und er spürt, wie das Messer seine Haut aufkratzt. Er holt wieder Luft, versucht, sich nicht zu rühren und herauszufinden, ob er blutet.

Der Mann stellt sich nun vor Bengt, der noch auf allen Vieren steht.

»Willst du leben?«, sagt der Mann.

Bengt nickt.

»Was hast du gesagt?«

»Ja, ich will leben.«

»Und warum?«

»Wegen … wegen meiner Frau. Und wegen meinem Sohn.«

Der Mann packt Bengts Nacken und zieht den Kopf zu seinem Schritt. Bengt hat jeden Gedanken an Widerstand aufgegeben. Er ist ganz in der Gewalt dieses Mannes. Er hat ihm nichts mehr entgegenzusetzen.

Im nächsten Moment löst der Mann den Griff, und Bengts Blick ist auf die Erde gerichtet. Er friert nicht mehr. Dann hört er, dass der Mann sich ein paar Schritte entfernt, es knirscht auf dem Schotter, dann heult der Motor auf.

Unmittelbar darauf bewegen sich die Scheinwerfer schnell. Bengt müsste eigentlich zur Seite springen, als das Auto an ihm vorbeizieht, aber er bleibt auf allen Vieren. Der Wagen fährt nur zehn Zentimeter entfernt an ihm vorbei, die Autotür steht noch offen.

Bengt sieht, wie der Mann die Tür zuschlägt, auf dem aufspritzenden Kies leicht ins Schleudern gerät und danach zwei rote Rücklichter, die sich langsam den Hang hinunter entfernen, den sie vorhin hochgefahren sind.

Binnen weniger Sekunden herrscht vollkommene Stille.

Und Schwärze.

Das unergründliche Farbenspiel der Panik, obwohl alles um ihn herum dumpfe, pechschwarze Finsternis ist.

Bengt schließt seine Augen in der Hoffnung, in der Dunkelheit besser sehen zu können, wenn er sie wieder öffnet. Er weiß ungefähr, in welche Richtung er gehen muss. Seine Stimmung pendelt zwischen der Freude darüber, überlebt zu haben, und entsetzlicher Wut darüber, dass er angegriffen wurde.

Er weiß, dass er verletzlich ist, eine Beute, obwohl es nichts mehr gibt, was man ihm noch abnehmen könnte. Alles, was jemand vielleicht gern besäße, hat sich schon ein anderer geschnappt.

Mit deinen eigenen Augen

1

Christian denkt, dass sein Leben einen Sinn bekommen hat. Dank der Dinge, die ihm in den letzten Tagen passiert sind. Er, der sich früher niemals krank fühlte, hat nun zum ersten Mal das Gefühl, gesund zu sein. Er kann Gegenstände beinahe anheben, indem er sie nur ansieht. Seiner Ruhe wohnt etwas bisher Unbekanntes inne, eine Kraft oder Macht.

Was er jedoch nicht versteht, wirklich nicht versteht, ist die Tatsache, dass nun alles verändert ist, und alles, was früher gewesen ist, ihm dagegen jetzt so … ja, so unwürdig erscheint. In all diesen Jahren war er einsam, ohne sich dessen bewusst gewesen zu sein.

Seine kranke Mutter und sein nichtssagender Vater waren nichts anderes als eine Kraft, von der er sich befreien musste. Er hätte ihnen nie auch nur die Möglichkeit gegeben, ihn aufzuhalten, aber angesichts einer Mutter, die früh starb, und eines Vaters, der als Trost das Schweigen und den Alkohol wählte, war dies ein Leichtes gewesen.

Sie bedeuteten ihm nichts. Er konnte sie ausradieren, wie man Gesichter aus einem Foto ausschneidet. In der Schule bekam er gute Noten, zeigte sie daheim aber nie. Er erzählte auch nicht, dass er während seiner Ausbildung die besten Praktikumsplätze ergatterte und man ihm anschließend eine Stelle anbot.

Er kann sich nicht erklären, wie es kommt, dass seine früheren Arbeitskollegen und Freundinnen alle das gleiche verwischte und diffuse Gesicht haben.

Dass sie sich kaum auseinanderhalten lassen.

Måns, das war doch dieser große Kräftige, der immer bunte Krawatten trug. Oder war das Mårten? Kristina war in ihrem hellen Kleid und den sandfarbenen Sandalen so atemberaubend schön an jenem Sommertag. Sie liebten sich in dem Sommerhaus. Wem hatte das noch gehört? Rickard und Johanna? Nein, die hatten bestimmt kein Sommerhaus in Schweden, hatten die sich nicht ein Haus an der Riviera gekauft?

Und Kristina, hieß sie wirklich so?

Fort, sie sind alle fort.

Es würde ihn wundern, wenn sie in den letzten Jahren auch nur einmal einen Gedanken an ihn verschwendet hatten. Diese Jahre, durch die er hetzte … hetzte? Ja, er hetzte und war erfolgreich, er lieferte Ergebnisse und strich hohe Honorare ein. Die Leute machten mit Hilfe seiner Berichte ein Vermögen, und sie zögerten nie, ihm die Boni auszuzahlen, die er verdient hatte.

Er war begehrt, weil er ein Bauchgefühl hatte wie kein anderer in der Branche.

Aber ihr Name muss Kristina gewesen sein, nicht? Er versucht, sich ihren Blick zu vergegenwärtigen. Die kleinen Sommersprossen, die nur in den warmen Monaten auftauchten. Lange, schlanke Beine. Carina? Sie hatten sogar davon gesprochen, sich zu verloben. Er war bereit gewesen, ihr zuliebe alles andere zu vernachlässigen. Vielleicht war sie die Richtige.

Gemeinsam hätten sie eine Familie gründen können.

Er weiß nicht mehr, was passierte, aber irgendetwas führte dazu, dass sie eines Tages nicht mehr da war. Stattdessen lernte er eine andere Frau kennen. Sie war nicht so schön, hatte aber etwas anderes. Sie sprachen nie darüber, gemeinsam eine Familie zu gründen. Es hielt nicht lange. Ein paar Monate? Er geht die Namen in seiner Telefonliste durch, aber ihm wird bewusst, dass er sich bei keinem die dazugehörigen Gesichtszüge in Erinnerung rufen kann.

Die Tagebücher, hätte er doch nur nicht angefangen, diese Tagebücher zu lesen. Sie lassen sich nicht abschütteln. Die Stimme seines Vaters, die er in jeder Zeile hört. Er hat versucht, die Lektüre abzubrechen, das hat er wirklich. Aber als es ihm schließlich gelang, war es bereits zu spät. Das Bild von jenem Urlaub auf Gotland, als die Eltern in einer Pension im Südteil der Insel kauerten, der Regen, die Missverständnisse, dass sein Vater flaschenweise Cutty Sark hinter dem Haus versteckte, um das Ganze zu ertragen.

Und dann. Diese eine Nacht. Wie sie beschrieben wurde.

Immer und immer wieder taucht diese Nacht in dem Tagebuch auf. Wie knapp es gewesen war. Als sein Vater sie mitten in der Nacht auf einem Felsen fand, und wie sie dort gesessen hatte und kaum wiederzuerkennen gewesen war. Mit dem Stahlkleiderbügel neben sich, der unangetastet und unbenutzt geblieben war. Ihr missglückter Versuch, sich von dem Fötus zu befreien, der sich in ihr festgesetzt hatte und wuchs.

Dass sie sich nie mehr von jener Nacht erholt hatte.

Danach nie wieder ganz sie selbst wurde. Die Tablettensucht, die Psychosen, die Nerven, all das, was in dem Sommer an die Oberfläche schwappte und sie bis zu ihrem Tod nicht verließ. Da war sie für die Menschen, die sie früher gekannt hatten, kaum wiederzuerkennen.

Christian kam ein gutes halbes Jahr nach jener Nacht auf Gotland zur Welt. Er war kein Wunschkind gewesen und wurde nicht freudig in Empfang genommen, war niemals von ihr geliebt worden. Er kann sich nicht erinnern, jemals auf ihrem Schoß gesessen zu haben oder von ihr umarmt worden zu sein. Er beschloss früh, sie nicht zu hassen. Selbst das war sie nicht wert.

Jetzt hat er es gelesen, jetzt weiß er Bescheid.

Sein Vater hatte ihn ihr aufgezwungen.

2

Die Schüler arbeiten leise in kleinen Gruppen, und Mariette sitzt am Lehrerpult und beobachtet sie. Manche wippen auf ihren Stühlen, und wenn sie einen schlechteren Tag hätte, würde Mariette sie deshalb zurechtweisen. Aber heute lässt sie es ihnen durchgehen. Die Kinder arbeiten still und stören niemanden. Es könnte also besser nicht laufen, sie findet sogar Zeit, die nächsten Schulstunden vorzubereiten.

Eigentlich müsste Mariette sich gut fühlen. Trotzdem tut sie es nicht. Sie glaubt, dass sie Übungen für den Englischunterricht skizziert, aber als sie sich ihre Aufzeichnungen anschaut, sind sie unbrauchbar und unverständlich. Sie legt den Stift weg und lehnt sich auf ihrem Stuhl zurück.

Das ist also meine Klasse, denkt sie. Das ist es, was sie bis zu ihrer Pensionierung tun wird. Am Ende werden sowohl die Schüler als auch die anderen Lehrer sehnlichst dem Tag entgegenfiebern, an dem sie endlich aufhört.

Sie steht auf, betrachtet ihre Schüler und hat das Gefühl, von einem auf den anderen Augenblick um fünfzehn Jahre zu altern. Sie weiß noch, was für ein Gefühl es war, als frisch gebackene Lehrerin das Klassenzimmer zu betreten, nervös, aber auch erwartungsvoll. Bereit, ihr neues Wissen zu testen.

Ein Wimpernschlag, und hier ist sie nun und empfindet

nichts als Freude darüber, dass die Schüler still arbeiten und sie nicht stören.

Sie schaut auf die Uhr, aber seit ihrem letzten Blick auf das Ziffernblatt haben sich die Zeiger kaum von der Stelle gerührt. Sie, die einst dachte, wenn man im Laufe seines Lehrerlebens das Dasein nur eines einzigen Kindes verändert, ist es die Mühe wert. Aber welches Kind das genau sein soll, weiß sie in diesem Moment nicht recht. Sie sehen doch alle gleich aus.

Dabei hat sie in Beratungsgesprächen gesessen, ist von dankbaren Eltern angerufen worden, hat am letzten Schultag schöne Geschenke von sorgsam frisierten Abiturienten bekommen.

Mit dem Mann, den sie liebte, hatte sie eine Familie gegründet. Sie liebten sich. Sie wusste es endgültig in dem Moment, als der kleine Erik auf die Welt kam und er, ein kleines, blaues Bündel, auf ihrer Brust lag und sie schon da bereit gewesen wäre, ihr Leben für ihn zu opfern.

Bengt stand daneben und sah noch erschöpfter aus als sie. Wie er seine Hand auf ihre Schulter legte und ihr damit sozusagen dankte. Sie tat so, als hätte sie nicht bemerkt, dass er bei der Entbindung in Ohnmacht gefallen war. Er, der Arzt, war in Ohnmacht gefallen. Wenn sie daran dachte, fiel es ihr wirklich schwer, nicht schallend zu lachen.

Aber dann, mit Erik auf ihrer Brust.

Da wusste sie es.

Mit Erik, der vor ihr lag, und mit Bengts Hand auf ihrer Schulter war sie unbesiegbar. In diesem besonderen Moment liebte sie das Leben und alles, was möglich war.

Sie hätte aufstehen, ihr Kind nehmen und aus dem Fenster klettern und davonlaufen können, so stark war sie. Aber dann verloren sich die letzten Reste des Lachgases, und sie schlief ein, und der Dammriss musste genäht werden. Und als Nächstes kamen sie nach Hause, und danach folgte der Schlafmangel und blieb fünf Jahre lang ihr Gast.

Doch dieser Augenblick. Mit Erik auf ihrer Brust.

Vielleicht ist das der Sinn von allem. Das Gefühl, sich für einen anderen Menschen opfern zu können. Für sein eigenes Fleisch und Blut, seinen eigenen Sohn.

Das Leben wird lebenswert, wenn einem ein Grund dafür bewusst wird, es zu opfern.

Die Schüler, die in diesem Klassenraum auf ihren Stühlen sitzen, bedeuten ihr nach wie vor nichts. Sie weiß, wie sie heißen, wo sie wohnen, wer ihre Eltern sind, kennt sogar ihre Personennummern. Sie verlassen sich auf ihre Lehrerin.

»Markus«, hört sie sich sagen, »hör bitte auf, mit dem Stuhl zu wippen.«

Die Schüler blicken auf, als hätten sie vergessen, dass sie sich im Raum befindet. Der kleine und leicht pummelige Markus hört auf zu schaukeln, aber es dauert weniger als eine Minute, bis er wieder anfängt.

Sie geht mit leichten Schritten zu ihm, zieht an seiner Rückenlehne und stellt den Stuhl mit einem dumpfen Knall ab. Markus sieht sie erschrocken an. Sie erwidert seinen Blick lächelnd.

Sie weiß, dass sie das Richtige tut, wenn sie ihn auf diese angemessene Lehrerart anlächelt. Nicht als die wütende Lehrerin, sondern als die pädagogische, die für ihre Schüler da ist.

Nun hat sie den kleinen Kampf um seinen Stuhl gewonnen.

Das ist ein gutes Gefühl.

Ein Blick auf die Uhr, noch zehn Minuten bis zur Pause.

Sie wird von der unbegreiflichen Lust übermannt, zum Lehrerpult zu gehen und zu sagen: *Liebe Kinder, ich möchte euch etwas erzählen. Gestern habe ich mit einem fremden Mann geschlafen. Ich bin sehr froh darüber und möchte nur, dass ihr das wisst.*

3

Bengts Vortrag läuft exakt so ab, wie er es erwartet hat. Trocken, trist und monoton. Er hält sich an sein Manuskript, vergisst aber nicht, gelegentlich zum Publikum aufzublicken, obwohl er keine Gesichter sieht. Er nimmt eher eine Menge verwischter Konturen wahr, die Zuhörer zeigen keine Reaktion, sitzen nur schweigend da und hören zu.

Er fühlt sich sicherer, wenn er sich an die Worte hält, die er in einer pädagogisch passenden Schriftgröße ausgedruckt hat. Sechzehn Punkt, er hätte halb blind sein und den Text immer noch lesen können, zumal die Organisatoren dafür gesorgt haben, dass ein kleiner Scheinwerfer seinen Lichtkegel genau dorthin wirft, wo sein Manuskript auf dem modischen Rednerpult liegt.

Tatsächlich sind seine Gedanken immer wieder zu dem abgeschweift, was am Vorabend passiert ist. Der Lichtkreis auf dem Manuskript erinnert ihn daran, wie er nur mit einer Unterhose bekleidet vor dem Scheinwerferlicht des Autos stand. Entkleidet, gedemütigt, verängstigt und ausgeraubt.

Er hatte nicht gewusst, ob er überleben würde.

Es war das Furchteinflößendste, was er in seinem Leben je erlebt hatte, und trotzdem wusste er, dass er nie jemandem davon erzählen würde. Er war ein Opfer gewesen, aber da er aus dem Haus seiner Geliebten kam, gab es keinen, dem er sein Grauen anvertrauen konnte.

Solange er Wort für Wort abliest, was auf dem Papier steht, merkt niemand etwas. Er sieht aus wie ein ganz normaler Professor, aber in seinem Kopf taucht immer wieder das Bild auf, wie er fast nackt und in völliger Dunkelheit den langen Weg hinabging. Er musste alles Beängstigende in dieser Schwärze auf Distanz halten, die Tiere, die seltsame Laute von sich gaben, er durfte nicht an Schlangen denken, die eventuell über die Straße krochen, giftige Schlangen, Spinnen oder andere gefährliche Tiere, die dort mit Sicherheit lebten, obwohl er mitten in der Stadt war, vielleicht sogar Leoparden, woher sollte er das wissen. Also ging er mit entschlossenen Schritten, scherte sich nicht darum, dass er sich die Füße aufschürfte, lief in gleichmäßigen Schritten abwärts, sah mehr und mehr die Lichter der Stadt unter sich, er hatte keine Ahnung, wie viel Uhr es war. Dann sah er ein Auto, das ihm entgegenkam. Er winkte, dachte, dass sie ihn vielleicht in sein Hotel fahren würden, machte einen Schritt auf die Straße.

Dann merkte er jedoch, dass der Wagen nicht langsamer wurde. Im Gegenteil. Er beschleunigte und wechselte auf die Gegenfahrbahn. Daraufhin fielen ihm die Worte des Autoverkäufers ein, der Anna angewiesen hatte, niemals anzuhalten, am wenigsten wegen jemandem, der verletzt zu sein scheint. Dann ist es vermutlich das Letzte, was du in deinem Leben tust.

Die Insassen des Autos sahen, dass ihnen ein Räuber und Mörder entgegenkam.

Er beobachtete, wie sich der Wagen den Anstieg hinauf entfernte. Ihm blieb nichts anderes übrig, als weiter in Richtung Stadt zu gehen. Er fror. Seine Füße taten weh, aber er durfte dem Schmerz keine Aufmerksamkeit schenken, denn sonst würde er anfangen zu hinken und vielleicht nie ankommen.

Ein weiteres Auto kam ihm entgegen, und diesmal hatte er Glück: Es war ein Streifenwagen. Die Polizisten hielten an und erkundigten sich, was passiert war. Bengt erklärte es den Beamten, ohne im Detail zu berichten, was sich ereignet hatte. Sie wollten ihn auf die Wache mitnehmen und versuchten, über Funk Verstärkung zu rufen, aber Bengt bat sie, ihn einfach nur zum Hotel zu fahren. Er wusste, dass sie den Täter nie erwischen würden, und was spielte das jetzt noch für eine Rolle?

Er wusste auch, dass er die Strafe in gewisser Weise verdiente. Er war einfach nur glücklich, weil er überlebt hatte. Jetzt wollte er nur noch dorthin, wo seine Kleider waren, wo er die Tür hinter sich abschließen konnte. Er bat darum, zum Hotel gefahren zu werden und auf eine Anzeige verzichten zu dürfen.

Die beiden Polizisten schienen lange zu zögern, ehe sie schließlich nickten und ihn auf der Rückbank Platz nehmen ließen. Als sie das Hotel erreichten, begleiteten sie ihn hinein und erklärten dem Nachtportier, es habe einen Unfall gegeben, aber es sei lediglich erforderlich, dass er keinem davon erzähle.

Der Schlüssel lag, wo er liegen sollte, und mit ihm in der Hand konnte er sich bei den beiden Polizisten bedanken, ihnen die Decke zurückgeben und sich in sein Zimmer zurückziehen. Als er die Tür hinter sich geschlossen hatte, blieb er lange stehen, ohne zu wissen, was er als Nächstes tun sollte. Dann atmete er tief durch, stellte sich unter die Dusche, klebte anschließend Pflaster auf die Füße und ging durch, was er alles verloren hatte, welche Karten gesperrt werden mussten.

Und als er seine Sachen durchsah, hielt er dann auf einmal seinen Ehering in der Hand, den er an diesem Abend abgestreift hatte. Nun betrachtete er ihn und drehte ihn zwischen Daumen und Zeigefinger. Er sah die Blässe auf seinem Finger, wo der Ring einen Abdruck hinterlassen hatte.

Er war froh, dass er ihn nicht getragen hatte, als er ausgeraubt wurde, dass er … Im selben Moment kamen ihm die Tränen, begann er zu zittern, endete die Schreckstarre, und er kauerte sich auf dem Bett zusammen wie ein Kind und konnte nicht mehr aufhören zu weinen, und es war ein so gutes Gefühl, von den Tränen auf seinem Gesicht getröstet zu werden, dem Salzigen, und immer und immer wieder sagte er nur ein einziges Wort: Verzeih … verzeih … verzeih.

***

Als Bengt seinen Vortrag beendet, wird höflich applaudiert. Nicht mehr, nicht weniger. Er ist froh, dass es vorbei ist. In zwei Stunden muss er zwar noch an einer Podiumsdiskussion teilnehmen, braucht dabei aber lediglich die Fragen zu beantworten, die ihm eine Moderatorin stellt. Er kennt sie nicht, weiß nur, dass sie Südafrikanerin ist, hat aber gehört, beim Thema Therapieformen für junge Erwachsene kenne sie sich hervorragend aus.

Auf dem Weg von dem kleinen Podium herab muss er fast lachen, als er daran denkt, wie viel die Organisatoren dafür bezahlt haben, ihn einen langweiligen Vortrag ablesen zu lassen. Es gibt nichts Spannendes in dem, was er vorgetragen hat, zumindest nicht für ihn selbst. Es handelt sich um alte Fakten, ein paar Artikel, die er auf die Schnelle neu zusammengestellt hat.

Er darf nicht vergessen, sich nach seiner Heimkehr bei Stuart zu bedanken, dem er es zu verdanken hat, dass die englische Grammatik fehlerfrei gewesen ist. Immerhin etwas.

Er denkt für eine Sekunde an Stuart. »Spot on.« Immer dieses *spot on*, das er mit seinem fast schon lächerlich britischen Akzent ausspricht. Bengt wünscht sich, er könnte Stuart zu einer besseren Stelle an der Universität verhelfen, glaubt aber nicht recht daran. Der Apparat ist zu schwerfällig. Intrigen und Vetternwirtschaft.

Im Grunde ist es ein Rätsel, dass Stuart so lange geblieben ist, aber wenn es seinen zwanzig Jahre jüngeren Freund nicht gäbe, wäre sein Aufenthalt in Schweden mit Sicherheit nur von kurzer Dauer gewesen.

Nach Bengt ist Doktor Baumgartner aus Ungarn an der Reihe und berichtet von seiner Forschung zu Alkoholschäden bei frühgeborenen Kindern und wie in der Psychiatrie darauf eingegangen werden kann. Seine Diagramme mit Wochen, Monaten und Jahren auf der großen Leinwand sind vollkommen unverständlich.

Sobald seine Worte mit einem nahezu undurchdringlichen Akzent vom Podium herabströmen, versucht Bengt, sich unauffällig aus dem Saal zu stehlen. Er muss nur versuchen, sich an den beiden Frauen vorbeizuzwängen, die zwischen ihm und dem Gang sitzen. Er beschließt, sie anzulächeln und sich gleichzeitig leise zu räuspern. Beide schauen auf und verschieben ihre Beine so, dass er an ihnen vorbeikommt, ohne dass es auffällt.

Vor dem Haupteingang steht die schreckliche Beatrice Arnoux, die Bengt drei Jahre zuvor in Paris kennengelernt hat. Er erinnert sich an sie und vor allem an ihre Pöbeleien bei dem gemeinsamen Festessen nach dem Seminar. Damals erklärte sie, alle, die sich zu Wort gemeldet hatten, hätten nur Unsinn geredet. Mit zu viel Lippenstift und einem Make-up, das jede Falte betonte, polterte sie, jeder der Redner sei inkompetent und vorhersehbar gewesen.

Bengt wurde bewusst, dass damit auch er selbst gemeint war, da er unmittelbar vor dem Essen gesprochen hatte.

»Für Sie gilt das in ganz besonderem Maße«, erklärte Doktor Arnoux, als er sie darauf ansprach. »Sie haben doch bloß Humbug geredet. Als wollten Sie versuchen, diese anderen Möchtegernpäpste zu beeindrucken.«

»Das ist jetzt aber ganz schön hart«, hatte er erwidert und war wirklich beleidigt gewesen.

Sie hatte keinen Deut nachgegeben, stattdessen mit einer Zigarette herumgefuchtelt und weiter jeden Redner, einen nach dem anderen, verrissen. Abschließend sagte sie, die Männer hätten ihren Beitrag geleistet.

»Wo sind die Frauen?«, rief sie aus. »*Wo sind sie?* Sie sind unsere letzte Hoffnung! Wir haben Haarbüschel in den Ohren und Schuppen auf schwarzen Anzugschultern satt!«

Bengt wies darauf hin, dass sie eine Frau war und folglich beim nächsten Seminar etwas Kluges sagen könnte.

Daraufhin hatte Doktor Arnoux jedoch nur den Kopf geschüttelt und mit fester Stimme und einem eiskalt starrenden Blick gesagt:

»Sie verstehen wirklich gar nichts, ich bin genau wie Sie alle. Und was wissen Sie schon von Frauen?«

Als Bengt sie jetzt mit ihrer Zigarette vor dem Eingang stehen sieht, verspürt er den starken Drang, zu ihr zu gehen und sie zu fragen, was sie damals meinte. Vielleicht war es etwas Wichtiges, vielleicht hatte sie vollkommen recht, als sie eine neue Art von Psychiatrie forderte, einen Paradigmenwechsel jenseits des Patriarchats, jenseits Freuds, eine stärker pflegeorientierte Psychiatrie, die weniger abhängig von unverständlichen ungarischen Diagrammen auf großen Leinwänden ist.

Oder sie war – was er persönlich vermutete – eine verbitterte Alkoholikerin.

Die Enttäuschung stellt sich praktisch sofort ein.

»Guten Tag, Doktor Arnoux«, sagt er.

Ihr Blick spricht Bände.

Sie hat nicht die geringste Ahnung, wer er ist.

Dann passiert jedoch etwas Seltsames. Er beginnt ein Gespräch mit seiner französischen Kollegin, ohne sich eigentlich darauf einzulassen. Sie spricht und er spricht. Er weiß nicht worüber, lässt die Worte kommen, wie sie wollen.

In Gedanken ist er weit weg. Er denkt an Paul, den Fotografen mit den pornografischen Bildern. Er denkt an Anna van der Vyver, die diesen Mann ihr Leben lang vermissen wird, ohne etwas dagegen tun zu können. Sie hat keine Worte für ihre Liebe und keine Worte für ihren Verlust.

Und dann denkt er an den Mann an Bord des Flugzeugs,

der von seinem Wunsch sprach, jemanden lieben zu können.

Wie hieß er noch gleich?

Bengt erinnert sich nicht, durchforstet sein Gedächtnis, sieht den Mann vor sich. Carl? Nein, aber irgendetwas mit C oder K. Christer? Christian? Das war es. Christian. Aber sein Nachname will ihm trotzdem nicht einfallen.

Da war etwas mit diesem Mann und seinem Blick.

Als lockte er etwas aus Bengt heraus, dessen er sich selbst gar nicht bewusst gewesen war. Wenn er jetzt an ihre Begegnung zurückdenkt, fällt ihm auf, dass er sich vor dem anderen regelrecht gebrüstet, mit Zitaten um sich geworfen und versucht hatte, ihn zu beeindrucken. Das sah ihm überhaupt nicht ähnlich. Aber dieser Christian hatte etwas ungeheuer Beherrschtes an sich gehabt, das er durchbrechen wollte. Er wollte ihn beeindrucken, weil er etwas besaß, was Bengt in dem Moment brauchte.

So muss es gewesen sein.

Christian hatte von Gott und Schreber gesprochen.

Doch während er nun den eifrigen Mundbewegungen der Französin folgt, fällt ihm einfach nicht ein, was er an Bord des Flugzeugs gebraucht hatte. Selbstsicherheit? Mut? Das Gefühl, andere Menschen zu ignorieren? Mehr an sich selbst zu denken? Unangenehme Dinge zu vergessen?

Er denkt an Mariette.

Mariette, die ihm immer vorwirft, er sei zu egoistisch. Er weiß, dass sie, zumindest teilweise, recht hat.

Jetzt sieht Bengt, dass die Frau ihm gegenüber nicht mehr spricht, und er hat keine Ahnung, was sie gesagt hat. In seinem Kopf herrscht Leere.

»Nicht wahr?«, sagt sie und bläst Zigarettenrauch aus.

»Wenn Sie mich fragen, liegen Sie falsch.«

»Falsch, wie meinen Sie das, *falsch*?«

»Ich will doch nur jemanden lieben können.«

Sie schaut ihn an, als wäre er total verrückt geworden, dreht den Kopf und betrachtet ihn, als hätte er gerade das Bein gehoben und sie angepinkelt.

Dann schnippt sie die Zigarettenkippe fort, drückt ihre große Kunststoffbrille hoch und sagt:

»Sie haben recht. Das stimmt natürlich. Es ist das erste Kluge, was Sie gesagt haben.«

Danach bittet sie ihn, sie zu entschuldigen, und Bengt bleibt allein zurück, ohne recht zu wissen, was sich soeben abgespielt hat.

Er wiederholt die Worte, flüstert sie vor sich hin:

»Ich will doch nur jemanden lieben können.«

Christian Leander, denkt er.

Das war sein Name.

Einer dieser Menschen, denen man begegnet und die man danach nie mehr wiedersieht.

4

Mariette beschließt, dass sie vor der nächsten Stunde noch Zeit für eine Zigarette hat. Sie geht zu dem kleinen Laden an der Ecke, kauft sich eine Schachtel Marlboro und ist froh, dass in diesem Moment kein Schüler in dem Geschäft ist. Sonst hängen sie immer dort herum und kaufen sich Süßigkeiten, statt in der Schulkantine zu essen, dort oder in der Pizzeria oder in der Würstchenbude auf der anderen Straßenseite.

Der flötende Mann hinter der Verkaufstheke greift nach einer Schachtel, knallt sie auf den Tresen und fragt, ob sie auch ein Feuerzeug braucht. Sie nickt, und er sieht überaus zufrieden aus, als wäre er erst jetzt belohnt worden, nachdem er diese Frage schon zweihunderttausendmal gestellt hat.

Mariette steckt die Zigaretten hastig ein, um nicht doch noch erwischt zu werden, geht die Böschung hinab, durch die Schrebergartenkolonie zum Wasser hinunter, wo es ihrer Erinnerung nach eine versteckt stehende Parkbank gibt. Die Sonne wärmt angenehm, aber sobald sie in den Schatten kommt, fährt ihr der kalte Wind in die Knochen.

Als sie fast da ist, muss sie enttäuscht feststellen, dass ausgerechnet auf der von ihr angesteuerten Parkbank eine alte Frau sitzt. Die Alte hält einen alten, zersausten Cockerspaniel an der Leine, der schnüffelnd umherläuft. Mariette seufzt, aber im selben Moment steht die Frau auf und geht mit einem Stock in der einen und der Hundeleine in der anderen Hand davon.

Mariette beeilt sich, ihren Platz zu besetzen, streift die Zellophanhülle von der Schachtel Marlboro, zupft eine Zigarette heraus und zündet sie an. Sie nimmt einen tiefen Zug und bekommt sofort eher Kopfschmerzen als einen Nikotinkick.

Gehetzt raucht sie die Zigarette und starrt auf das Wasser hinaus.

Die Zigarette schmeckt ihr nicht mehr so gut wie früher, aber sie hat entschieden, dass es schon gehen wird. Sie hat das Bedürfnis zu spüren, dass sie etwas tut, was für ihren Körper gefährlich ist. Was nicht gut für sie ist. Als sie den Rauch herabzwingt, kratzt es richtig angenehm im Hals.

Plötzlich überkommt sie das Gefühl, beobachtet zu werden. Sie dreht sich um und meint tatsächlich, hinter einem Gebüsch einen Schatten zu erkennen.

Einbildung, denkt sie. Das bildet sie sich nur ein, außerdem ist es so typisch für sie, dass sie nichts Unvernünftiges tun kann, ohne sich sofort dafür zu schämen. Weil sie raucht, wie albern.

Dann das Unerwartete.

Sie denkt an ihre Mutter. Es ist lange her, dass sie sich zum letzten Mal gesehen haben, und das deprimiert Mariette nun in einer Weise, die ihr neu ist. Sie vermisst ihre Mutter. Aber diesmal geht es um etwas anderes. Sie sieht vor sich, wie es damals war, als sie im Sommerhaus zusammensaßen und Mariette beiläufig die Bemerkung fallen ließ, dass es sich zwischen ihnen anders anfühlte als sonst.

»Wie meinst du das?«, fragte ihre Mutter.

»Ich weiß auch nicht, einfach anders.«

Sie hatten viel gemeinsam, es gab nicht einmal einen wirklich großen Altersunterschied zwischen ihnen, denn ihre Mutter war sehr jung gewesen, als sie Mariette bekam, erst neunzehn.

Neunzehn, denkt Mariette jetzt, das ist doch nichts. Das ist ja furchtbar, denkt sie. Großer Gott, Erik ist immerhin schon siebzehn.

Damals in dem Sommerhaus hatte ihre Mutter die Hände auf Mariettes Wangen gelegt und gesagt:

»Das liegt daran, dass du mich nicht mit einem alten Gesicht kennst.«

Mariette weiß noch, dass sie damals lächelte, weil es so schön klang.

Du kennst mich nicht mit einem alten Gesicht.

Nun erkennt sie, dass sie genauso alt ist, wie ihre Mutter damals war. Dass es heute Erik ist, der *sie* nicht mit einem alten Gesicht kennt.

In diesem Moment vermisst sie ihre Mutter mehr als je zuvor. Es ging so schnell. Alles war wie immer, dann kam die Krebsdiagnose. Sechs Monate später war sie tot.

Mariette drückt die Zigarette aus und streicht sich mit der Hand vorsichtig über das Gesicht. Liebt sie Bengt noch? Hat sie ihn jemals geliebt?

Kann sie mit Bestimmtheit wissen, dass Erik sie liebt?

Genauso ist es, alles stimmt oder nichts stimmt. Und inmitten von allem wird sie sich selbst mit einem alten Gesicht kennenlernen.

* * *

Schon von Weitem sieht Mariette Rektorin Eva Anderzon, die im Flur vor ihrem Klassenzimmer steht. Als Mariette ihr zum ersten Mal begegnete, musste sie sich bewusst vornehmen, jemanden zu respektieren, der den Namen Anderson mit einem Z schrieb.

Dann wurden sie Kolleginnen, die sich nahestanden und sehr gut zusammenarbeiteten. Inzwischen hat Eva jedoch beschlossen, Karriere zu machen, und Mariette findet sie mutig, auch wenn sie nicht begreift, wie die Kollegin es schafft, mit ganzem Herzen und Leib und Seele an den vielen Konferenzen zum Thema Personalführung und an den zahlreichen Weiterbildungen teilzunehmen. Ihr Verhältnis ist natürlich auch nicht mehr so wie früher, seit Eva ihre Chefin ist.

Mariette beißt sich auf die Lippe und schaut auf die Uhr. Verdammt, denkt sie, fast fünf Minuten zu spät, Halspastillen hat sie auch keine, und da vorn steht Eva vor ihrem Klassenzimmer. Aus welchem Grund? Es wird jedenfalls wohl kaum um eine gute Neuigkeit gehen, das tut es selten, wenn die Rektorin auf einen wartet.

Mariette denkt, dass sie nach Zigarettenrauch stinkt. Sie versucht, sich einen guten Grund für ihre Verspätung einfallen zu lassen und beschließt, dass der Kopierer mal wieder gestreikt hat.

Aber Eva Anderzon interessiert sich nicht für ihre Ausrede und winkt sofort ab, als Mariette das Wort Kopierer in den Mund nimmt. Tatsächlich kommt sie Mariette ein bisschen aufgekratzt vor.

»Mariette«, sagt sie und zeigt in die Klasse. »Ich habe deine Schüler schon mal hineingelassen und sie gebeten, sich zu setzen.«

»Ist etwas passiert?«

»Etwas passiert? Nein, ganz und gar nicht. Wirklich nicht.«

»Aber …«

»Ich bin hier mit einem Mann, der bei einer Schulstunde zuschauen möchte«, erklärt Eva Anderzon und scheint zu erwarten, dass Mariette sich über diese Neuigkeit freut.

»Einem Mann?«

»Ja, er arbeitet an einer psychologischen Studie. Es klingt sehr interessant. Und da dachte ich, dass wir bei einer deiner Stunden dabei sein könnten.«

Mariette versteht kein Wort. Sie versucht, sich zu konzentrieren. Die Rektorin will bei einer ihrer Stunden zuschauen. Aber sie versteht nicht warum, und ebenso wenig, warum das jetzt und ohne Vorwarnung geschehen muss. Und welche Rolle dieser unbekannte Mann dabei spielt.

»Es wäre mir schon lieber gewesen, ich hätte das ein bisschen früher erfahren«, ist das Einzige, was sie über die Lippen bringt.

»Natürlich, natürlich«, erwidert Eva Anderzon und legt einen Arm um Mariettes Schulter. »Aber nimm es einfach, wie es ist, es ist nichts Besonderes. Er scheint vor allem … neugierig zu sein.«

»Nichts Besonderes? Aber das ist es ja gerade …«

Eva lacht auf, und Mariette sieht ihr an, dass auch sie im Grunde keine Ahnung hat, worum es eigentlich geht. Gemeinsam betreten sie das Klassenzimmer. Mariette ist kaum über die Türschwelle getreten, als sie auch schon Christian Leander sieht, der am hinteren Ende des Raums auf einem Stuhl sitzt.

»Das ist Christian …«

»Leander«, ergänzt Christian, als Eva sich bei seinem Nachnamen offenkundig unsicher ist.

»Hallo«, sagt Mariette zögernd und gibt ihm die Hand. Ihr ist beim besten Willen nicht klar, ob er sich einen Scherz mit ihr erlaubt oder nicht.

»In Ordnung«, sagt Eva laut, so dass die Schüler es auch hören. »Dann kann die Stunde ja anfangen. Was habt ihr jetzt? Erdkunde?«

Sie lehnt sich zu Mariette vor und flüstert ihr ins Ohr.

»Diese Studie klang wirklich interessant, ich erzähle dir später mehr. Kennst du ihn?«

Mariette schüttelt den Kopf.

»Also nicht, tja, das war ein bisschen unklar. Er hat etwas in der Richtung erwähnt, aber ich habe nicht wirklich verstanden, was er meint. Ach übrigens, Mariette?«

»Ja?«

»Die neue Frisur steht dir wirklich gut.«

Mariette lächelt verwirrt, geht zum Lehrerpult und sieht, dass die Blicke der Schüler ihr auf eine Weise folgen, die für Situationen wie diese reserviert ist, in der andere Erwachsene im Klassenzimmer sind, die sie nicht kennen. Eine Art Erwartungshaltung, dass etwas Unerwartetes und Spannendes passieren wird.

Sie atmet tief durch und erklärt, dass sie jetzt nicht Erdkunde haben werden, wie es eigentlich auf dem Stundenplan steht, sondern eine Bildaufgabe, weil die in der letzten Woche ausgefallen ist. Einige Schüler strahlen. Mariette erläutert, dass sie allen Anweisungen gut zuhören müssen, ehe sie sich das nötige Material holen. Anschließend schreibt sie deutlich an die Tafel, was die Kinder benötigen. Mehrere sind auf ihren Stühlen nach vorn gerückt, wollen endlich anfangen dürfen. Es ist eine Aufgabe, die ihnen Spaß macht, das weiß Mariette, denn das ist der Vorteil, wenn man viel Berufserfahrung hat, man weiß, was funktioniert.

Selbst der kleine Martin, der nach jeder Unterrichtseinheit seufzt, wirkt interessiert. Es muss mit seinen Genen zusammenhängen, seine Eltern sind genauso und genauso klein. Trotzdem hat Mariette gelernt, ihn und sein mürrisches Wesen zu mögen.

Als alle Schüler über die spannende Bildaufgabe jubeln, hört sie Martin dann doch noch laut stöhnen:

»Oh nein, warum haben wir das nicht schon früher gemacht?«

Mariette hört, dass Eva Anderzon vor Glück über den meckernden Kommentar Martins fast in die Hände klatscht. Sie sieht, wie Eva sich Christian zuwendet, irgendwie triumphierend, weil die Stunde so gut läuft. Sie sieht verändert aus, denkt Mariette, es wirkt, als sei ihr etwas Fantastisches passiert, das sie nun mit jemandem teilen möchte.

Nein, das stimmt nicht, denkt Mariette. Sie muss immer wieder zu ihr hinsehen. Sie weiß genau, was sie beobachtet. Eva Anderzon sieht vor allem *verliebt* aus.

5

Mariettes Schulstunde hat Christian sehr beeindruckt. Sie war so phänomenal, wie er es die ganze Zeit erwartet hatte. Ihre Art, mit den Kindern zu sprechen, und dass sie jedes einzelne von ihnen sah.

Sie strahlte da vorn am Lehrerpult.

Natürlich war sie hinterher ein wenig steif gewesen, schließlich war er nicht dazu gekommen, sie vorzuwarnen. Er konnte verstehen, dass seine Anwesenheit im Klassenzimmer sie überrascht hatte.

Andererseits schien es nicht lange zu dauern, bis sie sich wieder entspannte, nachdem die Schüler in die Pause gegangen waren. Sie standen zusammen, nur sie und er. Sie lachte sogar und sagte etwas über ihre Rektorin, was sie anschließend jedoch wieder zurücknahm, es ging darum, wie sich ihr Name schrieb. Sie meinte, es sei nur ein Scherz gewesen, aber Christian hatte ohnehin nicht richtig hingehört. Während sie mit ihm sprach, musste er sie einfach immer weiter ansehen. Als er zu beschreiben versuchte, wie die Kinder ihr zugehört hatten, was er beobachtet hatte, schien sie nicht wirklich zu verstehen, was er meinte.

Sie erklärte, das sei nun einmal ihr Job.

Christian hatte etwas ganz anderes gemeint.

Dann wurden sie davon unterbrochen, dass die Schulkrankenschwester zu ihnen trat und mit Mariette sprechen musste, ein Termin, der offenbar seit Langem geplant war. Christian sah, wie sie den Schulflur hinabgingen, sich unterhielten und gestikulierten.

Seither sind über zwei Stunden vergangen, und er wartet immer noch vor der Schule auf sie, steht ruhig angelehnt, das Jackett lässig über die Schulter geworfen.

Und dann. Er sieht sie von fern näherkommen. Sie geht geradewegs auf ihn zu, ihr Gesicht ist glühend rot. Sie scheint ihn wegstoßen zu wollen.

»Was zum Teufel ist hier los?«, sagt sie.

Sie versucht, ihre Stimme zu dämpfen, und baut sich in einem angemessenen Abstand vor ihm auf. Sie schaut sich um, will sichergehen, dass keiner sie sieht oder hört.

»Was meinst du …«

»Das hier! Ich meine *das hier*. Du trampelst einfach so in meine Klasse. Was für Geschichten saugst du dir eigentlich aus den Fingern?«

»Darf ich dich nach Hause begleiten?«

Sie sieht ihn an, als hätte sie sich verhört.

»Mich nach Hause begleiten? Was für ein Irrer bist du eigentlich?«

»Verzeih«, erwidert er. »Ich wollte dich nicht wütend machen.«

»Ich begreife nicht …«, sagt sie und schüttelt mehrmals den Kopf. »Ich begreife nicht, was du hier treibst.«

»Es ist nur …«

Er spricht nicht weiter, sieht sie nur an, ohne ihrem Blick auszuweichen. Er sieht, dass sie nicht mehr wütend ist. Alles Eruptive ist von ihr abgefallen.

»Nein … das geht nicht. Du kannst mich nicht nach Hause begleiten. Das hier ist seltsam. Das musst du verstehen. Das verstehst du doch, oder? Ich weiß nicht, was du vorhast.«

»Verzeih«, sagt er.

»Du brauchst dich nicht zu entschuldigen. Nicht ständig.«

Jetzt wirkt sie nicht mehr so gereizt. Aber sie hat sich entschieden, das sieht er. Sie ist nicht bereit, noch nicht.

»Es ist nur …«

Sie wartet darauf, dass er seinen Satz beendet.

»Was?«, fragt sie.

»Ja, also, ich habe Bengt erreicht.«

»Bengt?«

Sie wirkt erstaunt, was Christian nur zu gut versteht.

»Ja«, fährt Christian fort, »und er hat mir gesagt, wohin er den USB-Stick gelegt hat. Es wäre wirklich toll, wenn ich ihn einfach abholen könnte.«

Sie scheint intensiv darüber nachzudenken, bekommt keine Ordnung in ihre Gedanken.

»Du willst ihn einfach nur abholen?«, fragt sie. »Sonst nichts?«

Christian breitet die Arme aus.

»Natürlich nicht. Ich will mich nicht … aufdrängen.«

* * *

Christian freut sich, das Haus zu sehen. Es gefällt ihm immer besser. Es wirkt gemütlich, ganz anders als bei seinem ersten Besuch. Da war es das Haus eines anderen mit einer Einrichtung gewesen, die er nur schwer einordnen konnte. Als hätten seine Bewohner aufgehört, es als ein Zuhause zu betrachten, als sähen sie darin lediglich einen Ort, an dem man den größten Teil seiner freien Zeit verbringt.

Als er jetzt den schlichten Kiefernholztisch und die Küchenstühle sieht, findet er dagegen, dass alles perfekt aussieht. Irgendwie warm.

Hier haben sie in all den Jahren gesessen. Hier haben sie sich umarmt, hier haben sie sich gestritten, vielleicht sogar mit Tellern geworfen, obwohl er ihnen das eher nicht zutrauen würde, hier haben sie lange, intime Gespräche unter der schmucklosen Deckenlampe geführt, hier haben sie sich geliebt und einander betrogen.

Hier findet so vieles Platz. So viele Worte und so viele Gefühle.

Christian und Mariette sind kaum zur Tür hereingekommen, als Erik auch schon aus dem Keller nach ihr ruft. Er findet seine Sportsachen nicht.

»Schau mal in die Waschmaschine«, ruft Mariette zu ihm hinunter.

Aus der Tiefe ertönt bloß ein gereiztes Brüllen.

»Woher soll eigentlich ich immer genau wissen, wo deine Trainingsklamotten sind«, ruft Mariette noch, diesmal allerdings etwas bittender.

Sie sieht Christian an, als würde sie zögern. Als sei sie sich nicht sicher, ob sie ihn allein lassen kann. Schließlich seufzt sie und geht ins Untergeschoss. Christian hört, wie die beiden über die Sportkleider diskutieren. Er findet das süß, dass sie gezwungen sind, bei etwas derart Anspruchslosem zusammenzuarbeiten.

Dann kommt ihm eine Idee.

Während er die beiden unter sich reden hört, schleicht er sich in Eriks Zimmer. Solange er sie hört, kann nichts passieren. Er lauscht ihrem bemüht höflichen Wortwechsel über Verantwortung, Erwartungen, begleitet vom Rasensprenger im Garten, der sich hin und her bewegt und alle paar Sekunden den Hausgiebel bespritzt.

Schon am Geruch erkennt Christian das Zimmer eines Teenagers.

Überall liegen wie in der Erinnerung an seine Jugend Kleider herum, der Hormonduft, all die Poren und Drüsen des Teenagerkörpers, die aus dem bis dahin so weichen Fleisch freigesprengt werden müssen.

Schnell lässt er den Blick über die Sachen schweifen, die verstreut herumliegen, das übliche Zeug von Jugendlichen, hebt die Matratze leicht an, unter der natürlich keine Pornos liegen, das war früher eben anders. Heute findet man alles im Netz, und Christian hat nicht die Zeit, sich hinzusetzen und den Verlauf des Browsers durchzugehen, um zu sehen, was er dort aufspürt. Er könnte das Innerste des Computers nach außen kehren, aber das würde stundenlange Arbeit erfordern, Stunden, die er nicht hat.

Aber er wird dieses Gefühl nicht los. Er weiß genau, dass er hier etwas finden würde, aber er weiß nicht, was. Er weiß, dass seine Neugier eine ganz eigene Kraft hat. Die ihm all seine Erfolge beschert und ihn mit dem Ruf belohnt hat, der beste Analytiker zu sein, den man sich für Geld kaufen kann. Nun sagt ihm sein Gefühl, dass es etwas gibt, was aus diesem Zimmer ausströmt, aus diesem und ins nächste.

Er hatte sich bewacht, überwacht gefühlt. Hier ist etwas.

Er *spürt* es.

Seine Hand tastet in unterschiedlichen Höhen die Tapete ab. Schließlich findet er, wonach er sucht. Eine kleine Einbuchtung, die in Wahrheit ein Loch ist, so groß wie der Daumennagel eines erwachsenen Mannes. Man kann durch es direkt in Mariettes Schlafzimmer schauen.

Ruckartig dreht er sich zur Tür um, ist überzeugt, dort Erik zu sehen, mit seinen weichen, herabhängenden Jungenarmen, dem ausweichenden Blick. Unbestimmbar. Doch das Einzige, was man sieht, ist ein Schatten, den der übergroße Schirm der Stehlampe wirft, und kurz darauf hört er erneut Stimmen aus dem Keller, das wiederaufgenommene Gespräch, näherkommend, aber noch in sicherer Entfernung.

In gewisser Weise ist er trotzdem enttäuscht, dass Erik nicht in der Tür gestanden und ihn beobachtet hat. Er weiß nicht warum, nur, dass es so ist.

Sie hätten miteinander reden können, denkt er.

Auf eine neue Art, sozusagen von Mann zu Mann. Genau dort, an der Lötstelle zwischen Wahrheit und Lüge.

6

Seit Beginn seiner Reise nach Kapstadt ist Bengt auf Schlaf fixiert gewesen. In dieser Nacht hat er länger geschlafen, als er es zu seiner Teenagerzeit jemals getan hat. Als er aufwacht, ist es schon nach elf.

Im ersten Moment denkt er, es könne nicht stimmen und dass die Uhr an der Wand in der Nacht stehen geblieben ist. Aber seine Armbanduhr zeigt ihm das Gleiche an. Es ist tatsächlich fünf nach elf. Selbst da ist er noch nicht überzeugt und schaltet den Fernseher ein, nur um den endgültigen Beweis zu erhalten und kein bisschen klüger zu sein.

Das ist immerhin mal ein neues Gefühl, denkt er. Wann hat er sich zuletzt so ausgeruht gefühlt?

Es war immer etwas gewesen. Zunächst das Studium, damals fand er niemals Schlaf, immer dieses schlechte Gewissen, der Stress und die Rivalität. Dann war er Mariette begegnet, und es war anders geworden, aber gleichzeitig hatte er sich eine Arbeit suchen und auch an den Abenden arbeiten müssen, und obwohl er glücklich und verliebt war, konnte er nicht behaupten, dass er damals ausgeruht war.

Vielleicht wollte er es auch gar nicht sein. Vielleicht ertrug er es nicht, ausgeruht zu sein. Die Gedanken, die unablässig bearbeitet werden sollten, die eigenen Gedanken, nicht die der anderen.

Dann wurde Erik geboren, und danach bekam er nie genügend Schlaf, obwohl es für Mariette natürlich noch schlimmer war. Jede Nacht war ein Grund zur Sorge, nie waren sie entspannt, wenn sie sich mit Freunden und Bekannten trafen. Ständig diese Arbeiten, mit denen er beschäftigt war. Er gehörte zu den Gewinnern der Gesellschaft, so viel hatte er immerhin begriffen. Er gehört zu diesen Männern mittleren Alters, die am besten bezahlt werden, ein weißer, heterosexueller Mann, gut ausgebildet, er war der Sieger im Wettlauf, der den ersten Preis gewann, den Lorbeerkranz und die Ehre.

Leider fühlt er sich nur gar nicht wie ein Sieger.

Sicher, er verdient mehr als Mariette, die auch gut ausgebildet ist, trotzdem wirkt sie zufriedener als er. Da ist etwas mit ihr und ihren Freundinnen, die alle so zufrieden wirken, selbst wenn sie seufzen und sich beklagen.

Als hätten sie etwas *begriffen.*

So hat er das noch nie gesehen.

Zufrieden?

Wann soll er sich jemals so gefühlt haben? Es muss immer alles Mögliche erledigt werden, das Dach muss neu gedeckt werden, und auf der Arbeit kündigen Leute, es gibt Intrigen und sonstigen Mist und Autos, die in die Werkstatt müssen. Er weiß nicht, wie man ein Dach deckt oder ein Auto repariert. In praktischen Dingen ist er eine Niete.

Sieger.

Das Wort geht ihm nicht aus dem Kopf. Ist er ein Sieger? Aber müsste sein Sohn dann nicht zu ihm aufblicken? Erik liebt seine Mutter, das sieht jeder, aber seinen Vater? Wohl eher nicht. Sie haben keinen solchen … Kontakt. Ist dies das richtige Wort?

Letztlich doch ein bisschen ängstlich, *Kontakt.*

Wie bekommt man auf die Art Kontakt zu seinem Sohn?

Wenn man ein Sieger ist.

Bengt versteht nicht recht, worauf er mit seinem Gedankengang hinaus möchte, spürt aber, dass sein Körper sich im Laufe der Nacht verwandelt hat. Er ist irgendwie, auf eine unmerkliche Art, leichter geworden. Er kann es beim besten Willen nicht erklären.

Er will gerade in die Dusche steigen, als er plötzlich innehält. Er sieht seinen nackten Körper im Badezimmerspiegel. Ein Körper, den er kennt und gleichzeitig doch nicht erkennt. Es kommt ihm vor, als würde er Brüste bekommen. Der Bauch sieht für sein Alter noch einigermaßen akzeptabel aus, allerdings nur, wenn er die Luft anhält. Die behaarten Schultern, gegen die er nicht mehr so konsequent vorgeht wie früher.

Nachdem er sich geduscht und angezogen hat, verlässt er zügig das Hotel. Seltsamerweise weiß er genau, wohin er gehen wird. Das Angebot eines Ausflugs nach Robben Island, um dort Nelson Mandelas Gefängniszelle zu besichtigen, hat er dankend abgelehnt. Etwas Unergiebigeres und eine größere Zeitverschwendung konnte er sich beim besten Willen nicht vorstellen.

Nicht wegen der Gefängniszelle, sondern wegen der Menschen, die bei dem von der Konferenz organisierten Ausflug in die südafrikanische Zeitgeschichte dabei sein würden. Sie werden weiter über ihre völlig uninteressanten Studien und Projekte sprechen. Ebenso wenig hat er die Absicht, sich in einem dieser Haikäfige ins Meer herabsenken zu lassen.

Stattdessen führen seine Schritte ihn fast unmerklich – wenngleich in ganz selbstverständlicher Weise – zu District Six. Er will das Museum sehen, obwohl er darüber nur das weiß, was Anna ihm erzählt hat. Irgendetwas über ein ganzes Viertel, das abgerissen werden sollte.

7

Sie sitzen am Küchentisch, und sie sagt die Worte, auf die Christian gewartet hat. Die harten, unausweichlichen. Jetzt ist das Gewissen zu nahe gerückt, der Moment, in dem man Dinge denkt, die man sonst tunlichst verdrängt. Er weiß, dass sie jetzt gegen den Betrug ankämpft, natürlich ist es so.

Er wusste es. Es kann gar nicht anders sein.

Er möchte ihr sagen, dass sie nicht zu viel denken soll.

Er möchte sie küssen.

Trotzdem muss er ihr zuhören, als sie die Worte wiederholt, die in seinen Ohren wenig durchdacht klingen:

»Das geht einfach nicht«, sagt sie immer und immer wieder.

Sie schüttelt den Kopf, beißt auf den Daumennagel, an dem sich ein Fetzen Nagelhaut gelöst hat. Sie erwischt ihn mit den Schneidezähnen, nagt ihn ab und schüttelt gleichzeitig weiter den Kopf.

»Aber …«, sagt er und verstummt.

Er weiß, dass es sinnlos ist. Trotzdem kann er es nicht lassen. Es gibt eine Kraft in ihm, eine Kraft, die er nie zuvor gefühlt hat. Sie legt sich auf seine Brust, lähmt ihn fast und macht ihm das Atmen schwer, es ist, als sickerte sämtliche Luft aus der Lunge in seinen Körper und machte ihn leicht und schwer zugleich.

Er spürt, dass sich in ihm etwas verändert. So steht er da, durchströmt mit der Angst all dieser Jahre, die auf einmal von ihm abgefallen ist.

»Du hast gesagt, du würdest gehen, sobald du diesen dämlichen USB-Stick gefunden hast«, sagt sie und blickt zu ihm auf. »Ich begreife nicht einmal, was an diesem Ding so wichtig sein soll. Bengt hat nie von irgendwelchen USB-Sticks gesprochen, die irgendwer benötigt.«

»Aber«, sagt er, »ich liebe dich.«

Sie schüttelt den Kopf.

Er fragt sich, ob sie ihn überhaupt gehört hat. Er denkt, dass es ein gutes Gefühl ist zu wissen, dass immerhin das Fenster offensteht. Als er unten war, um angeblich den USB-Stick zu holen, hatte er kontrolliert, dass das Kellerfenster nach seinem ersten Besuch noch offen stand.

Das tat es. Alles war so, wie es sein sollte.

»Ich lieb ...«

»Ich habe dich gehört, aber man kann das Wort nicht so benutzen, wie du es tust. Du bist ... was da in der Schule passiert ist. Ich verstehe nicht, was du willst. Das ist ... unangenehm. Ja, richtig *unangenehm*. Kapierst du das nicht?«

Ihre Art, mit diesem Satz herauszuplatzen, unterbricht ihn so abrupt, dass er den Rest dessen, was er hatte sagen wollen, herunterschluckt. In seinem Kopf sind die Worte jedoch noch genauso klar zu hören wie zuvor.

Er hat sie vorher niemals ausgesprochen. Es war das erste Mal und trotzdem durfte er sie nicht sagen.

Dennoch weiß er, dass es wahr ist. Nie zuvor hat er jemanden geliebt. Er würde sich nur wünschen, es wäre alles anders.

Sie sucht seinen Blick. Er ist sich nicht sicher, ob sie weint. Ihre Augen sind feucht, aber gleichzeitig eigentümlich leer.

»Ich bin nicht so, wie du glaubst«, sagt sie.

»Aber …«

»Du musst jetzt gehen.«

Er kommt nicht einmal dazu, etwas zu erwidern, ehe sie auch schon abwehrend die Hand hebt.

»Nein, ich meine es ernst. Du musst.«

Sie bleiben noch einen Moment so sitzen, schweigend, während die Küchenuhr regelmäßig tickt.

Dann steht er auf und geht bedächtig zur Tür. Bei jedem Schritt erwartet er, dass sie es sich anders überlegt und ihn zurückruft. Zwei Mal zieht er mit jedem Schuh über die Fußmatte im Flur, als hätte er das Haus gerade erst betreten.

Als er langsam und tastend die Tür öffnet und ihre Worte immer noch nicht hört, dreht er sich zu ihr um, aber sie starrt nur auf die Tischplatte herab, blickt nicht zu ihm und seinen wartenden Schritten auf.

Er bleibt noch einen Moment so stehen, dann muss er aufgeben.

Er spürt ein starkes Brennen, wie beim Einatmen von Rauch. Er denkt, dass Menschen, die man vergessen will, größer werden.

Er geht und schließt lautlos die Tür hinter sich.

Die kleine Treppe zum Kiesweg hinunter und ein hellblauer Himmel, so rein und klar wie vor einer langen, langen Reise.

8

Bengt trinkt einen Espresso in einem Straßencafé zwei Häuserblocks von District Six entfernt und wäre froh, wenn er sowohl eine Sonnenbrille als auch einen wärmeren Pullover dabeihätte. Er war gerade bei dem Museum angekommen, als er stattdessen beschloss, einen Bus zum Kap der Guten Hoffnung zu nehmen. Ja, warum nicht, dachte er. Vor dem Museum musste man Schlange stehen, und er ahnte, wie klaustrophobisch es sein würde, sich mit all diesen Menschen in dem Gebäude aufzuhalten. Da war es besser, an einen Ort zu fahren, an dem es Meer und Weite gab.

Er fragt den Mann an der Kasse, wo man einen Bus zum Kap der Guten Hoffnung nehmen kann. Der Mann antwortet ihm, ohne aufzublicken.

»Orange Street«, sagt er. »Vor dem Mount Nelson Hotel.«

Bengt bedankt sich und erkennt, dass der Mann ihm den wohl einzigen Ort genannt hat, den er findet. Damit ist die Sache endgültig entschieden. Der Bus kommt außerdem nur wenige Minuten später und erweist sich als einer dieser Sightseeing-Busse, aus denen man jederzeit nach Lust und Laune wieder aussteigen kann.

Die Straße entlang der Küste ist so schön, dass es ihm schwerfällt, die Landschaft in sich aufzunehmen. An mehreren Haltepunkten kann man aussteigen und aus geringer Entfernung Wale beobachten. Auf dem oberen, offenen Deck sitzen Touristen jeglicher Altersgruppen und zeigen in alle Richtungen. Bengt ist der Einzige, der unten im Bus sitzt. Als der Bus an dem Leuchtturm mit Aussicht auf die südlichste Landspitze Afrikas hält, werden sämtliche Passagiere aufgefordert, keine Tüten mitzunehmen, die Lebensmittel enthalten, da ihnen diese sonst mit Sicherheit von den Pavianen geklaut würden.

Bengt schmunzelt, als er die verschreckten Familien sieht, die daraufhin ihre Besitztümer verstecken, als befänden sie sich weit nach Mitternacht in den verruchtesten Vierteln Kapstadts. Oben im Leuchtturm sieht Bengt, wofür er hierhergefahren ist. Zwei Weltmeere, die sich begegnen und aufeinanderprallen, der Indische Ozean und der Atlantik. Der Busfahrer hat erläutert, dass er nach Kap Agulhas gekommen ist, dem wahren südlichsten Punkt des Kontinents, einhundertfünfzig Kilometer vom Kap der Guten Hoffnung entfernt. Ein Ort, von dem er noch nie gehört hat, Kap Agulhas, warum wird es nie erwähnt, wenn Afrika an ihm endet?

Neben dem Leuchtturm befinden sich ein kleiner Laden und ein Restaurant, in dem Bengt teuer und schlecht isst. Er wünscht sich, er hätte ein Buch mitgenommen, irgendetwas, um sich von seiner Umgebung, von dem touristischen Geplapper abzuschirmen.

Zwei Ozeane treffen aufeinander, und er kann es nicht in sich aufnehmen.

Sorgsam achtet er darauf, dass seine Gedanken nicht zu dem abschweifen, was neulich abends passiert ist. Der Raubüberfall beängstigt ihn jetzt, hinterher, fast noch mehr, weil er ihn sich nicht vom Leib halten kann, weil er in ihn hineinkriecht.

Während der gesamten Rückfahrt nach Kapstadt sitzt er auf seinem Platz, ohne wirklich hinauszuschauen. Dennoch herrscht eine angenehme Ruhe. Er lässt sich von dem Bus dorthin zurückbringen, wo er sich auskennt. Das Meer auf der rechten Seite, dann das Meer auf der linken Seite. Die näherkommende Stadt.

Er geht den ganzen Weg zum Hotel zu Fuß, ohne sich irgendwelche Sorgen zu machen, im Gegenteil. Er will in sein Zimmer, den Koffer packen. Er will das Taxi zum Flughafen bestellen, in das Flugzeug steigen, schlafen, essen, was man ihm anbietet, ein Glas Wein trinken, Kathleen Ferrier hören.

Er will heim zu Mariette, es gibt so viel, worüber sie sprechen müssen. Es wird Zeit.

Als er das düstere Hotelfoyer betritt, kann er bei der Umstellung von Helligkeit zu Zwielicht im ersten Moment nichts erkennen. Als würde er in völliger Dunkelheit baden. Aber seine Augen gewöhnen sich schnell.

Das Erste, was er daraufhin sieht, ist Anna van der Vyver, die an der Hotelrezeption steht. Instinktiv springt Bengt hinter einen Pfeiler und versteckt sich.

Er sieht, dass der Portier nach dem Haustelefon greift und kurz darauf etwas Bedauerndes zu ihr sagt.

Sie nickt, schreibt etwas auf einen Zettel und reicht ihn dem Mann an der Rezeption, der sich übertrieben höflich verneigt. Als sie der Rezeption den Rücken zukehrt, um das Hotel zu verlassen, presst Bengt sich fest an den Pfeiler.

Sie geht eine Armlänge entfernt an ihm vorbei.

Es hätte genügt, ihren Namen zu flüstern, dann hätte sie ihn gehört.

So, wie gelähmt, bleibt er stehen, bis er sieht, dass ihr BMW anspringt und sie davonfährt. Um dem Mann an der Rezeption aus dem Weg zu gehen, verbirgt Bengt sich hinter einem amerikanischen Touristen mit Strohhut, der wie er in den Aufzug steigt.

Er ist bereit heimzufahren.

Es wird Zeit, denkt er. Er weiß, wo sein Zuhause liegt, und weiß nun auch, wo die Weltmeere aufeinandertreffen.

9

Wieder Abend und eine Stille, die sich im Haus und auf den Straßen ausbreitet. Täglich sieht man, dass es immer früher dunkel wird. Der Herbst rückt näher und ist nichts als eine Vorbereitung auf die finstere Nacht des Winters. Im Fernsehen laufen Nachrichten, und Christian hört, wie jede neue Katastrophe mit demselben Jingle angekündigt wird.

Oh, denkt er, dieser bedauernde Tonfall, mit dem die Sprecher auf all die unnötigen Toten, all das unnötige Töten reagieren müssen. Diesmal: Ein Flugzeug, das in Indonesien vermisst wird, man befürchtet, dass zweihundert Menschen ertrunken sind. Keine anderen Spuren als ein noch undefinierter Ölteppich dreizehn Kilometer vor der Küste. Eine Maschine, die sich in Luft aufgelöst zu haben scheint. Auf keinem Radar ist sie aufgetaucht, sie ist spurlos verschwunden, fast geisterhaft. Zehn verschiedene Länder haben Suchboote ausgeschickt, und in einem Interview nach dem anderen teilen die Verantwortlichen mit, die Meeresfläche sei so groß, dass es Wochen, vielleicht sogar Monate und Jahre dauern könne, das Flugzeug aufzuspüren.

Christian lässt den Fernseher an, achtet jedoch darauf, dass seine Ohren nicht mehr hinhören. Er will, dass Mariette ihn versteht. Er will nur, dass sie ihm zuhört, dem, was er ihr zu sagen hat.

Er steht auf und geht zu dem Aufzug am Ende des Treppenhauses. Zieht im Gehen eine Jacke an, kontrolliert, ob er die Schlüssel hat und drückt auf den gelben Knopf nach ganz unten. In der Tiefgarage zieht er den Autoschlüssel heraus, drückt darauf und sieht, wie die Blinker des Wagens zweimal kurz aufleuchten.

Es wird Zeit, denkt er.

Die Garagentore öffnen sich, und der Wagen kriecht langsam, aber entschlossen über die Schwelle, durch die offene Passage und auf die Straße hinaus.

Er ist unterwegs.

Die Straße empfängt ihn, als hätte sie ihn vermisst. Sie führt ihn weiter, und er lässt alle vier Fensterscheiben herunterfahren und den Wind hereinwehen. Er spürt, wie seine Haare umhergewirbelt werden, der Wind übertönt die Musik. Man hört kaum, was man denkt.

Alles wird vom Rauschen des Winds überschwemmt.

Wie ein Flugzeug unmittelbar vor dem Moment des Abhebens.

10

Mariette hat sich nie wirklich wohl dabei gefühlt, in einer Badewanne zu liegen. Es liegt an diesem lästigen Wasser, das ständig spritzt. Und an der Schutzlosigkeit, der Nacktheit. Erst warten, bis die Wanne voll ist, dann die richtige Temperatur hinbekommen und Wache halten, damit die Wassermenge stimmt. Meistens ist es dann doch zu viel Wasser, so dass es überschwappt, wenn sie hineinsteigt. Oder es ist zu heiß und deshalb eher eine Qual, in die Wanne zu gelangen.

Wenn der Körper sich daran gewöhnt hat, kann es ein angenehmes Gefühl sein. Doch schon bald liegt sie auf einmal ein bisschen schief, rutscht herum wie ein Stück Seife, fängt an zu frieren und muss neues heißes Wasser einlassen.

Sie denkt, dass es um die richtige Balance geht, wie Ulla immer sagt. *Ein balanciertes und harmonisches Dasein.* Die Freundin hat jede noch so kleine Pflanze in ihrer Wohnung mit dem Ziel platziert, eine solche harmonische Balance herzustellen.

Ihr Feng-Shui ist völlig außer Kontrolle geraten. Ulla meint es sicher gut, das ist es nicht, es ist so leicht, sich über sie lustig zu machen, aber gleichzeitig gibt es auch vieles, was Mariette an ihr bewundert. Sie gibt niemals auf, ist immer neugierig, ist nie fertig mit etwas. Sie mag einer

Sache zwar irgendwann überdrüssig sein, ist dann aber binnen kürzester Zeit mit etwas anderem beschäftigt.

Dann denkt Mariette an Erik, ob er sich in der Schule auch wirklich wohlfühlt und ob er in letzter Zeit nicht etwas zu teilnahmslos wirkt. Sie denkt, dass sie sich nicht so viele Sorgen machen sollte, schließlich weiß sie, wie schwer der Weg durch die Pubertät ist, einfach ist das nie. Da muss man durch, das ist für alle gleich.

Sie rasiert sich die Beine, findet es schön, sie ein wenig zu massieren, in ihrer vollen Länge. Und das Rasiergel und die routinierten Bewegungen das Bein hinauf und hinab, wie glatt es hinterher ist. Sie fragt sich, warum sie das eigentlich so selten tut. Am schlimmsten sind natürlich die Stoppeln, was heißt, dass man sich eigentlich mindestens alle zwei Tage rasieren muss. Stattdessen lässt sie die Haare wachsen, und dann wird aus der Rasur eine große Sache.

Jetzt findet sie es schön, sie fühlt sich besser, ja, schöner, attraktiver, und das allein durch diese schnellen Bewegungen am Bein entlang.

Sie hört Schritte, die an der Badezimmertür vorbeigehen. Sie ruft:

»Erik? Leg deine Sportklamotten bitte in die Waschmaschine. Ich will nicht sehen, dass sie stinkend in deinem Zimmer herumliegen. Sie fangen an zu schimmeln, das habe ich dir schon tausendmal gesagt. Okay?«

Sie wartet darauf, sein Seufzen zu hören. Das typische Merkmal des Teenagers. Alles, wirklich alles nervt.

»Erik?«

Sie ist sich eigentlich sicher gewesen, ihn gerade gehört zu haben, als er an der Tür vorbeiging.

»Antworte mir gefälligst, wenn ich mit dir rede!«

So langsam wird sie richtig sauer. Es ist diese Ignoranz, die sie nicht erträgt, die sie dazu bringt, sich wie ein verdammtes Hausmädchen zu fühlen, das alles immer in Ordnung halten soll. Am schlimmsten findet sie, dass Bengt genauso ist, was sie wirklich zur Weißglut treibt. Schließlich kann er es nicht auf die Pubertät schieben.

Jetzt ist die Balance in ihrer Badewanne definitiv verloren gegangen. Sie steht auf und schnaubt gereizt. Das Wasser ist zwar ohnehin zu kalt, um noch länger darin zu liegen, aber sie mag es nicht, in diesen ungewöhnlichen Momenten der Erleichterung gestört zu werden.

Immerhin sind die Beine jetzt glatt, denkt sie, als sie sich mit dem großen Badehandtuch abtrocknet, das an seinem angestammten Platz hängt, wie sie zufrieden feststellt. Hätte Erik es wieder mit zum Sport genommen, hätte sie laut geschrien.

Als sie fertig ist, zieht sie einen sauberen Slip und ein sauberes Hemd an und wickelt das Handtuch wie einen Turban um ihr Haar. Sie öffnet die Tür und ruft mit aller Kraft:

»Erik!«

Keine Antwort.

»Erik, verdammt nochmal.«

Sie seufzt und geht zu seinem Zimmer, ist sicher, ihn dort mit Kopfhörern auf voller Lautstärke auf dem Bett sitzen zu sehen, aber er ist nicht da. Im Grunde weiß sie nicht, warum sie so gereizt ist, dennoch geht sie zu ihrem Handy, das auf der Kommode im Flur liegt, und ruft ihn an. Er meldet sich nach dem dritten Klingelton, es klingt eher wie ein Stöhnen, als würde sie ihn schon wieder bei etwas stören.

»Warum hast du mir nicht geantwortet?«, fragt sie.

»Hab ich doch, ich bin direkt drangegangen, als ich es klingeln gehört habe.«

»Ich meine, als du im Haus warst.«

»Wie, im Haus?«

»Gerade eben, vor fünf Minuten. Warum hast du mir nicht geantwortet, als ich dich gerufen habe?«

Es entsteht eine kurze Pause, und sie findet, dass es klingt, als würde er auf etwas kauen.

»Mensch Mama, jetzt komm mal runter«, sagt er mit müder Stimme. »Ich bin nach der Schule noch gar nicht zu Hause gewesen.«

Die Antwort bringt sie ein wenig in Verlegenheit. Sie erkennt, dass sie sich das Ganze nur eingebildet hat und beabsichtigt nicht, die Sache noch schlimmer zu machen, als sie ohnehin schon ist.

»Wann kommst du nach Hause?«, erkundigt sie sich und wechselt das Thema.

»Weiß ich noch nicht.«

»Kannst du bitte zwei Liter Milch mitbringen?«

Daraufhin hört sie das charakteristische Seufzen, schenkt ihm aber keine Beachtung, sondern beendet das Gespräch, indem sie »Küsschen« sagt, was er, wie sie sehr wohl weiß, nicht ausstehen kann.

Sie legt das Telefon dorthin zurück, wo sie es sich genommen hat, kehrt ins Badezimmer zurück und föhnt ihre Haare.

Der Gedanke, dass sie direkt hinter der Tür Schritte gehört hat, will ihr einfach nicht aus dem Kopf. Mein Gott, sie weiß doch, wie sich Schritte anhören. Sie ist ja nicht verrückt geworden. Dafür gibt es wirklich keine vernünftige Erklärung. Andererseits begreift sie nicht, warum Erik sie bei so einer Lappalie belügen sollte.

Sie beschließt, die Sache auf sich beruhen zu lassen. Außerdem ist ihr gerade ein Mitesser am Haaransatz ins Auge gefallen, den es dort definitiv nicht gegeben hat, bevor sie die Badewanne füllte. Schritte. Sie weiß doch, wie sich Schritte anhören.

11

Sobald Christian Erik näherkommen sieht, legt er den Gang ein und fährt in seine Richtung. Er erinnert sich an das erste Mal, vor ein paar Tagen nur, als er ihn an dieser Stelle einsteigen ließ und zum Fußballtraining fuhr. Als wäre es schon eine Ewigkeit her.

Erik freut sich, als er das Auto sieht. Er hebt die Hand und grüßt.

»Hallo«, sagt Christian, der die Fensterscheibe heruntergefahren hat. »Geht's wieder zum Fußball?«

»Nein«, sagt Erik und zuckt mit den Schultern. »Ich lasse das Training heute ausfallen. Ich will zu einem Kumpel, Basketball spielen.«

»Verstehe.«

Erik hat sich direkt an das Fenster gestellt, lehnt sich an den Wagen.

»Es gibt da so eine coole Sache, ich meine, wenn du Lust hast mitzukommen?«

»Eine coole Sache?«

Erik lacht.

»Ja, eine Überraschung«, sagt Christian und lächelt.

»Sie meinen, jetzt?«

»Ja, genau. Jetzt. Hast du Zeit?«

»Ich weiß nicht…«

Christian sieht, dass er zögert, weiß aber genau, was er sagen muss.

»Es dauert nur eine Stunde«, erklärt er. »Du wirst es bestimmt nicht bereuen.«

»Ich habe eigentlich versprochen …«

Aber Christian sieht ihm an, dass er mitkommen wird. Er ist zu neugierig. Wie man es in seinem Alter sein soll, niemals gewillt, etwas zu verpassen. Das ist charmant, denkt Christian, beugt sich über den Beifahrersitz und öffnet die Tür.

»Vielleicht …«, sagt Erik. »Ich könnte anrufen und Bescheid sagen, dass ich ein bisschen später komme.«

»Ja, tu das. Ruf an.«

Das Telefonat dauert nur ein paar Sekunden, und danach sitzt Erik im Wagen, und Christian sieht ihm an, dass er gern fragen würde, wohin sie wollen, aber weiß, dass es eine Überraschung sein soll. Man fragt nicht nach Überraschungen.

»Super, dass du mitkommst.«

Erik lächelt ihn an. Dann lacht er laut.

»Was ist«, erkundigt sich Christian.

»Es sieht irgendwie aus, als hätten Sie Klamotten von meinem Vater an.«

»Wirklich? Das ist ja seltsam.«

Es wird still, bis Christian das unbestimmte Schweigen im Auto durchbricht.

»Es ist eigenartig«, sagt er. »Ich meine, das Leben … es passieren so viele eigenartige Dinge. Verstehst du, was ich meine? Eines Tages … erkennst du, dass man dich gewogen und für zu leicht befunden hat. So funktioniert das.

Und dann ist es zu spät. Ich… Wie weit läufst du in der Regel?«

Erik scheint die Frage nicht zu erstaunen.

»Zehn Kilometer«, sagt er mit dumpfer Stimme.

»Warum läufst du?«

»Wie meinen Sie das?«

»Ich meine das, wonach ich gefragt habe«, erwidert Christian. »Warum läufst du?«

»Am Anfang«, setzt Erik zögernd an, offenbar unsicher, ob er die Frage richtig verstanden hat, »am Anfang, weil ich mich dazu gezwungen habe. Ich wollte besser werden. Ich wollte der Beste im Fußball sein. Später war das nicht mehr so wichtig. Jetzt laufe ich, weil etwas in mir laufen will. Ich fühle mich dann irgendwie besser. Ich werde…«

»… der, der du sein willst?«

»Nein, oder… ich weiß nicht«, antwortet Erik und scheint zu erröten. »Komisch, das sieht aus, als würden Sie bluten?«

»Tatsächlich?«

Erik zeigt auf das rechte Hosenbein, auf dem in Höhe der Wade ein dunkler Fleck zu sehen ist.

»Das da?«, sagt Christian. »Ach, das ist nichts, ich muss nur an etwas Scharfes gekommen sein.«

Trotzdem legt er instinktiv die Hand darauf, als wollte er verhindern, dass man den Blutfleck, der durch den Stoff gedrungen ist, sieht. Anschließend nickt Christian mehrmals ernst und gewichtig.

»Sich besser fühlen«, sagt Christian in einem nachdenklich wirkenden Tonfall. »Das ist toll, Erik, das ist wirklich toll.«

Es gibt so unglaublich viel, was er Erik erzählen möchte, doch er weiß auch, dass die Zeit durch die Wespentaille des Stundenglases verrinnt. Ihm wird bewusst, dass er das Wichtigste erst in diesem Augenblick erkannt hat.

»Ich würde dir gern etwas erzählen«, sagt er. »Von meinem Leben. Wer ich bin. Es gibt nichts, was deine Enttäuschung wettmachen kann. Aber es gibt Dinge, die etwas bedeuten. Verstehst du?«

Erik nickt, sagt aber nichts.

Christian denkt an seinen ersten Blick auf Erik zurück, als dieser in seinen Sportsachen aus dem Haus stolperte. Die schlanken Beine, die hochstehenden Haare, die großen Kopfhörer.

Es ist eine Erinnerung, denkt er. Es ist eine Erinnerung, und sie bedeutet etwas.

Sie ist nichts Geliehenes, sondern gehört einem wirklich. Sie steckt vielleicht nur irgendwo in seinem Kopf, in einer der zahllosen Windungen, aus denen das Gehirn besteht, ist aber trotzdem so wirklich wie die Hände, die er vor sich hochhält, wie das Pochen in der Brust, wie die Augen, mit denen er sieht. Er kann diese Erinnerung jederzeit abrufen, woraufhin sie von Neuem existiert. Jedes Mal.

Es gibt kein Paradies, denkt Christian still, nicht auf die Art, wie manche Leute es einem einzureden versuchen. Aber in jedem Menschen existiert etwas Unerhörtes.

Er muss sich auf die Lippe beißen, wenn er an das Paradies denkt, weil es so einfach ist. Das Paradies ist Berührung. Er legt seine Hand kurz auf Eriks und weiß – ja, weiß es wirklich –, dass es einen Menschen gibt, solange sich jemand an ihn erinnert.

Als sie da sind, fährt Christian vorsichtig durch das Tor und bleibt am Hauptgebäude stehen. Er bittet Erik, im Wagen zu warten, es dauere nur zwei Minuten. Er spürt bereits Eriks Mischung aus Erwartung und Verwirrung. Eine Rennstrecke.

Christian stellt sich Eriks Miene vor, wenn er ihm erzählt, dass sie richtig schnell fahren werden.

Eriks Augen, wie sie sich weiten.

Oh, diese Wärme, denkt Christian erneut.

Als er bezahlt hat und wieder in den Wagen gestiegen ist, fahren sie weiter zur Rennstrecke.

Christian gibt Gas. Der Wagen nimmt Anlauf, presst sie in die Sitze. Erik ist so außer sich, dass er einfach losschreit. Die Fliehkräfte in der ersten Kurve drücken sie zur Seite, die Reifen heben beinahe vom Asphalt ab, ehe sich der Wagen dann doch wieder ausrichtet. Mit Vollgas geht es auf die nächste Gerade.

Beide schnappen nach Luft, als der Maserati in die nächste scharfe Kurve geht. Dann bricht das Heck aus, und Christian muss das Auto stabilisieren, indem er mit aller Kraft gegenlenkt. Sie werden im Wagen hin und her geschleudert und hängen in den Sicherheitsgurten. Die Bremsen laufen heiß.

Der schmale Grat, denkt Christian, auf dem man am lebendigsten ist.

Aber es geht auch noch um etwas anderes, das ihm erst in diesem Moment klar wird: dass er dieses Erlebnis mit Erik teilt und die Bewunderung und Nähe empfinden kann, die ihm immer gefehlt haben. Es ist so eigenartig, denkt er, dass er sich dieser Sehnsucht erst jetzt bewusst geworden ist.

Nach drei Runden hält Christian an und wendet sich Erik zu. Sie schreien beide mit aller Macht, leeren die Lunge von dem, was während der Anspannung darin eingeschlossen war.

Erik sucht unübersehbar nach den richtigen Worten, die zumindest annähernd den Adrenalinstoß beschreiben könnten, der seinen Körper durchströmt hat. Er schüttelt nur den Kopf, als wäre es völlig unfassbar, dass das wirklich passiert ist.

Als Eriks Telefon klingelt, scheint er das Gespräch nicht annehmen zu wollen. Christian fragt, wer der Anrufer ist.

»Meine Mutter«, sagt Erik.

»Willst du nicht drangehen?«

»Nein ...«

»Doch, tu es.«

»Sie motzt bestimmt nur.«

»Sag ihr, dass du bei einem Freund bist und bald nach Hause kommst.«

Erik zieht das Handy heraus und meldet sich. Im nächsten Moment verdreht er die Augen und seufzt:

»Hab ich doch, ich bin direkt drangegangen, als ich es klingeln gehört habe.«

Er seufzt und schüttelt den Kopf.

»Wie, im Haus? ... Mensch, Mama, jetzt komm mal runter«, sagt er mit müder Stimme. »Ich bin nach der Schule noch gar nicht zu Hause gewesen.«

Er beendet das Gespräch damit, zu sagen, dass er in einer Stunde daheim sein wird. Als er das Telefon wegsteckt, schüttelt er den Kopf.

»Manchmal ist sie echt anstrengend.«

»Das liegt daran, dass sie dich so gern hat.«

Erik schnaubt laut, als wäre das so ziemlich das Absurdeste, was er je gehört hat.

»Jetzt bist du dran«, sagt Christian.

Erik sieht ihn an und schüttelt den Kopf.

»Nein, ich habe doch noch gar keinen Führerschein. Am Eingang stand, dass man einen Lappen vorzeigen muss.«

Christian lächelt.

»Das merken die doch gar nicht«, sagt er. »Ich habe so geparkt, dass sie überhaupt nicht mitbekommen, wenn wir die Plätze tauschen.«

Erik schaut aus dem Fenster und stellt fest, dass sie hinter einem kleinen Hügel stehen und vom Hauptgebäude aus nicht gesehen werden können. Trotzdem zögert er.

»Ich weiß nicht«, sagt er.

Christian legt beruhigend eine Hand auf seine Schulter.

»Du weißt, dass du dich traust. Denk daran, dass das Auto ein Teil von dir ist.«

Erik senkt den Blick, als wollte er sagen, dass das gar nicht so leicht ist.

»Ich helfe dir«, sagt Christian, öffnet seine Tür und steigt aus. Erik folgt seinem Beispiel, wenn auch nicht mit der gleichen Überzeugung.

Als sie auf ihren neuen Plätzen sitzen, atmet Erik tief durch wie vor einem entscheidenden Moment in einem wichtigen Spiel.

»Tu genau das, was ich dir beigebracht habe«, sagt Christian. »Das klappt schon.«

Erik lässt den Wagen an, der sich langsam in Bewegung setzt. Christian sagt ihm, wann er schalten muss. Der Wagen geht nicht mit der gleichen Entschlossenheit in die Kurven, die Drehzahl ist zu niedrig, um die Karosserie an den Boden zu pressen.

Doch mit jeder Kurve schleicht sich mehr Selbstvertrauen in Erik. Er traut sich, aufs Gas zu drücken, befolgt Christians Anweisungen, in den Kurven den richtigen Druck auf dem Gaspedal beizubehalten, nicht zu bremsen. Und dann wagt er es, vor der langen Geraden, das Gaspedal durchzudrücken, und beide schreien laut auf.

»Genau so«, brüllt Christian über das Heulen des Motors hinweg, »genau so!«

Eriks Griff um das Lenkrad ist jetzt ganz anders, sein Blick ist gesenkt, und seine Kiefer arbeiten jedes Mal härter, wenn er sich einer Kurve nähert, er steuert den Wagen direkt auf den Scheitelpunkt der Kurve zu und drückt hinausfahrend aufs Gas, lässt das Heck leicht ausbrechen, weiß, dass er alles unter Kontrolle hat, spürt das Herz, das mit harten, aber ruhigen Schlägen in seiner Brust pocht.

***

Als Christian Erik zu Hause absetzt, sind sie beide noch ganz aufgekratzt. Erik fragt, ob er mit hineinkommen will, aber Christian erklärt, er könne leider nicht, diesmal nicht.

»Schade«, meint Erik.

»Ja«, sagt Christian. »Kannst du mir einen Gefallen tun?«

»Klar, was immer Sie möchten.«

»Ich möchte dich bitten, keinem von unserer kleinen Spritztour zu erzählen.«

»Sie meinen, dass wir Auto gefahren sind? Aber das versteht sich doch von selbst, es ist ja verboten.«

»Nein, ich meine«, verdeutlicht Christian, »dass wir uns heute überhaupt getroffen haben. Kannst du mir versprechen, das nicht zu erzählen?«

»Ach so, ja klar …«

»Ich würde gern … es ist ein bisschen albern.«

»Wieso, was meinen Sie?«

»Ich meine«, sagt Christian und sieht Erik in die Augen, »wenn wir keinem davon erzählen, bleibt es unser Geheimnis. Verstehst du?«

»Ja.«

»Ich möchte gern ein Geheimnis mit dir haben.«

»Das will ich auch«, erwidert Erik.

Als er aus dem Auto steigt und sich verabschiedet, weiß Christian, dass dieser Tag ihnen für immer gemeinsam gehören wird. Das fühlt sich so nah an, dass er es kaum wagt, auf der Heimfahrt daran zu denken, denn sonst liefe er Gefahr, vor lauter Glück in Tränen auszubrechen.

12

Bengt steht in dem kleinen Souvenirladen des Hotels und stöbert in den Geschenkartikeln, größtenteils bunte Tücher und Vasen. An der Rezeption stehen die Leute zum Auschecken Schlange, weil das natürlich alle gleichzeitig erledigen wollen. Er selbst hat es jedoch nicht eilig, das Taxi ist bestellt und kommt erst in zwanzig Minuten.

Nach unterschiedlichen Gegenständen greifend, behält er gleichzeitig die Schlange im Auge, die offenbar bald kürzer werden wird.

Die Verkäuferin kommt zu ihm und zeigt auf das kleine Notizbuch, das er in der Hand hält.

»Sehr schön, nicht?«

»Sicher«, sagt Bengt und wirft erst jetzt einen Blick darauf.

»Es ist eine Handarbeit aus dem Norden Südafrikas, von einem kleinen Stamm, den Venda-Vhalaudzi, an der Grenze zu Simbabwe. Sie stellen das Papier selbst her.«

»Aha, wow«, sagt Bengt, »da würde man es ja nie wagen, etwas hineinzuschreiben.«

Die Frau lacht laut und zeigt ihm ihr Zahnfleisch und mehrere schiefe Zähne.

»Nein, nein«, widerspricht sie mit Nachdruck. »Sie sagen, es liege Magie in ihrem Papier. Deshalb eignet sich dieses Notizbuch ganz besonders für geheime Tagebücher. Für Dinge, die kein anderer lesen soll.«

»Ha, ha, ich verstehe. Aber ich habe noch nie ein Tagebuch geführt und bestimmt nicht vor, jetzt damit anzufangen.«

Dennoch mustert Bengt das Buch in seiner Hand noch einmal genauer. Es hat etwas. Schwarz und Gold überlappen einander so, dass sie auf der Vorderseite ein großes X bilden. Es ist schön, zwar schlicht, aber schön. Es taugt vielleicht nicht als Tagebuch, aber es wäre hübsch, es im Büro zu haben, für etwas feierlichere Anlässe vielleicht. Außerdem hat er noch viel zu viel südafrikanisches Geld. Er kann es immer noch verschenken.

»Okay«, sagt er, »ich nehme es.«

Er ist besonders stolz auf sich, weil er sie nicht fragt, was es kostet.

»Soll ich es Ihnen einpacken?«

»Nein, nicht nötig«, antwortet Bengt. »Ich nehme es direkt in die Hand.«

Als er bezahlt, wird im selben Moment die Rezeption frei, und er geht mit seinem Gepäck hinüber.

»Hier ist noch eine Nachricht für Sie«, sagt der Portier und reicht ihm einen kleinen Umschlag. Es ist die Mitteilung, die Anna für ihn hinterlassen und die er bewusst nicht abgeholt hat.

Er öffnet das kleine Kuvert und liest den zusammengefalteten Zettel. Es steht nur ein Wort darauf: *Verzeih.*

Bengts Brust krampft sich zusammen. Alles Mögliche hätte sie schreiben können, aber das? Warum verzeihen? Er spürt, dass ihm eine alles einschließende und unangenehme Hitze ins Gesicht steigt und er rot anläuft.

Der Portier legt ihm ein längliches, in Geschenkpapier eingeschlagenes Paket hin. Es ist ungefähr so groß, dass eine Whiskyflasche darin Platz finden könnte.

»Die Dame, die diese Nachricht für Sie hinterlassen hat«, sagt der Portier, »hat mich gebeten, Ihnen auch dieses Paket auszuhändigen.«

»So, so«, sagt Bengt und wirft einen Blick auf seinen prall gefüllten Koffer. »Das wird eng.«

Der Portier lächelt nur und druckt die Rechnung aus, zieht Bengts Kreditkarte durch das Lesegerät und fragt ihn nach der Minibar. Als Bengt alle Papiere erhalten hat, entfernt er sich ein paar Schritte und öffnet den Koffer. Mit sanfter Gewalt presst er das Paket hinein, das nicht sonderlich schwer ist, also wohl eher keine Whiskyflasche enthält, die würde mehr wiegen. Er drückt noch einmal, so dass es mitten in der schmutzigen Wäsche landet, und schafft es mit etwas Mühe, den Reißverschluss zuzuziehen.

Ein weiterer Blick auf die Uhr. Fünf Minuten bis zum Taxi. Er schaltet sein Handy ein und ruft Mariette an.

Sie meldet sich nicht.

Sie hatten verabredet, in der Zeit seiner Abwesenheit keinen Kontakt zueinander aufzunehmen, aber jetzt ist er auf dem Heimweg, reisebereit, da müsste es doch eigentlich in Ordnung sein, sich bei ihr zu melden. Er versucht es noch einmal, aber sie geht auch diesmal nicht ans Telefon.

Er trennt die Verbindung und sieht gleichzeitig das Taxi, das vor dem Eingang hält. Er nimmt sein Gepäck und lässt es vom Fahrer im Kofferraum verstauen, setzt sich auf die Rückbank und lässt als Erstes die Fensterscheiben hinunter. In dem Wagen riecht es, als hätte jemand kürzlich etwas mit viel Curry gegessen. Er fächelt sich mit seinem neu erworbenen Notizbuch Luft zu, auf dessen Vorderseite ein großes X prangt.

13

Es passiert immer mitten in der Nacht. Wenn es draußen am dunkelsten ist und vollkommene Stille herrscht. Erik weiß, dass er es nicht tun sollte, aber es ist, als würde ihn mitten in der Nacht eine dunkle Kraft wecken. Einige Male hat er wachgelegen und sich gezwungen, im Bett zu bleiben. Er hört dann eine Stimme, die sagt, dass er nicht aufstehen darf. Die Stimme erklärt, dass ein Verbot herrscht.

Er bleibt im Bett liegen und stellt sich ein Schild mit einem durchgestrichenen Totenschädel vor.

Er denkt sich aus, dass alle Zonen in seinem Zimmer außerhalb des Betts unter Strom stehen, und wenn er eine dieser Zonen berührt, verbrennt er innerhalb einer Sekunde. Als wäre sein Bett von einem elektrischen Zaun umgeben. Er kann das Geräusch fast hören, das entstünde, wenn man der Absperrung zu nahekäme. Ein kurzer, wischender Laut.

Er weiß, dass er sich das alles nur einbildet. Aber ihm ist auch bewusst, dass er diesen Gehirnzaun braucht, um sich zu zwingen, im Bett zu bleiben.

Denn er weiß genau, was passieren wird.

Er denkt sicher mehr als eine halbe Stunde an seinen elektrischen Zaun, ehe er aufgibt und die Decke wegstrampelt. Er schaltet den Computer ein, und während der Rechner hochfährt, zieht er sich ein T-Shirt über und setzt sich auf den Stuhl, die Beine in die noch warme Decke geschlungen.

Er traut sich nicht, seinen Kopfhörer aufzusetzen, will hören können, ob seine Mutter aufwacht. Manchmal hört er, dass sie auf die Toilette geht oder in Richtung Küche trottet, um sich ein Glas Wasser zu holen. Es kommt ihm vor, als würde sie schlafwandeln, sie bewegt sich roboterhaft durch das Haus. Aber die nächtlichen Geräusche gefallen ihm nicht, sie sagen ihm, dass man sich auf das Haus nicht verlassen kann.

Als er sich einloggt, ist sie da. Ihr Name ist das Erste, was er sieht. Sie heißt Domino. Sie ist fünfzig und besitzt eine Kraft, die Erik anzieht. Er weiß selbst nicht genau, was es ist.

Am Anfang war es nur ein Spaß. Sie schrieben sich eine Menge alberner Sachen, und er fand sie witziger als die anderen, mit denen er chattete, cleverer und schlagfertiger. Es dauerte Tage, bis sie anfingen, über Sex zu reden. Auch das nur aus Spaß. Aber trotzdem ganz anders, als Erik es bisher erlebt hatte. Sie veränderte den Ton, aber nicht so, dass sie ihre Art veränderte.

Sie wurde nur härter, entschiedener.

Sie schrieb, was sie mit Erik tun würde, wenn er zu ihr nach Hause käme. Sie würde ihn demütigen, ihn ausnutzen, er sollte ihr Diener sein und würde sie bedienen und alles tun, was sie ihm sagte.

Am Ende war Erik wie verhext von ihr. Er war besessen von dem Gedanken, ihr Sklave zu sein. Sie würde schon dafür sorgen, dass es schön für ihn wäre, schrieb sie. Aber vor allem schrieb sie ihm davon, was er für sie tun würde. Einige Worte musste er googeln, er hatte sie noch nie gehört.

Verlegen saß er vor dem Computer und musste manchmal leise lachen. Trotzdem war es natürlich ernst. Nach einer solchen Nacht am Bildschirm onanierte er manchmal achtmal hintereinander.

Dann begann sie, ihm zu befehlen, wann er onanieren durfte und wann nicht. Er wagte es nicht, ihr nicht zu gehorchen, obwohl sie ihn nicht sehen konnte, sie chatteten ja nur.

In der letzten Woche hat sie ihn gefragt, ob er über Skype chatten möchte, damit sie sich sehen können. Er hat sich verschiedene Ausreden ausgedacht, um es abzulehnen. Der eigentliche Grund ist jedoch, dass er sich nicht traut. Doch, vielleicht tut er das sogar. Aber er will nicht. Er weiß, dass es falsch ist. Man sollte nicht mit jemandem über Sex videochatten, der im gleichen Alter ist wie die eigenen Eltern.

Das sollte man nicht tun. Weil es falsch ist.

Obwohl er es tun will, in seinem tiefsten Inneren will er es.

Er hat Fotos von ihr auf seinem Computer, Bilder, die er sich mehrmals täglich anschaut. Sobald er eine der Aufnahmen sieht, wird er steif. Ihre schwarzen, lockigen Haare und vollen Lippen, die sie auf den Fotos immer spannt. Sie hat ein kleines Doppelkinn, große Brüste, von denen Erik nicht weiß, ob sie echt sind oder nicht. Er ist noch nie jemandem mit so großen Brüsten begegnet. Wenn sie ein enges Kleid trägt, sind sie wie zwei Melonen.

Er weiß nicht, was andere am schlimmsten fänden. Dass er die Nächte hindurch chattet oder dass er es mit einer so viel älteren Frau tut. Seine Mutter würde sicher hysterisch werden und losheulen. Was sein Vater dazu sagen würde, will er sich gar nicht erst ausmalen, wahrscheinlich eine Menge psychologisches Gelaber, eine regelrechte Vorlesung.

Sie würden ihm sagen, dass es falsch ist, dies aber verklausuliert tun.

Vielleicht *ist* es ja falsch. Besser gesagt, das ist es bestimmt, aber es schadet auch niemandem. Er träumt von einer Frau, die ihm alles beibringen kann.

Natürlich weiß er nicht, ob sie mit zehn anderen wie ihm chattet. Sie sagt, dass sie das nicht tut, dass es nur ihn gibt, wenigstens zurzeit. Sie hat es auch mit anderen getan, das hat sie ihm erzählt, aber im Moment gibt es nur ihn. Er selbst hat mit vielen gechattet, aber immer nur mit Gleichaltrigen. Bis er eine Nachricht von ihr bekam, die er spaßeshalber beantwortete.

Sie schrieb ihm, dass er auf dem Foto hübsch aussehe. Es war kaum zu erkennen, wie sie selbst aussah, dagegen begriff man sofort, dass es ein Sexprofil war.

Sie sei dort, um sexuelle Kontakte zu knüpfen, so stand es da.

Er dachte, dass er bei ihr ein bisschen herumprobieren konnte, es spielte ja keine Rolle. Aber sie sprachen nicht über Sex, sondern über Musik und Filme, andere Dinge. Ja, bis sie dann später doch anfingen, auch über Sex zu reden, aber da hatte sie ihm schon ein paar richtige Bilder von sich geschickt. Er hat sich nicht getraut, sie zu fragen, ob sie Kinder hat.

Er weiß nicht warum, wahrscheinlich will er es einfach nicht wissen. Auch nicht, ob sie verheiratet ist. Vielleicht sitzt sie ja am Computer, wenn ihr Mann auf der Couch vor dem Fernseher eingeschlafen ist.

Sie loggt sich fast immer vor drei Uhr nachts ein.

Jetzt ist es halb vier, und vor dem Fenster ist es stockfinster.

Anfangs schickte er ihr eher unschuldige Bilder. Sie gab ihm einen Auftrag, und daraufhin machte er ein Foto mit dem Handy und schickte es ihr. Es war ein Foto, auf dem er ein Glas Wasser trank.

Du musst sexy aussehen, schrieb sie, und er versuchte, ein Bild zu schießen, auf dem er Wasser trank und sexy aussah. Es war verwackelt, weil es schwierig war, das Telefon still zu halten. Als Nächstes sollte er eins machen, auf dem er seinen Bizeps anspannte. Und eins, wenn er unter der Decke im Bett lag.

Nach einer Weile liefen die Aufträge immer mehr darauf hinaus, dass er sich ihr nackt zeigen sollte.

Sie schrieb, dass sie seinen Schwanz, seinen Arsch, sein Gesicht sehen wolle, wenn er wichste. Als Nächstes sollte er aufnehmen, wenn er an einer Kerze lutschte. Er fotografierte, als er sich alle Schamhaare abrasiert hatte. Er fotografierte, als er mit herausgestreckter Zunge auf allen Vieren stand wie ein Hund. Er tat alles, was sie ihm sagte.

Er gehorcht ihren Befehlen und führt jeden ihrer Aufträge aus.

Sie lobt ihn immer, sagt, er sei ein braver Junge.

Es gefällt ihm, wenn sie ihn brav nennt.

Als er sich eingeloggt hat, schreibt sie sofort. »Hallo,

Süßer«, begrüßt sie ihn. Er antwortet, und so geht es weiter. Sie schreibt ihm, dass sie geil ist, und er erwidert, dass das gut ist.

Inzwischen reden sie kaum noch über anderes als Sex, was er irgendwie schön findet. Wenn er den Computer mitten in der Nacht einschaltete und sie mal nicht da war, ist er immer enttäuscht gewesen und hat stundenlang am Bildschirm gesessen und gewartet.

Aber meistens ist sie da, fast jede Nacht. Wie in dieser Nacht.

14

Christian steht neben dem flachen Container, es ist eine sternenklare Nacht, der Wind hat sich gelegt, wartet. Das Industriegebiet liegt verwaist da in der gespenstischen Stille. Nur eine verlorene Krähe fliegt vorbei, ohne nach unten zu schauen. Christian geht zum Kofferraum und öffnet ihn, hebt den Benzinkanister heraus, schraubt den Deckel ab und gießt den Inhalt in den Container.

Er zündet sich eine Zigarette an und blickt weiter gen Himmel.

Dort ist das Ewige, dem er sich nicht wirklich stellen will.

Das Leben ist ohne die großen Rätsel so viel einfacher gewesen. Ohne die Frage, warum sein Leben existiert. Es hätte auch anders kommen können. Ein Universum, das niemals endet, obwohl es irgendwo enden muss. Alles, was ist, muss einen Anfang und ein Ende haben.

Er raucht die Zigarette nicht zu Ende, nimmt nur noch einen Zug, ehe er die Kippe in den Container wirft. Es ist, als sammelte sich die Stille in einem großen Sack, der zusammensinkt und in dem Behälter landet. Es entsteht eine Art Vakuum, in dem die Zeit nicht mehr existiert.

Dann ertönt aus der Tiefe des Metallischen ein kurzer Laut wie ein Peitschenknall, und die Flammen greifen blitzschnell um sich.

Das Feuer ähnelt eher einer Explosion.

Christian wischt sich die Augen trocken, weiß nicht mehr, ob er weint. Es ist ohnehin zu spät, denkt er. Es ist wie mit der sternenklaren Nacht, sie lässt sich nur so akzeptieren, wie sie ist. Das Feuer und das Unauslöschliche, das übrigbleibt. So viel Einsamkeit.

Er geht davon und sieht von fern, dass der Container immer noch brennt. Es ist gut, denkt er, dass das Feuer so begrenzt ist. Niemand wird hier hinausfahren, um es zu löschen. Das Feuer wird von allein ausgehen, und morgen wird keiner sehen, dass es dort gebrannt hat. Alles wird so sein, wie es zuvor war. Wie es werden musste. Ein Anfang und ein Ende.

Er liebt Erik und weiß, dass Erik ihn bald noch mehr lieben wird. So soll das Leben beschaffen sein, das jedem gemäß seiner Handlungen gegeben wird, das ist so einfach und selbstverständlich, wenn einem erst einmal die Augen dafür geöffnet wurden.

Und er weiß, dass er schon bald die Kraft haben wird, diese Tagebücher zu vergessen, die nun in einem Schuttcontainer in einem vergessenen Teil der Stadt langsam zu Asche werden.

15

Bengt zieht sich die Schlafbrille von den Augen, und das Licht empfängt ihn mit einem messerscharfen Strahl. Er ist besorgt, weiß nicht, wie viel Zeit vergangen ist. Als er sich die Augen reibt, sieht er, dass die Flugbegleiterin ihn beobachtet. Sie scheint sich zu sorgen, dass etwas passiert sein könnte.

Er fragt sich, ob er einem verängstigten Kind gleicht. Sie hat diesen Blick, als wollte sie ihn trösten. Sie spricht zu ihm, aber wegen des Drucks auf seinen Ohren hört er sie nicht. Er versucht, sie anzulächeln, zeigt auf die Ohren und gibt ihr mimisch zu verstehen, dass er sie nicht hören kann.

Sie lächelt erneut, allerdings wieder so eigentümlich.

Erst als sie gegangen ist, kann er sich entspannen. Was wollte sie? Hat er versehentlich auf einen Knopf gedrückt, dachte sie vielleicht, er hätte sie an seinen Platz gerufen? Erst jetzt wird ihm bewusst, dass er Kopfhörer aufhat, und er erinnert sich, dass er zu Musik eingeschlafen ist.

Er muss eine Weile geschlafen haben. Und etwas Unangenehmes geträumt haben.

Wie viel Uhr ist es? Er versucht, seine Armbanduhr zu finden, die er in seine Jacketttasche gelegt hat, als er durch die Sicherheitskontrolle ging. So muss es gewesen sein, denn sie sitzt nicht am Handgelenk.

Sein Blick fällt auf das Telefon vor ihm. Er ist noch nie auf die Idee gekommen, während eines Flugs zu telefonieren, aber nun drängt sich ihm dieser Gedanke auf. Mariette anrufen, ihr sagen, dass er unterwegs ist, dass er bald zu Hause sein wird. Sie würde ihn fragen, von wo er anruft, und er würde ihr antworten, dass er in der Business Class sitzt. Sie würde ihn für verrückt halten. Aber warum eigentlich nicht? Er sieht die Flugbegleiterin und bittet sie, zu ihm zu kommen. Wieder dieses Lächeln. Sie scheint es nicht im Geringsten seltsam zu finden, dass er telefonieren will, fragt ihn nur, ob er American Express oder Visa hat.

Bengt wagt es nicht, sie zu fragen, wie viel ein Anruf kostet, zückt seine Kreditkarte und beschließt, dass es ohnehin nur ein ganz kurzes Gespräch sein wird, höchstens eine Minute. Er will nur kurz Hallo sagen und Mariette überraschen.

Schließlich gibt ihm die Flugbegleiterin ein Zeichen, dass er das Telefon benutzen kann. Er folgt den Anweisungen, wählt die Nummer und muss lange warten, bis er endlich hört, dass es klingelt. Im ersten Moment ist ihm nicht klar, ob die Leitung besetzt ist oder keiner drangeht.

Er versucht es noch einmal. Mit dem gleichen Ergebnis.

Nach sieben Versuchen gibt er auf.

Er erinnert sich, dass es eine Zeit gab, in der sie nie getrennt waren.

Er greift nach dem Notizbuch, das noch in seinem Schoß liegt, schreibt, legt den Stift jedoch ab und zu fort und starrt vor sich hin, ohne etwas zu fixieren. Zurück zu jenen Tagen vor achtzehn Jahren, denen er immer aus dem Weg zu gehen versucht. Mariette und er finden, dass es sie nur belastet und es nichts bringt, wenn man die Sache immer wieder durchkaut.

Damals versuchte Bengt, mit Mariette darüber zu sprechen, dass sie nicht ewig jung sein würden. Aber sie blieb stur und erklärte, sie sei nicht bereit dafür, noch nicht. Das sagte sie immer wieder. Außerdem sei es ihre Entscheidung, nicht seine. Womit sie natürlich recht hatte.

Obwohl sie auch damals schon nicht mehr so jung waren, das musste sogar sie zugeben. Ihnen blieben einige kurze Wochen, um zu entscheiden, was sie tun wollten, und insgeheim hoffte er, dass er sie dazu bringen würde, die Entscheidung so lange hinauszuzögern, bis es zu spät war.

So kam es am Ende auch.

Eines Tages erklärte sie, für eine Abtreibung sei es nun zu spät. Dann bekomme er jetzt eben seinen Willen, sagte sie. In gewisser Weise hatte sie einerseits aufgegeben und ihm andererseits dieses Geschenk gemacht. Aber wie immer, wenn einem etwas geschenkt wird, steht man dadurch auch beim anderen in der Schuld. Wie sollte er ihr diese Schuld vergelten, das ging nicht.

Erst viel später begriff er, dass ihre Schuld unendlich schwerer wog. Bei Eriks Geburt und während seiner gesamten Kindheit blieb stets das Wissen gegenwärtig, dass sie sich gegen ihn entschieden hätte, wenn es nach ihr gegangen wäre. Eine Mutter, die ihr Kind nicht haben wollte.

Aber sie hatte ihn geboren. Sie hatte gezögert, aber das war, bevor Erik zu Erik wurde. Sie hatten über einen namenlosen Fötus diskutiert, nicht über einen richtigen Menschen.

Er wollte mit ihr darüber sprechen, damit sie das wirklich begriff, aber daraus wurde nichts. Seit über fünfzehn Jahren haben sie es mit keinem Wort mehr erwähnt.

Er hat große Lust, den Stift wegzuschleudern.

Das ist völlig absurd, denkt er. Eigentlich wollte er einen Bericht über die Konferenz verfassen, aber stattdessen schreibt er ganz andere Dinge, bei denen es nur um ihn, Mariette und Erik geht.

»Elternsprechtag«, liest er unter den Worten, die er zuletzt geschrieben hat.

Warum ist er, ein Kind seiner Zeit, mit Erik nie bei einem Elternsprechtag gewesen? Er weiß es natürlich, es lag daran, dass Mariette Lehrerin war und dies in ihr, nun, in ihr Interessengebiet fiel, Kinder, Pädagogik. Interessengebiet? Was für eine bizarre Wortwahl. Aber hat er sich nicht auch dafür interessiert? Lag das nicht auch in seinem *Interessengebiet*?

Wenn er aber, denkt er, auch nur ein bisschen von Fußball verstünde, hätte er Erik mehr als gern zu seinen Spielen gefahren und sie sich alle angeschaut, wie manche Eltern es taten. Oder zum Hockey oder was gerade auf der Tagesordnung stand.

Wer ist Erik?

Bengt kann nicht glauben, dass er diese Worte geschrieben hat. Drei Worte, von denen eines ein Name ist, der Name seines Sohns. Für den er gekämpft hatte, um ihn kennenlernen zu dürfen. Um ihn als sein eigenes Kind aufziehen und lieben zu können.

Die Liste mit Bengts Verteidigungsrede lässt sich beliebig verlängern. Auf ihr stehen Dinge, die auch in den Tagebüchern aller anderen Männer stehen könnten, die es wie er gemacht haben. Er blieb nicht zu Hause, wenn Erik krank war, denn das konnten sie sich nicht leisten, sie brauchten sein Gehalt mehr als Mariettes.

Außerdem konnte die Schule ohne größere Probleme eine Aushilfe für Mariette einsetzen. Er war da schon eher… tja, schwer ersetzbar.

Bengt fragt sich, was Erik eigentlich treibt, wenn man einmal davon absieht, dass er ständig laufen geht. Und wofür steht eigentlich diese verdammte Lauferei? Er ist so schmal wie ein Streichholz. Bengt sollte lieber laufen, um seine überflüssigen Pfunde loszuwerden. Wovor läuft er weg? Trainiert er für etwas?

Warum hat er Erik nie gefragt? Ihm nicht einfach diese Frage gestellt: *Erik, warum gehst du eigentlich ständig laufen?* Er weiß es nicht und hat dieses Notizbuch so gründlich satt, dass er es weglegt.

Warum dachte Mariette damals, sie würde durch ein Kind zu einem biologischen Gefäß reduziert?

Er begriff das nicht. War ihre ganze Generation einer Gehirnwäsche unterzogen worden, nur weil alle Sartre und de Beauvoir gelesen hatten? Das war doch völlig idiotisch.

Er hat zwei Ozeane gesehen, die aufeinanderprallen, er ist fast so weit von daheim entfernt gewesen, wie man es überhaupt sein kann, die Maschine, in der er sitzt, überfliegt den gesamten afrikanischen Kontinent und danach den ganzen europäischen.

Er weiß, dass er auf seinen bloßen Knien um ein Kind gefleht hatte, er bekam einen Sohn, und dann beließ er es dabei, sie waren eine Familie und schlugen sich durch, so gut es eben ging, fuhren im Sommer gemeinsam in Urlaub, verabredeten sich mit Freunden und Bekannten, kochten gelegentlich etwas Gutes und arbeiteten selbstverständlich beide zu viel.

Wie zum Teufel konnte die Zeit nur so schnell vergehen? In seiner Kindheit war ihm die letzte Woche vor Weihnachten immer wie eine Ewigkeit vorgekommen. Heute rauscht jeder Heiligabend an ihm vorbei wie ein Expresszug in der Nacht.

Sein Sohn war ein Geschenk, das er sofort als selbstverständlich hinnahm.

Wenn doch jemand etwas *gesagt* hätte.

Zwei Ozeane. Dunkelheit ist nur ein Mangel an Licht.

Es muss eine Zeit und einen Ort geben, an dem sich die Extreme begegnen. Zu viel von dem einen löst das andere auf.

Schwarz und Gold. Es kann einfach nicht erforderlich sein, den ganzen Weg zu dem Ort zu fahren, den man für das Kap der Guten Hoffnung hält, um das zu begreifen.

Paradies

1

Erik nimmt kaum wahr, dass die Sonne aufgeht und das Schlafzimmer auf einmal in Licht getaucht ist. Die Stunden vor dem Computer verlieren sich nahezu unbemerkt, als verschwänden sie in einem Abgrund.

Er sagt Domino Gute Nacht, und sie antwortet »Küsschen, Schätzchen, wir sehen uns bald.«

»Ja«, schreibt er, »das tun wir«, aber als er die Worte abschickt, hat sie sich schon ausgeloggt. Er löscht seine letzte Mitteilung, weil sie die nicht sehen muss, und er schaltet den Computer aus, woraufhin es in seinem Zimmer eigenartig still wird wie nach einem Ausatmen. Es liegt am Rauschen der Computerlüftung, das man seltsamerweise immer erst hört, wenn man ihn ausschaltet und der Ventilator verstummt.

Er streckt sich und steht auf.

Nach den vielen Stunden auf dem Stuhl ist sein Körper steif, er spürt die schmerzenden Muskeln und Sehnen. In dieser Nacht hat er keinen Auftrag von Domino erhalten, sie haben nur gechattet, und er hat sich zweimal einen runtergeholt. Oder dreimal. Er weiß es nicht mehr genau.

Das T-Shirt, mit dem er sich abgewischt hat, legt er zuunterst in den Haufen schmutziger Wäsche. Anschließend geht er zum Kleiderschrank, legt die Trainingssachen in die

Sporttasche, überlegt, wie kalt es draußen sein mag, und überprüft zweimal, ob der Akku seines iPods noch voll ist.

Er liebt es, morgens allein zu sein. Er duscht lange und heiß und lässt das Wasser an sich herabrinnen, schamponiert die Haare ein und wäscht sich sorgfältig, putzt sich die Zähne, zieht ein paarmal mit der Rasierklinge über die Haut, obwohl er das im Grunde noch nicht muss. Vor dem Spiegel stehend trägt er ein wenig von dem Mittel gegen Akne auf, obwohl er sich in dieser Hinsicht glücklich schätzen kann und keine Probleme mit zu fettiger Haut hat.

In der Küche trinkt er zwei Gläser Wasser. Er macht sich ein Müsli mit Schwedenmilch und isst es mechanisch.

Plötzlich sieht er, dass das Handy seiner Mutter vibriert.

Es ist stumm gestellt, jemand ruft an.

Erik sieht nach, aber auf dem Display steht nur »Nummer unterdrückt«. Er fragt sich, wer sie um diese Uhrzeit anruft. Es ist erst halb sieben. Wer ruft schon so früh morgens an? Es kann nur sein Vater sein, und Erik überlegt, ob er drangehen soll. Aber was soll er sagen, wenn sich herausstellt, dass doch ein anderer in der Leitung ist?

Er kehrt zu seiner Müslischale zurück, isst auf, stellt das Geschirr in die Spülmaschine. In seinem Zimmer zieht er sich an und bereitet sich darauf vor, in die Schule zu gehen. Obwohl er fast die ganze Nacht nicht geschlafen hat, macht er sich keine Sorgen, meistens kann er in einer der Freistunden schlafen. Als er aus seinem Zimmer kommt, sieht er seine Mutter, die ausgiebig gähnend und mit ausgestreckten Händen aus dem Schlafzimmer stolpert, eine Bewegung, die damit abgeschlossen wird, dass sie sich schüttelt wie ein Hund, der gerade aus dem Wasser kommt.

»Ich glaube, dein Handy hat geklingelt«, sagt Erik.

»Mein Handy? Das kann nicht sein. Habe ich verschlafen? Wie viel Uhr ist es?«

»Doch, es hat gerade eben geklingelt.«

»Das habe ich gar nicht gehört. Was hast du gesagt, wie viel Uhr es ist?«

»Du hast es stumm gestellt«, erläutert Erik. »Es ist Viertel vor sieben, und du hast nicht verschlafen.«

Seine Mutter geht zu dem Handy, als würde sie ihm trotzdem nicht recht glauben. Sie sieht nach und macht ein nachdenkliches Gesicht.

»Da muss sich wohl jemand verwählt haben«, sagt sie. »Viertel vor sieben? Ich kann nicht fassen, dass ich vergessen habe, mir den Wecker zu stellen. Wer ruft einen denn mitten in der Nacht an? Mich? Was meinst du, ist etwas passiert? Denkst du, es war Papa?«

»Woher soll ich das wissen?«, sagt Erik und leert das Wasserglas.

Seine Mutter sieht ihn an und schüttelt den Kopf, als wäre es das Irrste, was sie sich vorstellen kann.

»Wie hübsch du bist«, sagt sie plötzlich.

»Mama, hör auf.«

»Nein, das meine ich wirklich. Du siehst irgendwie so froh aus.«

»Froh?«

»Ja, genau«, beharrt sie. »Ist etwas passiert?«

»Nein, ist es nicht.«

»Nichts, was ich besser wissen sollte?«

»Nein«, antwortet Erik und seufzt laut.

Er nimmt an, dass sie ihn aufzieht, und das passt ihm

nicht. Sie zieht ihn auf, als wäre er noch zwölf. Gleichzeitig kann er sich allerdings nicht gegen den Gedanken wehren, dass etwas passiert ist und er sich tatsächlich gut fühlt.

Wenn sie wüsste, denkt Erik, setzt die Kopfhörer auf und geht zur Tür hinaus.

2

Die Schulstunden bis zum Mittagessen verlaufen wie immer. Mariette fühlt sich gut vorbereitet, und es ist einer dieser Tage, an denen alles wie am Schnürchen läuft. Die Schüler sind bestens gelaunt, und als sie über die Klassenstunde am Nachmittag sprechen, sind alle ganz aufgeregt. Zwei Schüler haben gebacken und laden zu Zimtschnecken ein, außerdem haben andere Kinder eine Tanzaufführung vorbereitet, für die sie die ganze Woche geprobt haben.

Zu Mittag gibt es Pfannkuchen, was auch dazu beiträgt, alles leichter zu machen. Keine Nörgelei über das eklige Essen, und hinterher laufen alle Schüler ins Freie, um an einem Wettbewerb teilzunehmen, den einer der Sportlehrer organisiert hat.

Einer der besseren Tage in der Schule, denkt Mariette. Außerdem kurz. Nur noch eine Stunde Englisch und danach die Klassenstunde, in der sie nur dabeisitzen und sich anschauen muss, was für eine Tanzvorführung das ist. Die Freitage schließt man als Lehrerin gern ins Herz, denkt sie, als sie auf dem Weg zum Lehrerzimmer ist, um eine Tasse Kaffee zu trinken und mit Kollegen zu plaudern. Wenn sie Glück hat, sind ein paar von den Humorvolleren da, die sich gern unterhalten, ohne dass es zu ernst wird. Und die selten oder nie über die Arbeit sprechen.

Sie will gerade das Lehrerzimmer betreten, als sie spontan auf die Idee kommt, Ulla anzurufen. Die Freundin meldet sich schon nach dem ersten Klingelton.

»Hallo«, sagt Mariette.

Sobald sie Ullas bedauernden Tonfall hört, bekommt sie ein schlechtes Gewissen.

»Ich wollte dich nur fragen«, fährt Mariette dennoch unverdrossen fort, »ob du heute Nachmittag schon etwas vorhast.«

»Nein, nicht das Geringste.«

»Wollen wir zusammen einen Kaffee trinken?«

»Mariette«, erwidert Ulla und klingt schon wieder ganz wie sie selbst, »wir sind noch nicht alt genug für Kaffee und Kuchen an einem Freitagnachmittag. Aber wenn du Lust hast, zu mir zu kommen, können wir gern ein Glas Wein trinken.«

»Gern. Gute Idee.«

»Dann höre ich auch, wie es dir geht«, sagt Ulla, und bei diesen Worten schleicht sich erneut ein Hauch dieses beklagenden Tons in ihre Stimme.

Mariette beendet hastig das Gespräch, indem sie behauptet, sie müsse gehen, werde aber gegen drei Uhr bei Ulla sein, wenn das passe.

***

Die Tanzshow entwickelte sich zu einem Alptraum. Mariette erzählt Ulla, dass die beiden Schülerinnen, die mit ihren zu einem strengen Dutt hochgesteckten Haaren fast identisch aussahen, sich gut vorbereitet und einen großen

Stereorekorder mitgeschleppt hatten, um einen besseren Sound zu haben als über die erbärmlichen Schulboxen. Sie liefen in seltsamen japanischen Morgenmänteln hin und her und fummelten an dem armen Ghettoblaster herum. Dann zogen sie sich hinter einen Wandschirm zurück, und die Musik setzte ein.

Und das war der Moment, in dem der Alptraum begann.

Die beiden Mädchen kamen hinter dem Wandschirm hervor und waren mit etwas bekleidet, was sich am ehesten als kleine schwarze Slips und minimale Tops bezeichnen ließ. Sonst nichts. Dann begannen sie zu einem Hiphop-Song, der gegen die Wände des Klassenzimmers hämmerte, aufreizend zu tanzen, als liefen Wellenbewegungen durch ihre Hüften.

Mariette wusste nicht, wie sie sich verhalten sollte. Die Musik abstellen oder sie zumindest leiser drehen und den Mädchen sagen, dass so etwas nicht ging? Und wenn jetzt jemand hereinkam und sie sah, wie sie … nun ja, fast nackt eindeutig zweideutige Posen einnahmen? Vor der ganzen Klasse. Was war, wenn eine Kollegin hereinkam? Oder Eltern! Sie konnte doch nicht einfach dabeisitzen und nichts unternehmen.

Ihre Klassenkameraden schien das Ganze dagegen kaum zu interessieren. Sie schauten zu, aßen die frisch gebackenen Zimtschnecken und tranken Saft. Sie wirkten fröhlich, aber keiner schien darauf zu reagieren, dass die Mädchen, die jetzt ihre Hände auf dem Boden abstützten und den Po hochreckten und erst das eine, dann das andere Bein anzogen, fast nackt waren oder dass sie sich mit ihren sexuell anmutenden Posen blamierten. In den Augen der Schüler sah dieser Tanz offenbar so aus wie irgendein beliebiges Musikvideo.

Mariette beschloss, tief durchzuatmen und zu hoffen, dass der Song nicht sonderlich lang sein würde, aber das Stück dauerte fast sieben Minuten und schien mit seinem ewig wummernden Bass niemals enden zu wollen. Als sie fertig waren und die Klasse höflich applaudiert hatte, trat Mariette vor und dankte ihnen und trieb sie förmlich wieder hinter den Wandschirm. Als sie erkannte, dass die Mädchen eine weitere Tanznummer geplant hatten, gelang es ihr, die Aufmerksamkeit der Klasse auf sich zu ziehen, indem sie sagte, sie dürften heute früher nach Hause gehen, weil sie alle so engagiert an dem Wettbewerb des Sportlehrers teilgenommen hatten.

Die Schüler jubelten und ließen sich bereitwillig auf ihre Forderung ein, noch zehn Minuten von dem Buch zu hören, aus dem im Moment vorgelesen wurde. Selbst den abgedrängten Mädchen schien ihr Vorschlag zu gefallen.

Ulla lauscht Mariettes Geschichte und hat während der gesamten Schilderung die Hände erschrocken auf den Mund gelegt.

»Du meine Güte, was willst du jetzt tun?«

»Wie meinst du das?«, erwidert Mariette.

»Ich meine, ob du mit ihnen oder mit den Eltern reden willst. Sie sind ja schon völlig auf Sexuelles fixiert. Dass Mädchen sich immer noch selbst zu Objekten degradieren müssen! Wie ist das nur möglich? Was haben wir falsch gemacht?«

Mariette hat nicht einmal im Traum daran gedacht, die Sache weiter zu verfolgen. Sie war einfach nur erleichtert gewesen, als das Ganze vorbei war.

»Ich weiß es nicht«, sagt sie schließlich. »Das muss ich mir noch überlegen.«

Je länger sie darüber nachdenkt, desto klarer wird ihr, dass Ulla nicht ganz unrecht hat. Andererseits hat sie die Geschichte eher als eine lustige Anekdote aus ihrem Arbeitsalltag erzählt und weniger, um eine feministische Diskussion über die Verantwortung der älteren Generationen vom Zaun zu brechen. Sie ist so schlecht in solchen Dingen, denkt sie, und natürlich hat Ulla vollkommen recht. Alle haben recht, aber wie soll sie über Dinge dieser Art sprechen, ohne dass die beiden Mädchen traurig werden? Sie beeilt sich, die Sache aus ihren Gedanken zu verdrängen.

Das scheint auch Ulla getan zu haben.

»Dein Anruf hat mich überrascht«, sagt sie und schenkt ihnen Wein nach, obwohl sie beide beteuert haben, dass es bei einem Glas bleiben muss.

»Überrascht? Warum?«

»Werd jetzt bitte nicht sauer«, sagt Ulla, seufzt schwer und sieht Mariette in ihrer typischen auffordernden Art in die Augen.

Mariette nimmt sofort eine Abwehrhaltung ein.

»Na ja«, fährt Ulla fort, »es ist dir ja schon immer schwergefallen zu erzählen, was du wirklich denkst. Wie du dich fühlst. Das hat mich … wie soll ich sagen, das hat mich traurig gemacht. Als wolltest du einem nichts erzählen, aber vielleicht *willst* du ja auch, *traust* dich aber nicht. Als würdest du lieber alles für dich behalten wollen. Ich mache mir Sorgen, dass du eines Tages einfach kaputtgehen könntest. Und ich habe dich doch so gern und weiß nicht, ob ich irgendetwas tun kann. Ich will, weiß aber nicht, ob ich kann.«

»Ich verstehe«, erwidert Mariette und findet, dass Ulla sich wie eine Lehrerin anhört, die eine Mittelstufenschülerin ermahnt.

»Ich würde wirklich alles für dich tun, so gern habe ich dich«, fährt Ulla fort. »Und es hat mich so stolz gemacht. Ja, auf dich. Wirklich stolz, *stolz*, als du uns von der Krise zwischen dir und Bengt erzählt hast.«

»Ja«, sagt Mariette, »das ist übrigens auch der Grund, warum ich dich treffen wollte.«

»Ich fand das wirklich mutig von dir, Mariette.«

»Sicher ... aber es könnte sein, dass ich ein bisschen übertrieben habe. Oder. Ich weiß es nicht.«

»Lasst ihr euch jetzt nicht scheiden?«

Mariette fällt es schwer, Ullas enttäuschten Tonfall zu deuten.

»Ich habe keine Ahnung«, bringt sie schließlich heraus. »Ich denke, wir haben uns noch nicht wirklich entschieden.«

Sie trinkt ein wenig von dem Wein, der schon beim ersten Schluck sauer geschmeckt hat. Nun hat sie das Gefühl, in eine Zitrone zu beißen. Aber sie weiß, warum sie sich mit Ulla treffen wollte, im tiefsten Inneren weiß sie es. Und deshalb erzählt sie jetzt.

»Du weißt ja, dass es manchmal Dinge gibt, bei denen man nicht weiß, warum man sie nie erzählt.«

»Ja ...«

»Dinge, die man eigentlich erzählen sollte«, spricht Mariette weiter, »aber aus irgendeinem Grund erzählt man sie doch nicht, und dann ist es irgendwie zu spät. Von ihnen zu erzählen, meine ich. Als hätte man gelogen. Obwohl man das gar nicht getan hat.«

Ulla lehnt sich mit gerunzelten Augenbrauen auf der Couch zurück. In solchen Situationen ist sie ein Profi, sie weiß, wann man etwas sagen und wann man lieber zuhören sollte. Mariette findet das angenehm. Sie braucht jemanden, der weiß, worauf es ankommt.

Wegen dieses Schweigens ist sie gekommen.

»Als ich mit Erik schwanger war, wurde ich krank. Also eigentlich … Mir war etwas Seltsames an meiner linken Brust aufgefallen. Sie war irgendwie total geschwollen. Anfangs dachte ich, die Sache sei nicht der Rede wert, aber ich habe sie natürlich abgetastet und nach einem Knoten gesucht. Du weißt schon. Aber sie war einfach nur geschwollen. Dann ging ich zum Arzt, und er tastete sie ab, und ich sah, dass er diesen Geschichtsausdruck bekam. Er wolle einige Tests machen, meinte er. Schon am nächsten Tag eine Mammographie und eine Ultraschalluntersuchung. Und eine Menge Gewebeproben. Schließlich fragte ich, wonach sie eigentlich suchten. Eine Schwester sagte es mir, wahrscheinlich, weil sie mir ansah, wie besorgt ich war. Dass sie einen entzündlichen Brustkrebs vermuteten. Nein, das stimmt nicht, das hat sie nicht gesagt. Sie meinte, sie wollten es *ausschließen*. Ich sah ihr an, dass sie mir das eigentlich gar nicht sagen durfte, aber als sie merkte, wie schlecht es mir ging und wie verwirrt ich war, konnte sie nicht anders.«

»Aber meine Liebe«, sagt Ulla kaum hörbar.

»Ich bin dann nach Hause gegangen und habe in Bengts Büchern nachgeschlagen und mich schlau gemacht. Da stand, die Symptome seien Schwellung, Rötung und Empfindlichkeit der Brust. Haargenau so, wie es auch war. Alles, was ich las, traf auf mich zu, so dass ich davon ausging, dass ich tatsächlich Krebs hatte. Ich las, dass ausgerechnet diese Variante ungewöhnlich und sehr aggressiv war, die schlimmste Sorte Krebs, die man überhaupt bekommen kann. Ich würde es vermutlich nicht überleben.«

»Aber …«, flüstert Ulla.

»Ich habe Bengt nichts davon erzählt. Kein Wort.«

»Aber warum denn nicht? *Warum nicht*, Mariette?«

»Weil das alles losging, kurz nachdem ich schwanger geworden war. Es passierte in derselben Woche. Ich sagte ihm, dass ich abtreiben wolle. Es wurde so eine große Sache daraus. Er wollte nicht, dass ich abtreibe, er hat mich die ganze Zeit bekniet und mich angefleht. Ich weiß nicht warum, Ulla. Es wollte mir einfach nicht über die Lippen kommen. Ich hatte das Gefühl, wenn ich das Wort Krebs auch nur ausspreche, dann habe ich auch Krebs. Und dann würde ich sterben. Verstehst du? Es ging darum, dass in mir etwas wuchs. Der Krebs. Ein Kind. Etwas, das in mir wuchs und mich von innen auffraß. Es war so schwer zu fassen. Ich versuchte, rational zu bleiben. Von einem Tag zum nächsten zu leben.«

»Aber du hast es ihm doch sicher erzählt? Später?«

Mariette greift nach ihrem Glas, um noch etwas zu trinken, stellt sich aber vor, es wäre mit Wasser gefüllt, und leert das ganze Glas in einem Schluck. Diesmal schmeckt der Wein nicht sauer. Sie nimmt gar keinen Geschmack wahr.

»Nein«, sagt sie. »Nach einer Menge Untersuchungen stand irgendwann fest, dass es nur eine Infektion war. Ich bekam Antibiotika und wurde wieder gesund. Also beschloss ich, das Kind zu behalten, und das fühlte sich alles so falsch an. Ich konnte ihm hinterher nicht erzählen, was ich durchgemacht hatte. Bengt freute sich so sehr darüber, dass ich es mir anders überlegt hatte. Und da sollte ich damit ankommen? Ich weiß nicht. Es ergab sich einfach so, dass ich es nicht erzählt habe, weil ich so verwirrt war, und danach konnte ich es nicht mehr erzählen, weil es mir vorgekommen wäre, als hätte ich ihn betrogen. Als hätte ich gelogen. Damals. Ihm etwas vorenthalten, was Konsequenzen für uns beide gehabt hätte. Ich weiß es nicht. Du bist die Erste, der ich davon erzähle.«

Ulla steht von der Couch auf und geht zu Mariette. Sie umarmt sie wie ein paar Tage zuvor, als Mariette den anderen erzählte, sie wolle sich scheiden lassen. Es fühlt sich genauso herzlich und schön an wie beim letzten Mal. Mariette hat das Gefühl, dass sie süchtig nach diesen Umarmungen werden könnte. Man braucht nur zu erzählen. Die Wahrheit zu sagen, ehrlich zu sein. Die Belohnung ist eine herrlich warmherzige Umarmung. Sie denkt, dass dies alle ihr Leben lang so machen. Sie selbst ist erst als Fünfzigjährige darauf gekommen. Sie fragt sich, was mit ihr nicht stimmt.

»Nein«, sagt sie danach mit einem schiefen Lächeln. »Bengt und ich werden uns nicht scheiden lassen. Jedenfalls haben wir noch nichts entschieden. Ehrlich gesagt haben wir nicht einmal darüber gesprochen. Uns nur mehr als sonst gestritten. Aber ich habe ihn betrogen. Ich habe mit einem seiner Kollegen geschlafen.«

Ulla sieht aus, als hätte ihr jemand ein Glas kaltes Wasser ins Gesicht geschüttet. Doch nach dem ersten Schock scheint sie stolz auf Mariette zu sein.

»Aber Mariette, wir sind alle schon einmal untreu gewesen.«

»Nein, das glaube ich nicht.«

»Es ist eine Frage der Definition. Erzähl. Wer ist er?«

Daraufhin erzählt Mariette, überspringt aber geflissentlich die Details, die sie unangenehm findet. Dass er in ihrer Küche gestanden hat und sie ihn hinauswerfen musste. Die Schritte, die sie gehört hatte, als sie in der Badewanne lag. Alles in der Art. Denn auf eine eigentümliche Weise scheint es beinahe, als hätte sie diese Dinge vergessen. Sie passen nicht zu dem Rest, passen zu nichts von dem, was ihr etwas bedeutet. Es kommt ihr fast so vor, als hätte sie sich das alles eingebildet. Es ist nie passiert.

Umso lieber erzählt sie von Christians Blick, der sie direkt durchschaut hat. Ulla nickt. Sie versteht genau, was Mariette meint.

»Dieser Blick«, sagt sie, »bedeutet alles.«

Und Mariette denkt, ja, das stimmt, das tut er. Er bedeutet alles, weil er ihr endlich etwas über sie sagt, was sie wirklich wissen muss.

3

Der Basketball selbst ist irgendwie besonders. Er ist so unhandlich groß und hart mit seiner genoppten Plastikhülle. Erik ist es nie gelungen, ihn wirklich zu bändigen. Wenn er seine Hand falsch trifft, tun ihm die Finger weh, auch wenn er sich nie einen Finger gebrochen hat. Das ist Thomas einmal passiert. Er ist der beste Basketballspieler von ihnen.

Er ist kräftig gebaut, und sein ganzer Körper ist wie geschaffen dafür, den Ball von den anderen fernzuhalten. Außerdem hat er sich einige Dribblings aus der NBA abgeguckt, deren Spiele er immer anschaut, wenn er nicht einschlafen kann.

Erik weiß bis heute nicht, ob Thomas außerhalb der Schulstunden überhaupt jemals schläft. Nicht, dass ihm alles zufliegen würde, beim besten Willen nicht. Er ist einer der schlechteren Schüler in ihrer Klasse, in allen Fächern. Die Mädchen scheint das allerdings nicht zu stören, sie hängen alle am liebsten mit ihm herum. Er ist mit Louise zusammen, obwohl er sich nicht sonderlich für sie zu interessieren scheint. Jedenfalls ist sie nie dabei, wenn sie Basketball spielen oder gucken, und sitzt stattdessen mit ihren Freundinnen zu Hause.

Thomas sagt, er habe keine Ahnung, was sie dort machen. Er behauptet, dass es ihn auch gar nicht interessiert. Wenn sie sich gestritten und anschließend wieder versöhnt haben, gucken sie manchmal einen Horrorfilm zusammen und essen Kekse und Käse. Sie scheinen sich einzubilden, dass Erwachsene sich so verhalten, wenn sie sich wieder vertragen wollen.

Jonas ist ein wesentlich schlechterer Spieler. Sein Körper ist zu ungelenk, er begeistert sich vor allem für Computerspiele. Darin schlägt ihn in ganz Täby keiner. Sein großes Ding in diesem Jahr ist Dreamhack, er fährt irgendwohin zu einer Eishalle und spielt gegen die schwedische Elite. Letztes Jahr ist er Sechster in Starstrike geworden. Das ist eine Riesensache, obwohl er selbst es nicht sonderlich ernst zu nehmen scheint.

Regelmäßig fragt er Erik, ob er mitkommen will, aber Erik lehnt das Angebot stets dankend ab. Nicht, weil er ein schlechter Spieler ist, sondern weil er sich nicht vorstellen kann, gemeinsam mit zweihundert anderen Leuten, die wie Jonas sind, in einer Sporthalle zu schlafen. Was ihre Körperhygiene betrifft, sind sie wahrscheinlich genauso nachlässig wie sein Freund. Jonas schämt sich deshalb nicht einmal. Demonstriert gern seinen Rotz, zeigt seinen Schwanz beim Pinkeln und so weiter. Er hat überhaupt keine Hemmungen, und wohldosiert ist er derjenige, mit dem Erik am liebsten abhängt. Irgendwann wird es dann jedoch auch Erik zu viel, und er muss sich eine Auszeit von ihm nehmen.

Thomas und Jonas mögen Erik, das spürt er. Aber vielleicht merkt er es auch so deutlich, und sie verbringen deshalb so viel Zeit zusammen, weil sie so nah beieinander wohnen und schon seit einer Ewigkeit in dieselbe Klasse gehen.

In dieser Klasse ist außerdem Elin. Auch sie spielt Basketball mit ihnen. Sie ist kleiner und nicht so muskulös. Lange war sie größer als Erik und Jonas, aber inzwischen sind die beiden in die Höhe geschossen und haben sie überholt. Bei ihren Tacklings ist sie trotzdem knallhart. Wäre sie so groß wie Thomas, könnte sie sich mit ihnen freie Bahn verschaffen.

Sie hat von ihnen allen den besten Blick für das Spiel, sieht Lücken, die kein anderer erkennt. Außerdem ist sie wendig und schnell. Sie sieht eher aus wie ein Junge und ist immer mit Jungen zusammen, hat genauso kurze Haare wie sie, die meistens mit Hilfe von Gel spitz hochstehen. Jonas behauptet, dass sie Herrenparfüms benutzt – als ob ausgerechnet er den Unterschied riechen würde. Obwohl Elin aussieht wie ein Junge, wirkt sie doch ein, zwei Jahre jünger als die anderen. Na ja, als Jonas vielleicht nicht, denn er ist so kindisch, dass es einem manchmal vorkommt, als wäre er noch in der Mittelstufe.

Für Erik war die Oberstufe das Beste, was ihm überhaupt passieren konnte. Nicht unbedingt, weil der Unterricht mehr Spaß macht, sondern weil der Übergang mit einem Schulwechsel verbunden war, durch den es ihm erspart blieb, weiter in die Schule zu gehen, an der seine Mutter unterrichtet. Von da an blieben ihm all die Erwachsenen erspart, die wussten, wer er war, und dass sie sich die ganze Zeit im selben Gebäude aufhielt wie er. Die anderen Schüler hassten es, wenn ihre Eltern zu Elternabenden und Sprechtagen in der Schule waren oder noch schlimmer, wenn sie vorbeikamen und Interesse heucheln wollten, indem sie bei ein paar Schulstunden zuschauten. Wenn die wüssten, wie es sich anfühlt, wenn die eigene Mutter ständig anwesend ist.

Es ist ein wenig seltsam, dass sie in der Oberstufe alle dieselben Kurse gewählt haben, aber es hat sich einfach so ergeben. Selbst Elin entschied sich für den technischen Zweig und ist fast das einzige Mädchen in ihrer Klasse, aber die anderen beiden sind merkwürdig und sprechen mit niemandem, nicht einmal miteinander. Erik mag Elin, vielleicht mag er sie sogar mehr als Thomas und Jonas. Trotzdem kennt er sie nicht so gut wie die anderen. Sie ist so geheimnisvoll und redet so gut wie nie über sich.

Nachdem sie fünf Partien als Mannschaft gespielt und Erik und Elin zwei zu drei verloren haben, beschließen sie aufzuhören. Jonas muss nach Hause. Seine Mutter versucht ihn wegen irgendetwas, worüber er nicht sprechen will, mit Hausarrest zu bestrafen. Also trottet er heim, will es nicht noch schlimmer machen, als es ohnehin schon ist. Thomas möchte heim, um ein Fußballspiel zu gucken, es ist eine völlig uninteressante Partie, und er ist der Einzige von ihnen, der es genauso toll findet, ein Qualifikationsspiel für die schwedische Liga zu schauen wie das Finale der Champions League.

Erik und Elin setzen sich und lehnen sich an das Garagentor. Sie sind müde und verschwitzt, fühlen sich aber gut, weil sie sich bewegt haben, gesprungen und gelaufen sind. Der Körper hat ihnen gehorcht.

»Hast du Lust mitzukommen?«, fragt sie ihn plötzlich.

»Zu dir?«

Erik ist nie bei ihr gewesen, und sie hat ihn auch noch nie gefragt.

»Ich weiß nicht«, sagt er. »Eigentlich will ich nach Hause und duschen.«

»Ich dachte nur, wir könnten eine Cola trinken. Es liegt doch fast auf dem Weg. Außerdem möchte ich dir was zeigen.«

Das stimmt natürlich, es liegt auf dem Weg, und er sagt, gute Idee, klar. Sie gehen, und Elin trägt den Basketball in der rechten Hand. Noch ist es hell draußen. Es ist der letzte Tag im August, von nun an wird man deutlich sehen, dass es Tag für Tag dunkler wird.

4

Christian geht zu dem Kellerfenster, das er bei seinem ersten Besuch im Haus geöffnet hatte. Mit einem simplen Handgriff packt er die Leiste und klappt das Fenster hoch. Er fixiert es mit Hilfe des langen Hakens, den er in die dafür vorgesehene Öse steckt. In solchen Momenten erkennt man, wer das Feld räumt und wer bleibt.

Die Fensteröffnung ist zwar recht schmal, aber groß genug, dass er sich kopfüber hindurchschlängeln und mit beiden Händen auf dem Heizkörper abstützen kann. Er muss einen letzten kleinen Satz machen, um sanft auf dem Fußboden zu landen, und ist zufrieden mit seinem Akrobatenstück. Er stellt sich sogar kurz mit stolzgeschwellter Brust, einem breiten Lächeln und ausgestreckten Händen in Pose, als würde er die Bewertung der Punktrichter nach einer perfekten Landung erwarten, *dix points.*

Er schaltet die Schreibtischlampe an und schaut sich um. Bengt Sunds Arbeitszimmer sieht noch genauso aus, wie er es verlassen hat.

Er beginnt, die Schubladen zu durchsuchen, tut es systematisch und ruhig, hält sich nicht unnötig mit Kleinigkeiten auf. Er weiß, wonach er sucht. Und dort, in der untersten, findet er es: ein gerahmtes Foto zwischen Blättern und Mappen. Eine Familie. Christian betrachtet Mariettes

Lächeln, die gelbe Bluse mit den blassen Blüten darauf, wie der Wind in ihr Haar fährt. Das Riesenrad im Hintergrund. Er sieht Bengts Hand auf ihrer Schulter, wie er die Sonnenbrille in der anderen Hand hält, und dort ist der kleine Erik und schaut in eine andere Richtung.

Christian fällt es schwer, den Blick von der Aufnahme zu lösen. Sie sehen so glücklich aus. Es gibt da etwas Ungeheuerliches, eine Intensität und Präsenz, etwas, das auch ein Fremder sofort in einem Wort zusammenfassen kann. Liebe.

Er nimmt das Bild aus dem alten, abgegriffenen Rahmen und zieht einen neuen heraus, den er mitgebracht hat. Mit ein paar schnellen Bewegungen legt er das Bild auf das Passepartout und schließt den Rahmen. Als er fertig ist, schiebt er die Schublade zu, verlässt das Zimmer und geht die Treppe hinauf, die ins Erdgeschoss führt. Er zögert nicht, biegt im Flur sofort rechts ab und betritt Eriks Zimmer. Es ist genauso unaufgeräumt wie beim letzten Mal.

Er geht zum Schreibtisch und räumt die Dinge fort, die dort liegen, ein Strumpf, zwei Comics, ein Buch. Bläst den Staub weg und benutzt den Hemdsärmel, um die Schreibfläche sauber zu wischen. Dort stellt er das Foto ab und winkelt es so an, dass es stabil steht.

Und er weiß es. Wenn Erik diese Liebe in die Augen fällt, wird er etwas verstehen, was viel größer ist, als er in seinem kurzen Leben hätte ahnen können. Er wird seine Eltern anders sehen, nicht als die, für die er sie hält. Nicht als Mutter und Vater, sondern als zwei Menschen, die sich lieben.

Christian ist überzeugt, dass dies alles verändern wird.

In Mariettes und Bengts Schlafzimmer ist das Bett frisch

bezogen worden, das spürt er sofort. Der Baumwollstoff ist leicht und luftig. Sie hat ihn, seinen Geruch, fortgeräumt. Das erscheint ihm logisch. Er geht zur Kommode und öffnet eine Schublade nach der anderen. Schließlich findet er die, in der Bengt seine Unterwäsche aufbewahrt. Er zieht ein Paar Strümpfe und eine Unterhose heraus, legt alles auf die Kommode. Dann öffnet er den Kleiderschrank und nimmt eine Hose und ein Hemd heraus, die er auf das Bett legt.

Er zieht sich aus und lässt seine Kleider in einem Haufen liegen. Sie sind noch nass vom Regen und werden sicher einen feuchten Fleck hinterlassen. Trotzdem rührt er sie nicht an, sie gehören ihm nicht mehr und werden bald im Mülleimer landen.

Dann sammelt er die Kleider ein, die er herausgesucht hat, hält sie im Arm, riecht an ihnen. Sie anzufassen fühlt sich an, wie es sein soll. Gleichzeitig hört er das Telefon klingeln, nicht einmal, sondern immer wieder.

Er denkt an die Tagebücher seines Vaters, die nun verkohlt in dem Container liegen. Wie anders hätte alles sein können, wenn sie nicht so voller Hass und Schmerz gewesen wären. Er wird sie nie vergessen können. Am allerwenigsten, dass seine Mutter ihn nicht haben wollte.

Das erklärt so viel.

Ihre Krankheit, es war nicht ihre Schuld, dass sie krank wurde, aber sie wollte kein Kind haben, ertrug den Gedanken daran nicht. Das erkennt er nun ganz deutlich. Seine Eltern. Die Verbitterung. Eine Kette, die zerrissen werden muss. Es liegt in seiner Verantwortung, es zu ändern. Er will nichts als Liebe.

5

Mariette betritt den Supermarkt und weiß nicht, ob es am Wein liegt. Nein, natürlich nicht. Es liegt daran, dass sie Ulla alles erzählt hat. Sie hat erzählt und sich dabei gefühlt, als hätte jemand eine schwere Blechrüstung von ihr genommen, die sie mit sich herumgeschleppt hat. Eine Ritterrüstung. Sie hat genug Geschichtsbücher gelesen, um zu wissen, dass sie aufgegeben wurden, als man begriff, dass man die Ritter sonst bloß aus dem Sattel befördern musste, weil sie dann wie Käfer rücklings auf der Erde landeten. Vollkommen hilflos.

Eine solche Rüstung hat sie mit sich herumgeschleppt und geglaubt, die Metallhülle würde sie schützen. Stattdessen war sie einfach nur schwer und hat sie niedergedrückt. All die Jahre mit Ulla, ohne dass sie begriff, dass all das, womit sich die anderen beschäftigten, tatsächlich einem Zweck diente.

Am seltsamsten war es, denkt sie, als sie Ulla von ihrem Seitensprung und allem, was sie über Christian wusste, erzählte. Ihr Bild von ihm schien sich dadurch zu verändern. Ihr wurde bewusst, dass sie ihn gebraucht hatte, es nun aber nicht mehr tut. Sie hatte das Recht zuzugeben, dass sie egoistisch war, an sich selbst dachte. Sie hatte einen Mann gebraucht, der keine Fragen stellte, der mit ihr vögeln wollte.

Sie wurde feuerrot, als sie es aussprach, aber Ulla breitete die Arme aus und meinte, *haargenau so* sei es doch. In langen Beziehungen sei es anscheinend völlig unmöglich zu vögeln. Als wäre das Wort aus dem Wörterbuch verschwunden, wenn man erst einmal ein paar Jahre zusammen war. Und es wird auch von nichts anderem ersetzt, fuhr Ulla fort und sprach über mindestens sieben Affären, von denen Mariette nie zuvor gehört hatte.

Anscheinend war sie nicht aufmerksam genug gewesen.

Und jetzt?

Sie vermisst Bengt. Soweit ihre Erinnerung zurückreicht, ist es das erste Mal, dass sie ihn vermisst. Seine ruhige Art, seine Unfähigkeit, auf Kommando zu lächeln, sein Unvermögen, Dinge simultan zu tun, sein Umherirren, wenn er nach seiner Uhr, seinem Portemonnaie oder was auch immer sucht. Sein unerwartetes Lachen und wie er errötet, wenn er dabei ertappt wird, etwas nicht zu wissen, was er eigentlich wissen müsste.

Sie vermisst ihn, bleibt wie angegossen stehen. Dann holt sie das Handy aus der Jackentasche und wählt Eriks Nummer. Sie lehnt sich leicht gegen das Regal mit frischen Kräutern. Es klingelt einige Male, und sie ärgert sich schon, weil er sich offenbar überlegt, ob er das Gespräch annehmen soll. Wenn einer seiner Freunde anruft, geht er immer sofort dran.

Im selben Moment meldet er sich.

»Erik?«

»Ja.«

Er klingt so desinteressiert wie immer, wenn sie ihn in letzter Zeit anruft.

»Ich dachte«, fährt sie unbeirrt fort, »wir könnten … na ja, Papa kommt heute Abend nach Hause.«

»Ja.«

»Na ja, dass wir heute Abend zusammen essen könnten. Ich meine, dass ich mir überlegt habe, etwas Leckeres zu kochen.«

»Ich wollte heute Abend eigentlich mit … mit Jonas abhängen.«

»Ach bitte, Erik, mir zuliebe. Ein gemeinsames Abendessen. Er ist eine Woche weg gewesen und würde sich bestimmt unheimlich freuen.«

Sie mag diesen flehenden Tonfall nicht, den sie in ihrer eigenen Stimme hört. Gleichzeitig registriert sie die lange Pause und weiß, dass es ihm jetzt schwerfällt, ihr das abzuschlagen.

»Okay«, sagt er schließlich.

»Ich freue mich.«

»Okay.«

Seine Stimme klingt fern, als würde er das Telefon von seinem Mund weghalten. Vielleicht ist er gleichzeitig mit etwas anderem beschäftigt. Für einen Moment denkt sie, dass er die Verbindung getrennt hat und ist kurz davor zu fragen, ob er noch da ist.

»Erik?«

»Ja?«

»Ich liebe dich.«

Es bleibt lange still, und sie ist fast sicher, dass die Verbindung getrennt wurde, aber am Ende kommt seine Erwiderung in dem gleichen fernen Tonfall wie zuvor.

»Okay.«

Sie ist so unbeschreiblich froh und spürt, dass ihr ganz warm ums Herz wird. Sie weiß, dass sie immer jemand gewesen ist, der eigentlich Stunden gebraucht hätte, aber immer nur um Minuten bat.

»Dann bis später«, sagt sie, und er bestätigt dies, und sie beenden das Gespräch.

Sie betrachtet das Telefon, dessen Display erlischt. Sie weiß, was sie kochen möchte. Richtig schmackhafte Frikadellen aus Kalbsfilet, das sie selbst durchdrehen wird, selbst zubereitete, kalt gerührte Preiselbeeren mit einem Schuss Wodka, kleine Erbsen, Kartoffelpüree mit besonders viel Sahne und Butter. Diese Freude, denkt sie, woher kommt sie?

Jetzt wird sie nur das einkaufen, was sie benötigt, um ein wirklich gutes Essen zuzubereiten, und nicht pragmatisch überlegen, was sie alles sonst noch brauchen. Nur das Abendessen, sonst nichts. Kalbsfilet ist teuer, aber das muss an diesem Tag einfach sein.

Sie beschließt, dass ab jetzt alles anders ist. Alles ist anders, weil sie es beschlossen hat und solche Dinge auch tatsächlich entscheiden kann. Sie wird sich beim Einkaufen beeilen und beim Kochen Zeit lassen. Das hat sie lange nicht mehr getan. Dass Bengt nach der langen Reise wahrscheinlich hundemüde sein wird, macht ihr keine Sorgen.

Er soll nicht mehr dieser Rücken sein, der das Letzte war, was sie von ihm sah.

Sie wird Kathleen Ferrier in voller Lautstärke hören wie damals, als sie sich das erste Mal liebten. Nicht, dass er sich daran noch erinnern würde, aber das spielt keine Rolle.

Sie lächelt, weil sie an all das denken muss, was Ulla ihr

gesagt hat. Sie hat ihr nicht richtig zugehört, weil es so platt und überdeutlich klang. All diese Vorträge, die an Artikel in Frauenzeitschriften erinnerten. Dann bedeuteten sie also doch etwas. Aber sie hat nicht vor, wie Ulla oder eine der anderen zu werden, auch wenn die Floskeln sich als Wahrheiten erwiesen haben. Deshalb sind es wahrscheinlich Floskeln, denkt sie.

Jetzt sehnt sie sich nach Bengt, jetzt will sie perfekte Frikadellen zubereiten und dass Erik gemeinsam mit ihnen isst. Nicht der Familie zuliebe, sondern weil sie es will.

6

Elins Zimmer, denkt Erik, als er sich umschaut, ist genauso unaufgeräumt wie sein eigenes. Haufenweise liegen Kleider herum, was er ein wenig seltsam findet, da sie eigentlich immer das Gleiche trägt. Jeans und T-Shirt, manchmal ein Hemd. Ihr Bett ist ungemacht, sie sitzen darauf, und sie zeigt ihm YouTube-Clips, die er noch nicht kennt. Am lustigsten sind die Ziegen, die in Ohnmacht fallen und nicht mehr meckern wie sonst, sondern wie schreiende Menschen. Immer wieder gucken sie sich das Video an.

Wenn Elin lacht, klingt das lustig, als würde sie beim Einatmen mehr lachen als beim Ausatmen. Sie erinnert ihn fast an die Ziegen, über die sie lachen. So hat Erik sie noch nie gesehen. Es ist ein bisschen eigenartig, bei Thomas und Jonas ist er schließlich schon an die hundertmal gewesen. Auch Elin ist dort gewesen. Aber keiner von ihnen hat jemals ihr Haus betreten, sie haben nur davor gestanden und auf sie gewartet.

Sie ist nicht gern zu Hause, das weiß er. Manchmal schiebt sie es darauf, dass ihre Mutter so nervig ist, manchmal auch darauf, dass sie Gäste haben. Irgendetwas ist immer. Aber diesmal kam der Vorschlag von ihr, und Erik weiß nicht recht, warum sie ihn gemacht hat. Jetzt zeigt er ihr ein paar Clips, unter anderem sein Lieblingsvideo, das einen Typen zeigt, der um die Hand seiner Freundin anhalten will und dem die ganze Familie und alle im Viertel helfen, alle tanzen, am Ende kommt die Bigband der Schule und marschiert los. Elin sitzt davor und bekommt den Mund nicht mehr zu.

Als der Clip vorbei ist, bemerkt sie trocken:

»Stell dir vor, sie hätte nein gesagt.«

Aber Erik sieht, dass ihr fast die Tränen gekommen wären, ihre Augen sind ganz feucht. Sie versucht, es zu überspielen, und das findet er richtig süß. Eine weinende Elin, er hätte nie geglaubt, dass er das jemals erleben würde.

»So etwas wird für mich keiner tun«, sagt sie dann.

»Aber … das da macht doch auch niemand.«

»Nein, sag ich ja. Keiner wird das tun. Oder etwas anderes in der Art.«

Erik versteht nicht, was sie meint. Darüber hat er sich noch nie Gedanken gemacht, es ist doch nur ein witziger Clip. Jemand, der um die Hand eines anderen anhält, das bedeutet doch nichts.

»Sie sahen jedenfalls sehr verliebt aus«, meint er schließlich.

»Das meine ich ja«, erwidert sie und sieht unbeschreiblich traurig aus.

Jetzt versteht Erik gar nichts mehr. Warum ist sie so traurig? Das sollte doch lustig sein, wie die Ziegen vorhin.

»Du weißt es, oder?«

»Was?«, fragt Erik.

»Dass ich nie mit einem Typen zusammen sein werde.«

»Das kannst du doch gar nicht wissen.«

Erik versucht, tröstend zu klingen, er weiß, dass das jetzt von ihm erwartet wird.

»Weißt du was, Erik, manchmal bist du echt bescheuert. Fast so bescheuert wie Thomas und Jonas.«

Sie ist wirklich nicht wie sonst. Er kommt wesentlich besser mit der Elin zurecht, die ihn knallhart tackelt, unter ihrer rauen Schale aber trotzdem lieb ist. Jetzt ist sie das genaue Gegenteil. Weich und dann im tiefsten Inneren hart.

»Du wirst ja wohl hoffentlich kapiert haben, dass ich auf Frauen stehe«, sagt sie mit einem Seufzer, als hätte sie keine Lust, noch länger darauf zu warten, dass bei ihm endlich der Groschen fällt.

Und erst da geht Erik ein Licht auf, und er kommt sich tatsächlich bescheuert vor. Natürlich hat er das gedacht, sie sogar mehrere Male damit aufgezogen, dass sie lesbisch ist. Aber das ist doch nur Spaß gewesen.

»Entschuldige«, sagt er schließlich.

»Weshalb entschuldigst du dich?«

»Weil ich dich damit geärgert habe.«

Sie scheint nicht recht zu wissen, was er meint. Vielleicht erinnert sie sich nicht. Er wird unsicher.

»Jedenfalls ist das der Grund«, sagt sie und sieht ihn zum ersten Mal während ihrer Unterhaltung an, »warum keiner um meine Hand anhalten wird. Wie in dem Clip.«

»Aber kann das nicht trotzdem passieren? Ich meine, eine Frau kann doch genauso gut um deine Hand anhalten wie ein Mann, oder?«

»Jetzt bist du schon wieder so bescheuert«, sagt sie und verdreht die Augen.

Daraufhin bleiben sie lange schweigend sitzen, und keiner von ihnen scheint auch nur seine Sitzhaltung zu verändern, sie sitzen regungslos da und rühren sich nicht von der Stelle. Erik würde gern auf die Uhr sehen, tut es aber nicht, sitzt stattdessen schweigend neben ihr.

»Hast du schon mal jemanden geküsst«, fragt er am Ende, vor allem, um das kompakte Schweigen zu beenden.

»Du meinst, eine Frau?«

»Ja.«

Sie schüttelt den Kopf.

»Hast du?«, fragt sie dann.

»Ja, ein paarmal.«

»Und wie war das?«

»Es war nichts Besonderes. Obwohl … ich weiß nicht. Vielleicht ist es ja anders, wenn man den Menschen wirklich gern hat.«

»Und das war bei dir nicht so?«

Er schüttelt den Kopf. Sie nickt, und danach bleiben sie wieder lange in diesem Schweigen sitzen.

»Du könntest mich küssen«, sagt er schließlich.

»Dich?«

»Ja, dann kannst du üben, bis du ein Mädchen triffst, das du magst.«

Sie sieht ihn an, als hätte sie sich noch nicht entschieden, ob sie ihm eine knallen, ihn auslachen oder etwas anderes tun soll. Es ist ihr anzusehen, dass ihr einiges durch den Kopf geht.

»Okay«, sagt sie dann.

»Wirklich? Bist du sicher?«

Sie nickt und schließt die Augen. Und Erik lehnt sich vor und küsst sie behutsam auf den Mund. Er lässt seine Lippen einen Moment auf ihren liegen, spürt ihren Atem. Sie atmet schwer, und er ist sich fast sicher, dass er ihren Herzschlag hört. Sie ist ganz warm.

Er lehnt sich zurück, und dann sitzen sie wieder nebeneinander.

»Ich habe deine Bartstoppeln gespürt. Ich wusste gar nicht, dass du welche hast.«

»Nur auf der Oberlippe«, erwidert Erik und lächelt.

Dann lehnt er sich zu ihr vor und küsst sie noch einmal. Diesmal öffnet sie die Lippen, und er spürt ihre warme Zunge. Er legt eine Hand auf ihre Schulter, und sie erwidert den Kuss, und jetzt sind sie sich ganz nah, fast so, als wären sie ein einziger Mensch, und sie wendet sich ihm zu, und sie küssen sich leidenschaftlicher, fast wie zwei Liebende.

»Eines Tages wirst du jemanden finden, den du liebst«, sagt Erik.

Er weiß nicht, woher die Worte kommen, aber er fühlt es so intensiv. Elin hat die beste Frau der Welt verdient, und diese Frau wird sie genauso küssen, wie er es gerade getan hat.

Als er sie anschaut, sieht sie sehr glücklich aus, ihr ganzes Gesicht strahlt, gleichzeitig errötet sie. Nie zuvor hat er sie so glücklich gesehen. Sie sieht aus wie immer, aber jetzt strahlt sie, strahlt wirklich.

»Du bist der Erste, dem ich es erzählt habe«, sagt sie.

»Danke«, erwidert Erik.

»Ich werde es allen erzählen. Es spielt eh keine Rolle, nicht?«

»Nein, das interessiert kein Schwein. Früher war das vielleicht anders.«

»Aber du wirst immer der Erste sein.«

»Der dich geküsst hat?«

»Stimmt ...«, sagt sie und lacht, »aber eigentlich meinte ich, dass du immer der Erste sein wirst, dem ich es erzählt habe.«

Sie schweigen einen Moment, schauen sich an.

»Du wirst immer der Erste sein«, wiederholt sie und umarmt ihn hastig, ehe sie aufsteht und aus dem Fenster schaut.

»Vielleicht kann ich dir ja irgendwann auch etwas erzählen, und dann bist du auch die Erste.«

»Und was soll das sein?«, fragt sie und kann ihre Neugier nicht verbergen.

»Ich ... das weiß ich doch jetzt noch nicht.«

»Vielleicht etwas Superheimliches?«

»Ja, genau. Etwas Superheimliches.«

»Für das man sich schämt«, sagt sie mit ernster Stimme. »Und das man nur jemandem erzählt, dem man total vertraut.«

»Ich finde dich echt mutig«, sagt er.

Draußen hält ein Auto, und sie hören Stimmen, die sie beide erkennen, sie gehören Elins Eltern. Die beiden unterhalten sich so laut, als wären sie schwerhörig.

Erik würde diesen Moment gern festhalten. Genau hier.

Nie zuvor ist er derart stolz gewesen. Er hat Elin so gern, dass er am liebsten schreien würde. Er hat schon andere geküsst, aber es hat ihm nie etwas bedeutet. Das hier ist etwas völlig anderes, obwohl sie sich nicht lieben, nicht auf die Art.

Sie sind sich so ... so nahe gewesen.

Erik hat nicht gewusst, dass man einem anderen Menschen so nah sein kann. Es hat in Büchern gestanden, die er gelesen hat, und in Filmen, die er gesehen hat, ging es auch darum, aber es selbst erleben zu dürfen? Er hätte nie geglaubt, dass es so sein würde, ganz sicher nicht mit Elin in ihrem chaotischen Zimmer. Es war anders als alles, was er sich jemals hätte vorstellen können.

Dennoch hat er das Gefühl, dass sein ganzer Körper von Wärme durchströmt wird, und er denkt, in diesem Moment ist er, ohne es wirklich zu merken, erwachsen geworden.

7

Heimreise in zunehmender Dunkelheit, und die Nase des Flugzeugs neigt sich seit fünfundzwanzig Minuten abwärts. Bengt ist völlig erschöpft. Es ist ihm nicht gelungen, sich zu entspannen. Er will nur nach Hause. Will nicht mehr in einem lauten Flugzeug sitzen und mit seinen Gedanken allein sein, mit Gedanken, die nirgendwohin führen. Manchmal gibt es Leben, denkt er, aber keine Tür, die hineinführt.

Und der Körper, wie lernt man seinen Körper kennen, wenn man dreiundfünfzig ist und seit mehr als zwanzig Jahren als Arzt arbeitet? Welche Informationen fehlen ihm? Verzweifelt fingert er an der Konsole herum und versucht, seinen Kopfhörer zum Leben zu erwecken. Alles wäre in diesem Moment besser als dieses zischende Flugkabinengeräusch und seine einfältigen Fragen.

Die Maschine ist nicht ausgebucht, und er sitzt ganz vorn. Der Platz neben ihm ist frei. Er denkt an den Fluggast, der vor weniger als einer Woche neben ihm gesessen hatte.

Seltsamerweise vermisst Bengt ihn. Oder nein, vermissen ist das falsche Wort. Aber es gibt da eine Leere, denkt er, in ihrer Unterhaltung entstand etwas Merkwürdiges, das ihn auf seiner Reise begleitet hat. Er fragt sich, was Christian Leander wohl gesagt hätte, wenn er ihm von Anna van der Vyver erzählt hätte. In gewisser Weise bereut er, es nicht getan zu haben. Eine Begegnung zwischen zwei Männern, umhüllt von einer dünnen Aluminiumhaut, Nieten und Plastik.

Erst jetzt wird Bengt bewusst, dass er praktisch nichts über diesen Christian Leander weiß. Dabei ist sich Bengt ganz sicher, dass er selbst viel von sich erzählt hat, von Erik und Mariette, dass sie sich gestritten hatten und bis zu seiner Rückkehr auf jeden Kontakt verzichten wollten.

Warum um Himmels willen hatte er das nur erzählt?

Zwei Männer. Bengt arbeitet fast ausschließlich mit Frauen zusammen, zumindest ist es in den letzten Jahren so gewesen. Es ist seine feste Überzeugung, dass alles besser wird, wenn sich die Reihen der alten Herren gelichtet und neue Kräfte übernommen haben, in der Mehrheit Frauen. Schon darin liegt eine verlockende Vorwärtsbewegung. Er denkt eine Weile darüber nach und fühlt sich sogar ermutigt, bis er erkennt, dass er selbst ein Vertreter dieser Altherrenpsychiater ist.

Das hatte er vergessen.

Dass er einer von ihnen ist.

All diese Dinge, die er so gern herausfinden würde, statt der uninteressanten Forschung, der er sich in den letzten Jahren gewidmet hat. Er hat sich mit den völlig falschen Dingen beschäftigt, allerdings nicht, weil seine Forschung nicht wichtig war oder den Menschen nicht geholfen hat. Darum geht es nicht. Es hat ihm nur alles keinen Spaß gemacht. Freude im Alltag hat er das letzte Mal empfunden, als er fast ausschließlich klinisch arbeitete. Womit er aufhörte, kurz nachdem Anna van der Vyver ihre Therapie abbrach. Das war die beste Zeit gewesen. Sie und die anderen, die in seinem Inneren lebendig waren. Wie hatte er nur so dumm sein können, das aufzugeben?

Jetzt hört er sich seufzen, dass er es satthat, ein Mann zu sein. Der Mann ist eine defektere Konstruktion als die Frau; sein Y-Chromosom ist nichts anderes als ein zweitklassiges X. Natürlich entstehen so rein biologisch mehr Missbildungen. Aber warum landen dann Frauen öfter in der Psychiatrie als Männer? Das lässt sich schwerer erklären als die Tatsache, dass Männer öfter im Strafvollzug landen. Im Gefängnis herrscht eine männliche Kultur, in der Psychiatrie wird sie immer weiblicher. Ist das Behütende weiblich und das Bestrafende männlich?

Es sind Momente wie dieser, in denen Bengt an sich selbst und seinen Gedanken verzweifelt.

Sie drehen sich im Kreis, und es kommen nur Fragen heraus. Keine Schlussfolgerungen. Nichts Empirisches. Nur lose Schlüsse, die nicht zwischen männlich und weiblich zu unterscheiden vermögen, als wäre das die einzige Trennlinie in der Gesellschaft. Man bedenke nur, was passieren würde, wenn man versucht, eine konservative neunzigjährige Frau aus einem Nobelviertel mit einem Goth-Mädel aus einem Arbeiterviertel zusammenzubringen.

Was sollen diese beiden gemeinsam haben? Es geht um Klasse, nicht um Geschlecht.

In seinen Therapien hat er das unzählige Male beobachtet. Wie die gesellschaftliche Klasse die Menschen schon lange, bevor sie überhaupt sprechen lernen, einteilt. Ihre Wege waren, auf Gedeih und Verderb, bereits vorgezeichnet, als sie noch im Mutterleib lagen.

Und er selbst? Ein *Aufsteiger.*

Gibt es ein Wort, das er mehr verabscheut?

Er muss zurück zu den Therapien. Er muss ... großer Gott, Mariette. Wie zum Teufel konnte es nur so schieflaufen? Bengt dreht sich immer weiter im Kreis. Und Erik. Die Enttäuschung eines achtjährigen Jungen mit einem neuen Fahrrad, das einen Platten hat. Einen Platten und einen Vater, der ihm sagt, dann müssten sie es eben im Fahrradgeschäft reparieren lassen.

Die Enttäuschung.

Die anderen Väter, die ihre Hemdsärmel hochkrempelten und das Fahrrad aufbockten und schraubten und es wieder in Ordnung brachten. Ihm dagegen war gar nicht in den Sinn gekommen, dass man ein Fahrrad selbst reparieren kann.

Im selben Moment wird Bengt bewusst, dass er keinen der Freunde seines Sohnes aufzählen könnte, außer diesem großen natürlich, dessen Namen ihm allerdings entfallen ist. Er kennt keinen seiner Lehrer, weiß nicht, wie sie heißen. Weiß nicht, welche Musik Erik hört oder welche Filme er in letzter Zeit gesehen hat.

Nicht einen einzigen.

Das Flugzeug hat sein Fahrwerk ausgefahren, und Bengt sitzt mit offenem Mund in der Kabine. Neben ihm liegt sein neues schwarzgoldenes Tagebuch, in dem er mehr oder weniger unbewusst geschrieben hat, während sich die Gedanken in seinem Kopf immer schneller drehten.

Auf der Vorderseite steht nichts. Weder sein Name noch das Wort »Tagebuch«. Dort steht nur »X«.

8

Sein Gesicht sieht in dem Badezimmerspiegel verändert aus. Christian überlegt, dass es an dem anderen Licht liegen muss, es ist greller, weißer, irgendwie durchdringender. Er dreht den Hahn auf, lässt das Wasser lauwarm werden und prüft die Temperatur mit dem Finger, bis er zufrieden ist. Dann wölbt er die Hände zu einer Schale und füllt sie. Das Wasser läuft über. Er beugt sich vor und spritzt sich Wasser ins Gesicht.

Es lässt ihn schaudern. Mehrmals wiederholt er die Bewegung, ehe er die Augen öffnet und erneut unverwandt in den herausziehbaren Spiegel starrt, der leicht vibriert. Winzige Zahncremepünktchen sind auf dem Glas sichtbar.

Er versucht zu lächeln, erkennt sein Lächeln aber nicht wieder.

Nachdem er eine Weile vollkommen still gestanden hat, öffnet er die Spiegeltür des Badezimmerschranks. Das Spiegelbild fährt zur Seite.

Er holt Rasierer, Gel, Aftershave heraus. Begutachtet jede Flasche und Dose. Reibt sein Gesicht ein, lässt es von dem grünen Gel weich werden, spürt, wie die Bartstoppeln über die Handflächen kratzen. Es riecht aseptisch. Er überprüft den Rasierer, ehe er beginnt, ihn über sein Gesicht zu ziehen, zupft ein langes Haar heraus, das stehen geblieben ist.

Er rasiert sich systematisch, zieht die Klinge hin und her und spült sie gelegentlich unter laufendem Wasser ab.

Er mag das Geräusch, Wasser auf Porzellan, Wasser auf Stahl.

Als er fertig ist, wäscht er sich mehrmals sorgfältig das Gesicht, schnaubt mit den Lippen, öffnet die Flasche Aftershave und spritzt sich etwas ins Gesicht. Das schöne Gefühl, wenn es kurz brennt. Die Haut erhebt sich gleichsam, bevor sie sich wieder bequem hinlegt. Er greift nach einem weichen Frotteehandtuch und tupft sein Gesicht ab.

Dann ist es wieder da. Das Gesicht.

Er dreht es hin und her. Betrachtet sich im Profil, frontal, lehnt sich vor, sieht die Kapillargefäße rund um die Nase, die Mitesser als kleine Punkte auf der Nase. Wie vergrößerte Insekten, die sich in die Haut graben.

Auch wenn er widersprechen möchte, weiß er natürlich, dass er verfällt. Das gilt für jeden Menschen, denkt er. Alle tun es, unausweichlich, sie verfallen, verwittern.

Er hebt das Foto von Bengt Sund an und hält es neben seinem Gesicht hoch. Vergleicht im Spiegel, zieht den Seitenscheitel ein wenig anders, damit er besser mit der Frisur auf dem Foto übereinstimmt.

Als er fertig ist, verlässt er das Badezimmer, lässt das Handtuch dort auf dem Fußboden liegen, wo er es hat fallen lassen, schert sich nicht darum, es an den Haken zu hängen. Nackt geht er in Richtung Wohnzimmer, lässt es sich jedoch nicht nehmen, einen kurzen Abstecher in die Küche zu machen. Nein, das Reh ist nicht da. Natürlich nicht. Das hat er doch gewusst.

Im Wohnzimmer fällt das Licht seitlich herein, die halbe

Couch ist hell erleuchtet, die andere Hälfte liegt im Schatten. Er setzt sich auf die dunkle Seite, spürt den groben Baumwollstoff am Körper, lehnt sich zurück und streckt sich nach der Fernbedienung.

Er zappt zwischen den Kanälen hin und her und fragt sich, für wen es sie gibt. Eine Zeitlang schaut er eine Quizsendung, in der die Kandidaten den Preis verschiedener Produkte schätzen sollen. Ohne wirklich zu verstehen, warum es so ist, verfolgt er das Programm mit immer größerem Interesse. Vermutlich liegt es an dem aufgeregten Tonfall sämtlicher Teilnehmer, daran, dass sie unablässig das Auge der Kamera suchen, unsicher, aber dennoch angespornt von der Aufmerksamkeit. Sie reden zu laut, reagieren zu aufgekratzt auf die lahmen, vorprogrammierten Zwischenbemerkungen des Moderators. Scherze, die sich gekünstelt im Studiofußboden verlieren. Das Geschehen hat etwas von einer Choreographie.

Einer nach dem anderen scheidet aus, am Ende bleibt nur der Sieger übrig.

Als die Leute losschreien, ist kaum noch ein Wort zu verstehen. Die Familie des Siegers rennt zu ihm, und alle schreien und hüpfen auf und ab, und der Abspann rollt schnell zu lauter Musik.

Christian schaltet den Fernseher aus und wirft erneut einen Blick aus dem Küchenfenster. Dieses Haus in Täby, das sich nun sehr vertraut anfühlt. Es ist so viel passiert. Er ist glücklich. Er denkt lange an das Wort. Ja, es stimmt. Glücklich. Es gibt kein Wort, das besser dazu passt, wie er sich fühlt.

Er sieht seinen nackten Körper ausgebreitet auf der

Couch, spürt, dass es ein wenig feucht wird, wo er sitzt. Der Brustkorb, der sich hebt und senkt, die Haare, die von der Brust in einem schmalen Strang über den gespannten Bauch zu seinem Geschlecht laufen, das abwärts liegt, von ihm gewandt, so dass er es kaum sieht.

Bengt Sunds Klamotten liegen neben ihm, trocken und sauber. Unterhose von Wolsey, Hemd und Krawatte von Armani, Hose und Strümpfe von Ralph Lauren.

Die Atemzüge, denkt er.

Doch die Atemzüge sind seine eigenen.

Dann fällt ihm etwas Seltsames an seiner Wade ins Auge. Seine Verblüffung gilt zunächst dem Umstand, dass er sie bisher nicht bemerkt hat. Eine kleine Wunde. Aber eigentlich ist sie gar nicht so klein, sie ist größer als eine Fünfkronenmünze. In der Mitte ist sie dunkelrot, dann wird sie kreisförmig heller, bis die Haut unverletzt ist.

Es ist ihm völlig unverständlich, wann er sich diese Wunde zugezogen hat. Ist er gegen etwas gelaufen? Ist es passiert, als er durch das Fenster geklettert ist? Es ist ein Rätsel. Als er sich bückt, um sie genauer in Augenschein zu nehmen, erkennt er, dass diese Wunde schon seit ein paar Tagen dort sein muss. Sie verheilt bereits und ist verkrustet, obwohl sie in der Mitte noch dunkelrot und blutig aussieht.

Behutsam tastet er sie mit der Hand ab. Es tut nicht weh. Er drückt ein wenig. Nein, keine Veränderung. Er tastet sie erneut ab, ein leichter Druck auf die heilende Fläche. Er schließt die Augen.

Er spürt etwas.

Es fühlt sich gut an.

Er drückt etwas fester zu und spürt, wie sein Finger den

dünnen und noch leicht feuchten Wundschorf durchdringt. Er zieht den Finger ein wenig im Kreis, presst ihn tiefer hinein und staunt, wie leicht das geht. Er kann fast den ganzen Finger in die Wunde pressen, und sein ganzer Körper wird von einem angenehmen warmen Gefühl durchströmt, er spürt, dass sein Herz pocht. Er atmet in kurzen Zügen und nimmt wahr, wie er in sich selbst hineinfällt. Er versucht es mit einem anderen Finger und erlebt das Gleiche, jede Berührung in der Wunde ist, als umarme und tröste ihn jemand.

Er weiß jetzt, dass er gehen muss. Er muss dieses Haus, die Familie und alles, was er als das Seine kennengelernt hat, verlassen.

Hier gibt es nichts mehr für ihn.

Und so, genau so muss es sein.

Trotzdem sind seine Schritte beschwingt, als er aus dem Haus tritt, aus dem Bauch heraus tief Luft holt und die Tür hinter sich schließt. Er geht die Treppe hinunter und stellt sich vor, wenn ihn jetzt jemand sähe, dann sähe dieser Jemand einen Rücken.

Als er sich ins Auto setzt, wartet er fast eine Minute, ehe er einen Gang einlegt und sachte davonrollt.

9

Endlich, denkt Bengt, taucht dieser verdammte Koffer auf dem Transportband auf. Natürlich schwarz, so dass er sich von fünfzig anderen, gleichartigen Koffern auf dem Band kaum unterscheiden lässt. Er ist diese Leute, die sich ständig vordrängeln und nach vorn schieben wollen, so unglaublich leid. Wenn alle an der markierten Linie stehen blieben, käme man viel leichter an seinen Koffer, und es bliebe allen erspart, wie eine Viehherde zusammenzustehen.

Aber er weiß natürlich, dass sie alle in derselben engen Maschine mit den lauten Motorengeräuschen und den nicht isolierenden Kopfhörern, dem Murmeln und Windrauschen gesessen haben.

Sie wollen alle nach Hause.

Wollen nicht länger in diesem Limbus-Zustand verweilen, der mit dem Reisen einhergeht. Sie haben die Reise hinter sich, und ihre Körper sind durchgewalkt worden, und ihre Gehirne sind ausgelaugt.

Er seufzt. Er will daheim die Tür öffnen, das Gepäck im Flur abstellen und endlich wieder in sich selbst eintreten dürfen. Er zieht den Griff hoch, rollt den Koffer hinter sich her und steuert mit festen Schritten dem Ausgang entgegen. Sie gehen zu mehreren nebeneinander, alle mit sperrigem Gepäck und Taxfree-Tüten, biegen zum Zoll ab und sehen die Tür, die automatisch aufgeht und Licht aus der Welt jenseits des Flughafenterminals hereinlässt.

Doch dann. Zum ersten Mal in Bengts Leben versperrt ihm ein Zollbeamter den Weg und bittet ihn, zur Seite zu treten.

Er nimmt an, dass es sich um ein Missverständnis handelt.

»Ich?«, fragt er, als wäre es das Unwahrscheinlichste, was auf diesem Flughafen eintreffen kann.

Der Zollbeamte nickt.

»Reine Routine. Wir kontrollieren in der nächsten halben Stunde jeden fünfundzwanzigsten Passagier. Sie haben das große Los gezogen«, erklärt der Mann und lächelt bärtig.

»Tja, wenn das so ist«, sagt Bengt, kann sich ein Seufzen jedoch nicht verkneifen.

Der Beamte sieht mit seinem üppigen Bart immerhin ganz sympathisch aus. Wie ein Bär. Obwohl er sich fragt, was sie sich dabei denken. Schließlich ist er ein ganz gewöhnlicher Mann mittleren Alters, der bestimmt weder Alkohol noch Zigaretten oder Heroin schmuggelt. Mein Gott, er hat mindestens zehn Personen jugendlichen Alters gesehen, die vermutlich etwas Illegales in ihren Kulturbeuteln dabeihatten, und noch viel mehr in seinem Alter, die mehr als das Doppelte der erlaubten Menge im Duty-free-Shop eingekauft hatten.

Jeden fünfundzwanzigsten Passagier? Was für eine Verschwendung von Geld und Personal.

In dem Bewusstsein, dass es nun noch länger dauern wird, bis er daheim sein Gepäck abstellen und diese Reise endlich hinter sich lassen kann, breitet er die Arme aus und fragt, was er tun soll. Der Beamte zeigt mit einer einladenden Geste an, wohin er seinen Koffer legen soll. Anschließend erkundigt sich der Mann mit freundlicher Stimme, ob er bei Bengt eine Leibesvisitation durchführen dürfe.

»Sicher«, antwortet Bengt und versucht, in einem scherzhaften Ton zu sagen, dass dies alles kein Problem sei, solange sie ihn nicht in das berüchtigte Zimmer hinter den Vorhängen mitnehmen wollten.

Der Zollbeamte scheint das nicht besonders lustig zu finden. Schnell und nicht sehr gründlich tastet er Bengts Körper ab, zunächst mit einem Detektor und danach mit den Handflächen.

»Würden Sie bitte Ihr Gepäck öffnen?«

Bengt unterdrückt einen weiteren Seufzer und befolgt die Anweisung. Anschließend muss er zuschauen, wie der Beamte das Gepäck durchsucht, alles abtastet und leicht verschiebt, den Kulturbeutel öffnet, kurz die darin enthaltenen Dosen mustert, den Blister mit den Kopfschmerztabletten umdreht. Bengt spielt mit dem Gedanken, ihn zu fragen, ob er sich zwei Tabletten herausdrücken darf.

Plötzlich sieht Bengt, dass der Zollbeamte das längliche, als Geschenk verpackte Päckchen hochhält, das er in Kapstadt in den Koffer gepresst hat. Der Gesichtsausdruck des Mannes stellt die Frage, ob er die Erlaubnis hat, es zu öffnen, und Bengt weiß, dass ihm nichts anderes übrigbleibt, als mit den Schultern zu zucken. Der Mann entfernt vorsichtig das Papier.

Dann hält er den Inhalt in der Hand.

Die kleine Figur.

Der Beamte hält sie hoch, mustert sie, dreht sie. Anna van der Vyvers chinesische Figur, die Bengt völlig vergessen hatte. Bis zu diesem Moment. Er betrachtet sie mit der gleichen Verwunderung wie der Zollbeamte.

»Wo haben Sie die gekauft?«, fragt der Mann.

»Die … das ist ein Geschenk.«

»Ein Geschenk? Heißt das, Sie wissen nicht, ob sie etwas enthält?«

»Ob sie etwas *enthält*? Wie meinen Sie damit?

»Vertrauen Sie der Person, die Ihnen den Gegenstand geschenkt hat? Sie haben immerhin beschlossen, sie nach Schweden einzuführen.«

»Wie meinen Sie das? Ob ich ihr vertraue?«

»Ja«, bestätigt der Zollbeamte und klingt jetzt entschiedener und längst nicht mehr so freundlich wie zu Beginn, »ich frage Sie, ob es sich um eine Person handelt, für die Sie sich verbürgen können. Dieses Ding könnte alles Mögliche enthalten. Außerdem müssen wir das Material kontrollieren, es sieht aus wie Ebenholz, und solche Dinge kann man nicht einfach so einführen, für viele Antiquitäten gilt ein Importverbot, insbesondere, wenn sie aus China kommen. Und diese Figur sieht meines Erachtens chinesisch aus. Oder zumindest asiatisch, oder irre ich mich?«

»Antiquitäten? Aber das hier ist keine … das ist nur eine simple Figur, die ich von einer sehr guten Freundin bekommen habe. Sie würde niemals …«

»Können Sie mir sagen, wer sie ist?«

»Sie meinen, wie sie heißt?«

»Zum Beispiel«, erwidert der Zollbeamte, der die Figur in der Zwischenzeit bereits gescannt und herausgefunden hat, dass sie nichts enthält. Nun schlägt er stattdessen in ein paar Ordnern nach und sucht in seinem Computer. Seine Stimme ist nicht mehr so weich und sanft, immer deutlicher hat sich ein offizieller Behördenton in sie gemischt.

»Sie heißt Anna van der Vyver«, erläutert Bengt, »sie ist eine schwedische Journalistin, die in Südafrika lebt. Sie ist ständig auf Reisen und würde niemals … brauchen Sie wirklich diese ganzen Informationen?«

»Können Sie mir ihren Nachnamen bitte buchstabieren?«

»Nein, also ehrlich«, entgegnet Bengt, »ich verstehe einfach nicht … Habe ich etwas Ungesetzliches getan?«

»Das untersuchen wir gerade.«

Inzwischen betrachten drei uniformierte Beamte die Figur, drehen sie hin und her, riechen sogar an ihr.

»Sie ist schwedische Staatsbürgerin?«

Bengt nickt und seufzt gleichzeitig.

»Und Sie verbürgen sich also für diese Anna … van der Vyver?«

»Absolut«, antwortet Bengt. »Sie ist eine frühere Patientin von mir, ich bin ihr Arzt und Therapeut.«

Großer Gott, denkt Bengt, das hört sich ja schlimmer an, als wenn ich gesagt hätte, dass ich ihr Liebhaber bin.

Das Ganze dauert noch eine halbe Stunde, und in dieser Zeit bleibt Bengt auf einem Stuhl sitzen und starrt eine weiße Wand an. Überall steht *Willkommen in Stockholm.*

»So«, sagt der Zollbeamte auf einmal und gibt ihm die Figur zurück.

»Was denn, jetzt ist es okay?«

Der Zollbeamte nickt und sagt, dass Bengt sein Gepäck

selbst schließen kann. Sie sind fertig. Bengt betrachtet die Figur und dreht sie, wie der Beamte es vorhin getan hat.

Dann fragt er:

»Könnten Sie die bitte wegwerfen?«

Der Mann sieht ihn an und nimmt zögernd die Figur entgegen. Jetzt hält er sie anders, als hätte er sie nie zuvor gesehen.

»Ja«, sagt Bengt. »Es wäre nett, wenn Sie die Figur wegwerfen könnten. Ich brauche sie nicht mehr. Oder besser gesagt… ich will sie nicht mehr haben. Könnten Sie das Ding bitte wegwerfen? Wäre das möglich? Ich will es einfach nicht mehr haben.«

10

Es ist, als würde der Fuß ausgerollt, wenn er ihn federnd aufsetzt, ganz vorn, danach die Ferse, ehe er sich abstößt und spürt, dass seine Wadenmuskeln sich anspannen wie auf einem Sprungbrett.

Die ganze Zeit achtet Erik auf seine Atmung und den Puls.

Eine leichte Vorwärtsbewegung, die Schultern, die fast pendelnd vorgeschoben werden. Ein Schweißtropfen läuft in den Mundwinkel, und er streicht ihn mit dem Handrücken fort, ohne aus dem Rhythmus zu kommen.

Im Kopfhörer ein Takt, der ständig wechselt, er lässt ihn zu sich kommen über die Stimme, die sich aufwärts bewegt und wieder abwärts, die Stimme, die es möglich macht, sie zum Bestandteil seines eingekapselten Zustands werden zu lassen.

Jetzt geht es sanft aufwärts, und er erhöht die Intensität seiner Schritte, um das Tempo beizubehalten, spürt, wie der Druck von den Waden zur Vorderseite der Oberschenkel wandert. Als er sich der Kuppe nähert, arbeiten seine Arme intensiver, als würde er schwimmen wie ein Hund, bis er sich auf dem Scheitelpunkt abdrückt und zu seinem früheren Rhythmus zurückkehren kann.

Nach seinem Besuch bei Elin wollte er nicht einfach

heimgehen. Er benötigte etwas Zeit zum Nachdenken, und dafür gab es nichts Besseres, als zu laufen. Er empfindet es als eine Befreiung, ganz in sich selbst zu verschwinden, vollkommen allein zu sein, ohne befürchten zu müssen, dass jemand nach ihm ruft oder an die Tür klopft und verlangt, dass er die Spülmaschine ausräumt, die Sportsachen in die Waschmaschine legt oder seine Hausaufgaben macht. Das Einzige, was dem nahekommt, ist der Schlaf oder mitten in der Nacht am Computer zu sitzen.

Manchmal stellt er sich vor, dass er nachts läuft, im Schlaf. Unmittelbar vor dem Einschlafen zuckt häufig kurz ein Bein wie ein Vorbote.

Er ist auf seiner üblichen Runde, nachdem er durch das Gartentor getreten war, trottete er langsam los und lief auf die beleuchtete Joggingstrecke. Dort trainiert er gern. Der Druck verändert sich, die weichen Sägespäne fangen den Fuß auf und betten ihn ein, ehe er sich streckt und die Bewegung spürt wie ein langsames Ein- und Ausatmen.

Nur hier kann er ganz er selbst sein.

Jetzt fliegt er, spürt den Fuß, der seine Sehnen und Knochen ausbreitet, den Körper auffängt, den Boden trifft, die Kraft abbremst, sich abstößt.

Dann der nächste Schritt und der nächste.

Die Musik in seinem Kopfhörer ist eine Frau, die etwas singt, was er nicht versteht. Sie singt auf Deutsch, eine Platte, die er zu Hause gefunden und auf seinen iPod geladen hat.

Er denkt, ihre Stimme klingt wie der Himmel.

Er hat alle so satt, die etwas von ihm wollen. Die ihm ständig sagen, was er tun und lassen soll. Das macht ihn krank, er hält das nicht mehr aus. Er versteht die Worte nicht, die sie singt, und deshalb fühlt er sich frei.

Für ihn steht fest, dass alle Erwachsenen eine feste Meinung zu allem Möglichen haben.

Alle außer Christian.

Eines Tages war er plötzlich da. Er ist seltsam, Erik wird nicht ganz schlau aus ihm, aber er ist zumindest nicht wie die anderen. Er sagt ihm nicht, was er tun soll. Wenn sie sich treffen, gibt er Erik jedes Mal etwas, aber er weiß nicht, was es eigentlich ist.

Erik fühlt sich mit jedem Mal leichter, in seinem Körper gibt es etwas, das sich hinterher stärker anfühlt, und er ist nicht mehr wütend. Er ist so lange wütend gewesen. Auf seine Mutter, weil sie nie mehr fröhlich aussieht. Obwohl sie im Moment irgendwie verändert aussieht, ohne dass Erik in Worte fassen könnte, was los ist. Es hängt irgendwie damit zusammen, wie sie spricht, sie scheint zu finden, dass manche Dinge nicht mehr so wichtig sind. Ist sie glücklich?

Dank Christian?

Selbst auf seinen Vater ist Erik nicht mehr wütend. Das Gefühl verschwand, als er Christian im Auto davon erzählte. Von der Untreue, dass er seine Mutter verletzte. Die Wut verschwand, als er es erzählte.

Er streckt die Beine etwas mehr, erhöht das Tempo und weiß, dass er bald da ist, sein Körper fühlt sich heute leicht an. Er wird genau in dem Moment dort sein, in dem die Musik endet, so hat er es berechnet. Die Musik ist sein einziges Hilfsmittel, um Tag für Tag den richtigen Rhythmus zu finden.

Er fragt sich, ob es bei Elin das Gleiche ist. Sie hört auch zu, genau wie Christian. Er denkt an vorhin, als er sie küsste, ob das alles verändert hat. Die Wärme, die seinen Körper durchlief. Wenn Erik bestimmen dürfte, würde er die beste Freundin der Welt für sie herzaubern. Eine, die sie immer glücklich und niemals traurig machen würde.

Sie ist der mutigste Mensch, dem er jemals begegnet ist.

Als er sich den letzten beiden Kurven nähert, sieht er, dass dort Leute stehen. Im nächsten Moment erkennt er, dass es Patrik und dessen beiden Kumpels sind, die auf dem Bau arbeiten. Keinen Menschen hasst Erik mehr als Patrik. Schon als sie sich das erste Mal im Kindergarten begegneten, war er nicht ganz dicht. Er ist jemand, der andere schlägt und es anschließend mit einem Lachen abtut, mit dem er sagen will, dass das doch gar nicht so schlimm war. Als sollte man sich hinterher miteinander anfreunden.

Jetzt steht er mit seinen Bodybuilder-Kumpels bei den Baumstämmen für das Muskeltraining. Sie wuchten sie hoch und zählen laut, grölen einsilbig und brüllen herum, feuern sich gegenseitig an. Sie trainieren und wollen Muskeln haben, Muskeln, mit denen sie andere beeindrucken, Muskeln, mit denen sie andere grün und blau schlagen wollen.

Erik kann nicht mehr rechtzeitig stehen bleiben, sie sehen ihn.

Man merkt sofort, dass Patrik sich auf die Begegnung vorbereitet. Er hat diesen typischen Blick, wenn er einen Witz machen will. Er nennt es *Witz*. In Wahrheit geht es ihm immer darum, andere zu demütigen.

Erik fallen mehrere Dinge ein, die sie mit ihm machen könnten, wenn er stehen bleibt. Zum Beispiel, ihm einen Schuh oder die Shorts abnehmen und zwischen sich hin und her werfen, bis er sie auf Knien anbettelt, um zurückzubekommen, was sie ihm weggenommen haben.

Dinge dieser Art sind für Patrik ein Witz. Er liebt es, andere fertigzumachen. Findet es toll, wenn sie vor ihm knien und ihn anflehen.

Binnen weniger Sekunden haben Patrik und die beiden anderen sich in einem Halbkreis aufgestellt, der die ganze Laufstrecke versperrt. Erik hätte genügend Zeit, stehen zu bleiben und kehrtzumachen, sie würden ihn niemals einholen, wenn er schneller in die Gegenrichtung liefe. Aber er tut es nicht. Er setzt seinen Weg fort. Er weiß nicht warum, läuft aber im gleichen Rhythmus weiter.

Als er Patrik schon recht nah ist, hört er ihn rufen:

»Hallöchen, Erik! Hast du Lust, mit uns zu trainieren? *Erik!* Komm mal her, Erik.«

Erik schenkt ihm keine Beachtung, läuft einfach weiter.

Jetzt ist er fast bei ihnen und sieht, wie Patrik die Arme ausstreckt, um ihn einzufangen. Die anderen folgen seinem Beispiel.

Erik hat nur eins im Kopf.

Elin.

Wenn sie der mutigste Mensch ist, den er kennt, will er genauso mutig sein wie sie. Er hat nicht vor, sich drei Idioten zu ergeben, die anderen Menschen immer nur wehtun wollen.

Im Kopfhörer erklingt *Ewig, ewig*, ehe die Musik verstummt.

Er denkt an Elin, an sie, wenn sie Basketball spielen. Dann passiert etwas Seltsames. Es ist, als würde sein Körper den Platz mit Elins tauschen und schlagartig genauso wendig werden wie ihrer, wenn sie Basketball spielen.

Er vollführt Elins beste Körpertäuschung, rasch nach rechts, sich drehen, ducken und zwei schnelle Schritte.

Es läuft wie geplant.

Patrik und die anderen verfehlen ihn, zwei von ihnen stoßen sogar zusammen. Erik hört, wie sie sich gegenseitig beschimpfen. Er grinst breit, glaubt, dass er noch nie so breit gegrinst hat.

Sein ganzes Gesicht strahlt, und nur eins ist nicht perfekt. Dass Elin ihn nicht gesehen hat. Aber wenn sie sich das nächste Mal treffen, wird er ihr davon erzählen.

Er weiß, was er ihr erzählen wird, denn er vertraut ihr so, wie sie ihm vertraut.

Er denkt, vielleicht ist das ja Liebe.

Jemandem bedingungslos vertrauen zu können.

* * *

Im Nachhinein könnte man wahrscheinlich sagen, dass dieses Gefühl ihn unachtsam werden lässt. Obwohl natürlich niemand weiß, was in seinem Kopf vorgeht. Sie wissen lediglich, dass sich ein junger Mann mit leichten Schritten vom Sportplatz kommend nähert. Er grinst breit. Er sieht rundum glücklich aus.

Er trägt weite schwarze Basketballshorts und gelbe Laufschuhe, und auf seinem Kopf mit den dichten, zerzausten Locken sitzen große Kopfhörer.

Die Kopfhörer, die alle dafür verantwortlich machen werden, dass er nicht aufpasst, als das Auto kommt. Es fährt nicht einmal besonders schnell.

Aus irgendeinem unersichtlichen Grund rennt der junge

Mann den schmalen Kiesweg herab und will die größere asphaltierte Straße überqueren, tut es jedoch, ohne aufzublicken.

Der Mann im Auto kann nicht mehr bremsen.

Selbst wenn er darauf vorbereitet gewesen wäre, hätte er nicht mehr ausweichen können. Es ist eine Frage von Sekundenbruchteilen.

Ein kurzes Krachen, eine kleine Pause, die einem schwebend leisen Laut ähnelt, und danach der zweite dumpfe Knall gegen die Windschutzscheibe und dann noch einer, als der junge Mann zur Seite geschleudert wird und auf die Fahrbahn prallt, ehe er mit seltsam angewinkelten Armen in den Straßengraben rollt.

Erst die kreischenden Bremsen.

Danach das Geräusch wie von zerbrochenen Eierschalen.

Das Auto, das anhält, und die Tür, die weit aufgerissen wird, der Mann, der schnell aus dem Wagen springt, um zu dem Jungen zu eilen, der im Graben liegt.

Obwohl der Mann die Folgen dessen, was geschehen ist, bereits kennt. Er weiß, dass es keine Chance gibt, nicht einmal für den Bruchteil einer Sekunde glaubt er selbst daran, sosehr er auch hofft und daran glauben möchte.

Es ist zu spät.

Kein Körper kann solchen Kräften widerstehen.

Selbst wenn der Krankenwagen innerhalb von fünf Minuten da gewesen wäre, hätte es keine Chance mehr gegeben. Im Polizeibericht heißt es später: Das Unfallopfer war allem Anschein nach sofort tot.

11

Als Mariette mit zwei schweren Einkaufstüten aus dem Supermarkt kommt, fällt ihr ein Geschäft auf der anderen Seite der Fußgängerzone ins Auge. Sie hat es nie zuvor bemerkt und erinnert sich auch nicht, was früher in dem Ladenlokal war. Ein Kurzwarenladen? Da sie es nie bemerkt hat, muss es ein Geschäft für etwas gewesen sein, das man nicht unbedingt braucht. Nun verengt sie die Augen ein wenig und sieht die Aufschrift *Kunst und Farbe*. Ein etwas seltsames Schild, ein wenig überfrachtet.

Jedenfalls wird sie neugierig, geht näher heran und sieht Ölfarben, eine Staffelei und Leinwände im Schaufenster. Nach einem Moment des Zögerns betritt sie das Geschäft, das seltsam düster wirkt. Ein kleines Glöckchen klingelt, das an der Tür hängt. Das Gefühl, in eine andere Zeit einzutreten. Und ein eigenartiger Geruch wie von verbrannter Elektrizität.

Eine Frau kommt aus einem Hinterzimmer, das von einem Vorhang verdeckt wird. Sie stellt sich hinter die alte Holztheke.

»Hallo«, sagt Mariette.

Die andere Frau nickt ihr nur wortlos zu.

Mariette beschleicht das Gefühl, dass sie hier schon einmal gewesen ist, sie streicht über die Leinwände in unterschiedlichen Größen. Sieht sich die verschiedenen Kästen mit Aquarellfarben an.

Dann entscheidet sie sich. Sie wird wieder anfangen zu malen. Ihr selbst zuliebe, weil sie es will. Nein, denkt sie, um ehrlich zu sein, weil sie es *muss.*

»Wie viel kostet der hier?«

Mariette zeigt auf einen der mittelgroßen Malkästen.

»599 Kronen«, lautet die Antwort.

Sie weiß nicht mehr, was sie früher kosteten, erinnert sich aber, dass sie immer schon teuer waren. Eine gute Marke. Im Grunde weiß sie nicht mehr, warum sie damals aufhörte zu malen. Wahrscheinlich gab es gar keinen konkreten Grund. Sie hörte einfach auf und verwahrte die Utensilien noch eine Weile, ohne sie zu benutzen. Dann bekam sie ein schlechtes Gewissen, weil sie nur herumstanden und Staub ansetzten.

Sie fragt sich, warum Bengt nie von ihr wissen wollte, weshalb sie nicht mehr malte. Schließlich hatte er sie malend an der Staffelei stehen sehen, ihm muss also bewusst gewesen sein, dass dabei auch etwas entstand, ganz gleich, ob die Bilder nun schön waren oder nicht. Kein Wort von ihm. Anfangs stellte sie die fertigen Bilder in der Garage hinter den großen Schrank für das ganze Werkzeug, in dessen Nähe er sich selbstverständlich nie begeben hatte. Eines Tages hatte sie dann alles ins Auto gepackt und mit anderem Abfall zur Kippe gefahren.

Die Bilder landeten zwischen Haushaltsmüll.

»Haben Sie auch unterschiedliche Pinselsets?«

»Selbstverständlich«, sagt die Frau hinter der Ladentheke und lächelt auch diesmal nicht.

Sie erinnert Mariette an jemanden, aber ihr fällt nicht ein, an wen. Sie sieht so verbittert aus. Sollte sie nicht eher froh sein, dass wenigstens ein Kunde in ihrem Geschäft vorbeischaut? Hier herrscht bestimmt kein großer Andrang, überlegt Mariette.

»Kann ich mit Karte zahlen?«

Die Frau antwortet nicht, nickt nur.

Sie strahlt eine Kühle aus, die Mariette als leicht beängstigend empfindet. Trotzdem wagt sie es, die Frau anzusehen, als sie sagt, dass sie den Malkasten für 599 Kronen und ein Pinselset haben möchte, auf das sie zeigt.

Die Frau nickt und holt einen alten Taschenrechner hervor. Mariette betrachtet sie, während sie die Waren einpackt. Die blonden Haare, das strenge Gesicht, ein Muttermal unter dem linken Auge, breite Schultern. Eine gewisse Härte, denkt Mariette. Man sieht, dass eine Art Trauer auf ihr lastet. Mariette fragt sich, ob es das ist, was sie mit Härte verwechselt. Auf einmal fühlt sie intensiv mit dieser unbekannten Frau.

Mariette hält ihr die Karte hin, und die Frau nimmt sie wortlos entgegen, zieht sie durch ihr Lesegerät und überreicht einen Kassenzettel zum Unterschreiben. Mariette unterzeichnet und gibt ihr den Beleg zurück.

»Entschuldigen Sie«, sagt sie, »aber wie lange gibt es das Geschäft hier schon?«

»Seit sieben Jahren«, antwortet die Frau.

»Seit sieben Jahren? Seltsam, dass ich es bisher nie bemerkt habe.«

»Ja«, sagt die Frau und hält ihr die Tüte mit ihren Einkäufen hin.

»Die Fotos an den Wänden, haben Sie die gemacht?«

»Ja, habe ich. Aber ich fotografiere nicht mehr.«

»Das ist aber schade. Sie sind wirklich gut.«

»Vielen Dank.«

»Darf ich fragen, warum Sie aufgehört haben?«

»Aus keinem besonderen Grund. Es hat sich einfach so ergeben.«

»Also wie bei mir und dem Malen.«

Beide lächeln.

»Aber Ihre Fotos sind viel besser, als meine Bilder jemals sein werden.«

Mariette lacht, merkt aber, dass die Frau eher bemüht lächelt. Als Mariette zur Tür kommt und sie öffnet, ertönt das gleiche Klingeln wie vorhin. Sie dreht sich zu der Frau hinter der Ladentheke um.

»Entschuldigen Sie bitte«, sagt sie, »aber ich frage mich ...«

»Ja?«

»Ach, ich frage mich nur, ob wir uns schon einmal begegnet sind. Ich meine, woanders.«

»Wir?«

Die Frau sieht sie verständnislos an.

»Ja, ich hatte irgendwie das Gefühl, ich dachte ... Nein, entschuldigen Sie, manchmal bilde ich mir solche Dinge ein. Vergessen Sie es.«

»Ich begegne nicht sehr vielen Menschen«, erklärt die Frau, ohne ihren Tonfall zu verändern.

»Sie haben keine Kinder, die im Alter meines Sohnes sein könnten? Manchmal ...«

Die Frau schüttelt den Kopf.

»Nun ja, entschuldigen Sie, ich … danke für die Pinsel, ich freue mich darauf, wieder zu malen.«

»Ich habe Ihnen noch einen Pinsel dazugelegt, in dem Set fehlt nämlich ein ganz feiner, aber ich habe Ihnen einen in die Tüte gelegt.«

»Ach, wirklich? Das ist aber nett von Ihnen. Vielen Dank.«

Mariette hebt ihre Einkaufstüten wieder an und will sich gerade noch einmal bedanken, als sie bemerkt, dass die Frau schon wieder hinter dem Vorhang verschwunden ist. Sie tritt auf die Straße hinaus und lässt die Tür hinter sich zufallen. Nach wenigen Metern spürt sie einen plötzlichen Stich in der Brust. Sie bleibt stehen, stellt die Tüten ab, atmet tief durch.

Sie begreift nicht, was das gewesen sein kann. Wie eine unerhörte Kraft, die ihre Seele geleert hat. Es vergehen Minuten, bis sie wieder normal atmen kann. Sie blickt auf und erkennt, dass sie offenbar eine Panikattacke hatte. Wie Ulla sie ihr einmal beschrieben hat. Völlig unerwartet und mit nichts in Verbindung zu bringen. Das beruhigt sie, und sie will gerade wieder nach den Tüten greifen, als ihr Telefon klingelt.

Sie wühlt ihr Handy aus der Handtasche, PIN und ein kompliziertes Hin und Her. Sie hasst es, dass alles so technisiert sein muss. Am Ende sieht sie, wer ihr eine Nachricht geschickt hat. Sie ist von Bengt, und Mariette liest sie mehrmals.

Verzeih.

Mehr steht da nicht, und im ersten Moment wird sie wütend. Was?, denkt sie. Aber das weiß sie ja oder kann selbst hundert Sachen aufzählen. Aber warum ausgerechnet jetzt? Verzeih. Dann bleibt sie vollkommen regungslos stehen, und ihr geht durch den Kopf, dass sie im Grunde gern das Gleiche sagen würde, aus hundert anderen Gründen.

Sie schreibt eine Antwort.

Ja.

Dann hebt sie die Tüten an und geht heim. Es ist ein kurzer Fußweg, und obwohl der letzte Anstieg immer anstrengend ist, geht sie mit leichten Schritten. Dieses Stechen in der Brust, sie versteht nicht, woher es kam.

Sie denkt an damals zurück, als sie das erste Mal wieder mit Bengt schlief, nachdem er sie betrogen hatte. Es war so anders gewesen. Sie hatte eine solche Nähe empfunden. Morgen will sie lange schlafen, länger, als sie es seit einer Ewigkeit getan hat, und wenn sie aufwacht, möchte sie ihre Pinsel und Farben auspacken.

Sie schämt sich fast ein wenig dafür. Dass sie diese Sachen wegschaffte, weil sie nichts taugten. Nein, weil *sie* nichts taugte. Sie will so malen, wie sie es möchte, und hat nicht vor, sich darum zu scheren, was andere von ihren Bildern halten.

Sie werden ihr ganz allein gehören. Wenn Ulla einen Kurs nach dem anderen belegt, kann sie selbst auch Aquarelle malen. Schließlich gab es einmal eine Zeit, in der sie Stunden damit verbrachte, mit Hilfe der tropfenden Farbe eine Erinnerung einzufangen.

Sie hat die Absicht, dabei nur die Musik zu hören, die ihr gefällt, und wird sich bestimmt albern vorkommen, sich davon aber nicht abhalten lassen.

Als sie den Anstieg halb bewältigt hat, scheint ihr die

Sonne direkt in die Augen. Die ganze Zeit hört sie das schwache Säuseln der Autobahn. Die Wagen, die ununterbrochen vorbeirauschen, hin und her, immer auf dem Weg irgendwohin.

Sie will nirgendwohin.

Mariette hat beschlossen, dass sie hier wohnt und hier auch bleiben möchte. Erwartungsgemäß steht dann auch das Haus vor ihr, als sie die Kuppe des Anstiegs erreicht.

Warum sollte es das auch nicht tun?

Es sieht noch so aus wie in ihrer Erinnerung, als Bengt und sie es sich zum ersten Mal anschauten. Damals waren sie jünger und unsicher, ob sie genügend Geld haben würden, um die Kredite abzubezahlen. Sie waren voller Hoffnung gewesen, möblierten die Zimmer im Kopf und merkten dabei, dass sie die gleichen Vorstellungen hatten. Da drüben stellen wir die Couch hin, da kannst du deinen Arbeitstisch hinstellen, da vorn ist ein schöner Platz für Großmutters alte Kommode.

Es war nicht ihr Traumhaus, aber sie machten etwas daraus. Das haben sie immerhin getan, denkt sie und öffnet das Gartentor.

12

Bengt sitzt endlich im Taxi nach Hause und weiß, dass diese Reise alles verändert hat, obwohl er seltsamerweise nicht beschreiben kann, in welcher Weise. Es ist eher, als hätte der Körper zu einem anderen Gleichgewicht gefunden.

Er denkt an Liebe.

Nie zuvor hat er so oft an Mariette gedacht wie in den letzten Tagen, nicht einmal, als sie sich kennenlernten, sich zum ersten Mal entdeckten. Aber es sind keine Gedanken im üblichen Wortsinn, sie sind ganz anders. Es kommt ihm vor, als wäre sie die ganze Zeit bei ihm gewesen, als hätte sie ihn betrachtet.

Sie hat durch ihn hindurchgeschaut.

Wie ein Licht, das warm und heilend durch den Körper fällt.

Mariette war die ganze Zeit da. Sie war auf dieser Reise bei ihm.

Inzwischen ist er überzeugt, dass diese Nähe ihm in jener Nacht, in der er ausgeraubt wurde, das Leben rettete.

Er denkt, dass Mariette ihn verstehen wird, wenn er ihr erzählt, was passiert ist. Dass ein Weg zurückführt.

Er weiß, dass es ein Vor und ein Nach dieser Nacht gibt. In einem Gericht hätten zu seiner Verteidigung keine mildernden Umstände vorgebracht werden können. Hier, hätte der Staatsanwalt erklärt, sitzt ein Mann, der seine Frau betrogen und seinen Sohn im Stich gelassen hat, und er wird es zweifellos wieder tun.

Der Staatsanwalt würde mit einem mahnenden Zeigefinger in seine Richtung deuten, während er die abschließenden Worte abfeuerte: Er muss in sämtlichen Anklagepunkten schuldig gesprochen werden. Das ganze Gericht würde Bengt anschauen und er aus schierem Überlebensinstinkt den Blick senken.

Seine Verteidigung ist in sich zusammengebrochen wie ein Kartenhaus, sein eigener Verteidiger telefoniert und bucht ein Flugticket zu seinem Sommerhaus an der Riviera. Er hat niemanden mehr, der ihn vertritt.

Niemanden.

Aber wenn er den Blick hebt, ist da jemand.

Sie heißt Mariette und war immer für ihn da. Und er liebt sie mehr, als er in Worten ausdrücken kann. Er würde ihr so gern verständlich machen, dass die vielen dummen Dinge, die er getan hat, alle fälschlich für sich behaltenen Gedanken, all die peinlichen Sachen, die er gesagt hat, geschehen sind, damit er am Ende herausfindet, wie sehr er sie liebt.

Er würde gern Verzeihung sagen.

Verzeih mir.

Ich möchte doch nur jemanden lieben.

In all ihren gemeinsamen Jahren sind ihm ausgerechnet diese Worte immer besonders schwergefallen. Obwohl sich das schön anfühlt, denkt er, ganz anspruchslos. Zu dem Mann gehörend, der er eigentlich ist, den Mariette gesehen und so lieb gewonnen haben muss. Nicht der mit den großen Worten, der pompöse, der andere schluckt und sich auf Kosten anderer aufbläst.

Bengt öffnet die Augen und versucht, zu einer körperlichen Balance zurückzufinden.

Das Taxi fährt ruhig auf der Autobahn, es ist nicht mehr weit. Wenn er nach Hause kommt, wird er eine lange, lange Reise antreten, ohne einen einzigen Meter zu fahren.

Er sehnt sich schon danach. Dieser Körper wird sich bald aus dem Taxi schälen, das Gepäck die kleine Treppe im Haus hinaufschleppen, und er wird zu den Menschen gehen, die er mehr liebt als alles andere, und sie um Verzeihung bitten. Er wird Mariette küssen und Erik umarmen, damit sich endlich all seine Kraft auf den schmalen Körper seines Sohnes überträgt.

Sie werden zu der Familie werden, der er so lange aus Gründen entsagt hat, die ihm nicht bewusst gewesen sind.

In der Ferne erblickt er plötzlich etwas Eigenartiges. Die Autobahn ist vollkommen verwaist, und er kann fast einen Kilometer weit sehen. Vor ihnen ist ein Mann zu sehen, der zu Fuß entlang der Autobahn geht, obwohl das verboten ist. Das ist doch ein Mann? Der da geht?

Auf alle Fälle ist es ein Körper.

Jetzt sieht es außerdem so aus, als würde sich dieser Mann mitten auf die Straße stellen und die Arme seitlich ausstrecken.

Obwohl Bengt das alles ganz deutlich vor Augen hat, scheint der Taxifahrer nicht bremsen zu wollen. Bengt unterdrückt den Impuls, eine Hand auf die Schulter des Mannes zu legen und ihm zu sagen, dass er verdammt nochmal bremsen muss, weil er diesen Mann sonst überfährt.

Aber er bremst nicht.

Und der Mann, der mal mitten auf der Straße, mal am Rand steht, bleibt vollkommen ruhig mit ausgestreckten Händen.

Das Taxi nähert sich mit hoher Geschwindigkeit, und aus Bengt platzt es heraus.

»Anhalten! *Anhalten!*«

Der Taxifahrer sieht ihn erschrocken an und tritt auf die Bremse. Die Fliehkräfte werfen beide in ihren Gurten nach vorn. Im selben Moment erkennt Bengt, dass die Straße leer ist. Er schaut sich um, hat aber die Orientierung verloren. Der Taxifahrer sieht ihn eher erstaunt als verärgert an.

»Ich dachte, ich hätte etwas gesehen«, stammelt Bengt.

»Ein Reh?«

Bengt nickt langsam, als wollte er sich selbst davon überzeugen, obwohl er weiß, was er gesehen hat. Die ausgestreckten Arme. Der Mann, den er erkannte und dann auch wieder nicht, obwohl es eher eine Silhouette in großer Ferne gewesen war.

»Ja«, sagt der Fahrer, »an manchen Stellen gibt es Löcher in den Wildzäunen. Jetzt ist es bestimmt weggelaufen. Gut, dass sie die Augen offenhalten, denn wenn es knallt, weiß man nie.«

Bengt nickt wieder und schluckt schwer.

»Ein Reh«, sagt er flüsternd, als bedeutete das Wort etwas ganz anderes.

Er schaut zum hellblauen Himmel hoch. Der Kiefernwald. Ein Flugzeug, sichtbar als kleiner Punkt in der Höhe, im Landeanflug. Andere Menschen auf dem Weg in die Ferne oder nach Hause. Kondensstreifen. Der Sommer, der vorbei ist, die Dunkelheit, die einen letzten Hauch von Licht enthält, die Zerbrechlichkeit, die darin liegt zu leben, bevor wir fallen.

Auf seine Weise ist es trotzdem vollkommen, das Leben.

»Ja«, sagt er schließlich, »wenn es knallt, weiß man nie.«